U0617400

1945—1949年东北解放区文学大系

总主编◎丛　坤

评论卷

本卷主编◎蓝　天

黑龍江大學出版社
哈尔滨

图书在版编目（CIP）数据

1945—1949年东北解放区文学大系．评论卷 / 丛坤主编；蓝天分册主编．-- 哈尔滨：黑龙江大学出版社，2021.9

ISBN 978-7-5686-0458-1

Ⅰ．①1… Ⅱ．①丛… ②蓝… Ⅲ．①解放区文学—作品综合集—东北地区—1945-1949 ②评论性新闻—作品集—中国—1945-1949 Ⅳ．①I218.3

中国版本图书馆CIP数据核字（2020）第267997号

1945—1949年东北解放区文学大系　评论卷
1945—1949 NIAN DONGBEI JIEFANGQU WENXUE DAXI PINGLUN JUAN
蓝　天　主编

责任编辑　张永生　刘　岩
出版发行　黑龙江大学出版社
地　　址　哈尔滨市南岗区学府三道街36号
印　　刷　哈尔滨市石桥印务有限公司
开　　本　720毫米×1000毫米　1/16
印　　张　32
字　　数　358千
版　　次　2021年9月第1版
印　　次　2021年9月第1次印刷
书　　号　ISBN 978-7-5686-0458-1
定　　价　98.00元

《1945—1949 年东北解放区文学大系》

出版说明

1945 年到 1949 年的东北解放区，社会风云变幻，文学繁荣发展。当时的文学创作者们以激昂向上的笔触，再现了波澜壮阔的解放战争和轰轰烈烈的土地改革，讴歌了人民军队可歌可泣的英雄事迹，描绘了劳动人民翻身后的喜悦心情，书写了时代的大主题。为了再现这段文学风貌，我们编辑出版了《1945—1949 年东北解放区文学大系》。

这套丛书大体以体裁分编，计小说卷（长篇、中篇、短篇）、散文卷、戏剧卷、诗歌卷、翻译文学卷、评论卷及史料卷七种，所收录作品以新文学为主。此阶段作品浩如烟海，而部分文字资料因时间久远或受当时技术所限出现严重缺损，考虑到丛书篇幅有限，故仅收入代表性较强的作品。对于因原始资料不全、不清晰而无法完整呈现，或受条件所限未收集到权威版本的篇目，则整理为存目，列于丛书卷末，以备读者参考。

丛书编辑过程中，多数篇目由原始版本辑录，首次收入文集，也有些篇目参照了此前出版的多种文集。原始文献若有个别字迹不清确不可考的，丛书中以□代替。

丛书收录作品以 1945 年 8 月至 1949 年 10 月为时间节点，个别作品的完成时间略有延伸。大部分作品结尾标注了写作时间，以及初次发表或结集出版的版本信息。作品编排大体以作者姓名笔画为序（特殊情况除外，如集体创作作品列于卷末）。

就筛选标准而言，所收主要为东北作家创作的主题作品，也有非东北籍作家创作的有关东北解放区的作品。除此之外，还有此时期公开发表的反映抗日战争题材的作品，以及在东北出版的反映其他解放区的、革命主题特色鲜明的作品。需要指出的是，在本丛书的史料卷中，还有一部分作品创作于新中国成立之后，但反映了解放战争时期东北解放区的文学发展面貌，或记述了一些典型事件、代表性人物，亦具珍贵的史料价值，为完整呈现当时的文学风貌，这部分作品亦收入丛书，以“节选”的方式呈现。

需要特别说明的是，此时期的个别作家受时代限制，思想表现出了一定的历史局限性，体现在文学创作方面可能表现为不同程度的瑕疵，这一群体的作品，只要总体导向是正面的、积极的，从保证史料全面性、完整性的角度考虑，我们也将其予以收录。个别作家在解放战争时期是积极追求进步的，但随着社会环境的变化，却出现思想动摇甚至走向错误道路，对于其作品，本丛书只选取其有代表性的、取向积极的篇目，对于其他时期该作家的不当言论、思想，我们不予认同。此外，在当时复杂的政治环境下，还有一些作品中的个别表述可能存在一些偏差，但只要其主题思想是积极进步的，则丛书亦予以收录。

丛书旨在突出东北解放区文学原貌，侧重文献整理，故此在编辑过程中，重点对作品中会影响读者理解的明显讹误进行了订正，对于字词、标点符号以及句法等，尊重原文的使用习惯，不予调改，以突出其史料价值。此外，由于此时期文学作品肩负宣传进步思想的重任，而读者对象大多文化程度较低，创作者亦水平不一，因此创作主旨以通俗易懂为要，一些篇目语言风格通俗、浅白，甚至个别篇目、细节存在一些俚语表达，为遵从原貌，丛书仅对不雅字、词、句加以处理，其余不予调改。本书选文除作者原注外，亦保留原文在初次出版时的编者注，供读者参考。

《1945—1949 年东北解放区文学大系》

评论卷

总　　序

张福贵

从古至今，东北在中国历史与文化进程中，特别是近代以来都是决定中国社会政治发展走向的重要因素。当然，这种作用不单纯是东北自生的，更是多种因素叠加和交汇的结果。东北文化既是文化空间概念，同时更是历史时间概念，是不同空间、区域的多种历史文化的积累，是一种时空统一的文化复合体。值得注意的是，除了抗战时期的特殊因缘使"东北作家群"名噪一时外，作为东北历史文化和现实社会表征的东北文学特别是东北解放区文学，在相当长的时间里却未得到应有的关注。黑龙江大学出版社在对过去为数不多的东北文学史料进行整理的基础上出版的东北文艺史料集成——《1945—1949 年东北解放区文学大系》，因而可以说是特别值得关注的。

《1945—1949 年东北解放区文学大系》内容丰富，除了包括小说卷、诗歌卷、散文卷、戏剧卷之外，还包括评论卷、史料卷和翻译文学卷。这是一个前所未有的大工程，也是一件大善事。正如"总导言"中所说的那样，丛书注重发掘新资料，通过回归文学现场，复现了东北解放区文学的整体面貌。东北解放区文学处于东北现代

文学快速繁荣发展的历史时期，在土改文学、工业文学、战争文学等方面代表了20世纪40年代解放区文学的成就，是对《在延安文艺座谈会上的讲话》所确立的文艺观念的全面实践。对东北解放区文学的系统研究有利于更全面地总结解放区文学的成就，有利于把握延安文艺传统与东北解放区文学的内在联系，以及解放区文学对新中国文学制度、观念、创作等方面的影响。以“历史视角”“时代视角”对东北解放区文学，尤其是解放战争时期的土改题材、工业题材的小说和戏剧进行分析，可以勾勒出政治意识形态对东北解放区文学运动、文学社团、文学形态、文学制度、文学风格、文学论争等产生的影响，有利于把握东北解放区文学的历史价值、认识价值、审美价值与当代意义，同时对于挖掘东北地区的文化历史和建设东北文化亦具有现实意义。东北解放区文学是基于延安文艺传统而创作的，对东北解放区文艺运动、文艺理论的全面审视具有重要的历史价值和理论意义。此外，对东北解放区文学进行深入研究，探寻人民文艺理论的历史源头，对于当代文艺创作、审美观念的引导亦具有一定的启示作用。但是，受地域因素、资料整理程度、研究者文化背景等条件的制约，东北解放区文学在中国当代文学史上的特殊地位与价值一直以来并未引起研究者的足够重视。

东北解放区文学无论是在中国大文学史中还是在东北文学和文化发展的历史中，都是具有特殊意义的存在。

虽然现代东北文学在新文学运动初期晚于也弱于关内文学的发展，但是1931年九一八事变发生，新起的东北文学及东北作家被国难推到了文坛中心，萧红、萧军等青年作家更是直接受到鲁迅的关注和扶持，迅速成为前沿作家。这一批流落到上海等都市的青年作家由此被称为“东北作家群”，他们奠定了东北文学在中国大文学史上的特殊地位。然而,正像全面抗战进入相持阶段之后,中国文坛也变得相对平静、舒缓一样,除了萧红、萧军等人外,东北文学和东北作家也逐渐失去了文坛的关注。应当承认,一些东北作家的文学成就和文坛名声之间并不完全相符,是时代造就了他们,提高了他们的文学史地位。然而,另一方面,我们对其中有些作家及作品的价值却又是认识不足的。对此,我自己也有一个认识转化的过程:过去单纯依据多数东北作家的创作进行判断,感觉某些艺术价值之外的因素在评价中发生了作用,其地位可能有些"虚高";但是,对于20世纪的中国文学史来说,艺术之外的价值判断就是艺术判断本身,或者说,社会判断、政治判断就是中国文学史评价的根本性尺度。因为在中国作家或者说在知识分子的群体意识之中,政治的责任感和社会的使命感几乎是与生俱来的,而中国20世纪风云激荡的社会现实又为这种责任感和使命感提供了最好的生长环境。"悲愤出诗人","文章憎命达",文学创作是与政治、思想、伦理等融为一体的,脱离了这一切,文艺也就失去了时代与大众。所以说,无论是具体的作品分析,还是文学史研究,没有了这些"外在因素",也就偏离了其本质。"东北作家群"是时代的产物,也是时代文艺的产物,20世纪中国文学史中应该有他们浓墨重彩的一笔。作为后人,对历史做出评价往往是轻而易举的,但是这"轻而易举"往往会导致曲解甚至歪曲了历史,委屈了历史人物。"东北作家群"的价值和意义不是单一的,因为对中国现代文学史的评价从来就不是一种艺术史、学术史的评价,而是一种思想史和政治史的评价。正如鲁迅当年为萧军的成名作《八月的乡村》所作的序中所写的那样,"这《八月的乡村》,即是很好的一部,虽然有些近乎短篇的连续,结构和描写人物的手段,也不能比法捷耶夫的《毁灭》,然而严肃,紧张,作者的心血和失去的天空,土地,受难的人民,以至失去的茂草,高粱,蝈蝈,蚊子,搅成一团,鲜红地在读者眼前展开,显示着中国的一份和全部,现在和未来,死路与活路。凡有人心的读者,是看得完的,而且有所得的"。《八月的乡村》不仅是中国现代第一部抗日题材的长篇小说,也是世界反法西斯战争题材的第一部长篇小说,其意义和价值是特殊的、特有的,不可单单以艺术审美的标准来看待这部作品。"东北作家群"的存在及其创作的意义,不只是为20世纪30年代的中国文坛增添了特有的地域文化内容和东北文学特有的审美风格,更在于最早向全国和世界传达出中华民族抗敌御辱的英勇壮举,最早发出反法西斯的声音。此外,在抗战大历史观视域下,"东北作家群"的创作为十四年抗战史提供了真实的证据。特别是东北解放区的早期文学直书十四年历史的特殊性,这是十分可贵的和独特的。于毅夫的散文《青年们补上十四年这一课》,深刻而沉重地描写了十四年殖民统治下东北人的精神状态和文化演变:

> 这许多现象,说明了东北在十四年殖民统治的过程中,文化生活上是起了很大的变化。翻开伪满的《满语国民读本》一看,真是"协和语"连篇,如亚细亚竟写成アジヤ,俄罗斯竟写成ロシヤ,有的人一直到现在还把多少元写成多少円,这都是伪满"协和语"的残余,说明殖民统治残余的文化还在活着,还没有死去,这在今天不能不说是一件遗憾的事!仔细想来,这也难怪,因为日本的魔手,掌握了东北十四年,今天一旦解放,希望不着一点痕迹,这是完全做不到的,要从历史上来看,它切断了东北历史

十四年，这十四年的历史是很黯淡地被抹掉了，十四年来也的确是一个大变化，在这期间多少国家兴起了，多少国家衰落了，多少血泪的斗争、多少波浪的起伏，都被日本鬼子的魔手所遮断！我回到家乡接触到成千成百的青年，几乎都不大明了这十四年来的历史真相，有的连中国内部有多少省都不知道，连云南、贵州在哪里都不晓得。

难能可贵的是，作者较早地认识到在经历了十四年的奴化教育之后，对东北人民进行民族和民主意识的启蒙是至关重要的。“不过历史是不能停滞的，殖民统治残余的文化必须要肃清，法西斯毒化思想也必须要肃清，既然是日本鬼子切断了东北历史十四年，既然法西斯分子要篡改这一段历史，那我们就应该设法补足这十四年的历史！”“要做到这点，我想青年们今天的迫切要求，不是如何加紧去学习英文、代数、几何、物理、化学，读死书本事，争分数之短长，准备到社会上去找一个饭碗，而是如何加紧去学习新文化，如何加紧学习社会科学，如何去改造自己的思想，如何进一步地去改造这遭受法西斯思想威胁的半封建的半殖民地的社会！”“因此我向青年们提议要加强你们对于新文化的学习，加强对于社会科学的学习，特别是政治的学习，不要把自己圈在课堂里，圈在死书本子上。”“新青年要掌握着新文化，新思想，才能创造起新中国新东北！”（《东北日报》1946 年 10 月 13 日）

在一批最前沿的左翼作家流亡关内之后，东北文学经过了一段艰难而相对平静的发展阶段。在表面繁华而内在凶险的沦陷区文艺界，中国作家用各种文艺手段或明或暗地与侵略者进行抗争，并为此付出了血的代价。这种状况直到 1945 年光复之后才发生根本

性转变，东北文艺创作者们一方面回顾过去的苦难，另一方面表现出对新生活的憧憬，这正是后来东北解放区文艺的心理基础，而日渐激烈的解放战争又为东北文艺的走向和解放区文艺的诞生提供了具体的现实基础。这与以萧军、罗烽、舒群、白朗、塞克、金人等人为代表的东北籍作家的返乡，以及在东北沦陷区留守的左翼作家关沫南、陈隄、山丁、李季风、王光逖等人的坚持，是分不开的。当然，随我党十几万军政人员一同出关的延安等地的众多文艺家，在东北文艺的创设中更是起到了引领和带头作用。这其中已经成名的有刘白羽、周立波、丁玲、草明、严文井、张庚、吴伯箫、华山、陆地、公木、方青、任钧、雷加、马加、陈学昭、西虹、颜一烟、林蓝、柳青、师田手、李克异、蔡天心等。

东北解放区文艺的创作直接继承了延安文艺特别是毛泽东《在延安文艺座谈会上的讲话》精神。在党的直接领导下，东北解放区先后创办了《东北日报》《中苏日报》《东北民报》《关东日报》《辽南日报》《西满日报》《大连日报》《松江日报》《合江日报》《吉林日报》《胜利报》等，这些报纸多为党的机关报，其文艺副刊发表了大量的文艺作品、理论文章及文艺动态。这些报纸副刊对于东北解放区文学的引导与建构起到了重要的作用。与此同时，《东北文学》《东北文化》《东北文艺》《文学战线》《人民戏剧》《白山》《戏剧与音乐》等文学杂志，以及东北书店、大众书店、光华书店等出版机构相继创办，这些文艺刊物和书店对解放区文艺的发展也起到了很大的推动作用。

革命的逻辑和阶级的理论是东北解放区文艺创作的普遍主题。这是一种革命的启蒙，与左翼文艺一脉相承，只不过东北的社会现实为这种主题提供了更为广泛而坚实的生活基础。抗战胜利后，为了开辟和巩固东北解放区，使之成为解放全中国的军事和经济基地，我党进军东北，抢占了战略制高点。可是，在东北，人民军队所处的环境与山东等老解放区完全不同，殖民统治因素加之国民党的宣传，使得我们的政治优势在最初未能完全发挥出来。正如李衍白在散文《黎明升起——巨大变化的东北一年间》中所写的那样：“群众在犹豫中，岁月在艰苦里，这就是我们在东北土地上刚刚开始播种，还没有发芽开花时的现实遭遇。”随着革命形势的发展，革命军队传统的政治思想工作优势又体现了出来。我党在部队中开展了以“谁养活了谁”为主题的“诉苦运动”，这颠覆了中国东北乡村社会的封建伦理，提高了官兵的阶级觉悟，极大地增强了部队的战斗力。

这种革命的逻辑在土改题材的作品中表现得最为突出。方青的短篇小说《擦黑》讲述了这个朴素的道理：

> “……像赵三爷那号人，把咱穷人的血喝干了，咱们才不得不去找口水喝饮饮嗓；他们喝干了咱们的血没有一点过，咱们找口水喝饮饮嗓子就犯了罪？旧社会就是这么不公平！他们还满口的仁义道德，呸！雇一个扛活的，一年就剥削好几十石粮食，还总是有理！穷人的孩子偷他个瓜吃，就叫犯罪，绑起来揍半天，这叫什么他妈的道德？咱们要讲新道德，咱们贫雇农的道德；就是用新道德来看咱们贫雇农；像上边说的那些犯了点毛病的，都不要紧，脸上有点黑，一擦就干净了，只要坦白出来，都是穷哥儿们好兄弟。一句话：只要是姓穷的就有理，穷就是理！金牌子上的灰一擦净，还是金牌子。家务事怎么都

好办!”李政委讲的话刚一落音,大伙高兴地乱吵吵起来:“都亲哥儿兄弟么!”

除此之外,还有在“你给地主害死爹,我给地主害死娘……”的事实教育下,认识到了彼此都是阶级弟兄,大家都是穷苦人的“无敌三勇士”,他们从此“火线上生死抱团结”。(刘白羽《无敌三勇士》)

土地改革是东北解放区文艺最引人关注的问题。东北解放区文学作品中有许多极具写实性的“穷人翻身”故事,如周立波的《暴风骤雨》、马加的《江山村十日》、白朗的《孙宾和群力屯》、井岩盾的《瞎月工伸冤记》、李尔重的《第七班》、西虹的《英雄的父亲》等文艺经典作品。

方青的《土地还家》描述的就是这一历史巨变给贫苦农民带来的心理和生活的变化:

二十年了,郭长发又重新用自己的手来耕作自己的土地了。这是老人留下的命根,叫它长出粮食来养活后代的儿孙;可是二十年的光景,它被野狼吞了去,自己没有吃过它一颗粮食——他想到是旧社会把他的地抢走了。

现在呢?他又踏在这块地上铲草了。他感到自己已经离开家二十年,如今又回到母亲的怀里,亲切地叫着:“娘!我回来了。”——于是他又感到是:这是新社会把我的地要回来的。他这样想着,不由得拉长了声音跟儿子说:

“柱儿！想不到啊，盼了二十年，那时候你才三岁。多亏共产党……记住！可别忘了本啊！”

他直起腰来，两手拉着锄把，又沉重地重复着这句话：

“柱儿！记住，可别忘了本啊！”

佚名的《永北前线担架队速写》则写了老乡们在一天的时间里就组织起了八百余人的担架大队，作者经过和担架队员们的交谈，感受到了新解放区人民的觉悟。大队长问担架队员们：“你们这次出来抬担架，怕不怕？”大伙回答：“不怕！”大队长又问：“为什么不怕？”大伙答：“不怕，这是为了自己。”担架队员们相信唯有民主联军存在，他们才能活着。他们说：“胜利是我们的，土地才是我们的。”“赶走国民党反动派，保卫我们的土地和民主。”这与《白毛女》“旧社会使人变成鬼，新社会使鬼变成人”和《王贵与李香香》“要是不革命，穷人翻不了身，要是不革命，咱俩结不了婚”的主题是一样的。淮海战役的胜利是山东人民用手推车推出来的，而东北解放区的建立和辽沈战役的胜利又何尝不是如此！

战争书写是东北解放区文艺中最主要的内容，革命理想主义、革命集体主义和革命英雄主义精神，是东北文艺的思想主题，也是东北文艺的审美风尚。这种简单明了的思想、昂扬向上的精神本身就具有一种审美特质，它奠定了新中国文艺的审美基调。就东北解放区文艺而言，无论是描写抗日战争还是描写解放战争的作品，都普遍具有鲜明而朴素的阶级意识、粗犷而豪迈的革命情怀。

蔡天心的诗歌《仇恨的火焰》，描写了在觉醒的阶级意识支配下东北民主联军官兵的战斗情怀：

仇恨燃烧着，
像火一样烧灼着广阔的土地。
听啊——
大凌河在狂呼，
辽河在咆哮，
松花江在怒吼，
在许多城市和乡村里，
哪儿出现反动派的鬼影，
哪儿就堆成愤怒的山，
哪儿有敌人的迹蹄，
哪儿就燃起仇恨的火焰……
……
我们要
用剪刀剪断敌人的咽喉，
用斧头砍下他们的头颅，
用长矛刺穿他们的胸脯，
用棍棒打折他们的脚胫，
用地雷炸弹毁灭他们，
用从他们手里夺过来的武器，
打垮他们，
然后用铁镐把他们埋掉！

我们要用生命，用鲜血，
保卫这自由解放的土地，

不让反动派停留!

"赶走敌人啊,
赶快消灭它!"
让这充满着力量和胜利的声音,
随同捷报传播开去,
让千百万颗愤怒的心,
燃起
仇恨的火焰!

这种激情在东北解放区的散文、报告文学和战地通讯中表现得最为明显,如丁洪的《九勇士追缴榴弹炮》、马寒冰的《雪山和冰桥》、王向立的《插进敌人的心腹》、王焰的《钢铁英雄王德新》等。这些作品内容真实,情感深沉厚重,延续了抗战时期散文书写浪漫主义与现实主义相结合的审美特征。这些既有写实性又有抒情性的东北解放区散文作品在战争中凝聚人心,彰显力量,具有极大的宣传、鼓舞作用。

最为难得的是,面对东北发达的近代工业景观,作家们更多地描写了工人们的斗争和生活,这些作品成为东北文艺中最为独特而珍贵的展示,而且直接影响了新中国工业题材文学的创作。战争期间,沈阳、长春、大连等地的工业设施惨遭破坏。光复之后,为了保护工厂和恢复生产,工人们表现出了忘我的精神和高超的技术。这使得从未见过现代工业景象的文艺家们感动和激动,他们纷纷用笔来描写现代工业生产和城市新生活,从而给中国现代文学带来了前所未有的新气象。大连大众书店于 1948 年 8 月出版的

《“工农园地”选集》，就收录了城市工人拥护并融入新生活的历史片段，如袁玉湖《锉股的“火车头”》，郓景明、孙聚先《熔化炉的话》等。此外还有李衍白《工人的旗帜赵占魁》，草明《工人艺术里的爱和恨》，张望《老工友许万明》等。李衍白在散文《黎明升起——巨大变化的东北一年间》中，描写了东北现代工业的风貌和工人们的热情：

> 今日的城市也正在改变着一年以前的面貌，先看一看今天的哈尔滨，代表它新气象的是全部工业齿轮的旋转，是市中心区黑夜中的灯光如昼，是穿插在四条线路的廿五台电车和六条线路上卅台公共汽车，是一万五千吨自来水不停地输送给工厂、商店和住宅。这些数目字不仅超过了去年今日（蒋记大员们劫掠后所造成的混乱情况），而且有些超过了伪满。在紧张的战争中加速地恢复这些企业，同样不是依靠别的，而仅仅是由于工人的觉悟。你想一想，一个工人为了修理一个发电的锅炉，但又不能停止送电，于是就奋不顾身钻进可以熔化生铁、数百度的锅炉高热中，他穿着棉衣，外面的人用水龙朝他身上喷冷水，就这样工作一会熬不住了跑出来，再钻进去，来回好多次，最后，完成了任务。我们有好多这种感人的事例。

我们在这些描写工友的散文里，看到了解放区新生活带给城市工人的希望。他们积极上工，传授技术，加班加点，争着当劳动英雄。这在中国同时期其他地域的文学作品中是极少见的。

质朴单一的写实手法是东北文艺的普遍表现方式，这种质朴不单是一种审美风格，更是一种直面大众的话语策略。这一传统与近代“政治小说”、五四新文学、左翼文学和抗战文艺等都是一脉相承的。文艺作为一种宣传和斗争的工具，自然要承担起团结和争取最广大人民群众的历史任务。因此，质朴单一的写实手法、通俗易懂甚至有些粗俗的语言风格，成为东北解放区文艺的普遍表现形式。

鲁柏的诗歌《夸地照》用简朴的形式表达了翻身农民淳朴的感情：

一张地照领回家，
全家老少笑哈哈；
团团围住抢着看，
你一言我一语来把地照夸：

长方形，四个角，
宽有八寸长两拃；
雪白的纸上写黑字，
红穗绿叶把边插。

上边印着毛主席像，
四季农忙下边画；
地照本是政委会发，
鲜红的官印左边“卡”。

里面写着名和姓，

地亩多少填分明，
拿到地照心托底，
努力生产多收成。

这首诗歌不仅使用了农民的口语，而且用东北农村方言来直观地描摹地照的具体形状和细节，表达了翻身农民朴素的情感。这种描写和表现方式与中国古代民歌传统有直接的联系。

井岩盾的小说《瞎月工伸冤记》以一个雇农自述的方式讲述自己的悲苦经历和内心感受。当工作队员问他是否受地主老赵家的气，他说："大伙吃他的肉也不解渴啊，都叫他给熊苦啦。"于是在工作队的启发和支持下，他"找大伙宣传去了"："张大哥，李大兄弟啊，咱们都是祖祖辈辈受人欺负的人呀！这回来了八路军啦，八路军给咱们穷人做主呀！有话只管说呀！有八路军，咱们啥都不用怕呀！"这是东北解放区贫苦农民普遍具有的经历和感受，而这种质朴无华的语言也是地道的东北农民的日常语言，具有天然的亲和力。

邓家华的小说《打死我也不写信》从情节到语言都相当质朴，甚至有些幼稚，但是那种情感是真挚的。"我"被敌人抓去，遭到严酷的鞭打，"当时我痛得忍不住，皮肤里渗透出一条一条青的红的紫的血痕，可是打死我也不写信的，他们看到我昏过去了，也就走了。等我清醒过来时，浑身疼痛，我拼死命地弄坏了门逃了出来，可是不巧得很，又碰到了伪军，又把我抓起来了，他们还是逼迫我写信，我坚决地说：'死了心吧！就是死了，我父亲会帮我报仇的。'救星来了，在繁星的晚上，忽然西面枪声不停地响着，新四军老部队来攻击了，伪军们都吓得屁滚尿流地逃走了，啊！新四军救出我了，我很快地到了家里，见了爸爸妈妈，心里真是高兴得流泪了”。

李纳的散文《深得民心》记叙了长春一个米面商人对民主联军和共产党的淳朴情感：“他已经将红旗展开，举到我的眼前，我看到七个大字：‘中国共产党万岁！’”“‘中国共产党万岁！’他重复着这七个字，从眼镜里透露出兴奋的眼睛。这脸，比先前更可爱更慈祥了：‘我喜欢这七个字，所以我选择了它。’”“大会开始了，人们都向着会场移动，老先生也站起来要走，临走时他问我在什么地方工作，我告诉了他，他高兴地说：‘好，都是民主联军。深得民心，深得民心。’”抛开其内容不论，作品文字风格的朴素也显露出解放区文艺在艺术层面幼稚和不甚精致的弱点，而这弱点又可能是许多新生艺术的共有问题。也许，正因为幼稚，它才有更广阔的发展空间。

形式的多样性特别是短小化是东北解放区文艺创作的普遍特点，短篇小说、墙头诗、快板诗、散文、战地通讯、说唱文学等成为最常见的艺术形式。战争的环境、急剧变化的生活和读者的接受水平与习惯等，决定了人们需要并且适应这种短平快的表达方式，而这也是延安文艺和抗战文艺形式的延续。天意的《县长也要路条》描写了两个一丝不苟的儿童团员在放哨时不放过民主政府的县长，硬是把他和警卫员带到乡长那里查证的故事。其篇幅短小，不到400字，但是内容蕴意深刻，语言风趣自然，简直就是一篇微型小说。

小区区的短诗《一心一意要当兵》，将人物的关系、思想、表情和语言都生动形象地表现出来，极具说服力和感染力：

葫芦屯有个小莲青，

一心一意要当兵——
他爹说：
“你去吧。”
他娘说：
“你等一等！……”
他老婆说：
“哪能行?！……”
忸忸怩怩来扯腿；
哭哭啼啼不放松：
“你去当兵啥时还?
为老为少撇家中！”
小莲青，
脸一红：
“小青他娘，
你醒醒：
八路同志千千万，
哪个不是老百姓?！
我去当兵打蒋贼，
咱们才能享太平。”

当然，东北解放区文艺中也有许多保留了浓郁的文人气息的作品，这些作品与五四新文学的“纯文艺”审美风格有明显的承续性。例如大宇的诗歌《琴音》：

一个琴师

把琴音遗失在幽谷里
滑落在幽谷的谷缝里了

琴音栽培了心原上的一棵草儿
琴音赞咏了艺术的生命
一支灿烂的强烈的光焰

我就永住在这琴音里了
就仿佛身陷于一片梦的缘边
仿佛浴着一片无际的云海
无垠的生旅无限的生涯
何处呀
我摸索到何处呀
琴音丢在幽谷里
滑落在幽谷的谷缝里了

十分明显，这不是东北解放区文艺创作的主流。

《1945—1949年东北解放区文学大系》的编者耗费了大量精力来做这样一项浩大的地域性文学工程，这不只是对东北文艺的巨大贡献，更是对新中国文艺的巨大贡献。在此之后，东北文艺研究将迈上一个新台阶。

总导言

丛 坤

从1945年抗战胜利到1949年新中国成立这个时期，对于东北而言是极为特殊的。抗战胜利后，中共中央发布了《建立巩固的东北根据地》的指示，迅速成立了以彭真为书记的东北局，抽调了四分之一的中央委员、两万名党政干部、十三万主力部队赶赴东北，与国民党反动派展开激烈的斗争。在广大人民群众的支持下，中国共产党及其领导的军队从最初的战略防御转为战略反攻。1948年11月，辽沈战役胜利，全东北获得解放。在解放战争时期，在中国共产党的领导下，东北人民反奸除霸，建立民主政府，消灭土匪，进行土地改革，在政治上、经济上翻身做了主人。东北的政治、经济、文化、教育等各个领域都发生了翻天覆地的变化，尤其是在文学创作方面，东北地区取得了不可低估的成就，文学创作出现了前所未有的发展和繁荣的局面。

"东北作家群"的回归、党中央选派的文化宣传干部的到来、文学新人的成长使得解放战争时期东北地区的创作队伍不断壮大。在东北沦陷后从东北去往关内的进步作家中，除萧红病逝于香港、姜椿芳在上海从事党的地下工作外，塞克（即陈凝秋）、舒群、萧军、罗烽、白朗、金人等都积极响应党的号召，陆续返回东北。1945年9月至11月，党中央从陕甘宁边区和各个解放区抽调一大批优秀的文化工作者到东北解放区。据不完全统计，这一时期来到东北解放区的文化工作者有刘白羽、陈沂、周立波、草明、严文井、张庚、吴伯箫、华山、西虹、陆地、李之华、胡零、颜一烟、公木、林蓝、江帆、李纳、魏东明、夏葵、常工、方青、任钧、李则蓝、煌颖、侯唯动、李熏风、雷加、马加、袁犀、蔡天心、鲁琪、李北开等。[①] 中共中央东北局宣传部与东北文艺协会在“土地还家”口号的基础上，提出了“文艺还家”的口号，号召广大文艺工作者在与农民同吃、同住、同劳动的同时，领导农民群众参加土地改革运动，帮助农民成立夜校、学习文化、办黑板报、成立文艺宣传队，提高他们的写作能力与文艺欣赏能力，在农民、工人等基层劳动者中培养了一大批“文学新人”。创作队伍的空前壮大为东北解放区文学的繁荣奠定了坚实的基础。

东北解放区文学的繁荣也与当时出版事业的空前繁荣密不可分。东北局宣传部将建立思想宣传阵地（即报刊、出版机构）、改造思想、建构意识形态话语权确定为首要任务。进入东北不久，东北局于1945年11月在沈阳创办了机关报《东北日报》（1946年5月28日由沈阳迁至哈尔滨，1948年12月12日搬回沈阳）。该报面向东北全境的党政军发行，是东北解放区发行量最大的报纸。之后，东北解放区创办、发行的报纸近百种。据《黑龙江省志·报

① 彭放：《黑龙江文学通史（第二卷）》，北方文艺出版社2002年版，第354页。

业志》的统计，当时黑龙江地区（5 省 1 市）的每个省市不仅有党政机关报，而且有人民团体和大行业的专业报纸，有些县也出版油印小报。仅哈尔滨出版的大报就有《哈尔滨日报》《哈尔滨公报》《哈尔滨工商日报》《大众白话报》《午报》《自卫报》《北光日报》《新民日报》《民主新报》《学生导报》《文化报》等。这一时期的报纸，无论设没设副刊，都或多或少地发表过文学作品。

东北局还出资创办了东北书店、光华书店、大连大众书店、辽东建国书店、兆麟书店、吉东书店、辽西书店等众多的图书出版机构。其中，东北书店是东北解放区规模最大、贡献最大的书店，在东北全境建有 201 个分店，发行网点遍布东北全境。除出版、发行图书外，东北书店还创办了《知识》《东北文学》《东北画报》《东北教育》等期刊。这些出版机构大量出版政治读物、教材和文学书籍，促进了东北解放区出版业的发展。仅以东北书店为例，从 1946 年到 1948 年，东北书店总共出版图书杂志 760 种、各类图书 1 520 余万册。[①] 东北解放区纸张和印刷质量上乘的大量出版物不仅发行于东北各地，还随着东北野战军入关和南下，成为陆续解放的北平、天津、武汉等地人民群众急需的读物。历史上一向“文风不盛”的东北第一次有大量的出版物输送到关内文化发达之地，这成为一时之盛事。

此外，东北解放区先后创办的文学类期刊的数量是惊人的。如 1945 年至 1947 年创办的文学期刊有《热风》（半月刊）、《文学》（月刊）、《文艺》（周刊）、《文艺工作》（旬刊）、《文艺导报》（月

---

① 逄增玉：《东北解放区文学制度生成及其对当代文学制度的预制》，载《文学评论》2017 年第 4 期。

刊)、《东北文艺》(月刊)。1947 年以后创刊的大型专业期刊有《部队文艺》、《文学战线》(周立波主编)、《人民戏剧》(张庚、塞克主编),综合性期刊有《东北文化》(吴伯箫主编)、《知识》(舒群主编)等。其中,《东北文化》与《东北文艺》的影响最为突出。《东北文化》的主要任务是协同东北文化界,从政治上、思想上启发广大的东北青年和文化工作者,提高他们的自觉性,激发他们的革命热情、积极性和创造性,使他们在东北人民解放的伟大事业中发挥应有的作用。《东北文艺》是纯文艺性的刊物,刊载小说、戏剧、散文、诗歌、漫画、速写、报告文学、杂文、书刊评价,以及文学理论、有关文艺运动史的论著等。《东北文艺》聚集了一大批优秀的作者,如周立波、赵树理、罗烽、公木、萧军、塞克、舒群、白朗、严文井、刘白羽、西虹、范政、宋之的、金人、马加、雷加等。在他们的影响下,《东北文艺》还不断提携文学新人,这成为该刊的传统。从创刊到终结,《东北文艺》在新中国成立前后产生了很大的影响,20 世纪 50 年代成长起来的许多作家、诗人是从这里起步的。可以说,《东北文艺》在解放战争和革命胜利后对新中国文学新人的培养起到了重要的作用。报纸、文学期刊、综合性期刊和出版机构的大量涌现,为东北解放区文学的发展创造了良好的条件。

与此同时,为了更好地团结广大文艺工作者,东北局于 1946 年在黑龙江佳木斯成立了东北文化工作委员会,成员有张闻天、吕骥、张庚、塞克等。此后,若干文艺与文化团体陆续成立,其中最有影响的是 1946 年 10 月 19 日由全国文协的老会员萧军、舒群、罗烽、金人、白朗、草明 6 人在哈尔滨发起筹备的"中华全国文艺协会东北总分会"。这个文艺团体表面上是由文人自由结社,实际上主体是来自延安、具有干部身份的文化人,其中不少人是党员或东北文艺界的领导干部。“中华全国文艺协会东北总分会”对东北解放区文学的发展起到了不可忽视的作用。此外，中苏文化协会、鲁迅文艺研究会等文艺社团相继成立。1948 年 3 月，中共东北局宣传部首次召开了由文学、戏剧、音乐、美术、电影等部门的 150 余名文艺工作者参加的文艺工作者会议。会议对抗战胜利以来的东北解放区文艺工作进行了总结，并制订了随后一段时间的文艺工作计划。此外，中共中央东北局宣传部内部成立了文艺工作委员会，吕骥、舒群、刘白羽、张庚、罗烽、何世德、严文井、袁牧之、朱丹、王曼硕、华君武、白华、向隅、田方、沙蒙、吴印咸任委员，负责指导东北解放区的文艺工作。

1946 年秋，已迁至哈尔滨的原延安鲁迅艺术学院，按照东北局的指示北撤至佳木斯，并入东北大学，更名为鲁艺文学院。同年 12 月，东北局又决定让鲁艺脱离东北大学，组建东北鲁艺文工团。1948 年秋冬之际，随着沈阳的解放，东北鲁艺文工团在经历了三年多艰苦卓绝的转战与工作后进入沈阳，随后正式复名为鲁迅艺术学院，恢复了延安鲁迅艺术学院的学校建制。文艺团体的纷纷建立为东北解放区文学创作队伍的培养提供了组织保证。

为了纪念解放东北这段革命岁月，为了展现东北解放区文学的勃兴与繁荣，我们编辑出版了《1945—1949 年东北解放区文学大系》，分别从小说、散文、戏剧、诗歌、翻译文学、评论、史料等体裁角度进行整理、收录。

二

抗战胜利后的东北解放区文学是延安文艺的延伸与发展，东北解放区四年所发生的巨大变化，都生动、形象地展现在东北解放区的小说创作中。东北解放区小说充分展示了当时的社会生活，塑造了形形色色的人物形象，给人们留下了时代的缩影与历史的印迹。

东北解放区小说创作大体可以分为两个阶段。第一个阶段是从1945年日本投降到1946年中共东北局通过“七七”决议，第二个阶段是从1946年通过“七七”决议到1949年新中国成立。在当时的局势下，中国共产党要最广泛地发动群众，进入东北的文艺工作者便肩负了与武装部队同样重要的“文化部队”的任务。他们用文学作品教育、引导群众，积极参与了粉碎旧的国家机器和意识形态的过程。在党的文艺方针政策的指引下，东北解放区的作家们广泛深入到农村土地改革、前方战斗生活和工厂建设之中，亲身体验群众生活。这使得东北解放区的小说能够迅速地反映生产、生活、军事等各个领域的变化与东北人民精神世界的变化。

从1931年日本发动九一八事变到1945年日本投降，十四年的沦陷历史构成了东北文学不可磨灭的创痛记忆。对沦陷时期东北社会生活的回忆，是这一时期小说的一个重要题材。而抗战题材小说则是对异族侵略者铁蹄下民生困难的真实记录，也是对战争年代民族精神的热情颂扬。但娣的《血族》、陆地的《生死斗争》、范政的《夏红秋》、骆宾基的《混沌——姜步畏家史》等都是这方面的代表作品。

土改斗争是东北解放区小说三大题材的重中之重。在那场深刻改变了中国农村政治、经济关系的运动中，东北解放区作家将强烈的政治使命感与巨大的创作热情相融合，创作出了大量的优秀作品，周立波的《暴风骤雨》、马加的《江山村十日》、安危的《土地底儿女们》等至今仍被读者反复阅读。

小说创作需要一个孕育的过程，相对来说，中长篇小说需要更长的时间来构思和写作，而短篇小说则完成得较快。在复杂、激烈的土改运动中，东北解放区作家们努力笔耕，迅速创作出大量的短篇小说。在这些小说中，我们可以看到东北农民在土改运动中的精神变化，农民经历了几千年的封建压迫，他们身上的枷锁不仅是物质上的，更是精神上的，从奴隶到主人的蜕变需要一个心灵的搏击历程。

反映前线战争是东北解放区小说的另一个重要题材，这些小说真实地体现了军民的鱼水情谊。西虹的《英雄的父亲》、纪云龙的《伤兵的母亲》等都是当时影响较大的作品。1947 年至 1948 年是解放战争中我党从防御转为反攻的时期，随着战事的推进，中国人民解放军（1948 年 1 月 1 日，东北民主联军改称为东北人民解放军，同年 11 月 13 日改称为中国人民解放军）的队伍急剧壮大，部队官兵的成分因而趋于复杂化。为此，部队采用诉苦的办法对广大指战员进行阶级教育，提高他们的政治觉悟和思想觉悟。诉苦教育消除了战士之间的隔阂，为解放战争的胜利打下了坚实的思想基础。刘白羽的短篇小说集《战火纷飞》、李尔重的中篇小说《第七班》等反映了这一主题。

除上述三大题材外，解放战争时期东北涌现出来的工业题材小说，亦可视为中国现代工业题材小说的发端，这也从一个方面证明了东北解放区小说的文学史价值和文化价值。

东北解放区的工业在新中国发展史上占有非常重要的地位。在这一方面，影响最大的是女作家草明的中篇小说《原动力》。这篇小说虽然存在粗糙和简单等不足之处，但作为新中国成立前描写工业生产和工人思想的作品，是值得关注和肯定的。此外，李纳

的《出路》、鲁琪的《炉》、韶华的《荣誉》、张德裕的《红花还得绿叶扶》等作品也广受好评。这些小说充分展现了东北解放区工业蓬勃发展的景象，展现了工业生产对人的改造，也开创了新中国工业文学的先河。

东北解放区的相当一批小说，强调小说的政治价值，强调创作为工农兵服务，大多通俗易懂，而缺乏对心理深度和史诗境界的发掘。然而，东北解放区小说明朗新鲜，创造性地继承了延安文艺精神，反映了东北解放区的历史巨变和社会变革中诸多的社会问题，为新中国成立后的十七年文学开辟了道路。

二

散文卷在本丛书中占有重要的分量，真实地记录了解放战争中东北解放区人民的巨大贡献，独特的作品体例亦标示出其在新中国散文创作史中的独特地位。

解放战争时期东北战区的胜利，不仅是军事史上的奇迹，更是人民意志创造历史的丰碑。许多作者都以醒目而直接的题目记录了解放军普通战士勇敢战斗、不畏牺牲的英雄事迹，以真挚的情感，突出了普通战士大无畏的战斗精神和取得战斗胜利的信心。这些作品表现了同一个主题：解放军是人民的军队，中国共产党是全心全意为人民服务的。这也是新中国强大的根基体现。

散文卷中还有一部分作品，叙述了悲壮的抗联斗争的事迹，如纪云龙的《伟大民族英雄杨靖宇事略》、菽沅的《老杨——人民口中的杨靖宇将军》、陈堤的《悼念李兆麟将军》等。英勇不屈的民族气节是抗联英雄所具的崇高品质，也是抗联精神最真实的写照。而东北书店于 1948 年 6 月出版的《集中营》，以革命者的亲身经历叙述了大义凛然、为真理献身的革命志士的事迹,让后人真正理解了"头可断血可流,革命意志不能丢"的气节,"永不叛党"是英烈们用鲜血和生命刻写在党章之中的。

从1946年到1948年,尽管国民党军队在东北重要城市盘踞并负隅顽抗,但是东北农村却发生了翻天覆地的变化。中国共产党在根据地开展土改运动,领导农民推翻了地方统治势力,领导农民斗地主、分田地,农民欢欣鼓舞,迎来了新生活。强大的后方农村根据地为部队供给提供了保障,同时,许多年轻的子弟为了保护胜利果实自愿参加了解放军,这改变了国共双方在东北的兵力布局。《永北前线担架队速写》等作品反映了这一主题。

此外,解放区散文作家的笔下还洋溢着新生活的喜悦,如严文井的《乡间两月见闻》。除了乡村,对于那些在战后重新回到人民手中的城市,我党也开始接管,并进行初步的恢复性建设。在作家们的笔下,新生活带来了新气象。大连大众书店于1948年8月出版的《"工农园地"选集》,就收录了描写城市工人拥护和融入新生活的散文。在这些描写工厂、工友的散文里,我们可以看到解放区的新生活给城市工人带来了希望。

这些散文作品大多短小精悍,有迅速性、敏捷性和战斗性等特点,具有独特的艺术特征。这与当时许多作家的出身密切相关。如刘白羽、草明、白朗、华山、西虹等作家对战争环境和百姓生活有着敏锐的观察力和真实的体验,他们的作品使得东北解放区1945年至1949年的散文创作呈现出独特的风格,表现出纪实性和文学性相结合的特点。此外,由众多从延安来到东北的文艺干部组成的随军记者,以大量的新闻报道反击了国民党的舆论污蔑,记录了解放军战士不畏艰险、顽强抗敌的英雄事迹,同时表现了后方人民在解放区土改过程中翻身解放、分得土地的喜悦心情。

散文作家记录这些真人真事的报道在东北解放战争中起到了巨大的宣传作用，成为鼓舞人心的强大的精神力量。东北解放区散文也因为内容真实、情感真实而呈现出历久弥新的生命力，往往给读者带来身临其境的感受，也让人忽略了作品本身的艺术特质。实际上，这些散文正是在真实的基础上，以生动与丰富的细节给读者留下了深刻的印象，在真实性的基础上呈现出文学性。华山的《松花江畔的南国情书》就是代表作品之一。

细节的生动亦使东北解放区散文具有鲜明的文学性。东北解放区散文将我军战士的大无畏精神写得非常真实、感人。在展示解放区新生活、新风尚方面，许多拥军爱民的片段写得细腻、真实。

东北解放区散文在主题内容上具有很高的价值，大量的散文颂扬了东北人民解放军的集体主义精神和英雄主义精神，表现了我军指战员的英勇气概，体现了战士们浩气长存的革命豪情。因此，东北解放区散文具有较高的文学价值，其明朗的表现方式恰恰是后来共和国文学明确表达和高度肯定的。题材广泛、内容真实和情感深厚的纪实性文学，使得东北解放区散文在战争时期凝聚了强大的精神力量。反映中国人民解放军不畏艰险、英勇战斗的长篇报告文学，在风格上激情澎湃，体现出解放军崇高的革命乐观主义精神。这一时期的散文把东北解放历史进程的全貌和战士们的英勇壮举再现了出来，东北解放区散文也因此具有了军事史和共和国历史的资料留存价值。东北解放区散文在创作上因为具有纪实性与文学性相结合的特点，为军旅散文创作提供了新的美学范式。

三

在东北解放区文学中，戏剧具有内容丰富、种类繁多、通俗明了、利于传播等特点，兼之创作群体庞大，故而获得了巨大的丰收，这成为东北解放区文学繁荣的重要标志之一。东北解放区的戏剧具有鲜明的启蒙性、宣传性和战斗性等特征，对生产建设、围剿土匪、土改运动和解放战争发挥着不可替代的宣传作用。

东北解放区戏剧的繁荣首先得益于东北解放区报刊对戏剧的支持。例如，《东北日报》刊发的剧作涉及歌唱新生活、感恩共产党、批判美蒋、拥军劳军、参军保家、歌颂劳模等多方面的内容。1947 年 5 月 4 日创刊的《文化报》则是东北解放区第一份纯文艺性质的报纸，主要刊载一些文学常识、短文、小诗、书评、剧报等。此外，《前进报》《北光日报》《合江日报》等都刊发了大量的戏剧作品。而从刊载量来看，期刊对戏剧的支持力度更大。在众多的文艺期刊中，对戏剧传播影响较大的是《东北文学》《东北文化》《东北文艺》《文学战线》《知识》和《人民戏剧》等。

从 1945 年年底开始，东北解放区以各家出版社为依托陆续出版了许多戏剧作品，这是解放区戏剧传播的重要途径。较有影响的是东北书店和人民戏剧社等。在解放战争期间，东北书店出版的各类戏剧作品和理论书籍近百种，形式包括话剧（独幕话剧、多幕话剧）、京剧、评剧、二人转、歌舞剧（广场歌舞剧、儿童歌舞剧）、歌剧、新歌剧、小歌剧、道情剧、活报剧、秧歌剧、小喜剧、小调剧、皮影戏等。其中，秧歌剧超过一半。

文艺团体的迅猛发展是解放区戏剧广泛传播的最终体现。1945 年 11 月以后，东北文工团等数十个文艺团体在东北局宣传

部的领导下先后成立。这些文艺团体以《在延安文艺座谈会上的讲话》为指导，坚持走文艺大众化的道路，活跃在东北城市和乡村，战斗在前线和后方。他们创作、表演了一系列以支援前线、土地改革、翻身当家为主题的作品，这些作品受到人民群众的好评。

从内容方面来看，歌颂工人阶级是东北解放区戏剧的一个重要内容。东北光复后，作为解放全中国的大本营，哈尔滨、沈阳等工业城市的作用得以凸显，工人阶级成为时代的主角。从剧作内容来看，第一种是反映工人生活的剧作，如王大化、颜一烟创作的《东北人民大翻身》；第二种是歌颂先进个人无私支援解放区建设、帮助工厂恢复生产的剧作，较有影响的有《献器材》《十个滚珠》《一条皮带》《刘桂兰捉奸》；第三种是歌颂党的政策的剧作，代表作品有《比有儿子还强》和《唱“劳保”》。工业题材戏剧的大量创作，极大地拓宽了解放区戏剧的创作领域，为新中国工业题材戏剧的发展奠定了坚实的基础。

东北解放区戏剧中描写农民翻身解放、分得土地的农村题材的戏剧的比重最大。第一类是反映东北农民翻身解放，通过新旧对比来歌颂新农村、新生活的剧作。第二类是反映粉碎各类阴谋、同复辟分子做斗争的剧作，代表剧作有《反“翻把”斗争》等。第三类是反映改造后进、互助合作，表现农民积极开展大生产运动的剧作，如《二流子转变》。第四类是描写劳动妇女反抗封建婚姻、争取民主权利、积极参加劳动生产的剧作，如《邹大姐翻身》。

东北解放后，群众的思想还比较保守，革命启蒙的任务十分重要，尤其是要帮助东北人民认同和接受中国共产党及其领导的人民军队。在描写军队的戏剧中，既有表现人民军队英勇战争、不怕牺牲、勇于献身的剧作，也有以军民互助、拥军支前为主要内容的剧作，这类剧作完整地再现了东北人民从最初的误解民主联军到后来积极送子参军、送夫参军、拥军支前的全过程。前者的代表作有《老耿赶队》《鞋》《两个战士》等，后者的代表作有《透亮了》《收割》《支援前线》等。

在艺术特点上，虽然东北解放区戏剧的整体水平不是最高的，但是其庞大的作者群体、巨大的创作数量、伟大的历史功绩，使得解放区戏剧创作达到了巅峰状态。东北解放区戏剧因对传统戏剧和西方舶来戏剧的融合而具有现代性，在这种融合的过程中实现了本土化，并形成了民族化、大众化、乡土化的特征。东北解放区戏剧的民族化特征源于延安时期戏剧的“中国化”。而其大众化特征是指具有广泛的群众基础，且创作群体亦十分大众化。东北解放区戏剧的乡土化则主要表现在地域特色上。

在创作方法上，东北解放区戏剧继承了延安戏剧的传统，剧作家们用现实主义的方法把自己身边刚发生或正在发生的事情通过戏剧的形式真实地反映出来，集中表现工、农、兵的日常生活。东北解放区戏剧起到了鼓舞斗志、颂扬先进、宣传政策、支援前线的作用。

在戏剧结构上，东北解放区戏剧的戏剧冲突尖锐而集中，叙事模式多元，表现方式多样。在人物塑造上，剧作塑造了一个个爱憎分明、个性突出、敢作敢为的人物形象。这些人物形象生动丰满、有血有肉，为观众熟悉和喜爱。

东北解放区戏剧在取得较高的艺术成就和发挥重要的宣传作用的同时，也存在一定的不足。然而瑕不掩瑜，民族化、大众化、乡土化的特征，使得戏剧的宣传性、教育性、战斗性的作用得以充分发挥出来。东北解放区戏剧对光复后进行的民众文化启蒙、文化

宣传具有不可替代的作用，对解放区的土地改革和解放战争做出了不可磨灭的贡献。

四

东北解放区诗歌秉承了我国诗歌的优秀传统，具有红色革命基因。它一方面与伪满时期的诗歌做了彻底的割裂，另一方面又延续了东北抗联诗歌的革命精神和爱国主义情怀，集中书写了山河易色、异族入侵带给东北人民的苦难和屈辱，书写了受难的人民在共产党领导下的觉醒与反抗，书写了东北人民在艰苦的自然环境与战争环境中形成的坚韧、乐观、幽默的性格。

东北解放区诗歌是中国解放区诗歌的重要组成部分，与其他解放区诗歌保持着一致性和连续性。它之所以能复制延安解放区的文学模式，主要是因为其创作队伍中的很大一部分是来自延安解放区的革命文艺工作者，故在文学制度和文学政策上与全国其他解放区能保持一致。东北解放区诗歌的作者主要有四种身份：一是中共中央派驻到东北的文艺工作者；二是抗战时期流亡到关内的“东北作家群”（在抗战结束后返回东北）；三是虽然本人不在东北解放区，但是其作品在东北解放区的重要报刊上发表过并产生了一定影响的诗人；四是来自各行各业的业余诗人。《东北日报》文艺副刊曾陆续发表过很多业余诗人的作品，这些业余诗人中既有宣传干部，又有工人、农民、战士、学生（其中有许多人使用笔名，甚至使用多个笔名，今天有些作者的真实姓名已很难核实）。有一些诗人并不在东北解放区工作，但是其作品在东北解放区的重要报刊上发表过，并对全国解放区的文学发展产生过重要影响，如艾青、田间等。东北解放区的代表诗人有公木、方冰、马加、严文井、鲁琪、冈夫、天蓝、韦长明、刘和民、李北开、彤剑、侯唯动、胡昭、李沅、夏葵、林耘、顾世学、萧群、蔡天心、杜易白、西虹、师田手、白刃、白拓方、叶乃芬、丁耶、孙滨、阮铿等。

从内容上看，东北解放区诗歌主要是反映当时东北解放区的经济建设、军事斗争、农村工作和城市建设等，具有现实性、时代性。从艺术形式上看，诗歌谣曲化、大众化、民间化的特点突出。抒情诗、叙事诗、街头诗、朗诵诗、歌谣、童谣等成为当时最常见的诗歌体裁。东北解放区诗歌具有以下几个显著特点：

第一，诗歌内容具革命性且高度政治化。东北解放区文学是为中国共产党解放东北和建设东北的政治任务服务的，其主要功能和目的是紧密贴近和配合解放区的主流政治运动。很多诗歌是为满足当时的政治需要而作的，充分体现了《在延安文艺座谈会上的讲话》在诗歌创作方面的实践成绩。东北解放区诗歌与中国解放区诗歌在题材选择、审美价值上保持着一致性，并具有东北解放区特有的地域性特点。揭露、批判、颂扬是东北解放区诗歌的三大主旋律，诗人们以工人、农民、士兵、英雄人物、劳动模范等为书写对象，歌颂英雄人物，记录战争风云，赞美新农民，抒发家国情怀。

第二，具有鲜明的战争文学特点。东北经历了十四年艰苦卓绝的抗日战争，接着又经历了五年的解放战争，近二十年间，始终处于战争状态。诗歌也呈现出战时文学特质，记录了艰苦卓绝的战争场景与生活现实。对于重大战役的抒写与记录，英雄主义、乐观精神、必胜信念的情感基调，加之大东北茫茫雪原、天寒地冻的地域特点，使得东北解放区诗歌具有鲜明的东北地域特色。

第三，农村题材也是东北解放区诗歌的重头戏。东北经过十四年的抗日战争，土地荒废，农民思想落后。抗日战争结束后，解

放军入驻东北，一方面做农民的思想工作，进行思想启蒙，另一方面在农村贯彻党的土改政策，进行土地革命，让农民成为土地真正的主人。因此，在东北解放区，启蒙农民思想、反映土改运动、揭露地主阶级剥削农民的本质、塑造新农民形象成为农村题材诗歌的主要内容。

第四，工业题材诗歌在东北解放区诗歌中独领风骚。《文学战线》等报刊还专门设立了工人专栏，如《文学战线》专辟“工人创作特辑”，作者均来自生产第一线。工业题材诗歌丰富了东北解放区诗歌的样态，也成为东北解放区诗歌的重要组成部分。

第五，叙事诗是东北解放区诗歌的主要体裁。长篇叙事诗体量大，便于完整地呈现人物或事件的变化过程，便于刻画生动、饱满的艺术形象，因此很受东北解放区诗人的青睐。在《东北文艺》《文学战线》等杂志和个人诗集中，带有浓郁的东北民间话语特色，反映土改运动、翻身农民踊跃参军等内容的长篇叙事诗一时间大量出现。

第六，诗歌审美倡导大众化、通俗化。在解放战争时期，文学要担负着团结人民、教育人民、打击敌人的任务，因此，战时诗歌不能一味地追求高雅的诗意，它既要通俗易懂，便于启蒙民众，又要迎合普通大众的审美需求，适应战争时期的宣传需要。东北解放区诗歌的谣曲化倾向突出，诗作大多出自部队宣传干部、战士、工人、农民之笔，以社会现象为题材，具有相当强的时效性，普遍具有语言通俗易懂、直抒胸臆、为群众所熟悉和易于接受等特点，真正达到了为工农兵服务的目的。

东北解放区诗歌也存在一些不足。由于过于强调宣传性、鼓动性和战斗性，重内容而轻艺术，艺术水准较低，东北解放区诗歌未能达到思想性和艺术性相结合的高度。

五

东北翻译文学兴起于20世纪20年代末，当时的《北国》《关外》等文学期刊上都登载过翻译作品，对俄苏、英、美、日等国家的民族文学作品，以及批判现实主义、“普罗文学”等文艺理论均有译介。但这种生动、活跃的局面随着1931年九一八事变的发生而不复存在。1931年至1945年，在长达十四年的沦陷时期，东北翻译文学出现了两块文学阵地：一个是以沈阳、大连为中心的“南满文学”阵地，另一个是以哈尔滨为中心的“北满文学”阵地。辽南文坛在九一八事变以后出现了一股译介欧美和日本文学及其理论的潮流，主要刊发、翻译消极的浪漫主义、自然主义的文艺作品和理论，只刊发少量的俄苏文学。相对而言，北满文坛对俄苏现实主义文学作品及其理论的翻译有着更重要的意义。

解放战争时期的东北解放区文学的传播模式主要是“延安模式”。在翻译文学方面，东北解放区文艺工作者侧重译介的目的性和计划性。从目前了解到的情况来看，当时很多期刊都设有翻译栏目，其中《东北日报》《东北文艺》《前进报》《群众文艺》《知识》等都设立了介绍苏联文学的专栏，经常发表苏联社会主义建设时期和卫国战争时期的作品。此外，侧重刊发翻译文学的报纸、期刊还有《文学战线》《文化报》《知识》《东北文化》等。文学观念是文学创作的潜在基础，规范和支配着这个时代的文学创作。解放区的作家们译介了大量的苏俄作品，其中大部分是社会主义现实主义作品。除报刊外，东北解放区翻译文学的出版途径还有书店。由书店、期刊、报纸构成的媒介场，有效地促进了东北作家与世界

文艺思潮的交流，尤其是苏联所倡导的革命现实主义文学创作思想对东北的文艺运动发挥了指导作用。

《东北日报》的译介主要集中在俄苏文艺思想、作家作品方面，其中刊发爱伦堡、法捷耶夫等文艺理论家的作品的数量最多，产生的影响也最为深刻。这些作品极大地开阔了东北知识分子的视野。《东北文艺》每期都对俄苏文学作品、作家进行介绍，较有代表性的是1947年曾连载过的金人翻译的苏联作家华西莱芙斯卡娅的中篇小说《只不过是爱情》。《文化报》介绍了大批的俄苏作家，刊载了一些文艺评论、文学作品等。《文学战线》在刊发原创作品的同时，则侧重于介绍俄苏文学作品和翻译俄苏文艺理论。

东北书店出版了大量的翻译过来的苏联文艺论著和苏俄文学作品，目前搜集到的翻译文艺论著的种类达110余种。其翻译出版的俄苏文学作品具有丰富的题材，包括电影文学剧本、报告文学、游记、书信集、诗歌、小说等。辽东建国书社、大连大众书店、光华书店等也是翻译作品重要的出版机构。

翻译文学的发展有助于文学创作的繁荣与文艺理念的更新，但东北解放区译介作品的内容较为单一，翻译的作品几乎全都来自苏联，俄苏文艺思想、文艺理论和文艺作品得到高度关注，成为文坛的主流。其原因有如下几个方面：

首先，从地缘因素来看，东北与苏联有着天然的地缘关系。东北地区与苏联的东西伯利亚地区有着相似的自然环境，都处于高纬度寒带地区，气候寒冷，地广人稀。自然环境和原始文化的相似为思想的交流提供了基本契合点。

其次，从政治因素来看，俄苏文学在中国的兴衰与中俄之间的政治文化交流有着密切的关系。当时的文人也希望通过译介苏联文学作品来改造和影响人们的思想意识，以及树立新民主主义革命的奋斗目标和未来社会主义的奋斗目标。

最后，从社会现实来看，东北解放区的沈阳、大连等地在中国人民解放军进驻之前已经驻有苏联红军，而且在经济、文化等方面与苏联交往密切，苏联文学作品的翻译、出版自然丰富。

1942 年之后，延安文艺工作者主要是对苏联等少数社会主义国家的文学作品进行译介。对于与苏联接壤的东北解放区来说，由于与外界接触困难，能获得的外国文学作品更少，在建设新文学方面，除了以五四新文学和老解放区文学为资源外，苏联文学便是重要的资源。苏联文学对建设中的东北解放区文学具有不同寻常的意义。

六

东北解放区建立后，文学创作繁荣一时。然而，文学创作在繁荣的背后也存在着一些问题，其中一个突出的问题就是创作者的背景复杂，其中有来自抗日根据地的，也有来自关内国统区的，还有本土的。不同的思想意识、价值取向、艺术趣味掺杂在各类作品中，部分作品的创作倾向出现了偏差。这些问题引起了文艺界的关注。东北解放区的主要报刊和杂志纷纷开辟评论专栏，采用编者按、读者来信、短评、述评、观后感等形式开展文艺批评，为确立正确的文艺路线提供思想保障。

初到东北的文艺工作者首先感受到的是新老解放区之间政治环境和文化环境的差异。自清朝灭亡到抗战胜利的三十多年间，东北民众饱受战乱的痛苦。抗战胜利后，虽然旧的社会结构和文化体制已经解体，但旧的意识形态还残留在一些人的头脑中，东北民众与新政权之间存在着一定的隔膜。刚刚到达东北的大多数文艺工作者对东北特殊的历史环境认识不足，尚未做好相应的思想准备，仍然延续过去的创作方法和思维方式，脱离群众和实际。以什么样的形式和内容来服务刚刚从殖民者的铁蹄下解放出来的人民，是当时文艺工作迫切需要解决的问题。

文艺争鸣与文艺批评既是抗日根据地文艺工作的优良传统，也是党指导文艺工作的重要手段。毛泽东同志在《在延安文艺座谈会上的讲话》中指出，文艺界的主要的斗争方法之一，是文艺批评。此时，东北文艺工作者的首要任务就是对旧的意识形态进行批判和改造，从而构建与延安解放区主体同构的新的意识形态场域。因此，在本地区文艺界开展一场广泛的文艺批评运动就显得十分迫切和必要。1945年11月，陈云同志在《对满洲工作的几点意见》中提出了党在东北的几项重要任务："扫荡反动武装和土匪，肃清汉奸力量，放手发动群众，扩大部队，改造政权，以建立三大城市外围及长春铁路干线两旁的广大的巩固根据地。"这既是党在东北的中心工作，也是东北文艺界所面临的主要任务。东北解放区的文艺队伍自觉地将创作与政治任务结合起来，坚持为人民服务的创作方向，以《在延安文艺座谈会上的讲话》为指导来进行创作。东北这块古老而又年轻的土地上结出了丰硕的艺术成果。这些作品在内容上贴近当时东北的现实生活，在形式上生动活泼，富有浓郁的地方乡土气息，在教育人民、鼓舞人民、组织人民、团结人民、打击敌人方面发挥了重要作用。东北解放区文艺作为革命文艺版图中的一个独立板块开始形成，它既是"延安文艺"的派生，又具备地域文化品格。它不是由内而外自发产生的，而是在改造和清除原有旧文化的基础上通过外部输入逐步确立的。

与“延安文艺”相比，东北解放区文艺自身也出现了一些新的特质，特别是在文艺批评方面，文艺工作者表现出了强烈的自觉性。他们坚持无产阶级和人民大众立场，从不同层面和角度开展文艺界的批评与自我批评，引导东北解放区文艺朝着正确的方向发展。

东北解放区文艺的根本任务与延安文艺的根本任务保持着高度一致，但又具有特殊性。如果简单地照搬、照抄延安文艺的经验，那么东北解放区文艺很难适应革命发展的需要。东北解放区文艺首先具有启蒙的意义，它不仅具有文化启蒙的意义，也具有政治启蒙的意义。为此，东北解放区的文艺工作者以《在延安文艺座谈会上的讲话》精神为指导，树立起无产阶级的文艺大旗，以新文化来改造旧社会，重塑民众的国家意识、民族意识和政治意识，把东北建设成为中国革命的战略大后方。

在延安文艺旗帜的指引下，东北文艺界通过理论探讨和思想整风，统一了广大文艺工作者对革命文学根本属性的认识，东北的文艺工作焕然一新。广大文艺工作者在理论和实践两个方面取得了很大的成就，既继承和发扬了延安文艺思想，也将《在延安文艺座谈会上的讲话》精神与具体实践结合起来。夏征农、蔡天心、铁汉、甦旅、萧军、胥树人等知名的文艺界人士都对这个问题做了深入研究，产生了较大的影响。

与延安文艺相比，这个时期的东北文艺作品主题更丰富，创作者以切身的生命体验为基础，再现了解放战争时期东北所发生的波澜壮阔的革命斗争，以及在这个过程中东北人民的生活与精神面貌。

东北解放区的文艺发展也不是一帆风顺的，它也走了一些弯路。但是,在毛泽东《在延安文艺座谈会上的讲话》的指引下,文艺工作者不仅投身到创作之中,也开展了广泛的文艺批评,营造了一个宽松的舆论环境,作家们畅所欲言,在批评他人的同时也开展自我批评。这为创作的繁荣奠定了理论基础,也为新中国的文艺创作和文艺批评积累了资源和经验。

七

史料卷是大系的综合卷,其编撰初衷是反映东北解放区文学创作的初始背景,呈现当时的政策和文学创作的大环境,通过对资料的梳理,为弘扬东北解放区文学创作的优良传统提供第一手的基础资料。史料卷共分为七大部分。

一是文艺工作政策方针。文艺工作的政策方针是党根据一定历史时期的总路线和总任务确立的文艺指导原则,反映了一定时期文艺创作的总体规划、部署和要求。史料卷旨在呈现东北解放区创作繁荣的大背景下中国共产党对文艺工作的总体规划和实施情况。史料卷主要收录了与东北解放区相关的宣传文件,以及部分会议发言和讲话等内容,其中有出版、通讯、写作的相关规定,也有重要领导对文艺工作的指示要求,同时还收录了部分重要会议成果。

二是重要报纸、期刊。报纸、期刊大量创办是文艺繁荣的重要标志之一。报纸、期刊直接促进了文学事业整体的发展和繁荣,使优秀作品产生了广泛的社会影响。1945 年 11 月《东北日报》创办后,东北解放区先后创办、发行的报纸近百种。此外,在东北局宣传部的统一领导下,地方与军队也创办了数十种文学与文化类刊物。从成人刊物到儿童刊物,从高雅刊物到面向大众的通俗刊物,从文学到艺术，靡不具备。诸多的文艺报刊为文学作品的生产提供了园地，成为东北解放区文学创作的先锋阵地。

三是文艺团体、机构。在东北解放区，多个文艺团体和机构活跃在文艺创作和宣传的第一线，对东北解放区文艺事业的发展发挥了重要作用。东北局先后出资创办了东北书店等众多的图书出版机构，使得东北解放区报刊出版和传媒得到快速发展。1946年，东北局在佳木斯成立了东北文化工作委员会，此后，中苏文化协会、鲁迅文艺研究会等文艺社团也相继成立。东北文艺工作团等文艺团体也迅速发展。在组建大量的文艺团体和文工团之际，军队与地方政府和宣传部门还非常重视文艺人才的培养和文学教育体系的建立，在演出之余，也招收和培养文艺人才。在短短的四年间，东北解放区建立了众多的文艺工作团体与人才培养学校。这体现了我党对教育人民、教育部队和动员人民参与革命的重视。

四是作家及创作书目。从延安来到东北的革命文艺工作者数以百计，此外，20 世纪 30 年代从哈尔滨流亡到关内各地的东北作家群成员也陆续返回东北。这些文化工作者云集黑龙江，办报纸，办杂志，从事广泛的文化艺术活动，使得东北解放区文学艺术以全新的姿态向共和国迈进。史料卷收录了活跃在东北解放区的多位作家的生平和创作情况，当然，由于这一历史时期具有特殊性，作家区域性流动较为频繁，对作家的遴选和掌握主要以创作活动的轨迹和作品发表的区域为依据。

五是东北解放区文学回忆与纪念。为了弥补现有资料不足的缺憾，史料卷特别收录了部分文学界前辈及其家人的回忆与纪念文章，其中既有参加文艺团体的亲历感受，也有对文艺创作细节的点滴回忆。由于年代久远，这些资料的某些细节无法准确、翔实地

体现出来，但这些资料记录了东北解放区文艺工作者的亲历感受，对补充和完善史料卷的内容大有裨益。

六是大事记。为了对解放区文学创作资料进行细致整理，进而为读者提供一个简明的、提纲挈领式的线索，史料卷呈现了大事记。大事记旨在将反映文学活动和文艺创作的各种资料予以浓缩，按照时间线索对史料进行编排。大事记简明扼要地记述了1945年9月至1949年9月东北解放区文学方面的大事、要事，涵盖了部分文艺作品创作、文艺团体成立的时间节点，有助于读者了解东北解放区文学的发展脉络。

七是索引。鉴于东北解放区文学总体呈现出体裁广泛、内容丰富等特点，史料卷以作者为线索，将分散在小说卷、散文卷、诗歌卷、戏剧卷、评论卷、翻译文学卷中的作品整理出来，形成丛书索引。索引以作者为基点，将作者在各卷中的作品情况（作品名称、所在卷册、页数）逐一列出，可以在一定程度上呈现出东北解放区文学的整体情况，亦可以体现出作者的创作风格和特点，进而从不同角度展示出东北解放区文学发展的脉络和趋势。

随着军事上的胜利和东北解放区的形成，东北的政治面貌、经济面貌发生了根本性的变化，特别是文化呈现出前所未有的发展和繁荣的局面。东北解放区在政策制定、政策实施、新闻出版、文艺社团、文艺教育体制、作家培养等涉及文艺发展与繁荣的各个方面，继承、发展和完善了延安文艺体制，对当代文学和文艺制度产生了重要和深远的影响。

尽管东北解放区文学得到前所未有的发展和繁荣，但这份珍贵的文化资料始终没有得到系统整理，有关资料分散在哈尔滨、齐齐哈尔、牡丹江、佳木斯、长春、沈阳、大连等地，加上年代久远，这给编选工作带来了很大的困难。一方面,区域性的文学史料不易引起一般研究者的重视,文学史料的保留和整理工作在通常情况下很不理想,尽管编选者在前期已有一定的资料积累,但是很多工作还需要从头开始。另一方面,由于年代久远,加之当时的出版印刷技术有限,许多资料的保存和整理已经成为一大难题。许多珍贵的文学资料甚至已经出现严重的、不可恢复的缺损,因此,整理和出版东北解放区的文学史料,对东北解放区文学和中国现代文学的研究具有重要意义,同时,对人们了解和认识东北解放区这段历史也具有重要意义。

东北解放区文学创作距今已有七十年的历史,从 20 世纪 80 年代开始,东北解放区文学作为中国现代文学的一部分开始进入研究者的视野,搜集、整理与研究工作逐渐深入,一大批有分量的成果随之产生。其中,具有代表性的成果有两项,一项是林默涵主编的《中国解放区文学书系》(重庆出版社,1992 年出版),另一项是张毓茂主编的《东北现代文学大系》(沈阳出版社,1996 年出版)。这两部著作以文学价值作为侧重点,对东北解放区文学进行了很好的梳理。此外,黑龙江、辽宁与吉林三省的社会科学院文学研究所通力编辑出版的《东北现代文学史料》(共九辑),其价值亦不可低估,当时资料的提供者或为亲历者,或为亲历者之亲友,这从文献抢救的角度来看可谓及时。尽管《中国解放区文学书系》和《东北现代文学大系》对东北解放区文学进行了较大规模的搜集与整理,但由于编辑侧重点不同,这两部著作对东北解放区文学作品只是有选择性地收录,东北解放区文学作品分散在各地图书馆与散落在民间的态势并未改变。进入 21 世纪后,随着时间的流逝,承载东北解放区文学作品的旧报、旧刊、旧图书流失和损毁的情况日益严重,对东北解放区文学进行进一步搜集与整理的必要性在中国现代文学界达成共识。2008 年,东北现代文学研究者、黑龙江省社会科学院文学研究所研究员彭放在主编完成《黑龙江文学通史》(北方文艺出版社,2002 年出版)之后,提出了编辑出版《东北解放区文学大系》的建议,这一建议得到了认可。事隔十年,2018 年,由黑龙江省社会科学院文学研究所与黑龙江大学出版社联合策划的《1945—1949 年东北解放区文学大系》荣获国家出版基金资助出版,这完成了老一代东北现代文学研究者的夙愿。

《1945—1949 年东北解放区文学大系》的编者,力求完整地体现东北解放区文学的整体风貌,在文学价值之外,亦注重作品的文献价值,以文学性与文献性并重作为搜集、整理工作的出发点。

《1945—1949 年东北解放区文学大系》的篇目编选工作,由黑龙江省社会科学院发起,联合黑龙江大学、哈尔滨师范大学、哈尔滨学院等黑龙江省多所高校共同开展。为了保证学术性,本丛书特聘请多位东北现代文学领域的专家组成编委会,各卷主编均为中国现代文学方面学养深厚的研究者。本丛书的篇目编选工作得到了北京、吉林、辽宁等地多家相关单位的支持。东北现代文学界德高望重的老一代学者亦给予大力支持,刘中树、张毓茂与冯毓云三位先生欣然允诺担任本丛书的学术顾问,本丛书的姊妹著作《1931—1945 年东北抗日文学大系》的总主编张中良先生亦为学术顾问。特别应提及的是,张毓茂先生在允诺担任本丛书学术顾问不久后就溘然离世,完成这部著作就是对先生最好的悼念。

本丛书的资料搜集工作,除得到东北三省各家图书馆的支持外,还得到了中国现代文学馆、黑龙江省浩源地方文献博物馆的大力支持。东北红色文献收藏人胡继东、华东师范大学历史系博士崔龙浩，以及华东师范大学历史系高铭阳、雷宇飞等人为本丛书的集成提供了大量珍贵而稀缺的第一手资料。对于他们的无私奉献，在此表示诚挚的感谢！此外，黑龙江大学文学院、哈尔滨师范大学文学院许多在读的博士生、硕士生和本科生也参与了资料搜集工作，在此，请恕不一一列名。

《1945—1949 年东北解放区文学大系》除入选 2019 年度国家出版基金资助项目之外，还被列入黑龙江历史文化研究工程项目，在此谨致谢忱。

评论卷导言

东北解放区文艺思潮评述(1945—1949)

蓝　天

一

1945年9月19日,中共中央发表《关于目前任务和向南防御、向北发展的战略方针和部署的指示》,向全党全军发出了进军东北的动员令。在此一个多月前,中央就已命令晋察冀、山东分局选派部队和干部挺进东北,抢占战略先机。在奔赴东北的干部队伍中,有一批来自延安各文艺团体的文艺工作者,其中包括由鲁艺音乐系、戏剧系、美术系师生组成的“东北文工一团”和由延安青年艺术剧院骨干组成的“东北文工二团”,这些文艺团队汇聚了延安等抗日根据地的大批艺术家、文化名人和文艺工作者,他们跟随部队一路北上,在接管伪满时期旧的文化机构的同时,又加快新的报纸、杂志、剧团、学校、协会的建设,以较短的时间构筑了东北地区的革命文化阵地。

面对新的土地、新的生活，广大文艺工作者迸发出巨大的热情，他们深入农村、城市、厂矿、部队，创作了大量的小说、戏剧、电影等艺术作品，繁荣一时。然而，在创作繁荣的背后也存在着形形色色的问题，突出的一点就是创作者的背景驳杂，其中有来自抗日根据地的，也有来自国统区的，不同的意识形态、价值取向、艺术趣味掺杂在各类作品中，造成了一定的思想混乱，部分作品的创作倾向出现了偏差，作家铁汉深有感触地说："半年来，常常听到读者在责备东北的文艺工作者，责备他们为什么逃避血淋淋的现实？为什么把千万人所共同感受的置而不写？"①时任安东省军区政治部副主任的夏征农对此进行了深入思考和分析："由于我们的文艺工作者受着旧的影响很深，阵营复杂，接受的程度不同，同时，由于文艺批评始终没有开展，'互吹'与'相轻'的坏风气还很流行，这就给了各种不正确思想以藏身的处所，因此，文艺思想的混乱在有些具体问题上，在个别同志思想上，表现得仍很严重。"②这些问题也引起了文艺界的注意，随后，本地区的主要报纸和杂志纷纷开辟评论专栏，采用编者按、读者来信、短评、述评、观后感等形式开展文艺批评，传播马克思列宁主义、毛泽东思想，宣传中国共产党的主张，发动群众、教育群众，为确立正确的文艺路线提供了思想保障。

初到东北的文艺工作者首先感受到的是新老解放区之间的政治和文化环境差异。东北自清朝灭亡到抗战胜利的三十多年

---

① 铁汉:《东北文艺工作者的新使命》，载《星火》1946 年第 2 期。

② 夏征农:《新形势下的文艺工作与文艺工作者》，光华书店 1949 年版，第 20 页。

间，饱受战乱和侵略者压迫的痛苦，特别是沦陷的十四年中，日本侵略者利用宗教、教育、文艺、新闻等工具向东北人民灌输殖民意识，毒化他们的精神世界。抗战胜利后，殖民政权的社会结构和文化体制虽然解体，但殖民统治时期的意识形态还残留在一些人的头脑中，东北民众与新政权之间似乎存在着一层隔膜。刚刚到达东北的大多数文艺工作者对东北特殊的历史环境了解和认识不多，没有做好相应的思想准备，仍然延续过去的创作思维和方法，脱离群众和实际，正如金人所说："我们总说把文艺运动和群众结合起来，但是到现在为止，还没有真正好好地广泛地和群众结合起来。在老解放区内，特别是在延安的新秧歌运动，使文艺和群众的结合已经很紧密了，但是在新解放区，特别在东北，就还差得很远。"①以什么样的形式和内容来服务刚刚从侵略者的铁蹄下解放出来的人民，是当时文艺工作迫切需要解决的问题。

文艺争鸣与文艺批评既是抗日根据地文艺工作的优良传统，也是党指导文艺工作的重要手段。1940 年初，毛泽东同志发表了《新民主主义论》，在这部论作中，他运用马克思列宁主义的基本原理系统地阐释了"民族的科学的大众的文化"理论，第一次用"中华民族的新文化"来区分"资产阶级的新文化"，赋予中国文化新的内涵和时代精神。"民族""科学""大众"概括了新民主主义文化的基本特征，为中国文化发展指明了方向。1942 年，毛泽东同志在《在延安文艺座谈会上的讲话》（以下简称《讲话》）中又对"民族""科学""大众"等"文艺运动中的一

① 金人：《和群众结合起来》，载《东北文艺》1947 年第 2 期。

些根本方向问题”进行了全面论述，提出了文艺要为人民大众服务的著名论断，确立了中国无产阶级文艺理论的基本美学范式。在《讲话》的第四部分开篇，毛泽东同志指出：“文艺界的主要的斗争方法之一，是文艺批评。”①东北作为刚刚摆脱殖民者奴役的新解放区，那里的民众对新生政权及政策是陌生的，封建意识、狭隘的民族意识等亟须肃清。在这个特殊的历史语境中，东北的文艺工作面临的首要任务就是使文艺很好地成为整个革命机器的一个组成部分。

意大利马克思主义者葛兰西认为，一个政党在尚未取得国家政权的条件下，必须首先掌握文化领导权和话语权，破除对现存制度合理性的认识，开展与原有阶级、政治、国家和自我身份认同的意识形态斗争。② 文艺是开展意识形态斗争的重要工具，此时，东北文艺工作者的首要任务就是运用这种工具掌握文化领导权，对旧的意识形态进行批判和改造，从而建设起与抗日根据地主体同构的新的意识形态场域。受到多种因素的影响，早期的东北解放区文艺活动存在一些问题，突出表现在“创作上还落后于群众的要求，创作还不够多，质量上也还差，在创作上也大半是无组织的进行着，文艺批评也不及时，开展得还不好，文艺组织不健全”③等方面，因此，在本地区文艺界开展一场广

---

① 毛泽东：《在延安文艺座谈会上的讲话》，见中共中央文献研究室、中央档案馆编：《建党以来重要文献选编（一九二一——一九四九）第十九册》，中央文献出版社2011年版，第305页。

② 葛兰西：《狱中札记》，曹雷雨等译，中国社会科学出版社2000年版，第239、292页。

③ 刘芝明：《将文艺提到人民建设时期的新水平》，新华书店1949年版，第17—18页。

泛的文艺批评运动就显得十分迫切和必要。《文学战线》的社论指出:文艺是必须展开批评与自我批评才能生动活泼、富有战斗性,才能更好地为人民服务的,也只有运用文艺批评这一武器,才能提高文艺作品的思想性与艺术性。通过文艺批评,既可以运用无产阶级文艺理论培养文艺工作者,“使之在新的理论上提高一步,更进一步掌握党的文艺政策,明确自己在本身和作品的政治立场”①,也可以“澄清文艺思想上的某些混乱”②,纯洁队伍,更好地发挥文艺的战斗力量,为巩固东北地区的人民政权提供思想保障。

二

毛泽东同志的《在延安文艺座谈会上的讲话》是中国革命文艺的纲领性文件,它确定了党的文艺工作的基本方针,也奠定了中国革命文艺美学范式的基础。

《讲话》发表后不久,中共中央总学委向全党发出号召,称《讲话》“是中国共产党在思想建设、理论建设事业上最重要的文献之一,是毛泽东同志用通俗的语言所写的马列主义中国化的教科书。此文件决不是单纯的文艺理论问题,而是马列主义普遍真理的具体化,是每个共产党员对待任何事物应具有的阶级立场,与解决任何问题应具有的辩证唯物主义历史唯物主义

---

① 刘绪:《我的意见》,载《文学战线》1948年第3期。

② 夏征农:《新形势下的文艺工作与文艺工作者》,光华书店1949年版,第20页。

思想的典型示范”①。《讲话》在广大进步文艺工作者中引起了强烈反响，他们自觉践行“为工农兵服务”的文艺方针，努力克服过去脱离实际、脱离群众的不良做派和习气，不断改造自己的主观世界，纷纷投入到火热的斗争生活中去。“在与人民水乳交融中，饱吸大众生活的琼浆后，挥动巨笔，以中国老百姓喜闻乐见的、具有中国风格和中国气魄的艺术形式，展现新的世界，新的题材，新的主题和新的人物，开创了我国革命文学艺术大众化的新天地。”②在《讲话》精神的指引下，一批富有浓烈的民族和乡土气息的优秀作品诞生了，其中影响较大的有《小二黑结婚》《白毛女》《兄妹开荒》《夫妻识字》《三打祝家庄》《王贵与李香香》《李有才板话》《李家庄的变迁》《高干大》等，这些创作不但推进了文艺大众化的进程，而且也获得了人民大众的审美认同。作家丁玲和欧阳山在深入边区生活之后，分别创作了报告文学《田保霖》和《活在新社会里》。毛泽东同志看到这两篇作品后，当即写信勉励他们：“你们的文章引得我在洗澡后睡觉前一口气读完，我替中国人民庆祝，替你们两位的新写作作风庆祝！”③丁玲深有感触地说：“我的新的写作作风开始了。什么是新的写作作风呢？就是写工农兵。”④

---

① 李准、丁振海主编：《毛泽东文艺思想全书》，吉林人民出版社 1992 年版，第 2033 页。

② 欧阳雪梅：《〈在延安文艺座谈会上的讲话〉：方向、影响与发展》，载《北京党史》2012 年第 4 期。

③ 中共中央文献研究室：《毛泽东书信选集》，中央文献出版社 2003 年版，第 211 页。

④ 艾克恩：《延安文艺运动纪盛（1937 年 1 月—1948 年 3 月）》，文化艺术出版社 1987 年版，第 520 页。

《讲话》发表之时正是抗战最艰苦的相持阶段，抗日根据地的广大文艺工作者深入基层、深入敌后，以各种文艺形式广泛宣传共产党的抗日主张，鼓舞民众的斗志，为夺取抗日战争的最后胜利做出了巨大贡献。这些文艺工作者一方面随同部队行军打仗，一方面还要担负发动和组织群众的任务，尽管环境恶劣，他们仍然利用战斗的空隙，在窑洞里、在马背上、在草垛旁创作出一大批形式多样、题材丰富的优秀作品，形成新文化运动以来的又一个中国文艺创作高峰。周扬对此做过很高的评价：既不"庙堂"又不"洋奴"、凝聚着中国民众的最广泛精神诉求的文化，就像挂露迎风的野花那样清新可爱、足堪造就。受到战时条件的制约，这个时期文艺家们来不及更深入、更广泛地对《讲话》的内涵进行论述和阐释，创作成就高于理论建树。尽管文艺批评发展相对滞后，文艺创作所取得的巨大成就却为后来东北解放区的文艺运动提供了宝贵经验，也为推动文艺批评的发展积累了丰富素材。

初到东北的文艺工作者清醒地认识到："摆在东北文艺界面前的迫切任务，是毛泽东同志文座讲话具体在东北实现的问题。"[①]1945 年 11 月，陈云同志在《对满洲工作的几点意见》中提出了党在东北的几项重点任务："扫荡反动武装和土匪，肃清汉奸力量，放手发动群众，扩大部队，改造政权，以建立三大城市外围及长春铁路干线两旁的广大的巩固根据地。"[②]这既是党在东北的中心工作，也是东北文艺界所面临的主要任务。在东

① 甦旅：《目前文艺运动的我见》，载《文学战线》1948 年第 2 期。

② 中共黑龙江省委党史工作委员会：《黑龙江党史资料（第八辑）》，中共黑龙江省委党史工作委员会资料编辑室 1986 年版，第 5 页。

北解放区的文艺队伍中，有一批经过延安文艺洗礼的艺术家，他们自觉地将创作与政治任务相结合，坚持为人民大众服务的创作方向，以《讲话》的精神指导自己的创作实践，在东北这块古老而又年轻的土地上结出了丰硕的艺术成果。正如时任东北局宣传部领导的刘芝明所说："东北文艺运动有党的正确领导，以及绝大部份文艺工作者执行了毛主席的为工农兵服务的文艺方针，东北文艺运动是密切的与战争和土地改革结合。"①在这批艺术家的努力下，《讲话》精神逐步落实到东北的各项文艺工作中，他们奔赴土地改革第一线，奔赴战场前线，奔赴车间厂矿，以极大的革命热情创作出一批具有影响力的优秀作品。据统计，"四六年七月以前，文艺作品出版只有三种；土地改革和革命战争时期，即四六年七月至四八年三月，文艺作品出版共一九四种，土地改革完了和战争后期，即四八年四月至四九年五月，文艺作品出版共一四四种"②。这些作品包括戏剧、东北秧歌剧、活报剧、小说、歌曲、电影、漫画、年画、连环画、木偶戏等，内容上贴近当时东北的现实生活，形式上生动活泼，富有浓郁的地方乡土气息，在教育人民、鼓舞人民、组织人民、团结人民、打击敌人上发挥了重要作用。

东北解放区文艺作为革命文艺版图中的一个独立板块开始形成，它是"延安文艺"的派生，同时也具备地域文化品格。它不是由内而外自发产生的，而是在改造和清除原有旧文化的基

---

① 刘芝明：《将文艺提到人民建设时期的新水平》，新华书店 1949 年版，第 2 页。

② 刘芝明：《将文艺提到人民建设时期的新水平》，新华书店 1949 年版，第 3 页。

础上，通过外部的输入逐步确立的。它直接继承了“延安文艺”的精神内核，承担起《讲话》赋予文艺的使命，随着东北的解放和建设不断发展壮大，逐渐成为践行《讲话》精神的示范区。与“延安文艺”相比，东北解放区文艺也出现了一些新的特质，特别是在文艺批评方面，文艺工作者表现出了强烈的自觉性：“过去我们是缺少批评，更缺少理论指导。我们是需要在这些问题上好好展开讨论，对今后文艺界有更进一步的推动，作出更多的成绩来”①。铁汉的《东北文艺工作者的新使命》、甦旅的《目前文艺运动的我见》、萧军的《目前东北文艺运动我见》、夏征农的《新形势下的文艺工作与文艺工作者》等论作相继发表，这些文章紧紧围绕《讲话》涉及的一系列重大文艺理论问题，坚持无产阶级和人民大众立场，从不同层面和角度开展文艺界的批评与自我批评，引导了东北解放区文艺的正确发展方向。

上述文章的作者既是文艺工作者，也是东北解放区各条文艺战线的领导者，他们中绝大多数人曾经在延安亲耳聆听毛泽东同志的讲话，对《讲话》精神有着更深刻的认识和理解。他们在思想上与《讲话》精神保持高度一致，不仅向广大文艺工作者宣传了马列主义、毛泽东思想的文艺观，还通过剖析东北文艺界的现状和问题，从政治上、思想上启发广大东北知识青年、知识分子以及一切文化工作者，鼓舞他们的革命热情，提高他们的自觉性与为人民服务而斗争的积极性。

三

东北解放区文艺是在《讲话》精神的指引下建立起来的，它

---

① 甦旅：《目前文艺运动的我见》，载《文学战线》1948 年第 2 期。

从产生的那一天起，就深深地打上了延安文艺的烙印。

延安文艺的根本任务是“求得革命文艺的正确发展，求得革命文艺对其他革命工作的更好的协助，借以打倒我们民族的敌人，完成民族解放”①。随着日本的战败投降，中国的时局发生了深刻变化，中国革命的任务从寻求民族的解放转向争取全国的解放。东北解放区文艺的根本任务与延安文艺高度一致，但又具有特殊性，这个环境比起抗日战争时代是多样的，而对象的要求也是多样的，简单照搬照抄延安文艺经验，很难适应革命发展的新需要。解放战争初期，东北局势诡谲多变，党的工作原则和重心也在不断调整，“文艺创作几乎是在一个被时刻校正的规范组成的语境中进行的”②。东北解放区文艺具有启蒙的意义，它不仅是文化启蒙，更重要的是政治启蒙，正如甦旅所说：“东北急需的是启蒙，补上十四年这一课，粉碎盲目正统观念，把青年知识分子们从抽象的国家框框里挽救出来，教他们爱人民，爱人民的祖国和民族。”③舒群在《关于〈夏红秋〉的意见——复作者的信》中也提到：“在东北青年学生中还有很大一部分没有摆脱敌伪的奴化教育和蒋党的愚民教育的影响，依然还是盲目正统观念，反人民思想在他们头脑中占统治地位。”④十四年

① 毛泽东：《在延安文艺座谈会上的讲话》，见中共中央文献研究室、中央档案馆编：《建党以来重要文献选编（一九二一—一九四九）第十九册》，中央文献出版社 2011 年版，第 286 页。

② 韩文淑：《东北解放区的文艺大众化实践》，载《东北师大学报（哲学社会科学版）》2019 年第 5 期。

③ 甦旅：《目前文艺运动的我见》，载《文学战线》1948 年第 2 期。

④ 舒群：《关于〈夏红秋〉的意见——复作者的信》，载《东北文艺》1947 年第4 期。

的殖民统治给东北人民在肉体和精神上带来了巨大伤害，肉体的伤害可以随着时间的推移慢慢愈合，精神上受到的伤害却很难用时间治愈。鉴于此，东北解放区文艺界清晰地认识到其工作的第一要务就是宣传《讲话》精神，树起无产阶级的文艺大旗，以新文化涤除旧文化、改造旧社会，重塑民众的国家意识、民族意识和政治意识，把东北建设成中国革命的战略大后方。

1945 年 11 月，大众文化书店出版的《现阶段中国文艺的方向》一书中刊有《讲话》全文，这是《讲话》第一次在东北地区的公开出版物上出现，《讲话》的宣传力度和影响力逐步扩大。东北局主办的《东北文艺》的编辑草明曾回忆说："办这个刊物的宗旨，是坚持毛主席《在延安文艺座谈会上的讲话》的方向。提倡作家深入生活，反映现实生活中的英雄业绩以鼓舞和教育人民。"①《讲话》所确定的文艺方向、美学原则在东北开始深入人心，这个时期的文艺批评也始终围绕《讲话》的主要内容展开：一是文艺是为什么人的；二是文艺的创作方法；三是普及与提高的关系。这些文艺批评活动广泛宣传了《讲话》精神，扩大了《讲话》在东北文艺界的影响力，同时作者们从具体的作品、艺术现象、文艺思潮入手，深入阐释《讲话》精神的丰富内涵，将理论与实践统一到东北地区的新文化建设中来。毛泽东同志在《讲话》中提出："我们的文学艺术都是为人民大众的，首先是为工农兵的，为工农兵而创作，为工农兵所利用的。"②要彻底解放

① 草明：《〈东北文艺〉创刊回溯》，载《鸭绿江（上半月版）》2014 年第 3 期。

② 毛泽东：《在延安文艺座谈会上的讲话》，见中共中央文献研究室、中央档案馆编：《建党以来重要文献选编（一九二一—一九四九）第十九册》，中央文献出版社 2011 年版，第 301 页。

东北人民，不仅需要一支手里拿枪的军队，还需要一支"团结自己、战胜敌人"[①]的文化的军队。只有这支军队才能创作出"真正为工农兵的文艺，真正无产阶级的文艺"[②]，也才能对战争和土地改革运动起到很大的配合作用。

郭沫若在《人民的文艺》中对"人民的文艺"做了清晰的界定——"人民的文艺是以人民为本位的文艺，是人民所喜闻乐见的文艺，因而它必须是大众化的，现实主义的，民族的"[③]。何为"人民为本位"？严文井认为，"注意广大工农兵群众的文艺活动和要求"[④]就是坚持人民本位。他说，工农兵群众对专门的文艺工作者"不外有两个要求：一个是要为他们写更多的作品；一个是要帮助指导他们的文艺活动。这两个要求从我们自身的角度看来，其实是一件事，就是为工农兵。为他们写东西是为工农兵，指导他们的文艺活动也是为工农兵"[⑤]。他还指出，当文艺创作成为成千上万的工农兵群众在各地广泛进行的活动时，

---

① 毛泽东：《在延安文艺座谈会上的讲话》，见中共中央文献研究室、中央档案馆编：《建党以来重要文献选编（一九二一——一九四九）第十九册》，中央文献出版社 2011 年版，第 286 页。

② 毛泽东：《在延安文艺座谈会上的讲话》，见中共中央文献研究室、中央档案馆编：《建党以来重要文献选编（一九二一——一九四九）第十九册》，中央文献出版社 2011 年版，第 295 页。

③ 郭沫若：《人民的文艺》，见文天行、王大明、廖全京编：《中华全国文艺界抗敌协会资料汇编》，四川省社会科学院出版社 1983 年版，第 256 页。原载《抗战文艺》1945 年"文协成立七周年并庆祝第一届文艺节纪念特刊"。

④ 严文井：《注意广大工农兵群众的文艺活动和要求》，载《文学战线》1948 年第 2 期。

⑤ 严文井：《注意广大工农兵群众的文艺活动和要求》，载《文学战线》1948 年第 2 期。

"人民文艺的灿烂时期定将到来"[①]。《东北文艺》1947年第1期中以通信形式发表了《文艺有啥用处》一文,文章鲜明地指出:"革命文学宣传革命的、进步的思想;歌颂革命事业的正义性;表现革命群众的伟大力量;反抗统治阶级对人民的奴化、愚化教育;揭露统治阶级的残暴、黑暗;唤醒人民的革命热情,号召他们参加革命斗争,坚定革命信心。同时,也从思想上批评、教育人民。"[②]夏征农在《新形势下的文艺工作与文艺工作者》中更为具体地将东北文艺工作的新任务归纳为三条:"首先,文艺工作必须成为军事宣传,教育部队,激励士气,瓦解敌人,组织力量,扩大胜利影响的锋利武器。"[③]"其次,文艺工作必须坚决地为农民服务,激励农民的阶级仇恨与战斗意志,唤起农民的自尊心与自信心,使之迅速地从封建制度的重压下解放出来。"[④]"最后,我们必须以最大的力量开展连队中与农村中的群众性的文艺运动,把文艺的武器交给农民与人民的子弟兵。"[⑤]在延安文艺旗帜的指引下,东北文艺界通过开展理论探讨和思想整风,统一了广大文艺工作者对革命文学根本属性的认识,东北的文艺工作焕然一新。

刚刚起步的东北解放区文艺虽然聚集了不少全国知名的艺

---

① 严文井:《注意广大工农兵群众的文艺活动和要求》,载《文学战线》1948年第2期。

② 希文:《文艺有啥用处》,载《东北文艺》1947年第1期。

③ 夏征农:《新形势下的文艺工作与文艺工作者》,光华书店1949年版,第11页。

④ 夏征农:《新形势下的文艺工作与文艺工作者》,光华书店1949年版,第12页。

⑤ 夏征农:《新形势下的文艺工作与文艺工作者》,光华书店1949年版,第14页。

术家，但他们中绝大多数因为形势和工作的需要，而参加到实际工作中去了，以致出现“作品写得太少了”的现象。不少抗日根据地来的同志都发现了这个问题，曾任《东北文艺》主编的蔡天心说：“怎样动员大家写作，却是我们今天文艺工作的首要任务，没有作品的文艺战线，就像没有武装的军队一样，不能冲锋陷阵，也不会战胜敌人。”①萧军提出了“集中力量、建立核心”的观点，他把文艺工作者形象地比为“一个用笔的战士”，认为如果文艺工作者“不会很好地使用他底笔，这全是耻辱”。② 针对上述问题，一方面有人大声疾呼文艺家们要深入农村、部队、矿山，要把每一个斗争的场面写出来，把每个小的问题报道出来，写斗争中伟大的场面和人民，让文艺成为“广大的民众的为生活、自由、解放而斗争的武器”③。另一方面，广大的创作者与理论工作者围绕“如何创作”开展了热烈讨论，这些讨论主要集中在“普及与提高”“创作与批评”“艺术形象塑造”等方面。

四

毛泽东同志在延安文艺座谈会上指出：“在现在世界上，一切文化和文学艺术都是属于一定的阶级，属于一定的政治路线的。”④无产阶级的文艺就是站在无产阶级和人民大众的立场上

---

① 蔡天心：《对目前文艺工作诸问题的意见》，《东北日报》1949 年 6 月 25 日、26 日。

② 萧军：《目前东北文艺运动我见》，载《东北文艺》1946 年第 1 期。

③ 铁汉：《东北文艺工作者的新使命》，载《星火》1946 年第 2 期。

④ 毛泽东：《在延安文艺座谈会上的讲话》，见中共中央文献研究室、中央档案馆编：《建党以来重要文献选编（一九二一—一九四九）第十九册》，中央文献出版社 2011 年版，第 303 页。

为工农兵及其干部服务的。从这个基本观点出发,"如何为工农兵服务"成为党的文艺工作者必须面对和解决的问题。《讲话》又提出了"努力于提高呢,还是努力于普及呢?"[①]这样一个重要命题,并且旗帜鲜明地给出了答案:"沿着工农兵自己前进的方向去提高,沿着无产阶级前进的方向去提高。"[②]

在东北,广大文艺工作者以《讲话》精神为指导,在理论和实践两个方面取得了突出成绩,既是对延安文艺思想的继承和发扬,也是将《讲话》精神与具体实际相结合的有益探索。"普及与提高"是理论探讨的中心话题,夏征农、蔡天心、铁汉、甦旅、萧军、胥树人等知名的文艺界人士都对这个问题做了深入研究。夏征农在东北文工团座谈会上做了题为《新形势下的文艺工作与文艺工作者》的长篇讲话,他在讲话中分析了东北文艺界存在的"文艺思想上的混乱"的问题,将之归纳为四个主要方面:一是"表现在为谁服务的问题上";二是"表现在以什么样的文艺去服务工农兵的问题上";三是"表现在对普及与提高的认识上";四是表现在"对政治与艺术的关联的认识上"。[③] 其中,对第三点的论述篇幅最大,也最深刻。夏征农先后在上海及新四军抗日根据地参与"左翼文学"运动和党的宣传工作,具有丰

① 毛泽东:《在延安文艺座谈会上的讲话》,见中共中央文献研究室、中央档案馆编:《建党以来重要文献选编(一九二一—一九四九)第十九册》,中央文献出版社 2011 年版,第 297 页。

② 毛泽东:《在延安文艺座谈会上的讲话》,见中共中央文献研究室、中央档案馆编:《建党以来重要文献选编(一九二一—一九四九)第十九册》,中央文献出版社 2011 年版,第 297 页。

③ 夏征农:《新形势下的文艺工作与文艺工作者》,光华书店 1949 年版,第 20—27 页。

富的创作经验和深厚的理论修养，他根据自己长期的工作经验和观察指出，在革命的文艺队伍中仍然存在对“普及”与“提高”关系的模糊认识，有的人狭隘地认为“普及是为工农兵”，而提高是“为小资产阶级”，就是“存心不让工农兵看的”，错误地“把普及与提高看成是对立的”，他们的提高标准是以“小资产阶级或资产阶级的尺度去衡量，而不是以工农兵的尺度去衡量”。①

夏征农在讲话中还分析了另一种“完全忽视提高”的现象，他以民间文艺的表演形式为例，指出有些人认为民间文艺“不能增减一点，否则便不是工农兵文艺，以为工农兵只是需要那些朴实的很少加工的东西，而不需要提高，甚至以为舞台上的工农兵，应该和现实的工农兵一举一动要完全一模一样，否则失去了真实，不能算是工农兵的文艺”②。相较于前一个问题，这种“左”的文艺思想在当时各个解放区更为普遍。夏征农尖锐地指出，那些忽视提高的观点与特别强调提高的观点实际上都是“把普及与提高看成是对立的东西”，都是“看不到工农兵文艺的发展前途及工农兵的前进心与创造力”，不仅是荒谬的，而且是“阻碍着工农兵的文艺的发展的”。③ 他坚持《讲话》提出的

---

① 夏征农：《新形势下的文艺工作与文艺工作者》，光华书店 1949 年版，第 24—25 页。

② 夏征农：《新形势下的文艺工作与文艺工作者》，光华书店 1949 年版，第 25 页。

③ 夏征农：《新形势下的文艺工作与文艺工作者》，光华书店 1949 年版，第 26 页。

“在普及的基础上去提高，在提高的指导下去普及”[①]的原则，称赞以秧歌剧《白毛女》为代表的优秀新剧目“内容是群众的，形式也是群众的，是普及，也是提高”[②]。

甦旅的《目前文艺运动的我见》也是一篇影响广泛的文论，作者以发展的眼光认识和理解“普及”与“提高”的关系，对新形势下的文艺运动具有很强的指导意义。在对“普及”和“提高”的认识上，不少人认为既然文艺是为工农兵服务的，那么，创作只有知识分子和干部才能看得懂的作品就是“开倒车”，甚至还有人把利用新形式创作出的一些尚不成熟的作品称为“夹生饭”。针对这些新问题，甦旅从文艺发展的自身规律出发，提出要对“写作上的夹生饭”现象多点宽容，他认为出现“夹生饭”的问题“应该是说作者对实际的体验还不够，新形式的创造还有值得更提高一步的必要”，对于所谓“写不出适合于工农兵看的文章而写了为干部看的文章”的情况，要“看他的内容”，“只要是写符合于当前政治目的的内容，都还是必需的”。[③] 他以刘白羽的《百战百胜》和西虹的《在零下四十度》为例，通过分析得出了这样的结论：“我觉得今天需要为广大工农兵的通俗的，喜闻乐见的新形式，同时也需要为知识分子，为干部提高去认识这伟大的战争与群众翻身运动的作品，需要提高。”[④]他将小说《暴风骤雨》《种谷记》和平剧《红娘子》《三打祝家庄》等优秀作品归

① 夏征农：《新形势下的文艺工作与文艺工作者》，光华书店 1949 年版，第 26 页。

② 夏征农：《新形势下的文艺工作与文艺工作者》，光华书店 1949 年版，第 27 页。

③ 甦旅：《目前文艺运动的我见》，载《文学战线》1948 年第 2 期。

④ 甦旅：《目前文艺运动的我见》，载《文学战线》1948 年第 2 期。

结为普及基础上的提高之作，其成功经验是创作“需要为广大工农兵的普及，也需要在这普及的基础上为干部、知识分子的提高。只有把普及与提高统一起来，才能做到更好的，真正的普及”①。甦旅还敏锐地认识到，“随着解放军的胜利推进，新解放区的扩大，新的读者也将要增加”，因此，当前的艺术创作就不应满足于现在的艺术水平，要不断提高，要“以伟大的人民爱国自卫战争的史绩诗页，伟大的翻身群众推翻封建制度的场面，教育他们”。② 甦旅对“提高”与“普及”关系的深入解读，丰富了《讲话》精神的内涵，解放了广大文艺工作者的创作思想，适应了文艺工作发展的新需要，对活跃和繁荣创作起到了理论指导作用。

铁汉基于“东北人民需要什么样的文学”这一问题，对“提高”和“普及”的方向与任务进行了深入的探讨。他说，“东北人民的要求虽然不会一样”，但始终包括两个重点：“第一个便是提高文艺水准，这是知识阶级和爱好文艺青年们的大多数的要求；第二个便是普及文艺常识和通俗化的作品，这是一般知识低下，教育程度较小的同胞一致的看法。”③前者就是“提高”，后者就是“普及”。铁汉从文艺的功用性角度对二者的相互关系和不同作用做了深入分析。他提出，“提高”是“为了在客观的条件下，促使我们的文艺完成了它本身上高级的任务和在艺术上的价值，这种文艺作品，有着领导的功用，有着不断地促使文艺之进步与在世界艺术上树立其光辉的功绩的创造的要求——这

① 甦旅：《目前文艺运动的我见》，载《文学战线》1948 年第 2 期。
② 甦旅：《目前文艺运动的我见》，载《文学战线》1948 年第 2 期。
③ 铁汉：《东北文艺工作者的新使命》，载《星火》1946 年第 2 期。

是专门启示给文艺工作者和知识阶级之中较为高级的人们的"[①]。他认为,"普及"是负有"教育性"的重任,文艺家们要"利用通俗的形式和语言,方便而整齐的内容,装上新的思想,正确的观感,同时能有力地唤醒他们半睡的精神与半麻痹的意识,促使他们从这些作品里知道一些,感动一些,而坚决一些"[②]。铁汉遵循文艺自身的发展规律,纠正了当时对"提高"和"普及"认识的某些偏差,实事求是地提出了"现阶段的中国究竟是'提高'为重?还是'普及'应先?"[③]这一令人深思的问题。

五

"提高"还是"普及"指向的是创作原则问题,落实这些原则是要靠具体的创作方式来实现的。运用什么样的方法进行创作既是理论问题,也是实践问题,它直接关系到创作的质量和社会效果。《文学战线》在社论中批评了当时在创作上存在的一些不良现象:一是"文化工作者不甚重视马列主义和毛泽东思想的学习,不甚重视党的政策和文艺理论的学习"[④];二是在创作方法上,形式主义和自然主义还是相当普遍地存在着。前者导致部分作者的创作方法出现偏差,后者的主要成因是经验主义的抬头。蔡天心在《对目前文艺工作诸问题的意见》中尖锐地指出:"至于创作方法上存在着的问题,我认为最主要的则是如

① 铁汉:《东北文艺工作者的新使命》,载《星火》1946 年第 2 期。
② 铁汉:《东北文艺工作者的新使命》,载《星火》1946 年第 2 期。
③ 铁汉:《东北文艺工作者的新使命》,载《星火》1946 年第 2 期。
④ 文学战线社:《论文艺批评》,载《文学战线》1949 年第 2 期。

何克服经验主义。”[①]抗战时期，一些进步文艺工作者从国统区和敌占区来到抗日根据地参加革命，他们不熟悉根据地的军民，创作中盲目地“凭着自己过去那在旧中国的社会”养成的“狭隘的经验主义”，“写了一些带着自然主义倾向的反动作品”。[②] 蔡天心指出：“我们的文艺工作者过去几年虽然努力与群众结合，但应该承认，主要的创作活动还以作者个人的活动为多，而且所有的作家，经常还是依靠个人感受，观察和体验来接触生活。”[③]正如周扬所说：“文艺工作的中心问题就是创作问题。”[④]这个问题解决不好，革命文艺的目标和愿景就难以实现。对此，周扬在总结边区文艺工作经验的基础上给出了一条清晰的路线，那就是内容上要反映工农兵的生活和斗争，形式上要采取工农兵熟悉喜爱的形式，创作者要使自己的思想情感与工农兵群众的思想情感逐渐融合，文艺作品要“忠实”地反映干部与群众的事情，“表现他们的思想情感”[⑤]。通过这些努力和酝酿过程，文艺作品才能是有血有肉的，才能更准确、更真实、更全面地反映工农兵群众的生活和斗争，才能在情感上与工农兵融为一体。

---

① 蔡天心：《对目前文艺工作诸问题的意见》，《东北日报》1949 年 6 月 25 日、26 日。

② 蔡天心：《对目前文艺工作诸问题的意见》，《东北日报》1949 年 6 月 25 日、26 日。

③ 蔡天心：《对目前文艺工作诸问题的意见》，《东北日报》1949 年 6 月 25 日、26 日。

④ 周扬：《谈文艺问题》，见北京大学、北京师范大学、北京师范学院中文系中国现代文学教研室主编：《文学运动史料选（第五册）》，上海教育出版社 1979 年版，第 122 页。

⑤ 周扬：《谈文艺问题》，见北京大学、北京师范大学、北京师范学院中文系中国现代文学教研室主编：《文学运动史料选（第五册）》，上海教育出版社 1979 年版，第 122 页。

延安文艺后期出现了写真人真事的创作新现象，周扬称之为“文艺工作者走向工农兵，工农兵走向文艺的良好捷径”①。这也产生了另一个创作上的问题：典型性还要不要？“真实地再现典型环境中的典型人物”，这是马克思主义文艺理论的重要思想。艺术来源于生活，但高于生活，艺术形象具有典型性、形象性、生动性，倘若在艺术上放弃创造典型的任务，岂不是像高尔基说的，作品就是“一幅失掉社会教育意义的照相”吗？针对这个问题，周扬提出：“我们写的真人真事大半是群众中的英雄模范人物和英雄模范事迹，他们本身就是新社会中的典型，就带有教育的意义。”②但是，周扬也认为：“写了英雄模范，也不等于就创造了文艺上的典型。”③在艺术创作中，真人真事与艺术典型并不是相互排斥的，前者是后者的起点，后者是前者的升华，就像周扬所说：“要创造一个新人物的典型，作者必须熟悉许多新的人物，把他们最本质的特点概括在一个人物身上。”④真人真事是艺术典型的来源，但是，什么样的真人真事才能成为创造艺术典型的素材呢？李大光在《引起我的两点意见》中做

---

① 周扬：《谈文艺问题》，见北京大学、北京师范大学、北京师范学院中文系中国现代文学教研室主编：《文学运动史料选（第五册）》，上海教育出版社 1979 年版，第 124 页。

② 周扬：《谈文艺问题》，见北京大学、北京师范大学、北京师范学院中文系中国现代文学教研室主编：《文学运动史料选（第五册）》，上海教育出版社 1979 年版，第 124 页。

③ 周扬：《谈文艺问题》，见北京大学、北京师范大学、北京师范学院中文系中国现代文学教研室主编：《文学运动史料选（第五册）》，上海教育出版社 1979 年版，第 124 页。

④ 周扬：《谈文艺问题》，见北京大学、北京师范大学、北京师范学院中文系中国现代文学教研室主编：《文学运动史料选（第五册）》，上海教育出版社 1979 年版，第 124 页。

了精辟分析："写'经历过或亲历过的'生活，固然是一条创作的重要原则，但还要看你'经历过或亲历过的'是一种什么生活，否则就会陷入专写身边琐事，只见小河细流，看不见汪洋大海。也还要看你对'经历过或亲历过的'生活感受怎样，否则就会歪曲现实或是抓住现实的表皮，把波浪的泡沫当成浪潮。"①在这段分析中，作者赞同写"经历过或亲历过的"是创作的一条重要原则，但认为要对"经历过或亲历过的"进行筛选，否则就会陷入自然主义的漩涡。此外，《论文艺批评》一文也对选材上存在的问题做了分析："我们某些职业作家在创作方法上还是罗列现象，以局部的非典型的材料，当做典型去描写，只能反映一些零碎的事实，而不能分析现实，批判现实，引导现实，找出现实中的本质的东西，加以形象化，成为艺术作品，而是现象的记述，这样就不能指导生活，教育人民。"②

这个时期的东北文艺运动密切地结合着战争和土地改革的政治任务，"创造了富有东北乡土特点的作品，表现了东北人民的英雄事迹和英雄人物，以及表达这些人物的东北特有的语言、色彩、面貌。这些英雄人物是来自人民中间，因此，他们就活在人民心里，而文艺运动也就与广大人民有了联系"③。与延安文艺相比，这些作品的主题更加丰富，创作者以切身的生命体验为基础，再现了解放战争时期东北大地上所发生的波澜壮阔的革命斗争，以及在这个过程中东北人民的生活与精神面貌。与延

---

① 李大光：《引起我的两点意见》，《东北日报》1947 年 12 月 21 日。

② 文学战线社：《论文艺批评》，载《文学战线》1949 年第 2 期。

③ 刘芝明：《将文艺提到人民建设时期的新水平》，新华书店 1949 年版，第 2 页。

安时期不同，东北地区的“客观形势”已经发展，“社会生活”也在急剧变化之中，“我们从乡村进入城市，又进入大城市；从分散的游击战运动战到大兵团的正规战；从农业逐渐转到工业”①，面对新的形势和社会生活，固有的创作方法很难正确反映丰富的现实生活，“那种单凭作家个人天才和智慧去接触现实的某一个狭小方面生活，来进行创作的时代已经差不多过去了”②。因此，在坚持延安文艺的根本原则的基础上，创作者需要克服个人思想和活动的局限性，“真正钻到群众中间去，从思想到感情和工农兵结合起来（不是形式的），那创作的题材将取之不尽，用之不竭，要写什么主题，就有什么材料，也一定能赶上运动和形势”③。萧军认为，要获得“文艺源泉”，“就必须要使自已走进劳动人民的队伍”，以此“获得到自我改造，获得到真正的新生的血液，新的创作生命”。④

为了彻底消灭封建剥削制度，满足广大农民对土地的要求，调动广大农民的革命积极性，东北解放区开展了声势浩大的土地改革运动，清算地主和日伪土地分配给农民。东北地区所进行的土地改革和革命战争都是前所未有的，在新的革命中必然会涌现出一大批新的英雄人物，革命的文艺作品就应该“强烈的描写着积极人物的英雄形象。而且强烈的表现着积极人物的

① 蔡天心:《对目前文艺工作诸问题的意见》,《东北日报》1949 年 6 月 25 日、26 日。

② 蔡天心:《对目前文艺工作诸问题的意见》,《东北日报》1949 年 6 月 25 日、26 日。

③ 蔡天心:《对目前文艺工作诸问题的意见》,《东北日报》1949 年 6 月 25 日、26 日。

④ 萧军:《目前东北文艺运动我见》,载《东北文艺》1946 年第 1 期。

积极因素”[①]。通过英雄人物的塑造去表现“东北人民的英勇斗争,以及明朗的智慧和坚韧的性格”[②],以此激励和教育广大人民和干部。这个时期的英雄形象有两类,一类是翻身农民,一类是军人。这两类人物有很大的关联性:“在土地改革中,也是出现了无数英雄,这些英雄有些是可以说好多是与战争中的英雄相联系的……好多战争英雄是由土地改革成长出来的。”[③]东北解放区建立后的三年里,一批反映土地改革、革命战争的优秀作品涌现出来,一些评论家结合对这些作品的批评,对典型人物与英雄人物的创作方法和艺术价值进行了更进一步的探讨,其中,关于严文井的《一个农民的真实故事》的批评最具代表性。这部作品是严文井根据自己参加土改工作时的所见所闻创作的,其在后来的一篇文章中说道,这部作品是“阿城一个叫刘俊英的雇农的简单传记,并不是什么虚构的小说”。主人公刘俊英是个普通的农民,遭受过无数折磨与苦难,“但由于斗争的锻炼同领导上的教育帮助,不久已经成为双河区一个很好的干部”。[④] 在东北解放区的自由天地里,像刘俊英这样翻身、觉悟、成长,从一个极其平凡的“受苦人”成长为群众的带头人和基层干部的还有很多,他们是在土改中崛起的新的农民英雄,虽然身上还有这样那样的毛病,形象上还很粗糙,但是,这正是那个时

① 刘芝明:《将文艺提到人民建设时期的新水平》,新华书店 1949 年版,第 5 页。

② 刘芝明:《将文艺提到人民建设时期的新水平》,新华书店 1949 年版,第 4 页。

③ 刘芝明:《将文艺提到人民建设时期的新水平》,新华书店 1949 年版,第 9 页。

④ 严文井:《关于刘俊英》,《东北日报》1947 年 12 月 10 日。

代刚刚开始觉悟的先进农民的典型。师田手在《新时期新问题》一文中对这个典型却持批判态度，他首先肯定了“歌颂翻身的新农民群众、新革命战士，及其中所产生的新英雄”的思想与艺术价值，但是，他认为严文井对农村生活“不熟悉”，“土地改革及群众运动问题研究不够”，“没将农民积极分子的活动与广大群众——特别是雇贫农运动很好联系起来”，写出的东西都成了孤立的片段，作品出现“夹生饭”现象。[①] 林铣在《评〈一个农民的真实故事〉》中也批评作者在塑造这个“先进农民”典型的时候偏离了“实际的斗争”，人物的“思想发展与进步是非常模糊与混乱的，有时甚至是前后矛盾”[②]，故事的发展线索和内在顺序不清晰。虽然对该文的批评声音不少，也有人提出不同意见，如李大光在《引起我的两点意见》中就很认可严文井的创作手法：“《一个农民的真实故事》的表现形式，是一种记录式的传记，犹如绘画中的素描。它不一定是农民最喜欢的形式，但农民无论如何能够听懂。这样就使写农民的作品直接走入农村，使广大农民从作品中得到教育。”[③]针对文艺界的不同声音，严文井公开发表了《关于刘俊英》一文，他既检讨了自己创作中的不足，也回应了部分批评者的质疑。严文井与师田手等人关于创作原则、典型人物等问题的辩论不是宗派主义之间的较量，更不是相互诋毁与辱骂，这正是《讲话》所提倡的“文艺批评”精神的体现——有了问题可以讨论，可以开展批评与自我批评。文艺必须展开批评与自我批评才能生动活泼、富有战斗性，才能更好

① 师田手：《新时期新问题》，《东北日报》1948 年 2 月 17 日。
② 林铣：《评〈一个农民的真实故事〉》，《东北日报》1947 年 12 月 9 日。
③ 李大光：《引起我的两点意见》，《东北日报》1947 年 12 月 21 日。

地为人民服务，也只有运用文艺批评这一武器，才能提高文艺作品的思想性与艺术性。

夏征农曾对东北解放区文艺的现状有过正确的分析，“大多数文艺工作者在思想认识上都有了很大进步，许多糊涂思想被打破了，方向明确了，自信力提高了，这是事实……但由于我们的文艺工作者受着旧的影响很深，阵营复杂，接受的程度不同，同时，由于文艺批评始终没有开展……这就给了各种不正确思想以藏身的处所”①。开展文艺批评得到了文艺界的热烈响应。文艺批评是推动文艺进步的武器，它不仅指引文艺的正确发展方向，还能暴露各种非无产阶级的文艺思想，不断提升艺术家的思想素质和创作水平，发挥“文艺是从属于政治的，但又反转来给予伟大的影响于政治”②的作用。

结语

1945 年到 1949 年，短短的三年多时间，东北地区发生了翻天覆地的变化，从土地改革到自卫战争和解放战争，这里的革命波澜壮阔，在这样一个大的时代背景下，文艺不仅没有缺位，而且发挥了巨大的社会影响力。“文学是时代的反映，时代的先驱，所以文学与革命是有密切的关系。”③在这个火热的革命年代，文艺家们深入农村、军队、厂矿，感受时代的脉搏，创作出一

---

① 夏征农：《新形势下的文艺工作与文艺工作者》，光华书店 1949 年版，第 20 页。

② 毛泽东：《在延安文艺座谈会上的讲话》，见中共中央文献研究室、中央档案馆编：《建党以来重要文献选编（一九二一—一九四九）第十九册》，中央文献出版社 2011 年版，第 303 页。

③ 铁汉：《东北文艺工作者的新使命》，载《星火》1946 年第 2 期。

批形式多样、在艺术和思想水准上达到一定高度的优秀作品，鼓舞了人民，教育了人民。东北解放区的文艺发展也并非一帆风顺，徘徊过，迷惘过，也走了一些弯路，但是，在《讲话》精神的指引下，文艺工作者不仅投身于创作之中，同时还开展了广泛的文艺批评，不断“发掘这一革命战争时代的人民战斗的伟大精神，并把这个传统在文艺上发扬下去”①。这个时期的文艺工作一改最初的分散状态，加强了领导，也加强了文艺批评，充分发扬民主，营造了一个宽松的舆论环境，文艺家们畅所欲言，在批评他人的同时也开展自我批评，为创作的繁荣奠定了理论基础，也为新中国的文艺创作和文艺批评积累了资源和经验。

二〇二一年一月二十日于广州越秀山下

① 刘芝明:《将文艺提到人民建设时期的新水平》，新华书店 1949 年版，第 17 页。

◇丁　玲

青年知识分子的修养[①]

前一向曾经有人在这里谈过"一二·九"运动,我在丰镇纪念"一二·九"大会上,也曾从历史上谈到中国知识分子在中国革命中所起的先锋与桥梁作用,这是我们知识分子的光荣。为什么会如此呢?因为中国是一个半封建半殖民地国家,人民受着双重的压迫。中国的知识分子大都是破落户、小有产的中等家庭的子弟,家庭与本人都遭受着国家一样的命运,所以特别敏感,对现状不满,要求改革,更进而走到革命。同时中国的落后、分散的农村经济,教育不发达,文盲多,不易接触进步思想,而知识分子则在这里能起媒介作用。特定的社会条件,和知识分子本身的努力,才有了这种光荣的历史。

但这不是说所有的知识分子都这样,也不是每个人都始终进步,有许多知识分子便从革命的进步的阵营里往后退。开小差的

---

① 本文是1946年1月6日在张家口市青年讲座上的讲话。

有,当反革命的也有。这是因知识分子还有小资产阶级的动摇性。如果他们始终能同人民大众的革命斗争互相结合,彻底融合,则他们能坚定地永远进步。如毛泽东同志,成为中国革命的舵手,鲁迅、郭沫若等人都是我们努力学习的榜样和旗帜。而一些为着个人的野心家们,他们只是借革命抬高身价,骗取群众的信任,他们一定会在某种时候脱离革命队伍,沦为落后、反动,汪精卫就是这种人。周作人是鲁迅的兄弟,文章修辞很好,原来也不满一些社会现状,但后来却只讲究喝茶,结果,连民族意识也没有了,做汉奸,替日本人做事了。

我们当然都愿意向着毛泽东同志、鲁迅先生的方向走,而不愿意走汪精卫、周作人的路。但我们如何才能坚持着这个方向,走这条路,这就要看我们的修养和如何修养了。今天我谈的就是这个问题,请大家参考。

当然,主要的先要求我们有一个明确的人生观,即我们这一生应该做些什么事?为谁来做事?

让我们先来简单地看看,我们过去的修养如何,我们受过些什么教育,养成了一些什么思想。我们从小一般是受的封建教育。这种教育包含几种什么思想,试举几种来谈谈:

第一是崇拜帝王,崇拜权威。历史告诉我们,各个朝代的帝王如何修文习武,英明贤达。父兄都勉励我们升官发财,一人之下,万人之上,是最光荣的,使人向往的。笔记小说也都写的是人们的悲欢离合,戏曲上也是如此,大官上场,气势十足,观众一见,感到威武;老百姓脸上必画白粉,敲小锣上场,只觉得好笑。这些教育影响,无形中养成一个人喜欢统治人,喜欢权威,身份,阔气,摆架子。在旧社会我们要去找官做,我们崇拜个人偶像,我们会争名夺利；在革命队伍中，如果我们没有自觉，也还会闹这些，要个人出风头，称英雄。革命者如果脑子里不能抛弃这些，那么名誉、金钱、地位随时都可能使革命者动摇。

第二，在旧社会，升官发财不是人人可以达到的，名誉地位也不是一下就可以有的；而且一个人欲望无穷，总不能满足，又常生活在各种压迫里面，于是要反抗，要革命。但他不从实际出发，空想一些乌托邦，对现实他不满，只是从他个人的不得志出发。他的乌托邦也许是美丽的，是一个理想的花园，他以为这花园可以不经过勤劳斗争而获得。他对革命的队伍也会很崇敬。实际呢？革命不是那么容易的，现实困难很多，他在困难面前就摇头灰心。革命还很残酷，使他更加战栗，而且在流血的当中厌弃了革命。他会喊着：啊呀！革命应该是好的，为什么这么丑呀！这样残酷，这是血呀！请问别人要杀你，把刀放在你头上的时候，你还怕流血残酷？想以幻想来安慰人，是最脆弱的，这样的革命思想，一碰到实际就要粉碎的。

第三，是所谓清高。前面两条路都走不通，则还有这清高的一条路。好像厌世似乎风雅，品茶品酒，谈花谈月，好像他们看不起官僚，看不起金银，实际上他们是看不起政治，看不起人民，实际上并不干净，也不高尚。旧社会军阀时代他们是喝酒吟诗；日本帝国主义杀来了，他们也仍然坐坐大酒缸。侵略者用刺刀杀了中国人，强奸中国妇女，在“配给”制度下，老百姓都饿着肚皮，而他们却写：张家口的月亮是如何的皎洁，塞外风沙是多么的愁人啊……这些家伙不管在什么环境下都怡然自得。这种怡然自得对于中华民族是有害的，他们要大家都同他们一样，在任何反动统治下都应该麻醉沉沦下去，他们就像蛀虫腐蚀人民的心灵。因此，这些人都必然会成为反动统治者、敌人的宠儿。

我们知识青年最容易犯的是理智不强，感情脆弱，稍受挫折，便丧气灰心，一灰心，便无视现实。革命已经闹得轰轰烈烈，农民起来了，减租减息，工人起来了，增产节约，你都看不见，仍然觉得一切都是黑暗，把自己葬送在忧虑和盲昧之中。

外国的超人思想，喜欢孤独，讨厌集体，什么象征主义，唯美主义等等都使我们思想上受过某些毒害。

最可怕的是在国统区，借政府的压力在我们青年人中强迫灌输一些有毒的思想。在国民党地区，禁止读一切进步书籍，青年人常常为了读书，演剧而有生命危险，当权者讲什么“读书救国”、“拥护领袖”。青年本是一张白纸，他们硬要把他们染成黑色，或灰色，日本帝国主义占领中国土地以后，也是这样。有些沦陷区的青年受他们的毒害，忘记了祖国，崇拜“皇军”武功，在敌人的奴化教育中消磨了一个人的民族意识，因循苟且，自暴自弃。

现在我们应当如何肃清过去头脑中积存的、或多或少的尘土，和扫除思想里的病菌呢？首先我们应该确定一个做人的标准，什么是好人，什么是坏人。真正为大众、为民族、为国家的便是好人。为个人利益而要伤害、剥削、压迫人民大众的便是坏人。当我们判断的时候，应该不看一个人口头而看一个人的实际，看一个人行动的社会效果，譬如汉奸卖国，他并不说自己是卖国，他说是为了维持地方，曲线救国。同时我们也不是看一个人的一些小事，而要看他大的方面，如汉奸于品卿，他欺骗老百姓，鱼肉人民，效忠日寇，也曾向老百姓施点小恩小惠。

为着加强我们的判断能力，必须学习一定的政治的科学的理论，科学的理论可以帮助我们对社会有个比较正确的认识，是一个准绳，用以测量，从此出发，进而需要与实际结合，如果一个人不学会骑马或游泳，摔死淹死都可能的。我们如不到实际中去锻炼，老是空谈，不管你谈得怎样漂亮，你的那些个人的脏东西，总是依附在身上的，不可能自己去掉的。

只要我们有决心，是可以慢慢转变我们的思想生活感情的。譬如我们在农村住惯了，穿惯了草鞋，我们喜欢生活简单些。看见别人穿皮鞋，觉得那么重，还要系带子，不舒服；但穿过一阵之后，也许会觉得还是皮鞋舒服点，跟你到乡下去，也会慢慢喜欢穿草鞋一样。但这是一个艰苦的途程。

最后我想再谈一点，我们必须向人民大众学习。向他们学习知识，也学习他们优良的品质。一个学生走到乡下去，什么是谷子，什么是糜子就分不清。有一次我到一个农民家里去，他告诉我说，前几天有个知识分子到他家里去了，那知识分子拿着筷子问他，这是不是生产工具呢？惹得我们也忍不住笑了。又譬如我们到电话局去参观，一个年轻的小工友详细地向我指点着，听了之后，我也多次点头，表示明白了；实际我明白了个什么呢？我的电业知识可怜得很，我们在生产上是大大的外行，一个内行人是不大喜欢同外行人谈话的。这样我们怎么能了解他们，为他们服务呢？我说要学习他们的品质是从我亲身体验出来的，我以为工人农民，尤其是有了觉悟的工农，有着最好的品质。我在延安难民工厂时，看到他们的劳动英雄袁广发就是一个最好的模范，他从一九二九年就参加红军，转战疆场，负伤七次，是一个营长。当他最后受伤不能上前线时，在后方医院他向组织说："我是一个共产党员，我不能坐着吃。我愿意做工。我过去学过织布，我是一个工人。"他便把他的枪、马，勤务员都交出了，他从一个营长而走进了工厂，愉快地又去用他的双手为人民织布。还有一些农民，不要以为农民小气，保守。其实在陕北的民主政权下我看得多了，他们为了帮助从白区逃荒来的难民，拿出他们很多的东西，把用具给他们，借生产工具，耕牛给他们，把马也借出去；马在山沟摔死了，他只说："他是受苦人，他赔不起我的马，他不是有心，算了。"这样的好事是说不完的，他们爱护八路军，牺牲一切都可以，可歌可泣的故事，只有这里最丰富。

知识分子如不同群众运动、群众生活相结合，最好，也只可以起点小小的作用；但如果一到群众中去，和群众生活结合，则立即可以成为英雄人物。在延安我亲眼看到一些普通医生，因为她们具有为群众服务的热忱，群众爱她们得很，几十里的人都盼望她们，寻找她们，她们被人民拥戴，被推选为英雄，并且受到边区政府的褒奖，她们的名字叫阮雪华、白浪。另外一个青年女同志叫陶端予，因为她耐心教育一群农村小孩，同孩子家庭也搞得好，她即刻成为陕北有名的人物，到处受人尊敬。

"离开了群众，离开了群众的革命运动，就没有了前途。"我今天简短地提出这几点意见，供诸位参考，并和诸位互相勉励。

选自《东北日报》，1947 年 6 月 29 日

◇ 王大化

戏剧艺术观

一

人生活在世界上,有他一定的生活方式,一定的思想动态,有他对一切事物的看法,即其对事物的观点,这种对事物看法的观点可分为两种:一种是把自己放在一个主观的圈子里,他不正视一切问题,而叫一切服从于自己主观的愿望,叫一切都围绕着他。明明桌子是四条腿,他偏偏要说是三条,明明社会里存在着斗争,但他却说没有阶级,企图来模糊人们的眼睛,企图以主观的力量来消灭斗争。他说一切是“精神”的,让人把一切寄托于渺茫的空想,其目的无非是否定一切,以达其统治的目的。这种观点是资产阶级的观点,是唯心的、主观的;另一种是从实际出发的,认为一切是客观存在的,桌子是四条腿,社会里是有阶级存在,并且认为只要阶级存在一天,那么斗争就存在一天。这种观点是正视现实的科学的,他从历史的发展中来看问题,认为一切是物质的,是勇于把一切现实社会当中一切矛盾斗争提出来,并求得这些问题的解决。在这两种观点来说,我们是反对前者而要后者的,因为人不能离开你所生活的现实而单独地存在的。这种观点是唯物的、历史的,是代表了无产阶级人民大众的观点。

二

戏剧艺术是观念形态的一种表现形式,而这观念形态是由整个社会的政治经济生活来决定的,作为观念形态之一的戏剧,当然是离不开社会而存在的。同时戏剧艺术是要通过人来做的,照上面所谈,那么这个从事戏剧的人,必然要有其对现实社会一定的看法,即他个人的思想方法。如果他要生活就必须确立一种对客观事物的看法,只有确立自己的观点才能达到如何表现现实社会的一切目的。譬如说,如果自己是不相信客观所存在的现实,那么你去表现一个工厂的工人因资本家的剥削而群起罢工的时候就无法表现,因为在你的思想方法里是不承认阶级存在的。只有能认识客观现实,了解阶级的存在,了解到工人为什么要罢工,要达到何种目的……他方能去表现,难道这不是很明显的吗?而后者应该是肯定的也是很明显的!

三

因为有两种不同的思想方法,因此基于这不同的思想方法之上反映在他们艺术表现上也各有不同。第一种人资产阶级艺术家们,是以粉饰社会的态度出现,为了少数人高唱升平掩盖自己的一切丑恶,人们就不愿看那些东西,因为人们生活着的社会不是那样的,观众要求的是把真事一五一十地告诉他们,无产阶级的艺术态度正是恰恰符合于群众这种要求的，他们是依据了客观现实中人民中所发生的一切问题加以反映，暴露那些少数人的黑暗，歌颂多数人的光明。从这问题可以看得出艺术是有它一定的立场的，就是说，你是站在那少数的、黑暗的一群里，还是站在广大的人民群众中。就是说有它的阶级性的。在外国是这样的，中国也是这样。在英国，它为了要表现它的殖民地政策写了不少的“边塞英雄”，描写这些英雄如何屠杀土人，压迫黑人。他们歌颂这些英雄，提倡人民学习他们，以巩固其资本帝国主义的垄断统治。英帝国为了表现其帝国之武力及其对弱小民族的侵略，他们描写伊莉莎白，描写她的英雄企图…… 但另方面，在外国也有这样的人，如卓别林，他写《摩登时代》、《大独裁者》，以讽刺的手法来描写资本主义剥削工人的残酷和反对法西斯垄断资本的独裁与高度的剥削。再又如德国有名的渥尔夫的著作《维也纳工人暴动》、《马汉姆教授》、《新木马计》，在这些戏里，如《维也纳工人暴动》表现了工人阶级的力量，资产阶级政党及小资产阶级自由主义者政党的对人民失信，反人民，与大地主资产阶级结合在一起，另外又描写着工人在武装斗争中无比的力量，与在敌人法庭上出现的布尔什维克是如何的英勇。在后二出戏里充分表现出在法西斯统治下大概与现在反动派高呼的“曲线救国”是一回事。同时在中国也有另外的剧，如京剧里的《打渔杀家》，它充分地表现了封建地主的剥削及人民向他的复仇反抗。在话剧方面很多了，很早的有《王三》、《回声》、《东北之家》……后来有《日出》、《蜕变》、《民族万岁》、《上海屋檐下》、《故乡》、《屈原》……这些剧里都是代表了真正的中国人的思想感情的，从这许多例子中说明了，没有一个人他能脱离开这两种思想的，即使有所谓第三者，那他至少也是一个现实作家，他是正视现实的，肯定地说他是在逐步接近和变成为这后一种的正确思想的。

这里也说明了，历史时代已给我们安排了两条路，就是说，要不你往为人民的客观的现实路上走，要不你往主观主义唯心的路上走，艺术思想脱离不开现实，阶级存在一天那么这思想就一定有其阶级性。

四

艺术是有阶级性的，戏剧亦是如此，由上节我们可以看到这阶级性可以决定我们的态度，即一定的思想方法。这态度、思想方法，在我们说来就是一个立场问题，即你是站在什么角度来表现，你要表现什么，要表现他哪一方面。很明显地，我们的立场必然要站在绝大多数的人民上，因为这是社会的主体。既然我们站在这个立场上，那么我们应该表现什么呢？很明显地我们要歌颂这个社会的主体，歌颂他们的光明前途，歌颂他们的力量。与这对比的，是要尽情地暴露那少数统治与剥削者的黑暗、没落及其必然崩溃的前途。

因此，一个戏剧艺术工作者，首先必须确定他的艺术观点，在我们要求的应该是为人民、客观的、历史唯物的现实主义观点，站在人民大众的立场，以他们的思想感情为自己的思想感情的准绳，使自己融化到他们之中，使自己的思想能代表了他们的思想，这思想便形成了对一切问题的看法的方法，即立场。一切自然形态的艺术是创作材料的泉源，这些东西通过了我们的思想方法、艺术思想（咱们的艺术思想是与政治思想结合在一起的）而表现出来，那么这表现出来的东西，必然是人民所需要的作品，只有这样走，前途才是光明的，否则就永为人民所摒弃。

在这里我们已经谈到了作为一个戏剧艺术工作者的政治艺术思想，也就是一个艺术观的问题，为了说得更清楚，现在引一段毛主席在延安文艺座谈会的讲话中谈到关于政治标准与艺术标准来结束此文。

毛主席说："政治并不等于艺术，一般的宇宙观也并不等于艺术创作和艺术批评的方法。我们不但否认抽象的绝对不变的政治标准，也否认抽象的绝对不变的艺术标准，各个阶级社会中的各个阶级都有不同的政治标准和不同的艺术标准，但是任何阶级社会中的任何阶级，总是以政治标准放在第一位，以艺术标准放在第二位的。……我们的要求则是政治和艺术的统一，内容和形式的统一，革命的政治内容和尽可能完美的艺术形式的统一。"

既然必须和新的群众时代相结合，就必须彻底解决个人与群众的关系问题。鲁迅的两句诗"横眉冷对千夫指，俯首甘为孺子牛"，应该成为我们的座右铭。"千夫"就是敌人，对于无论什么样凶恶的敌人我们决不屈服，"孺子"就是无产阶级和人民大众。一切共产党员，一切革命家，一切革命的文艺工作者，都应该学习鲁迅的榜样做无产阶级和人民大众的"牛"，鞠躬尽瘁，死而后已。知识分子要与群众结合，要为群众服务，这个过程可能而且一定会产生许多痛苦，许多摩擦，但只要大家有决心，这些要求是能够达到的。

选自《大连日报》，1947 年 1 月 31 日

◇ 韦长明

东北女性文学十四年史[①]

东北女性文学的成长

我们如果概括地以一句话来说明东北女性文学的发展史实，则我们应该这样说，东北女性文学已经是冲起了一泓活流而也收获了丰腴的果实。我说这样的话，绝不是毫无根据的空论。让我整理一下东北沦陷后，“八一五”东北光复以前，十四年来东北女性文学的收获计算表，来证实冒头的结论。

一、刊行了的单行本

1.《跋涉》　　一九三三年出版　悄吟与其外子三郎的合著　小说集

2.《小姐集》　　一九三五年出版　敏子著　小说散文集

3.《两极》　　一九三九年出版　吴瑛著　小说集

---

① 本文发表时署名林里。

4.《第二代》　一九四〇年出版　梅娘著　小说集

5.《落英集》　一九四三年出版　杨絮著　小说散文诗集

6.《安荻和马华》　一九四三年出版　但娣著　小说散文诗集

7.《我的日记》　一九四四年出版　杨絮著　散文集

8.《樱花集》　一九四五年出版　朱媞著　小说集

二、杂志上的特辑

1.《妇女杂志》(北平)上的东北女作家特辑

吴瑛——小说一篇

冰壶——散文一篇

但娣——散文《XY 城的人们》

乙卡——小说《甲鱼的故事》

2.《新潮》第一卷七期上的女性短篇创作选

朱媞——小说《远天的流星》

林潜——小说《珍惜》

3.《青年文化》第一卷三期上的女性文学特辑

但娣——小说《戒》

左蒂——小说《女难》

吴瑛——小说《鸣》

蓝苓——诗《科尔沁草原的牧者》

4.《新满洲》第六卷十号、十一号上的新进女流作家展

冰壶——散文《父亲的诞日》

蓝苓——小说《日出》

桐桢——小说《九月雨》

叶子——小说《失明者的明天》

朱媞——小说《邻组小记》

郁莹——散文《记忆的日子》

就以上这些收获看来，已经可以说是蔚然大观了吧！

由《跋涉》到《两极》到《第二代》

这仿佛是一贯的极具有意义的统系，由《跋涉》到《两极》到《第二代》，这三册拓荒的作品集，奠定了它们的作者悄吟、吴瑛和梅娘的不动的地位和评价。

悄吟出现在东北文坛是远在一九二九年左右的事情。彼时上海的杂志界开始彻底指摘并痛斥东北文学的症结之所在，而居在哈尔滨一带的作家们开始挣扎出一条前路，进而掌握了东北新文学锁钥的时候。悄吟的作品即在此时灿然地出现于哈尔滨的《国际协报》副刊上，在她的犀利的笔致下，写出了小市民的悲哀和东北农村的破产，实给予了沉闷中的东北文学者以极大的冲动。

当然，写作力丰颖的人，也必是生活丰颖的人。悄吟本身就是从生活里斗争过来的人。她为了夺取自身的光明的未来而对封建势力下的家庭抗衡，所以，在她的文字之中也用朴素的笔把光明捎给了读者。

到后方去之后，悄吟复以“萧红”的笔名出现于大陆文坛之上，相继刊行了《桥》、《牛车上》、《生死场》等以东北农村为素材的作品，而震动了整个的中国文艺界。不幸的却是太早的死亡结束了她的尚遥远的写作路程，这在纪念一颗东北女性文学界的巨星来说，实在使我们不胜为之惋惜。

与悄吟同时，在哈尔滨《国际协报》上主持《夜哨》文艺周刊的，还有一位使我们不能忘记的作者：刘莉。她的短篇写得很多，如

《叛逆的儿子》、《悚栗的光圈》、《四年间》等，充分地发露了她的真实而有力的写作天才。她不只是一个作者，还是一个编者，当她一度主编《国际协报》的文艺版时，曾尽了极大的努力与扶植，唤起了好多继起的文学青年们一致拥护和爱戴。后来，自从一九三五年随同她的外子洛虹远走上海，她的文学的生命便完全终息了。

伴同于悄吟和刘莉们的走出，东北的情势一天险恶一天，日寇的武力的压制整个地弥漫了东北，日寇的文化的侵略也开始由文学的沟通向正奋发成长的文学界袭来，接连着在各地展开了大规模的"思想犯"的检举网，这实在是给予了写作者们以一种最大的打击与威胁。因而在这样的情势之下，爱好于写作的人们只好暂投足于自我感情的讴歌里，收拾起那些有血有肉有活力的文字，换上了纤弱的低哑的幽咽。

梅娘就是在这个冲荡的时代转变中出现了的。一九三五年她刊出了第一册的作品集《小姐集》，彼时的署名是"敏子"。《小姐集》的笔致是靡弱的，她写下了自身的美丽的记忆和美丽的梦，她安排下了可爱的人群可爱的故事，歌赞自然，抒写自我。这样的《小姐集》刊行之后，马上风行于东北全土，揆之于彼时的文学思潮及其倾向，《小姐集》的风行毋宁说是当然的吧！

可是，我们终究要说《小姐集》不过是梅娘写作路程上的一点产物而已，梅娘写作生活既然不止限于此，梅娘的写作前途也不止限于此。我们要求于梅娘的还是要继续写出来不会为时间给埋没的发光的作品，如果这样以《小姐集》作为了过渡期的产物，我们相信梅娘的写作是最富有将来性的。

果然，梅娘并没有使人失望，在一九四〇年又刊行了第二部作品集《第二代》。《第二代》可以说是梅娘继《小姐集》后的力作，从

《小姐集》到《第二代》就在梅娘的写作过程上来说是有了一个显然的发展阶段。

《第二代》里一共包括了十一个短篇,《第二代》、《六月的夜风》、《花柳病患者》、《蓓蓓》、《最后的求诊者》、《在雨的冲激中》、《迷茫》、《时代姑娘》、《追》、《傍晚的喜剧》、《落雁》。

这里面以孩子为主题的故事最多,而在梅娘的笔下把每个孩子又写得是那么真实和生动。《小姐集》里不过是描写了作者的小儿女的爱与憎,《第二代》里则到处渗透着大众的时代的气息。所以,我们除了珍重处女作的《小姐集》之外,我们是比较更爱重于《第二代》的。

《第二代》刊行当时,梅娘已流浪向日本的东京、大阪一带,其后,又转道北平。她的写作生活始终持续着,也许是为了多变的环境搅扰了写作情绪,其后的这几年之中除了丢给我们以长篇的三部作:《鱼》、《蚌》、《蟹》之外就根本没有读到另外的东西。

后期的梅娘作品,有一个最大的特色,便是始终黏着于人生的生活实态。在其艺术的成就上来说,也许是进步了的,但其磅礴的写作的热情则远不及《第二代》之多了。

梅娘没有出国之时,正是《大同报》的文学版在长春开始活跃的时候,出现了一位写作力极富厚而观念亦复正确的女作者:吴瑛。

吴瑛的作品的氛围显然是趋向于写实的,在她的笔下揭发了好多女性的问题,无论是愚庸的乡村女人,或是自命为新女性的城市女人,她都对于她们的生活给予了一个彻透的内视,给予了一个毫没有遮掩的暴露。

《两极》是一九三九年刊行的吴瑛的处女创作集。在这之先她的作品散见于《大同报》、《凤凰》、《新青年》、《斯民》半月刊等处，由于《两极》的刊行，整个地代表了吴瑛前期写作的全貌。《两极》里共收容了十个短篇：《新幽灵》、《柝》、《诡》、《新坤道》、《僚尘》、《钱四嫂》、《女叛徒》、《雾》、《两极》、《望乡》。在这些篇幅之中，作者是于平凡而又单纯的物象上，显现了人生真实的境界。

由于《两极》的刊行，给予了东北文学界以颇有力的冲动。在当时的《大同报》文艺副页上及《斯民》上分别披露了鹏子、冷歌、霭人等的评论文字，实在可以说是极一时之盛况。

其后，吴瑛消沉了一个时期，开始发表了她的中篇《白骨》。这是一篇充分表现了作者的思维的力作，原来预定在长春刊为单行本，后来终于没有做到，只好暂时作为罢论了。

吴瑛和刘莉相同的，不但是作家而且也是编者。从《斯民》半月刊编者做起，主编过不定期的文艺刊物《满洲文艺》，并也编选过《世界著名小说选》。

几粒不为人注意的果实

《落英集》、《安荻和马华》、《樱》，我们不能不说这是东北女性作者中所产生的仅有的硕果，但它们是那样在人们的不注意中销售掉了，连一点反响都没有，它们宛如是几粒虽然是收获了，然而并不曾为人注意到的果实。

《落英集》里结集了作者杨絮的近年作品十几篇，有小说，有散文，有诗，在其表现的方式上虽然并不一样，然而通观这个集子，不外是表现着其天才的文学少女之感情的奔放之记录罢了。除此之外，我们很难找到其他。

其实，杨絮的一贯的笔路，不只是《落英集》如此，就是她的初期在奉天以"皎霏"这个笔名所发表的作品,和后期在长春发表的其他作品,也完全逃不掉自我描述的圈子。正如作者自剖着说:"我从来不写什么有背景有意义的小说,我总是喜欢写随笔与散文,而这些随笔与散文也都是在写我自己。"

一个作者当然没有什么理由不可写自己,但是,一个作者也没有什么理由完全写自己。假如,作品只是为了博取自己的一点爱嗜而写出来的话,那么它在文学上的效果又是什么呢?

我们相信杨絮的写作方向是会以她的前进的思索为转移的,而且,根据既往的她的优美的文笔,我们相信她在来日的女性文学界中会露出其真实的写作面目来的,我们愿以此期待于杨絮。

《安荻和马华》是但娣的创作集。我们最初注意到这个作者的时候,是当她在《华文每日》发表了《风》和《砍柴妇》。由于这两篇短小的文字,我们已深深地窥知了作者的极坚实的文学素养。其后,在一次征文的机会里,我们复读到了中篇的《安荻和马华》。

但娣回到东北来之后,把她的几年来的作品集付印了,这便是《安荻和马华》。我们试就《安荻和马华》来检讨作品的内容,实不难看出作者是如何地标榜于自由主义的文学信念而出发了的,无论是小说、散文或诗,到处飘扬着自由主义的气息,几乎完全控制于作者的热情与哀怜,而把整个文章的格调给渗透了。

《安荻和马华》里边收容了几篇很可观的小说,如《售血者》、《忽玛河之夜》和《安荻和马华》。《售血者》里边写出了生活的重压和爱的殉难。《忽玛河之夜》是歌吟着残废人的熄灭了的生命及悠久的爱情。《安荻和马华》是写着大时代下两个微弱的生命的结合及其破灭。作者的忧伤的气氛是相当浓厚的,她往往并不直面于那些由故事中产生出的问题,而只是给予了夸张的陈述和哀怜的歌吟。这一点，在时代的文学课题之下，作者的作品是免不了为时间所淘汰的。

同样，作者的散文和诗，也依旧是陷于同一的轨迹里。譬如在《望乡》、《天涯寂寞》、《樱花的季节》、《两地》、《异国》、《湘莪》、《微吟》、《跫音》、《骆驼吟》这些篇散文之中，几乎都在流溢着充满热情的对人生的渴想和对人生的迷惑。孤寂的、愁苦的生涯，假如今后若不能为作者打开的话，那又怎么能写出感动千万人心灵的伟大作品呢？

《樱》是朱媞的第一册短篇小说集。朱媞的从文经历比较晚，为一般读者注意到，是近两三年的事。她与其说是能写出很可观的小说，毋宁说她的散文写得比较成熟。这就其《大黑龙江的忧郁》一文来说，就可以看出其散文的气息是如何的浓了。

虽然那样说，朱媞的小说依然是写得很完整的。而且，在小说的结构上也并看不出来什么破绽。譬如《梦与青春》我们固然可以当一篇散文去读，但我们终不能不说其是一篇本格的小说。

《樱》里总共收入了《大黑龙江的忧郁》、《梦与青春》、《小银子和她的家族》、《远天的流星》、《生之喜悦》、《我和我的孩子们》、《樱》等多篇，作者的纤细的笔触有时是很给人以极深刻的印象的，特别是在小的事物上，作者有时耗费了好多字，使我们读它的时候，感到了作者的思维的绵密，帮助了有力的故事的进展。

朱媞除了写小说之外，散文在《华文每日》上有过《傍晚的视野》、《病榻记》、《愚蠢的孩子》等多篇发表。诗在《华文每日》上发表过《航海》，这都可以视为女性文学史上的一批水准上的收获吧！

假如，作者能够虚心地再努力写作下去，并也再更多地经历一些宝贵的生活的经验，则她的写作的路子是相当宽广的。

我们不能忘记这几个人

虽然，她们已经先后离开了她们永爱着的乡土，或是先后停止了她们的活动过一个时期的笔，但是，我们终于不能忘记这几个人：璇玲，苦土，玲子，陈澍。

璇玲是由《吉长日报》走出的作者，后来在《满洲报》上披露了好多的诗文，那些诗文在其文学的意义上虽谈不到什么，但美丽的辞藻，丰富的感情，拿彼时的写作层来说，已经是很可钦敬的女作家了。

一九四〇年左右结婚之后到北平去，这前后已很少有她的作品发表，一九四一年的《大同报》上刊载过她寄自故都的短诗，后来又刊载了一次散文《晦明集》。

其实，梅娘和璇玲在学生时代是不相伯仲的写文章好手，但是，她们的发展却使她们拉开了一条颇长的距离。由是我们知道，天才的文学者往往是会失败了的，打算成名一个作家，首先便是写作下去的决心，没有这决心，任凭有如何的天才也会白费的。

苦土的作品多半刊载在早期的《明明》月刊上，她不但能写小说和诗，而且也很擅长翻译。被称为她的代表作的该是短篇小说《皮鞋》吧！这篇作品里直率地写出了幼小者的心灵，而以皮鞋贯穿起了这个故事，实在是一篇不可多得的作品。

《明明》月刊废刊以后，苦土的文字很少见到了。以她的写作经历来说，一旦停止了笔的活动，我们是真有无限的惋惜的。

玲子这个人，只要是注意过《吉长日报》和《大同报》的文艺副刊的人，谅来都会知晓吧！她是出身自吉林的女作者之中最大胆而也最有希望的一个，可是，生活环境左右了她的写作生命，使她没有得到正常的发展，便悄悄地走到很远的地方去营一己的生活去了。

玲子的诗作比较写得最多。记忆里的有《海外抄》、《下关记》等篇，在诗的旋律和技巧上，虽然距成熟的境地还有一段距离，但是，在当前女性作者之中，恐怕无出其右了吧！

最后，我愿提出陈澍这个人。她也是吉林出身的，写的东西散文比较多，笔路异常清丽，作品散见于《盛京时报》和《大同报》的副刊。虽然陈澍并不是什么为人们所熟知的作者，但根据她仅有的几篇东西，我们愿给她以最大的瞩望。

归终，也是生活把她的写作给结束了。东北这块土上就是这样仍隐伏在残存的封建社会之下，不知道像这样的作者有多少，当她们一旦投身到某个环境之后，马上就不能不终息了她们的笔，这在东北女性文学界中不能不说是一笔最巨大的损失吧！

她们是在精健地活跃着

在近几年中，可以目之为有着杰出的写作天才的女作者，我们首先愿意提到生活在齐齐哈尔的蓝苓。她的作品显示给我们以作者的辽阔的写作前途，在故事处理的手法上，是异常严整和紧凑的。《夜航》便是代表的一篇。由《夜航》到《日出》，说明了她的写作方式是沿着一条线走下来的，我们在期待着她始终这样写出她的洗练的作品来。

蓝苓不独在小说上收到了如斯的成绩，而在其诗作上也显出了长足的进展。自从《科尔沁草原的牧者》发表于《青年文化》以来，无疑地是惹起了整个文艺界的重视，相继地她又写下了《静静的榆林》，这已经标示着她逐渐走近成熟之境了。

作者的写作天才是有的，我们热望她能担起为文学致力的信心，则她的前途该是最为有望的吧！

其次，乙卡的作品我们始终也是珍视着的，就她的写作态度来说，绝非一般浅尝辄止的人可相比拟。她的沉着的笔在一篇故事里发挥了最大的效果，使读者可以捉摸到了笔者的苦心。

乙卡的作品，我愿举出《老铁》、《安娜的忏悔》、《甲鱼的故事》、《雪》等篇来。在这些篇幅之中，虽然不少是用缥缈的感情来写罗曼故事，但丰富的语汇加以严整的素材，我们是要肯定其价值的。

乙卡后期的作品，我一时想不到什么了。据说她现在正在故都，那么今后的东北文学界中将是会再印上她的脚步的。

就中国全土的女性作者来说，很少有人肯致力于写剧这一条路的。君颐却是在东北女性作者中勇敢地打破历来闭塞着的女性作者之路。她以积极的笔一连地写出了《金丝笼》与《漠寒》两个剧本来。虽然它们的演出效果如何，因为还没有搬上舞台，我们无法来衡量，但是就一个脚本来说，已经是很可观的了。

不只是剧本，君颐复以《春的事迹》为开端写出了小说。在她的笔下故事是很曲折的，而能给读者以必须读竟的魅力，这就新文学的性格来说，作者已经是打破了没有故事的这道隘门了。

五六年来，在东北能写出最冲淡最轻曼的散文的女作者，除了前述的几人之外该被人想到的当然是冰壶了。冰壶的从文，时间比较早一些，不过为了极虚心其作品的关系，因之很慎重发表其作品，所以若干年来，在质上，冰壶的成就就显得淡然而薄弱了。冰壶在社会上活动有多年的历史，但我们从行文上来看，最擅长的恐怕要算她那冲淡明快的散文或小品吧！对其散文和小品的脉路，很看出有和早期冰心作品相类似的地方，从文章里透出那样令人感到轻朗的意味，确为冰壶作品的一大特长。同样，因为她的气质过于冲淡和静谧，所以只多宁静的笔路。倘如以其多年所从事的职业来看，她缺乏从各角度来观察人生的魄力，其作品只联系在温室的花园之内，对其前进的逆路，显然已埋却了过度的风沙，倘如我们读其短篇《遭遇者》，便可以得到一个明证。

还有以写教育小说而崛起的林潜，到底是让我们关心的一位作者，她那丰富的产量和不屈服的从文毅力，是近三年来所罕见的一位女性文学斗士。当我们看了《再建之家》那样的中篇作品，对林潜所蕴藏的文学实力，是异常感佩的。在教育小说尚未萌芽的东北，林潜所蕴藏的文学实力及其创作上所选的素材是颇值得推奖的，以个中人来描绘着身边熟稔人物和人群，其成就不是能以猜测的。倘如再洗练严肃一点笔墨，林潜的作品不是更有了活力吗？

娄缗是由《大同报》副刊上走出来的齐齐哈尔女作者，她的散文曾轰动了当时的文学界，而视为是一颗最具有希望的星，依然地，后来不知道为了什么而陷迹下去，一直使我们没有读到她的作品的机会了。

在长春的杂志界活动多年的乙梅，笔力是相当劲健的，而现在也仍不断地努力着，倘如再扩展了其写作的视野，也是很可期待的。吉林的叶樱、桐桢和南吕，铁岭的叶子，哈尔滨的郁莹，长春的北黛、石基和拜特，在近五六年中她们都相继地提出了好多可珍贵的果实，我们在结束这篇回顾文字之前，愿把最大的期冀交付给尚在成长途上的人们。

东北女性作者的前路

东北女性作者们是这样蓬蓬勃勃地成长起来了。她们的作品就是她们的努力战斗的明证，她们的谦虚的态度，就是她们的来日发展的预言。我们是热望于女性作者的，在此我将提出两项问题，来作为前路的指标：

第一，解除作者自身的生活的矛盾。

第二，要再充分发挥其坚韧的健全意识。

倘如能把问题当作问题检讨了之后，再继续埋头写作下去，我们知道，东北女性文学界之中光辉的写作塔碑迟早是会建树起来的。

选自《东北文学》，1946 年第 1 卷第 4 期

东北散文十四年的收获[1]

一

显然地，我们可以这样说，东北十四年来的文坛上，以数字来论收获的话，第一位是小说，第二位便是散文。无论是报纸副刊上，或是杂志上，到处充塞着散文，单就这种普遍着的情形看来，实在是很可观了。

但是，我们也可以这样说：东北十四年来的文坛上，开了许多花，而没有结成好多果实的，首先便是散文。这原因，仔细探讨一下的话，便也不难明白：

第一，由于客观的，散文不为一般人所注视，这种结果反映到作者身上去，便减退了写下去的热情。

第二，在不理解散文的初学写作者，他们以为散文不过成了写作的一个阶段，不过是走向小说去的一个桥梁。于是，浅尝辄止地把散文给忽略了。

我们想要检讨一下过去十四年间的散文，首先应该具体地看一看作品，然后我们再论到散文的作者，最后我们再做一次总结算。

---

① 本文发表时署名林里。

二

散文之刊印在杂志或报纸副刊上的，限于字数，全般地介绍出来是不可能的事。这只好等到提及散文作者的时候再随着举出来。至于，单行本呢？我们知道的有这几种：

1.《黄花集》　　也丽著　兴亚杂志社刊行

2.《落英集》　　杨絮著　开明图书公司刊行

3.《安荻和马华》　但娣著　开明图书公司刊行

4.《草梗集》　　辛嘉著　兴亚杂志社刊行

5.《杂感之感》　季风著　益智书店刊行

6.《诸相集》　　刘汉著　开明图书公司刊行

首先，也丽著的《黄花集》包括了也丽近几年来在国内外发表的散文作品《荒野》外四十五篇，一共分为三部，全书是一六六页，这可以说是东北散文界唯一的纯散文集子。但不幸得很，这本书当民国三十年七月印就之后，马上就被伪满的检阅机关给扣押了。所以一般的读者并没有得到，甚或作者也许没有得到，只是由杂志社方面流出来了几本，大家偷偷地读读而已。

当《荒野》在《华文每日》上发表的时光，曾得到好多人的赞许，作者的这册集子里的作品，前后的情绪虽然多少有点不大一致，但第二部以下的作品总是在贯通的情感下发泄出来的。第一部可以说是作者的身边琐事的回忆录，而第二部和第三部则是作者由狭小的自我天地中走出去之后的雄浑的作品，作者的视野很广泛，也很犀利。较之作者的小说，我们是更期待于作者的散文的。

《落英集》是杨絮的综合作品集，这里仅收容了《雪途》等散文数篇。杨絮的文名是由散文这条路走出来的，所以这集子里的散文也胜于其他作品。

但娣的《安荻和马华》也是一册综合的作品集，在集子的开头编入了一部分散文。作者的散文是很出色的，在《天涯寂寞》里作者的真实的感情，完成了作品的生命。我们对于作者的散文作品也是愿付与很大的期待的。

辛嘉的《草梗集》是作者随笔集，作者在这里边笔路展开得很宽阔，话题也相当广泛。在东北来说，写随笔的人是很寥寥的。

《杂感之感》是季风留给我们的一部有热有力的唯一可珍贵的遗著。季风的向时代格斗的精神拯救了沦陷在生活的沉渊中的大众。这册书包括了截至民国二十九年的作者在报纸副刊上发表的所有的言论。

《诸相集》是刘汉的杂文和随笔合集。就杂文来说，仍然脱不掉有油腔滑调的地方，而随笔部分读来也有些拉杂之感。我们对作者尤不能不要求再为洗练。

三

我们可以指出的过去的散文作者，在此我想提出未名、成弦、陈芜、韦长明、秦莽这几个人。

未名的散文，我们始终愿支付以最高的估价。特别是末期的《暗屋之书》以下《未名抄》、《小花园》、《梦中之酒》等篇，虽然已经为了死亡的焦灼而减缩了生之渴望，但在构想和笔力上，相信这已经是东北散文的最高峰，这十四年里实在是无过其右的了。

成弦在过去散文的产量相当地多，差不多都是可读的佳作。近年在《盛京时报》副刊上发表了《江山落日抄》，在《华文每日》上发表了《幽冥之笺》，这都可以说是作者的力作。作者的散文是从诗里走出来的，在情绪上是火炽的，在格调上是流畅的。

陈芜的散文和诗是同样的，每每取材自远古的传说，而充满了古典的情绪，虽然在理解上给了读者以极大的障碍，但这也无妨作品的评价。作品散见《斯民》半月刊、《健康满洲》月刊、《大同报》我们的文学版、其他各杂志及报纸副刊上。作者的感情极热，在作品中永远脱不掉执拗于生命的呼号。《岁月》、《风雨抄》和《寂寞篇》都是在记忆里常新的作品。

韦长明曾以若干的笔名发表了其散文作品，在民国三十三年曾辑成了两册集子，一册是由兴亚杂志社付印的《无限之生与无限之旅》，一册是由大地图书公司付印的《待旦集》。为了印刷迟缓的关系，到现在还没有与我们见面。第一次使我们认识作者的是在《华文每日》上发表的《江山》，在这篇里我们读出了作者的灵魂呼号和勇敢的预言。之后，我们又读到了《新潮》月刊、《兴亚》月刊和《大同报》副刊文学版上的《荻的小夜》、《雾街》、《生命之泥沼》等篇，使我们对作者的散文前途颇持有极大的瞩望。

最后，我们不能忘记秦莽这个人。在民国二十九年秦莽曾联合当时的青年作家陈芜、杨野、崔束、季风、柯炬、克大、沫南、牢罕等人发起了激流艺文丛书的计划，第一册《野火集》和第二册《草莽集》的稿子都已凑齐，终竟是限于身边的迫害和经济来源的困滞而流产了。秦莽的散文在辞藻方面是颇讲求的，每一篇使读了之后仍想再读。记忆里的有《缱绻》等等。

四

比较有散文的前途而在努力写作着的，我们可以想到朱媞、南吕、凌文这几个人。

朱媞的作品并不很常见，从民国三十年《大同报》上发表了《窗，黄昏与乡情》之后，过了半年又在北平的《时事画报》上读到了《寂寞的感情》，其后《兴亚》上发表了《春风的日子》，《华文每日》上发表了《傍晚的视野》、《愚蠢的孩子》等。这些作品，在量的方面，我们虽然并不满足，并也不能由此确定作者在散文上的成就，但是，至少这些作品给我们的印象是很深刻的，而使我们一时难以忘却。

南吕是由《兴亚》杂志走出来的散文作者，南吕的散文是极尽冲淡而复隽永的，讴歌自然，记述身边小故事，经作者的笔写记下来，便觉得有无限的情趣。也许作者的生活经验还不足，所以写作的视野不免于狭隘。但这是可以由作者的年龄而逐渐校正过来的，我们深深地有望于作者沿着既往的写作路子，继续地走下去。

凌文是一位多产的散文作者。在散文的造诣上，无疑地作者是私淑着何其芳，就唯其私淑着何其芳，才在作者的作品中带有极浓厚的模拟气氛，如果作者能够把这些作品为过渡而回归到自己的写作生命中来，我们对作者的瞩望真可以说是极大的。但若假如作者永远牢守着这条路走下去，我们却实实在在地为作者悲哀的。因为，由既往的作品看来，已然显示出了一种逐渐扩大起来的意识的空洞，如果不用自己的写作生命来把它填充，那么是不免要为我们扬弃了的。

你们不必有所瞻顾，你们都是有着明日的前程的，为了不负好多好多读者的瞩望，你们永远勇敢地写作下去吧！

五

本来，我很想在这里介绍几篇散文给大家看，但是，那样做又觉得很对不起杂志的有限的页数。并且,说实在的,手底下的参考书报又极其有限,索性就省略了吧!

散文有一天会抬起头来的,特别是经过这次变乱之后,我们相信一定会有伟大的作品产生,我用此结束了本文,并忠诚地这样渴望着。

十二月十六日于寒灯下

选自《东北文学》,1946 年第 1 卷第 2 期

◇ 叶　屏

读者来信

编辑同志：

我看了几期《文学战线》，对“文学往来”感兴趣，为什么？因为里边许多建议和要求都很好，很合乎实际，如工人需要文艺，正不知是多少干部，同志的共感，千万工人群众的代言，我想今后的《文学战线》上，必定会有更多以工人群众为题材的，甚至是工人们自己的作品。我觉得豆芽菜也是好的，将来工人题材的伟大作品也许就从今天的豆芽菜开始。至于像四期上登的农民口述故事形式的作品，在工人群众中恐怕是更多、更有意义，也应设法收集，刊用。

在“文学往来”栏内，许多同志提到今天需要文艺批评，这的确是个问题，军队没指挥不成，文艺没批评也不成。其作用和意义都是一样，可是如何展开这一批评倒是关键问题。平常一提到这种批评，总是“内行”和“外行”。无形中给这一工作关了一道门，加了一道箍，这真有点吓人，现在我们看，如果内行做得不够，或展不开，外行又□于动手，那文艺批评工作究竟怎样搞起来呢？我觉得今天既然需要文艺批评工作，就要欢迎大家动手(当然文艺工作者要先动手)。为进一步开辟这一工作，要不论什么内行外行。一般说有文艺要求的人，都有一定的批评能力，读者也可以批评，内行是外行来的。苏联一位设计工程师虽很合时宜地批评了绘画中的自然主义(见去年十二月二十九日《东北日报》四版)，说明文艺批评工作很多人可以做，有的还会做得很好。我们今天如何发动与组织倒是值得研究的。

培养青年作者，这是我们新文艺运动以来的光荣传统，文学战线也正在做这一工作。但培养青年作者也就是培养新作者，那就在对象上不仅仅是青年了，我觉得有丰富的斗争和生活经验的成年也可以培养成新作家。我们的老战士、老工人、农民(干部在内)都有条件有可能作为培养的对象，所以在培养新作者的对象方面，要突破青年范围，在培养方法上，刊登新人新作也只是重要的方法，还要从其他方面进行帮助。一九四一年延安出版的《大众文艺》，其中的习作批评办法值得参考，当时每期都有一两篇新作者作品，加以删改，批评和具体指导，连原稿一并登出，效果很大，文艺新人非常喜爱。再是在文学战线上，是否多少介绍些文艺知识，写作修养之类的东西，对新作者也是一种帮助，这一点我看也需要。

布礼

叶　屏

二月十一日

选自《文学战线》，1949 年第 2 卷第 2 期

◇史　乾

部队需要怎样的文学作品?

——我们希望在这一栏里,反映群众的要求,交换文学的意见,请大家像给朋友写信,像在漫谈中讲话,把意见寄到这里来。

部队需要文艺,我们一看到苏联小说就希望什么时候能有一部我们自己的小说。

从部队教育工作观点看也需要。

前年在蛟河练兵时,就决定读《恐惧与无畏》中若干章,军事干部都注意运用,当作教材。

但这工作应该有组织地来做。

文艺作品如何送到战士手中去,必须经过桥梁,——要经过营团干部的提倡,就能下去。当然营团干部不是主要的写作对象,但如何使他们欢喜读是必要的。从内容来讲主要的是看"能否解决问题",像部队里发的教材,也还是适合于下面需要的教材才会传得下去,这就是在内容上看是否适合战士需要。

战士思想当中需要解决的问题很多,如"城市政策",过去曾经

宣传过城市不重要，一下子改不过来；如“民主思想”，旧社会残留的统治思想，不认识发动群众之必要；如“战斗思想”，战士在激战中思想情况如何？常常是不容考虑问题的，但当时为人民为自己的思想是如何表现的呢？如“团结”，阶级弟兄的关系，得通过民主作风或其他具体问题来解决，不通过具体问题不能解决……至于先解决哪一个问题，应该有重点，集中反复解决当前一二问题，从各方面搞，否则力量分散。

形式要通俗，短小，符合内容之明确，至于到底多长多短，当然以内容和材料来决定，部队中过去也写了不少小故事，但由于只起表扬作用，未达到解决思想问题，实际应该从思想出发。

“作者还要看到第二步，有预见。”

以上是在前方与某纵队宣传部长谈文学问题的片段记录，但从这一个记录里可以看出几个问题：

第一，部队需要文艺读物。

第二，文艺不仅单单表扬，而要含有一定丰富的思想内容，要能提出问题解决问题。

第三，形式要通俗短小。

第四，不但为战士群众接受，还要为干部欢喜。

第五，要有预见，就不仅熟悉战士生活，还要有高度的政治认识，政策思想。

因此，今天谈文学作品如何在部队当中有用，不只是一个消极的战士文化水准的问题，认不认字的问题，这样看就会变成取消主义，而放弃主要是为工农兵的艰苦工作，能向容易满足自己，容易得到迅速反应的知识分子或文化水准高的小范围（对广大工农兵群众来说）里去，那对于为工农兵的方向不是前进，而只是一种倒退。

选自《文学战线》，1948 年第 1 卷第 2 期

◇ 冯　明

记鲁迅十年祭和东北文协的诞生

鲁迅先生逝世十年了。然而他没有死,他仍活在活人的心里。

过去,东北在日本帝国主义及其鹰犬的屠刀下,纪念鲁迅是不能公开的。然而,在沉默里他也并未被人忘掉,这沉默是期待着爆发的。不信,请看在解放了的今天的哈尔滨,纪念鲁迅先生逝世十周年的大会,是如何严肃隆重而且盛大。

会场布置在莫斯科剧场,这是一个足可容纳两千多人的地方,然而今天却显得这样逼窄狭隘。楼上楼下满满地挤满了人:这里面有作家,社会名流,文化工作者,青年学生,公务人员,也有一般市民,店员,工人……这是集各阶层人士于一堂的一个盛大的纪念会。因为,鲁迅"不仅是一个作家,而且是一个中国人"。一个伟大的,杰出的中国人。

鲁迅先生的两句名言:"横眉冷对千夫指,俯首甘为孺子牛",以赭色大字书于白布之上,悬垂于讲台两旁。正中挂一大幅半身画像:一头短发,"隶书一字式"的胡须,嘴角上挂着一丝微笑。这微笑在今天好像正是投给这正在卷入“要求美军撤离中国运动”狂潮中的人们似的。

大会主席罗烽先生在掌声中讲话了。他讲话的中心是举开这个纪念会的意义。当然，这意义对于所有与会的人也许是清楚的，然而在目前反动派倚仗外国主子的势力尚很猖狂的时候，中国走上和平、民主、独立、自由的路上尚有许多阻碍的时候，罗烽先生特别着重指出：“我们要学习鲁迅先生的‘韧性的战斗’，要持久不懈。”是充分有使我们更加坚定意志，提高信心的意义在的。

继续萧军先生报告了鲁迅先生的生平：他叙述了鲁迅先生怎样由想以医学来拯治中国人的肉体转变到以文学做药饵来拯救中国人的灵魂的过程；怎样坚守“中国人”的立场，和封建反动势力，和走狗帮凶阶级，汉奸卖国贼来做斗争的历史。鲁迅先生是为了中国人民付出了最后一滴鲜血的。回顾鲁迅先生一生奋斗过来的战绩，我们不禁为这灾难深重的中国而悲愤；但因唯其如此我们对这在灾难中磨炼出的伟大人物，更觉可敬，更加可以引以为民族的骄傲。

东北政联的高崇民老先生也讲话了。他以“横眉冷对千夫指，俯首甘为孺子牛”两句话来阐发鲁迅先生的精神：对独夫民贼绝不妥协；对人民则甘愿付出最后一丝气力。高老先生的话不但鼓舞了旁人，也鼓舞了他自己，最后他抖擞精神宣誓似的说：“我一定要学习鲁迅先生，和反动派奋斗到死！”他这坚决有力兴奋得颤抖的声音，恰如一块大石投入止水，激起了一片经久不息的掌声。

以后又有市府刘秘书长，金人先生等讲话。要之，都是说，我们纪念鲁迅，必须向鲁迅学习，学习他为人民服务的精神，和对付丑恶势力的魂魄，我们要照着鲁迅先生踏出来的道路，朝着他的方向前进！这方向就是毛主席所指出的“中国新文化的方向”。

最后，为了把鲁迅先生的旗帜插到东北来，萧军先生更当场提出了三项具体的纪念鲁迅先生的事业：一、成立鲁迅学会，以广泛地深入地研究鲁迅的思想和精神；二、成立鲁迅文化出版社，大量介绍鲁迅的著述译作；三、成立鲁迅社会大学，以补救职业青年的失学问题。萧军先生说：“这些事业，绝非几个人所能办到，希望各界人士积极赞助！”大家回答他的是一片热烈的鼓掌。会到此，告终。

就在这天下午，参加了鲁迅十年祭的一部分文化界人士，又齐集中苏友好协会，举开了东北文协的筹备会。这是由全国文协的老会员萧军，舒群，罗烽，金人，白朗，草明六人发起的。本来文化界的团结问题，早是大家一致的要求，所以这一号召，马上得到响应，在哈的戏剧、美术、音乐、文艺工作者，凡是知道消息的，全都来了，共到三十八人，公推金人先生为主席。金人先生简单地介绍了以前全国文艺界抗敌协会的概貌和沿革；而后由舒群，草明等提出议案，讨论关于组织、人选等问题，首先确定了组织名称，为“中华全国文艺协会东北总分会”，暂由哈市文艺界进行筹备，一俟与散在东北各地的文化人取得联系后，再行召开会员大会。总分会下，更将于东北各地普遍成立分会。关于筹备委员，经大家票选，共选出十七人：计有萧军，华君武，罗烽，白朗，舒群，陈隄，王一丁，李则蓝，草明，罗明哲，金人，何士德，荏苏，李江，陈振球，唐景阳，铸夫。继又票选常委罗烽（总务部长）、萧军（研究部长）、草明（出版部长）、舒群、华君武、金人、白朗、王一丁、陈隄等九人。

总分会之机构，现分三部：总务部，总揽全会会务，负责组织，会员登记，经费收支等事宜；出版部，出版文艺书籍，编辑会刊等；研究部，研究有关文艺上的诸问题，并对爱好文艺的青年进行指导等。

最后，决定了目前暂时的工作：一，要求美军撤离中国，对美文化界拍发电文，交由旅美全国文协会员老舍，曹禺转递；二，编印会刊《东北文艺》；三，组织文艺小组并设讲座；四，与哈市各界联络，发动劳军运动，组织前线慰问团。会后，大家摄影聚餐而散。

东北文协于鲁迅纪念日召开筹备会，虽非特别择定的日子，但不言而喻地，这是包含了我们要扛起鲁迅的大旗，举起文艺的“投枪”，为民主，为和平而厮杀的意义在的。

鲁迅先生逝世十年了。然而他没有死，他仍活在活人的心里。

选自《东北文艺》，1946 年创刊号

◇ 任　愫

是的，我们需要文艺理论

我是一个很爱好文学的青年，从几年前就为这个方向而努力，但是到了今天，还觉着没有什么心得。虽然也写过几篇报告的东西，发表在报纸上，□只是多少地给自己一些鼓励，但过后看看，感到自己还幼稚得多，这个并没减退我追求文艺的热情，反而更努力起来。

当《东北文艺》停刊之后，就天天地盼《东北日报》副刊，希望这上能登一些文艺作品及理论。《东北日报》副刊在某种程度上，曾满足我一些要求，但终久还是感到不够。

这回《文学战线》出刊了，我以一个东北青年爱好文艺无比的热情来欢迎它，把希望寄在它的身上。的确，它没使我失望。看过三期，我对它还有几点希望：

一、我基本上同意上期刘绪，玲筠二同志提的：多登一些无产阶级的文艺理论。因为这样能更多地教育一些青年的文艺工作者，使我们更充实起来，正确地反映现地的生产建设。譬如：在《李有才板话》上，周扬同志的《论赵树理的创作》，给我们许多的帮助，我真喜欢它。

二、应当增一些批评的文章，因为，只有对一篇创作的批评，才是一个实际的理论。像第一期草明同志等批评的《一对黑溜溜的眼睛》和《网和地和鱼》，这使我们了解许多无产阶级的文艺理论知识。在《东北日报》副刊上煌款同志评的《解疙瘩》，以及《读者及作者来信》这都是很好的。

我希望每篇作品发表后，都要有它的评文，指出它的优缺点，优点表扬，大家学习；缺点善意地批评，大家勉之。我想这对谁都是有好处的。

三、应当刊载一些新人的作品（记得谁说过），这对鼓励青年写作上，培养新作家上，都是应该的。

四、每期应选好的小品，散文登上一二篇，我觉得那对我们青年是很“甜”的。

最后希望，能写的同志，拿起笔来！我们真是需要得很哪！

选自《文学战线》，1948 年第 1 卷第 5、6 期

◇ 刘白羽

加强文学的时间性与战斗性

××同志：

关于我们文学战线上的一些问题，我想在这里只谈我的一点感想，就是大家最近所谈如何加强文学的时间性与战斗性。

有些人在这方面还有些含混不清的观念，认为文学创作有永久性，至于时间性作品，据说时间一过，就没价值了。有这种观念的人，对文学创作有他独自的抱负，这本无可非议，但是把文学创作和时间性的作品对立起来，甚至对于后一种形式就不屑于动笔了，那就不大对头。我所以认为这是一种不正确观念，是因为他以陈旧眼光，不能看清这一伟大革命斗争时代，文学工作者首要的战斗任务是什么。

谁都不否认，我们正在进行的斗争，是中国人民反对旧中国统治者空前激烈的斗争。

今天（以至将来）我们的任务，首要的是如何推动这一斗争，使这一斗争取得胜利。因此，文学的任务首要就是当前的积极的战斗的任务。不是作家个人考虑爱做什么做什么,而是如何斗争有力,就做什么。难道鲁迅先生是因为不爱创作小说,才写杂文的吗?自然不是,因为在那最黑暗、最恐怖的时代,这支锐利的匕首,可以更有力、更直接刺杀敌人。爱伦堡在苏德战争中,把他在西班牙内战时代的报告文学,提高到与政论密切结合,而发出伟大战争中正义的钟声,响彻世界,谁都不能说他的战斗不重要。如果有这样一种"现实主义"者,当人民正在斗争的时候,他无视于当前斗争,无助于当前斗争,而等到将来没有战斗时,再在明窗净几下写战斗给孩子们看,我们是不赞成的,我们需要将来的文学巨著,更需要今天战斗中的食粮。

对于这问题的解决,我主张提倡有强烈的时间性与战斗性的报告文学、通讯。思想上要弄清,没有一部作品,没有一定的时间性,而会孤立地有永久性的。只有你在人们历史最卓绝的时代,你战斗了,这个作品,会同那一个时代一样永远传流下来。在今天,这样激烈战斗的时候,报告文学、通讯是能以最迅速反映现实而又最迅速传播到群众手中去——由于它所写的就是发生在你周围的事,它是真人真事,它提出当前问题,它便容易引起读者兴趣,马上就会起推动作用。这不是一个次要问题,而是一个原则问题。因为你天好的作品不能到群众手中,也是白搭。无论在火线上,在工人或农民生产战线上,都应有很多很好很有力的报告文学、通讯,在那里鼓舞他们作战同生产。

我曾经向一些同志提过:文学工作者应与报纸结合。有人对这提法认为过分,我想来想去觉得这个意见并没什么不好。报纸是目前文字工作当中,最容易送到群众手中、最现代化、最富有时间性的工具。三年前在重庆,与乔木同志谈天,曾说到如果鲁迅先生还活着，他一定为人民报纸写新闻。因为过去时代，统治者不准许人民说话，那时在上海也没有真正人民的报纸，他不得不委曲婉转，进行搏斗，受了多少磨折，多少困难，要正面说话而不可得。现在有了真正人民的报纸，这是进行思想教育最方便的讲坛了，我们为什么不通过它来对群众讲话呢？再则，这样做，我们的读者层也可以由文艺爱好者同欣赏者当中扩大到社会各阶层。郭沫若先生说：

“新闻记者的报道文学，应该是最新最进步的一种文艺形式。把现实抓得那么牢，反映得那么新鲜，批判得那么迅速，它们成为我们每天的生命。我们每天清早和晚上，就像中世纪的人受到神的启示一样，我们是受着新闻记者的启示的。”

难道我们文学工作者，在伟大的斗争面前不应该有这样的精神吗？我们应该有这样的勇气，这样的英雄气概，以参加阶级的斗争，以血来写作为荣耀。

今天，我们不是反映迅速新鲜这方面做得太多，而是做得太少了。我们给读者的精神食粮太少，他们呼唤，他们要求，我们赶紧到斗争场合里去吧！跟随现实斗争脉搏而活跃，从群众斗争中提高我们的阶级觉悟，政治觉悟，去生活，去不倦地写，写那无穷无尽的、新鲜的、永远不断的斗争现实。以上是我的意见，不知对不对，请你多多批评。

五月二十三日于火车上

选自《东北日报》，1948 年 6 月 2 日

◇ 刘　绪

我的意见

自《东北文艺》停刊以来，能读得到文艺作品的地方只有《东北日报》副刊了。虽然获得了些各种文艺作品及文艺批评，但在文艺理论上还显得少些。目前在东北所出版的杂志还不算多。尤其是"纯文艺"者，回顾《东北文艺》各期曾发表了些作品，但偏重于创作。在文学理论建设上还不多，也可以说是：寥寥无几。

今值《文学战线》出版，实为庆幸之事，因获得一个在文学上的领导。但文学杂志除文艺创作外，还应注意建设无产阶级的文学理论亦是必要的。作为一个文艺工作者除执笔反映工、农、兵和暴露敌人各种丑恶，虚伪及无人性的残杀，掠劫等教育群众，提高群众觉悟的作品外，文艺工作者（并不只限写作，如戏剧，木刻等）自己本身的文艺理论的提高，也是不可忽视和轻视的业务工作。

在建设无产阶级文学理论来培养文艺工作者，使之在新的理论上提高一步，更进一步掌握党的文艺政策，明确自己在本身和作品的政治立场，使我们文艺工作者在创作上提高，不至于停滞在现在的阶段上，则将会涌出更多更好更成功的作品；尤在缺乏新的理论的今天，建设无产阶级的文学理论也应当在现在开始着手工作了，更是在党的杂志《文学战线》上，能满足文艺工作者修养上所急迫的需要。

另一点：

《文学战线》是党的文艺杂志，但发表作品的编者，应注意到更广泛的文艺工作者的优秀作品，予以刊载，否则会走向几个作者的"同人杂志"，终究会趋向灭亡的。我记得鲁迅先生曾给《北斗》杂志的编者提供过这样的意见。这样能培养更多的优秀的文艺工作者。

以上所提到两点，这样做是否正确，望编辑指教，批判为要。

此致

敬礼

刘　绪

八月二十八日

选自《文学战线》，1948 年第 1 卷第 3 期

◇汝　珍

新社会与新秧歌

在新社会的今天，我们无论是在生活、思想、政治、艺术上和过去的一切有了极大的分别，这不但在感觉上，而且在实际中，都是换了一个新的环境和新的事情。在艺术上也同样有了一个显然的进步，其他不论就此次秧歌而言，不但在本质上是革新了，而且在步法姿势上和参加者，也都和过去不同了。这次秧歌队中女同志的参加，使一般人奇异："女人们也参加了秧歌？"是的，"跳秧歌吗，女人就不能？"过去的封建传统，今天被我们击破了。女人不但要在政治经济上解放，而且在艺术上也要解放。过去东北在日寇十四年统治压迫下，即或有时也闹秧歌，而那是属于逗、调情、飞眼的旧秧歌。扮的人物也只是——地痞、流氓、无赖——因此在一般的想法，这不过只是点缀点缀年和灯节的与平日不同罢了。也有些人感到只不过是一些无聊的娱乐，看都不屑看，不用说有女人参加扭啦！然而在今天劳苦大众翻身的社会里，在这生活、思想、政治、艺术大大革新的今天，在艺术上占极重要位置的秧歌，也有极大的革新。

这次我们在响应扭秧歌的号召时，口内虽然喊得非常干脆，然而内心每个人都存在一些小资产阶级意识——不好意思的心理，尤其是女同寅这种思想比较更甚。然而自从实际参加了秧歌队以后，一些不合理的看法和想法是一天比一天减少，相反的情绪却每天在增高，一直到出演完了走路时也习惯地用跳的步法。由此看来今天我们在艺术生活上是前进了一步。

新的秧歌是在东北解放区开始普遍了，我们想象这新的艺术发展是无限的，更希望它普遍地深入到东北每个老百姓的心里去。

选自《东北文艺》，1947 年第 1 卷第 4 期

◇ 孙　灼

我对于文学的意见

看了本刊一卷二期上甦旅同志提出的《目前文艺运动的我见》一文，我觉得这篇文章是值得我们文艺工作者重视，而深入研究彻底实践的，根据这篇文章我有点意见强调补充在下面，供大家来参考：

我们应该“学习工农兵大众的思想感情”，更应提出“学习他们的工作热情”，把我们的文艺工作搞得像生产、作战一样的积极，敏锐地搜集反映人民大众的革命斗争事迹，歌颂那伟大革命——战斗、生产、工作——热情，我们要勇敢而紧张。

当然，在东北已经产生了一些崭新的作品，无论从内容上形式上都是清新刚健，正确地掌握了新民主主义文艺方向，有些知名作家已经深入到工农兵群众里去，向他们学习为他们写作这是今天文艺工作主要任务。然而我觉得更迫切的任务，应该是迅速地反映活生生的革命斗争热潮。

掌握住文艺的方向，大家来写（作家也好，工、农、兵、干部，也好），把文艺战线搞出一套名堂。

在这里我们的批评同志们就要掌握住正确的批评武器来衡量作品，因为我们现阶段的新文艺运动，并不是一件简单的工作，大家都在学习摸索中从事创作，批评也要从这样一个水平上来估价作品，首先要从政治立场——主题教育意义上——着眼，加以尖锐的批评，至于表现的艺术——典型的描写上——则应多加以指导，多提出改进的意见，帮助我们的文艺普及和提高，绝不可为批评而批评的，使作者丧失了写作的勇气。总之批评要以恳挚指导的态度，热诚地培养文艺新军，在批评中指出明确的道路，并尽可能地给以鼓励和助长写作的勇气，这样我们的文艺工作才能轰轰烈烈。

一九四八年十月七日

选自《文学战线》，1948 年第 1 卷第 5、6 期

◇ 纪云龙

读《母亲》

这是一篇对知识青年有教育意义的好作品。它把新社会的人与人的关系，革命的母亲与革命的儿子的关系、集体与个人的关系，描写得那样真实、那样生动，感人至深。同时，它的背景为我们展开了十年内战、八年抗战、人民解放战争三个历史时代的雄壮图景，虽然作者所刻画的不过是一个平凡家庭的母子在十七年中的遭遇，但是透过它，我们却能看到成千成万的母子、中国广大受压迫的劳动人民，二十年来他们怎样抓住自己的命运，投入反帝反封建的革命浪潮中。

作者以其朴素、洁美而蕴富热情的语言歌唱了他自己的母亲；同时，他也是歌唱了祖国的人民，歌唱了我们的党。

“我热爱我的母亲，这不仅是因为她辛劳地一手抚育了我，而且是因为她慷慨地把我和三弟献给了革命，她自己也参加了革命工作。她是一个从旧社会中出来的新母亲！”

这位母亲在自己孤独的晚年（那时我们的祖国正处在黑云密

布，惊涛骇浪之中），在她陈旧了的缝衣机旁，把儿子们教养成人后，就毅然把他们双手捧献出来，交给了党；然后，她自己也慢慢儿拖着老迈的然而坚定的脚步，从“南京”奔到“延安”。

这位母亲到了延安，到处受到同志们的欢迎与尊敬，大家称她做“伯母”、“妈妈”，首长们请她吃饭、看戏，边区政府林主席亲自接见了她。

一谈到过去的生活，母亲就咬牙切齿，有时流出了泪；但是说到来延安以后，母亲就乐了。她乐得像个小孩子似的。她爱延安，她爱“延安的天气、延安的窑洞、延安的同志、延安的小孩、延安的小米饭、延安的毛毯、延安的一切”！

她爱毛主席！她爱朱总司令！

这样一位勤劳的母亲，休息了几天就要求工作，她要求行动，她一定要用自己的双手和自己的劳动技术，去给八路军缝军衣。组织上答应了她的要求，便调她到新中国工厂去工作，在那儿，母亲很快地就取得了“劳动模范”的光荣称号。

在“八一五”的前两个月，伟大的党的七大胜利闭幕了，毛主席在这个团结的大会和胜利的大会上，号召同志们上前线去！于是儿子又要离别延安，离别母亲了。

母亲虽然知道儿子这次要走得很远、很远，但是母亲一点也不留恋，临走，只在他的日记本上，贴了一张她穿着延安军装的照片，题了几句临别赠言：

坚儿：

你不用挂念我！国家兴亡，匹夫有责，我希望你长途保重，战胜敌人，收复失地，解放人民。

祝你胜利！

母

儿子就是这样带着母亲的希望，来到东北的。他的母亲就是这样一位爱儿子，更爱人民的伟大无产阶级的性格。

她为什么具有这样坚强崇高的性格呢？这主要的是由于她在阶级出身的先天优秀的自觉基础上，吸收了半生历史所赋予她的教育。对于这一点，作为一个革命知识分子的作者，以其现实的生活形象为我们做了详尽的分析。让我们回味一下作者所展示的他们的悲惨遭遇吧。

故事一开始，就先把我们引到一九三〇年白色恐怖笼罩着的南京，在那里，作者因为加入上海反帝大同盟，参加学生示威游行，而被国民党警察无辜逮捕，在上海囚禁了几个月后才被保释出来。那时，穷困的母亲寄居在香港豪绅亲族家中，可以说受尽了政治上的污蔑与人情的冰冷："谁叫你跑出来？你知道你的儿子当了共产党吗？""别想你的儿子啦！你知道共产党不但不爱自己的父母，而且还要杀自己的父母吗？你还有两个儿子，不要他一个有什么关系！"

当她初见到出狱的儿子的时候，儿子问她："你相信这些谣言吗？"她没有作声，却只拿手绢儿频频地擦干着眼泪。谣言并没有吓倒母亲，也破坏不了母子之间的骨肉之情，相反地它使母亲认识了国民党的凶残和人情的冰冷。

卢沟桥的炮声响了。日寇的长驱直入，国民党军的节节溃退，后方的动摇混乱，使热血青年们的满腔愤怒再也忍不住了。不久，华北又传来了八路军平型关大胜的捷音，她儿子从黑暗中看到了一片光明，认识到抗战的只有中国共产党，便决心到延安去。当他从八路军办事处搞好介绍信，去汉口辞别母亲的时候，母亲说："我早就知道你会走这条路！"

抗战后的八年中，母亲跟着唯一的第二个儿子，汉口、香港、昆明、重庆，到处流浪逃亡，挣扎在失业和饥寒交迫之中，但就在那样艰难的岁月里，她还经常写信到延安，勉励她的两个儿子和同志们好好团结，努力抗战工作。一九四二年底，二儿子到江西谋生去了，从此母子离散，天各一方了。她竟在重庆二儿的同学开的饭铺当了一年厨子，并且还会天真地希望能碰到一个八路军来吃饭，但是来吃饭的净是国民党政府的小公务员。最后，她才得到八路军办事处的介绍，和一批干部家属去到延安。

就这样，在长久的残酷的战争年代里，母亲的心肠锻炼成像铁石一般坚硬，什么都能经受得过去。

从这些简单明了的形象上，我们看到了，十七年来，在极其困难的条件下，母亲所经历的路程。这也正概括了现代千万革命者所经历的路程。《母亲》这篇作品使我们回想到过去的生活，回忆起八年抗战、十年内战……这些往事对于我们都是很亲切而熟悉的，有的人从那个时代度了过来，有的人则是从书本上或大人们的口述中听到的，但这些往事在我们看来像完全是不久以前，几乎是隔昨之事。青年们应该不断地温习它、学习它，以从这斗争生活中吸取自己的爱与恨。

作者所描写的这个家庭这位母亲和儿子们的历史是平凡的，但又是突出的，然而《母亲》的艺术价值就在这一点上。这个家庭这位母亲和儿子们，不过是中国民族中国人民的一个小细胞，一滴水，他们和千百万类似的家庭连在一起，他们在生产和战斗中所创造的丰功伟绩,就形成了中国人民革命的激流。

正如在苏联影片《宣誓》中,当反法西斯战争胜利后,斯大林同志对那位白发斑斑的苏联母亲所说的:

“这都是你和其他千千万万做母亲的功绩,因为你们所教育的子女给祖国争了光荣!”

这篇作品教导了我们一个新道德、新伦理,在新社会里,我们必须习于它,才能创造伟大事业。

后　记

《文学战线》出了两期了。一般感到投稿者的圈子,还太狭小。我们欢迎青年反映当前现实的作品,工农兵出身的同志描写自己经历和见闻的作品,散在各处文艺工作者的创作和交换经验的文章,这些来稿,我们一定尽先尽多地采用。我们也欢迎下面这类稿子:说书、大鼓、歌谣、枪杆诗、顺口溜和民间故事等等。

为了使得这个杂志和前方的战斗,后方的生产紧密地结合,请前方的同志们和农村里的同志们多多赐稿。通讯、报告、速写、散文、诗歌和小说,均所欢迎,翻译的文章,也欢迎投稿。

理论批评每期都有。我们组织了一些稿子,也欢迎来稿。我们的批评原则是对于好的作品,我们要赞扬,对于坏作品,我们要指摘。批评的重点首先放在思想上,其次才论及艺术的形式。对于思想上有毒素的东西,我们指摘较严。而对于思想上没有毛病,仅仅在艺术手法上有些缺陷的作品,我们衡量的尺度是宽的。

选自《文学战线》,1948 年第 1 卷第 2 期

◇ 李辉英

发挥文艺的战斗力量

“文艺是最尖锐的战斗武器。”这不是一句庸俗的口号，而是确不可移的一个事实，一个公认不讳的完全真理。因之若是我们能够适当地把这优良的战斗武器加以合理的运用，在打击敌人这一工作上，必然地它将可发挥出高度的战斗力量。

“文艺是一面镜子”，虽然我们仍嫌这句话在表现文艺作品本身上说，似乎还不够发挥出它的积极性，但是单就这面镜子来说，它也尽可以毫不遮饰地照彻出社会上的诸般形象，和大众之间的诸种阶层，而借作家描绘出记录出关于黑暗方面的暴露，以及光明方面的歌颂。说得再明确一点，那就是我们这一面镜子，将予该赞扬者以赞扬，该批判者以批判，唯其因此，才尽到了它本身所负的任务。

我们的文艺还要求成为在活的形象里表现人民真实生活的有力的工具，因而需要每一件文艺作品，每一个人物，都从活生生的现实里搬取出来，完成那一个“真实”的简单的要求。更应该不逃避现实地注意那些最尖锐而最迫切的问题——这样的文艺以及它所发挥的力量,才能成为真正人民的呼声,才能成为优良而锋利的战斗武器。

抗战八年,我们终于获得了最后胜利,八年中间,全国各阶层均为这一伟大事业的发展而工作,且曾获取到部分的成就,虽然不可讳言地其中也还存在着若干的缺点,须待改善、克服,终是值得欣庆的现象。但谈到我们的文艺活动,以及它本身在抗战期中所发挥出的力量,虽然也曾在文艺史上留出一些光辉的记录,成为难得的收获,而实际上我们仍不敢以此自满,换句话说,我们感到文艺配合其他方面在抗战阵营中的表现还嫌有些不够,这并非是有意地对于文艺的轻视,也不是对于文艺低估了它的力量,正相反,我们一向都在重视文艺这一尖锐的战斗武器的力量,及其所留给社会的诸种影响。问题只是在于它未曾得到更适当更高度的发挥,使人不能不认为有点遗憾,原因是有的:在我们这个国度之中,多少自命不凡之士,不免对于文艺喜欢在看法上加上一层有色的眼镜,或者进一步地把它当成不祥的产物,保留着敬鬼神而远之的距离,这是好焉者也,不然就会把文艺看成为不必要的消遣,或再添出一些无谓的责难,于是文艺本身就被冷淡、被卑视、被阻挠得难得得到正常的发展,而减少了它在抗战阵营中所能发挥的巨大力量。

于是我们的文艺所能发挥的力量便轻易地被埋没了,它那一面照彻的镜子因之而不免失去了原有的光明,影响所及,那真实表现人民现实生活的作品,则不曾大量地出现在市场之上。

看看人家看看自己,我们愈加感到惭愧。自从二次大战的燎原之火在世界各地燃烧起来之后,随着各部门的参加这一伟大的为民主而奋斗的战争，文艺部门所发挥的战斗力量，在任何国家都曾留出光辉灿烂的成绩，这并非是我们故意地加以强调，我们可以举出许许多多真正的实例来。苏联方面，头一个应该被我们提出来的文艺作者就是爱仑堡，他先后写出不少篇有历史性的报告文学，关于纳粹德国施用的诸般暴行的报道，还没有第二个人能够和他并比。这是从对于敌人的暴露和打击说的，倘若再以亚力山大·考涅楚克的《前线》做例，更可以领略到文艺作品对内暴露以及公正批判的如何重要。名作《虹》和《妻》也足可以做出最有力的说明，在大琉球岛上殉职的美国名记者派尔，他的作品几乎成为沟通美国士兵及人民之间悬念挂怀的桥梁。我们也曾读到过《月落》、《楚囚》和《法国的悲剧》，使我们了解于文艺宣传的如何重要。即以我们战败了的敌人来论，也还有着专门宣扬"皇军"战功的作家如火野韦平和林芙美子等等，为他们的大和精神张目。

这是摆在我们眼前的事实，再让我们来看看自己。当抗战初期以迄武汉撤守止，那时我们的文艺，曾经在当时掀起巨大的波浪，迎合抗战的需要，当时的报告文学作品确乎风行过一时，文艺作家也多离开了都市的亭子间，深入到部队中、乡村中和广大的人民群众中，以最现实的题材，写出不少热情的作品。这些作品虽然表现得还不够深刻，不够充实，存在有若干的缺点，但大体，仅就那一星一点的成绩来论，仍然是令人可喜的现象和收获。这现象仿佛已然发展到最高的顶点，此后由于作家们不能驻足一方，以及其他诸种原因，先后地向着后方转移阵地，使文艺的转向生出不振的反响。这其中自不乏难言之隐，结果则阻碍了文艺力量的适当发挥，令人不禁为之而悲愤。其后虽有王礼锡先生领导之"作家战地访问团"

的派遣，深入中条太行山岳地带，搜集材料，以及南北慰劳团之允许中华全国文艺界抗敌协会派员参加慰劳，借便搜集抗战材料，曾于事后出过丛书，在配合抗战大业上尽了力量，过此之后便再无同样的方便和同样的组织了。

但不可否认的，在八年抗战之中，我们的抗战文艺，终于还是写下了难忘的一页，无论是诗歌、小说、戏剧、杂文、报告文学，先后在文艺园地中开出鲜艳的花朵，这是五四运动以后新文艺史上新的一章，文艺作家们均知道忍受一切生活上的困难，时刻不停地挥动着笔杆，成为抗战阵营中的一员，为打击敌人无情的侵略而共同努力。遗憾的是参加抗战阵营之中任何部门的工作人员，均在生活方面取得了保障，唯独这些文艺工作者却完全相反，在生活上需要自己拼力去挣扎，加以写作方面的不能如意抒展己见，以至于限制了文艺作品的大量的发展。虽然有人认为文艺作品的制作，只消埋头苦干，就可以取到可观的实效，但若是在可能方面得到国家给予的帮助和方便，那不更给人以难得的鼓励，减少作者诸多的困难和无谓的麻烦的嘛！

若果听任文艺园地慢慢地荒芜下去，那便是我们的一个很大的损失！我们纵不要求《战争与和平》同样伟大作品之生产，退而求其次要求制作出像《虹》和《线》之类的作品，不能说是奢望。可是我们现在有没有这样的作品呢？我们可以武断地回答一句："没有！"

但文艺是不分国界的，正如文艺作品良好与否非一二国的作家如俄罗斯、法兰西之可垄断，而是任何国别的作家，都可以创造出伟大而具有纪念碑性的作品的，只看你有没有这样的本领，和足可

以使你使用本领的合宜的环境。我们惊服于十九世纪世界文学史中俄罗斯作家和法兰西作家所培植的灿烂的花果，憧憬于我们的抗战文艺将在二十世纪五十年代获取一个煊赫的丰收，似乎并不算过分。我们的政治、军事、经济等等尽可以不如人，但绝不能以此而自认我们的文艺必落人后。伐佐夫之出自保加利亚，易卜生之出自挪威，虽然全是属于小国的作家，他们的作品正可以和那些大国作家的作品媲美。

基于如上的实例，我们愿意为发挥文艺的战斗力量，或是它的镜子的照射作用，而提起来普遍的注意，希望在我们的文艺园地中，开放出各式各样鲜艳的花朵。为着达成这一期望的方便计，我们认为有提出几项要求的必要。

第一，我们要求作家生活的合理解决，以及行动的自由。只有在这一条件之下，作家们才可以不受拘束地安心地使用自己的武器，运用自己的时间，来暴露、描绘社会的黑暗和光明。

第二，要求保障文艺作品的发表自由，不受任何地域的限制。只有在这一条件之下，作家们才能够面向人民，写出真正反映现实的作品，否则纵有精心之作，难免不被埋没在抽屉之内。

第三，我们要求作家多多参加实际生活，丰富自己的经验和阅历，只有在这一条件之下，经过了长久的体验和认识，加以正确的观点的把握，才可以写出结实有力的作品。仅靠一知半解的常识，和某一局部的生活环境状况作为题材加以叙写，那作品万不会如何的精彩。

以上三点，应该是发挥文艺的战斗力量最低限度的条件，倘能顺利地发展下去，我们的文艺的蓬勃现象不言可期，而它将发挥出高度的战斗力量，成为配合民主政治的尖锐武器，也将为无从置疑的事实。

选自《华声》，1946年第1卷第2期

◇ 杨　蔚

“艺术还家”运动的开端

——电话电报局工友职员的秧歌随感择记

秧歌本是民间的艺术形式，它应当真正代表人民，发现工农兵劳苦大众的生活、思想、感情。但是，多少年来，封建社会给它以桎梏，封建社会的统治者层霸占了它，使广大人民失去了自己在文化艺术上活动的园地；使广大人民不但在土地关系上而且在文化艺术上，被压抑着，被奴役着。因而，在这人民大翻身的时代，在民主自由幸福的新社会里，人民不但在土地关系上得到解放，而且要在文化艺术上得到解放。正像广大乡村所进行的翻身运动中的“土地还家”一样，在文化艺术的斗争运动里，要做到“艺术还家”。

“艺术还家”是一件惊天动地的大事，而新秧歌运动正是“艺术还家”运动的开端，还需要大大努力。艺术为群众掌握，为人民服务，工农兵群众以自己的艺术，来表现自己的生活、自己的哀乐，正像土地改革一样，是空前未有的。只有在大翻身的时代，才能有艺术上的翻身——“艺术还家”，才能有表现翻身人民情绪而又教育广大群众的新秧歌的普遍流传。

这次哈市文协在春节中组织的新秧歌大竞赛,也正是企图使新秧歌这一群众艺术运动,能广泛开展,真正成为普遍性的群众运动,进而逐渐达到真正的"艺术还家"而发动组织的,是有成绩的。工农兵开始看到与接受了自己的艺术,他们不但喜爱它,而且有能力掌握它,并发挥自己的智慧与创造力,热烈地从事这一运动。从参加竞赛的各个秧歌队的演出的努力、情绪的高昂,以及政治认识的普遍提高,都说明了这一点。电话电报局工友职员们的参加过程,思想的转变……正是一个实例。

电话电报局的秧歌队,正像其他机关的新秧歌队一样,在竞赛前都合作过多次的街头演出,获得观众的欢迎与热爱,使这个真正大翻身后的第一个春节,显得十分"火爆"、欢乐,表现出人民欢欣鼓舞庆祝翻身的情绪,并为今后开展哈市新秧歌运动奠定发展的基础。

他们在这次春节秧歌中之所以能获得相当大的成绩,与领导上对秧歌工作的重视和关心以至耐心的说服教育,同志们从思想上的斗争以至实际行动中的严肃热情积极努力是分不开的。他们认识到"新秧歌不但不是低级社会的产物,而是一种含有重大教育宣传意义的新型民族形式的舞蹈,是一种愉快的运动"(总结报告)。他们的踊跃的参加,练习时"虽在严寒的天气中,也从没显出疲劳和倦意"(机械股:小技),甚至"有一天扭得连饭全忘记吃了"。尤其是女同志们竟能打破害羞心理,几乎全数(除一两个工作实在脱不开身,一个有病的以外)都参加了,更说明他们在思想斗争上的努力与成绩。

在总结春节秧歌工作时,他们秧歌队有百分之六十的队员,都以文章或诗歌，写出他们对新旧秧歌看法的转变，参加过程中的学习心得等等。这里，我所介绍的，只不过是其中很少一部分，为了保留他们文字的真实性，除个别地方稍予整理，错字代为修改外，大都择用原句。

今后，愿我们共同努力，发扬春节秧歌工作中的优点，为这行将广泛开展普遍深入的新秧歌运动而努力奋斗。在提高政治认识，提高工作学习情绪，加强工作效能各方面，高度发挥新秧歌的作用，进而加强团结和斗争的力量，以争取人民新艺术的发展与胜利，自卫战争的胜利，及建设新中国事业的胜利！

"晓得我们要搞秧歌之后，每个人都含有一种怕羞的心理，但后来却争先恐后地参加了。因为我们认清了新旧时代的区别，认识了民主自由，生活安适和脱离了压迫，走向平等。同时，它又象征着整个解放区的政治、思想、文化蒸蒸日上的高潮。

"为姐妹们来庆贺，以后不应该再做被封建束缚的人了！逐渐打消以往的想法，使我们今后妇女解放的事业，得以发展。我们必须要做一个先导者，需要创造这新社会的、大众艺术的'新秧歌'，来开展我们的生活，思想，政治；唯有在民主政府下才能如此。"——迅敏

"旧秧歌的那种眉飞眼舞和忸怩的行动，我们实在讨厌。但是，我们的新型'秧歌'，也可说是我们翻身的新艺术，它却完全不同。它是一种新的步法，是活跃而健壮的步法。我们应该掌握这新秧歌的特点；努力改掉过去的旧习惯和坏根，真正走向新的艺术的道路。"——白桦

"十四年了，没看见过秧歌在街上跳，压迫得人连气儿都喘不上来！民主联军驻哈以来，才赐给了我们自由与快乐。"——成

“过去的秧歌，只不过穿得漂亮，逗起来热闹就算好了。现在不分男女都取消了以前肉麻的那一套，代表了各个阶层，反映了现在的生活。”——毓民

“开始我认为搞秧歌很不可能，也许是封建社会所留下的恶感，旧秧歌的腐败，或是大地主所压迫的关系，所以人人不能发生好感。现在不但愿意搞，而且愿意常搞，有一天竟扭得连饭全忘吃了，这是思想改变的结果。”——老丘

“这次的新秧歌表现着人民的喜悦和愤怒。喜悦的是解放区内的民主自由生活的幸福；愤恨的是蒋介石的无耻卖国。”——田晴

“旧秧歌是封建社会的遗产，它并不能代表群众。今年民主政府所领导的新秧歌，表演人民翻身、军民团结等，还有女知识分子参加。由此看来，民主政府对待我们人民是特别的关心，我们要更深一层地认识民主政府。”——盈亭

“在十四年痛苦的日子里，是被统治的，是拘束的。总也没有见过秧歌的面儿，从民主联军驻哈以来，颇注重人民，彻底施行了民主，使我们久受蹂躏的得换自由的空气。盛大的秧歌演出，更表现出解放区是怎样的快乐。”——作霞

“我来到东北，已经十多年了，未见过像今年春节所演出的拥军秧歌，它实在与前大有不同。过去的是封建社会所产生的秧歌，现在的却表现着军民同乐丰衣足食的情绪。”——石山石

“‘秧歌’这个集体的群众娱乐运动，是民族的风俗，是民间的歌舞。旧型秧歌可说是民族耻辱遗迹，旧社会的产物。男女间‘逗情’的轻薄举动，更使人作呕。而新秧歌则革除了那些恶劣现象，这真是新时代的产物，只有解放区才有的新产物。意义很深，合乎

现实。具体表现出工人翻身及民主建设事业。颇受各界人士欢迎。

这次春节秧歌竞赛,我们荣获冠军,我们要毫不自满自骄,更当精益求精地深造!"——机械股:小技

"旧秧歌主要是给大资本家大地主看,取得他们的欢心。工人被压迫得连吃饭都要捆起两根半肠子,如今翻了身跳秧歌,可是给工农自己看的了。这完全是共产党给咱们的。我们工人要拉起手来,不叫大资本家大地主再来压迫我们,帮助民主联军把他们打垮,最后胜利是我们的。"——工友:李亿卿

"我们今年闹秧歌的高兴是空前未有的;蒋管区同胞是在第二个——'满洲国'的悲愁的日子里度过春节的。由此看来,解放区的人们应如何拥护自己的军队和政府,更应怎样共同努力做政府之一翼,消灭那反民主反人民的法西斯反动派。愿吾军民一心为民主自由奋斗到底。"——平心

"新秧歌是表现事实的,是解放区特有的一种艺术。无论'剧'和'舞'都给观众深刻印象。唱词浅白调子通俗,妇孺文盲都易了解。新秧歌演出时,天气再冷观众也不愿走开;新旧两秧歌队相遇时,不但没人看旧的,就连旧秧歌的队员也转向新秧歌来。这些证明:新秧歌是受大众欢迎的,它的前途是随着时代一天天发展着的。"——萧景颜

"旧秧歌只是面上装假作样,只有少数人快乐。而新秧歌则是军民同乐。穷人翻身当家做主,这种快乐是出于自心的,也只有民主政府领导下才有此等的自由快乐,全市人民无人不抱感谢的心情的。从此可知:谁是给人民谋幸福,真能代表民意,真正成立实现民主自由的政府。

最后,新秧歌更教育了我们,在坚决反对蒋介石卖国政策、反对

美国经济侵略、反对卖身契——蒋美商约的爱国运动中,我们要一致团结起来,坚决打倒反动派,成立自由民主的新政府。”——秀卿

选自《东北文艺》,1947 年第 1 卷第 4 期

◇ 吴殷元

工人要求文艺作品

编辑同志：

我是一个文化很浅的六年工龄工友，今年二十岁，我喜欢文艺。看了本月九号报上，“党的文艺工作会议”以后，对文艺工作者们有一个建议：解放两年多的文艺工作上大有进步，文艺工作者们的创作早已在我们工人中间普遍流行了，像歌剧《火》、《杨勇立功》，文艺故事《勇敢的人》、《无敌三勇士》等。还有报纸上常登的前线杀敌故事，反映农村实际情况的报告，我都特别喜欢看。但是，我感到文艺工作者反映农、兵多一些，对我们工人方面的文艺创作很少，甚至没有。我主观见解，以为这是文艺工作者的偏向。希望文艺工作同志们今后应多深入工人群众，多反映工人阶级的过去受压迫受苦难，和现在英勇地为自己阶级而生产斗争的情形。这才更多提高工人阶级的觉悟，鼓舞工人们在一九四八年大生产运动中的情绪。我的意见不知道正确否？

敬礼

东北铁路学院附设机工学校　吴殿元

选自《文学战线》,1948 年创刊号

◇ 希　文

文艺有啥用处

编辑同志：

我是一个拣字工人，爱好文艺，是《东北文艺》的一个读者。

这也多亏了东北民主联军和民主政府，若不是他们帮助了我们翻了身，连饭都吃不饱，更哪里会有买书的钱和看书的空呢？

近来，看书发生了一个问题：文艺有啥用处呢？

我们进行着爱国自卫战争，前方有战士战斗，后方有工农生产，我想：保卫我们的翻身果实，有这两件事，也就足够了，干啥还要文艺？文艺既不能当枪放，又不能当饭吃。

有人说：在下工以后，看小说还不如多干一点活，倒能在生产战线上多出一把力气。

请在《东北文艺》上替我解释一下。

此致敬礼

希　文

五月二十日

希文先生：

说文学没有用，我想，主要地根据一种错误的看法，那就是，只把文学看成只不过是一种无聊的“消遣”。

这种看法的产生，并不是没有根据的；事实上，你只要到街头的书摊上去走一番，便可以看到一架子一架子的什么“侠”，什么“义”，什么“情侣”，什么“女郎”……而这些东西，也都是以“小说”的名目，以“文学”的名目出现的。假如说，这些就是“文学”或“小说”，那么岂但“看小说还不如加紧生产”，我以为，甚至还不如睡觉呢！

但，这些并不是文学，或更确切地说，这些不是“我们的文学”。在有阶级的社会里文学也是为阶级服务的。有封建的地主阶级，就有宣传封建思想，为地主阶级服务的“文学”；有买办阶级，就有宣传奴化思想的为帝国主义服务的“文学”。这些，对于我们，不仅是没有用，而且是有害的。

然而，革命的工农群众，也有他自己的革命文学。

革命斗争是庞大而复杂的，有军事斗争、政治斗争、经济斗争，也有文化斗争。这之间，当然有主要次要的分别，但，却都不失为革命斗争中的一条战线。而文学，就正是文化战线里的一个部门。革命文学宣传革命的、进步的思想；歌颂革命事业的正义性；表现革命群众的伟大力量；反抗统治阶级对人民的奴化、愚化教育；揭露统治阶级的残暴、黑暗；唤醒人民的革命热情，号召他们参加革命斗争，坚定革命信心。同时，也从思想上批评、教育人民。拿具体的例子来说：歌剧《白毛女》曾激发了千万观众的阶级反抗情绪；《腐蚀》曾使千万读者认清了蒋政府的黑暗统治的一面；《李有才板话》在帮助煮熟土地改革中的“夹生”现象起了很大的作用。而一切歌颂革命群众的英雄，表现革命群众的伟大性的作品，不但使工农更进一步地认识了自己和自己的解放事业，并且也使小资产阶级，知识分子更进一步地靠近、理解了革命的基本群众，改造他们自己。

这一切，难道是没有用的吗？不，这是有用的。它帮助革命深化，加强革命队伍的团结，教育人民，从他们思想上芟除统治阶级给他们的有害的影响，因此，它帮助革命的胜利。

以上是我们对你的问题的答复。篇幅所限，或意有未尽之处，容有机会再详细谈！此复，并祝进步！

编　者

选自《东北文艺》，1947 年第 1 卷第 1 期

◇ 冷　歌

过去十四年的诗坛[①]

倘使提到英伦浪漫时期两大诗人——拜伦和雪莱的时候，我们会在我们的印象里浮泛出栩栩如生的面影，他们俩曾经以火热的诗篇倾动了当时无数的民众，他们俩的姿态也许近于翩翩的佳公子之风格，他们俩的诗篇却像爆弹一样，含着一触即发的力量。也就是因为如此，他们俩才同样地被当时的权贵疾视如仇，终于被迫着逃开祖国。再像欧洲文艺复兴时代的意大利诗圣但丁，他的《神曲》不是像经典一样被后人讽诵着？《神曲》里充满蓬勃的反抗的力量，他也是因为如刺的诗句戳伤了为政者而成了被放逐的亡命客。所以，无怪乎文评家给诗人以具有批判和反抗的性格的评语。

诗人是天生的感情的保温者，感情能像火一样地燎燃的。与其说诗人的意识是批判的，是反抗的，毋宁说诗人的血液里流着批

① 本文发表时署名李文湘。

判和反抗的血球。东北——这曾经沦陷十四年的悲惨地带，在敌人重力压榨之下，曲尽心思，以求苟全，幸而人心没有死。外面蒙上耻辱的皮色，肚子里却追逐着另一种境界。纵然被压缩成极小的僵蚕，而内心却蓄积了一种反作用：这恐怕是敌人认识最清楚的事。

谈到文艺，自从关里关外隔绝之后：一方面借着外国文字吸收世界的思潮，一方面就不得不另立门户，独自走上所谓"满洲"的文艺的路子。为功为罪，跟谁说。不过呈现一种崭新的姿态，却是事实。

为了入题，这里只谈一谈新诗。

以十四年作为文艺史的阶段，虽为期不算长，可是因为它的特异性，在中国近代文艺史上想象必然占相当的地位。

自从"九一八"炮火响起来，东北立刻和祖国分开了。在一种强力的抑制下，所有典章制度，无不独自创立。文学之士，因得不到祖国的图书，便不得不由外国文字间接吸收。还好，虽然失掉祖国的温润，却得到世界思潮的滋养。可是这表现，在小说为显明，在诗颇隐晦。

东北诗的思潮，可以分为两个阶段。所谓东亚战争是一个分水岭。以前，诗作里有的是颇含批判和反抗的力量，不过因政治力的压抑，只能升华而做近于晦暗的象征。以后，因战争日迫，敌人的致霸的野心渐渐动摇，不免谋确立思想的对策。民国卅年十二月末，第一次青年思想大检举，从事文艺者相继入狱。因此，文艺的思潮，拘限于象征也不安稳，遂一时地潜伏起来，文坛顿成死寂之国。

差不多过了二年的光景，敌人又想利用文士使之作为宣传的喇叭。但是，一部分人已成为惊弓之鸟，心脏衰弱到不敢执笔；一部分人就勉强逢迎，以求苟全——真的文艺渐渐消隐。但，人是不甘寂寞的，文人更是如此。前之消隐者，渐渐由于文艺热情的怂恿，遂慢慢动起笔来。这时候，任谁也不敢再做感情象征的作品，唯恐为人曲解。而一种新的追求因之发生。那就是吊古的历史兴味的诗的产生。至此，东北文艺作家，特别是诗人，他们的感情一再升华，避免现在的视线，而沉酣于回忆伤感、幽怨的情绪的圈子里。无可讳言，另一面，却也不免有逢迎的作家的存在。不过，前提是共同的，倘使他们的心没有昏蒙，也许他们会被饶恕。

原来，诗人和小说家的做法是不一样的，被人评论也就以此不同。诗人是偏于直觉的、主观的，而小说家则容易接近客观。所以，诗人的思想，常常很明显地用主观的情调表现出来。所以诗人比较纯真，因为感情不大容易乔装。

现在一论十四年的诗作品。

以东亚战争做分界，战前的作品比较纯真。诗集有成弦的《青色诗抄》，充满了青年的情爱，堆集了轻巧的辞藻，读之像一缕烟，把握不到什么。百灵的《未明集》，有许多清淡而跌宕的散文诗，是很有俳句意味的。小松的《木筏》，是美丽的感情，轻俏的辞藻的集结，比《青色诗抄》更散文化一些。金音的《塞外梦》，很有些掉书袋的哲理的气味；教训和魔语却是一个特征。山丁的《季季草》，包含许多热情的动听的故事，颇多小说家的笔法。冷歌的《船厂》，多半是追忆的感情的作品，无怪被评文家称为回忆派；不过其中吊古诗《船厂》，则是一篇历史的追述。战后的作品，真的情感敛迹，搜集过去作品刊行的，也要附上一点反映战时彩色的标记，这也是很费苦心的。外文的《长吟集》包含几首可以看得过去的长诗，在呼喊向长诗试足的时代，他就开始尝试了。韦长明的《七月》，热情很丰富，不过在辞藻的锤炼上还欠功夫。

过去十四年的东北文艺，产量相当可观，在强力抑压之下，委曲开拓，居然开出各色的花朵，不能不说是难能！不过，诗终是占极少部分，这在世界各地文坛上成为普遍现象，自然不必苛求。虽如此说，在不满人意中却也呈现过一时使人喜悦的现象，就是随着要求长篇小说写作的时候，长诗也展开它的成就，像金音的《塞外梦》、山丁的《大凌河》、冷歌的《船厂》，相继发表。前边说过，过去东北文艺，特别是诗，因文艺情感的一再升华，拨弄词汇的象征诗也不稳当，索性向缥缈如烟的远代追求，撇开现实，逃避现实，登临先代名胜遗迹，凭吊往昔，抚残砖踏断瓦，择枯井览颓垣，这本是很无聊的勾当，在情感受到强力抑压，升华到极限的情势之下，自然也有特殊的成就——倘如分析那少数的凭吊的诗句，不难找出来某种郁悒愤懑的情绪，与其说是无视现在，毋宁说是正因为深深认识了现在，而将其升华，旧瓶装入新酒，在凭吊之中，正含着幽怨和希望，这即是现实的对比！

十四年间的东北文艺，创作固有相当产量，唯理论实很缺乏，这也是因避开政治而不能率直言之，自然无用责难，至于今后诗应该走着怎样的路子，这不仅是东北文艺的问题，也不仅是整个中国文艺的问题，恐怕是世界文艺思潮的问题，管窥不足概之，略而不谈。

十二月十四日

选自《东北文学》，1946 年第 1 卷第 2 期

◇ 沉　盈

侏儒诗话

在文学上的各部门，“诗”是把感情表现得最浓最艳，也是最纯的。

从现实的生活里，取材诗的内容，是比较最能真实地传达了诗的生命的光焰。

抒情诗能表示出生活的感情，那么叙事诗不是应该写出人生的诸相吗？

有人赞成诗要堆砌些美丽的句子。诗的句子要美，是必要的，可是要堆砌些没用的句子，反倒把一篇诗的内容给抹杀了。

诗的外形要雕琢得美丽，如果内容空虚时，就如同一架骷髅，披着漂亮的纱衫，人们可以从纱衫透视出白骨也将风化了的裂纹。

一篇好的诗，读出来要有声音，像音乐的旋律，同时也可以意象是一幅优秀的图画。

诗的题材，随处都可以寻到，然而情绪的酝酿却是很难。

小诗是灵感的句子之集合体。

长诗是要持续长久的情绪之联系。

有人说："诗是吟出来的"，这句话似乎"太老调"，有点迂腐，有着像古人的咿咿呀呀才成诗的意思。与其说诗是吟出来的，还不如说：烟土披里纯(inspiration)的激动。

诗除却了充溢的内容与美丽的外形和紧练的情绪外，还得有格调，而且写诗的人要有雕刻家与建筑家的技艺(这是说诗作含有艺术的气息)。另外再把自己的血渗透了诗，把自己的肉割下来添在诗的身体上。这样，诗才能有生命，有灵魂。

又有人说：诗已解脱了古诗的形式外衣，似乎韵脚也是不必要的。然而在我觉得一篇诗的音韵所发出来的声音，只要不碍诗的内在与外表美，是很可以使人读了感觉是中听的，如同歌。因为诗与歌是有紧密的联系关系的(当然我不是反对没有韵的诗就不好)。

也有人说：新诗没有古诗好，就连词也不抵。我回答说：时代是演进的，一个时代有一个时代的产物。古世纪作战是长矛、月牙戟。如今却有原子弹和飞机，比大刀阔斧什么迷魂阵更神奇。那么今日的新诗，正是五四运动后的不久，文学革命的战鼓刚停歇不多年，新的文学还可以说是还没有走上成熟的路子，尤其是诗，还在孩提呀！不过我赞成写新诗的人，多读些古诗词，学点诗的根基。这不是说把新诗也要用平仄韵或是一定要五言七言地写出来，或是像"点绛唇"与"生查子"的写法，顶少古诗词能给新诗一些修辞与表现上的启示。尤其是词如《西厢记》中的：

碧云天，黄花地，西风紧，北雁南飞，晚来谁染霜林醉，总是离人泪。

枯藤老树昏鸦，小桥流水人家。古道西风瘦马。夕阳西下，断肠人在天涯。

像这些东西在现代的新诗人是如何也产生不出来的。可是在今日，能像臧克家把旱灾写成了——

大地是旱海，
风尘是长帆，
村庄是死了的港口。
生命的船只搁浅在里边。

如这样的想象与音节，在诗的道路上，立起了新的碑碣，也不是白骨都腐蚀了的古人能写得出的吧！

诗在中国还被称为"冷门"，实在是写诗不易成名呢？抑是爱诗的人比爱读小说的人少？也许写一卷诗，比写十万言的一篇小说难吧？

初学写作的人，都先着手诗，甚至都没读过几篇诗，不用说较好的诗。可是渐渐地就又改变了写作的方向，从事散文或小说了，至今我还不明白这其中的道理。诗是容易写呢？还是写诗是从事文学的初步呢？

抒情的小诗，现在还是挺盛兴，很少有人写长篇叙事诗。今后的诗路，我觉得该在长篇叙事诗上展开（就是抒情也好，不过长篇是最难写，假如作者没有素养和技巧的话）。散文诗也是一个很广泛的路子。

在大后方的诗人，差不多都走进长诗的道上了，最近读到内地抗战期的作品——诗——都是长篇，叙事诗多数，抒情诗也有。这些诗人如邹荻帆、白曙、方肃诸人。

写诗是得有充分的时间，从生活里体验诗素，如马耶阔夫斯基主张“诗的贮藏”，意思就是把所有诗的题材、内容和诗的句节等，孕育个相当期，然后再写出来，而且要充满了艺术的价值，这样才成为一个诗人。

新诗要冲出传统的藩篱，踢开因袭的老调，开拓起来自由而崇高的意向(tendency)园地。

某某云：“《虞书》上说：‘诗言志，歌永言’，这是诗的界说。言志在表情，永言便是延长声音说，便是唱叹。”以我说今日的诗，在表情和声音外，当是人类的写实，崇高的情感和渗浸些更伟大的理念与企图和社会的“使命”，这样诗才能在文化上推进人类的生活和改善社会的黑暗。

某某又云：“泰戈尔的诗理多于情，而中国人的诗情多于理，甚至都是情。”这原因也许是中国人太忠于感情吧！

在东北的写诗人，过去多半是站在自己的园地里转转。个人的悲哀呀！个人的希望啊！今后我想该迈出脚，在工厂里，写钢铁的交响。到乡下去，写农人的春耕秋收。在新时代的各角落，都浸透了诗人的灵魂吧！

“诗歌是开在活的舌头上的花，且只有充满着活力而长成得迅速的语言，才能给予它以色彩和香味。”美国巴伯特·陶逸志女士这样把诗歌给解释了，还说：“我们的生活状态，将决定我们的诗歌前途。”

“人心之中有心，生命之中有诗。”“诗不生于没有润泽的心，诗仅生于活泼泼的心。”武者小路实笃说：“诗呀，诗呀，生命的火呀！烧起来吧。”

关于诗我已胡乱说了很多，而且是“一知半解”。这其中免不了有许多是出自个人的主观偏见，我愿意爱诗的人与研究诗和写诗的人，能加以指正，我的话也就算给大家做个参考吧！然后大家能有批判和研究，让诗的羽翼展开翱翔在文场的高空吧！

选自《北光》，1946 年创刊号

◇ 宋之的

形式的构成主义小论

——演剧生活的自我批判

曾经有一个很长的时期，对于形式的构成主义，我是很迷恋的。等到我认识了这种东西对于我的有害影响，下决心想摆脱它的时候，它却紧紧地粘牢了我。我因之非常痛苦。我惊奇地发觉到，这种东西对于我，正像观世音菩萨对于《西游记》的作者一样，一到困难的场合，它便在云端里出现，或装成老人或装成小儿，这样那样地来救苦救难了。

观世音菩萨对于《西游记》的作者之所以重要，就因为它乃是解决困难的最简捷方便的法宝，观世音菩萨出现的时候，就没有不能解决的问题。而形式的构成主义对于我呢，有着同样的性质和风头，尤其是在舞台上，就更有着不可言喻的妙处。

它的妙处表现在什么地方呢：

表现在它的虚伪性。虚伪是比诚恳更能讨巧的。花言巧语在若干场合，较之老老实实更易耸人听闻。这正是形式的构成主义者的特色。形式的构成主义不从真实的生活出发,不从社会的本质出发,不从阶级性出发,去表现主题;却从炫耀的形式出发,从机巧的对话出发,从奇巧的场面出发,去勉强构成主题。因此主题常常被形式所淹没,所损害。然而形式的构成主义者却是最会卖弄,最有号召力,最易达到一时的炫耀效果的。激动观众一时的情绪,使观众紧张,使观众哭或者笑,无论对于一个演员来说,还是对于一个剧作者来说,都不是什么了不起的本领。因为这种本领,在舞台上,是有千万万现成的套数可以套用的。倘不能诚恳地传达现实生活中的思想情绪,这一套一套的法宝最多也只能算是一种动人的骗术,自然,骗术虽没有什么说服力,虽不能因之产生行动和力量,但却惹人怜爱,颇有魅力。如像一个魔术家忽然从一顶破帽子里掏出一窝家雀一样,谁见了都要眉飞色舞的。因之,形式的构成主义,在腐烂的资本主义尤其美国的舞台上,是点金石;在我们这儿,是垃圾堆;在戏剧的品类里,是最低下的。

然则它又为什么如此如胶似漆地粘牢了我呢?

那是因为我不熟悉我所写的生活,不熟悉我的人物的思想感情。如果我熟悉,我是能够把它摆脱的;正因为不熟悉,而又要通过它们去表现我所想表现的思想观念,因之,我就不能不包办代替了。我不能不强迫生活和人物形象服从我的目的。强迫总是勉强和生硬的,于是我便不得不在适宜的地方加点儿油盐酱醋,于是自然就陷入形式的构成主义里去了。

不仅如此。有时候,我自以为对于生活很熟悉了,可以不需要包办代替了,然而还是不能解决问题。为什么呢?因为问题不在于生活的熟悉,更重要的,倒在于对生活的认识。如果仅止于熟悉而不能认识,还是不免要受形式的构成主义的戏弄的。倘不能掌握马列主义的科学方法,认识生活的本质;而生活的自然形态就常常会引导我们误入歧途。等到在写作过程中我惊奇地发觉到路已经走错了,便需要费些力气使它折回头。怎样使它折回头呢,于是你的脑子里各种奇巧场景便出现了。

方便的是,对于奇巧场景,我们是颇有一些传统的。中国的戏剧形式,从元曲始,一直到平剧,便主要是建筑在这种传统上。封建主义的艺术的最大特色,就在这里。因为在内容上或由于封建主义的限制,或由于封建主义的虚伪宣传,不敢讲真话或者不愿讲真话,所以便不得不在形式上出奇制胜。奇诡乃是封建时代的艺术家们的得意之笔。有时候,实在奇诡不下去时,便只好借重于鬼神。因此有鬼神出现的场面,常常是最动人的场面。

然而,此种传统,虽能获得一时的效果,却显然与革命的现实主义不相容的。

自然,我们反对形式的构成主义,并不是机械地反对所谓偶然性事件。偶然性是形式的构成主义的一个环节,然而不是全部环节。在不损害真实性的情况下,偶然性事件并不是不能利用的。但不能是与真实性脱节的偶然性,即不能允许建筑在虚诳上的偶然性。

我们反对形式的构成主义,也不是简单地反对形式的加工,外形的技术,是我们艺术创作的一部分,然而不是主要的部分。在表现现实的阶级和民族的斗争这一真实的内容基础上,来创作适于这一表现形式的外形,是非常必要的。这和没有真实的内容做基础,而只讲究形式的构成,或为了炫耀外形的技术而相当歪曲或伪造现实的内容,是正好相反的。

在戏剧里,我们把这种形式的构成主义的戏,归类于闹剧(不是笑剧)，主要的便因为它没有真实的内容基础。英国的萧伯纳，和中国的郭沫若，他们的戏剧创作里，很有一些从现成的印版公式中搬来的胡闹面场，但没有人说他们的作品是闹剧。而另一个大师王尔德，不管他有多大的魅力和才华，他的戏剧作品却只能算爬上了闹剧的塔尖。为什么呢？因为王尔德是从形式的构成出发，而萧和郭却是从思想内容出发的。

因此，克服形式的构成主义，便首先应该从学习开始，就是毛主席所告诫我们的要“学习马列主义和学习社会”。学习马列主义使我们得以认识这个社会，学习社会使我们得以熟悉生活。这两者都精通了，我们的思想情绪才能够和我们所表现的对象打成一片，我们才能够得心应手地把生活形态组织起来，集中起来，并予以最强有力的表现，才能够肃清虚伪的形式，才能够准确，真实地把我们的思想感情通过人物的形象，传布给每一个观众。

这时候，观众就不仅是在剧场里笑一笑，或者哭一哭，而是在他的生活中唤起一种力量。

选自《文学战线》，1948 年第 1 卷第 2 期

◇ 张　庚

秧歌与新歌剧
——技术上的若干问题

我今天想讲的是秧歌和新歌剧的问题，讲四个问题，第一个是民间秧歌的一些研究，因为民间秧歌是我们新秧歌的主要基础，所以要把它首先说明一下。第二个是新秧歌的成就和它所提出的问题，这是谈整风后，延安做新秧歌运动时一些事情。第三个是新秧歌剧的酝酿，谈秧歌提高中间所遇到的一些问题和怎样在进行解决的。第四个谈理想和展望，只谈我们的目标，和达到这目标的条件，现在先讲第一个问题。

一　民间的秧歌

先谈它的起源。中国文化的历史很长，秧歌的渊源也是很长的。在孔夫子时代，有种叫"傩"的仪式，四书上记载着说，当举行傩礼时，孔夫子穿起朝服恭恭敬敬地站在旁边看。傩，是一种迷信的仪式，傩神乃是瘟疫神，每年除夕时，人民举行驱傩的仪式以保明年的平安。有人装傩神，有人装小鬼，还有一个人戴一个黄金的面具，上面有四个眼睛，穿红衣黑裤，手里拿着鞭子，这就叫“方相民”。行礼时，傩神和小鬼在前面跑，方相民拿起鞭子在后面追。这个仪式历代相传，直到今天，南方省份里的一些偏僻地方还存在着，只是仪式的过程已经全变样罢了。

这种傩礼，可以说是秧歌的远祖，秧歌起源于迷信的仪式，直到今天，旧秧歌还保存着这种特点。它是过年时候举行的，其原意是祈求平安祷告，而其演出的形式是流动的。

除了傩之外，中国的古礼中还有腊，就是还留存至今的腊月初八，腊八日。《礼记》中间记载着：孔夫子的学生子贡去看腊八，回来告诉孔夫子说，全城的人都像发了狂似的。孔夫子说，这是一种休息，人们太紧张了，现在应当松弛一下。可见这种仪式除了宗教意味之外，还有娱乐的意思在内。

古代的群众性的节目很多，这种节目的仪式，多半带群众性的，可以想象是带歌舞性的，这是秧歌的远祖。

过了很多年代，印度的文化随着佛教的传播输入中国，其中佛教仪式也传来了。有一种是把佛像抬起来在街上游行，这在唐代玄奘（即《西游记》中的唐僧）的《大唐西域记》中有很多描写，而在中国唐代历史上也有名叫“迎佛骨”的记载。据玄奘的描写看来，这种仪式就是今日的迎神赛会。一队行列，其中有各种表演，用以娱神，也来娱人。这和今日的秧歌更接近了。根据南方迎神的情形看，其中有龙灯、旱船等，则古代迎神中的表演也是可以在任何节目表演的了。

这种古代迎神赛会中表演些什么呢？除了奏乐，及各种演艺（马戏新表演的）而外，还有歌舞。根据日本的考证，在日本古寺院里,现在还保存着隋代江南一带迎神时扮故事的假面,称为“吴乐”。比方其中有两种假面,名叫“醉胡五”和“醉胡从”,这就是扮那时西域胡人喝醉了酒在街上出笑话的情形。又有一个假面叫“昆仑”,是一个黑人的脸型,古代中国称黑人叫“昆仑奴”,是扮成黑人来逗乐的,在他的前面,有个戴年轻漂亮姑娘面具,叫“吴女”的,这个“昆仑”做种种丑态去调戏她。这类假面很多,各有各的故事,而其中有一部分是印度故事,则这种故事的一部分又似乎是直接从印度传来的了。

据说到了宋朝,正式有了秧歌这名称。定县秧歌据当地老百姓说,是北宋时苏东坡创编的,可是也没有什么证据。有一个项朝棻,写了一篇《秧歌诗序》,他说秧歌就是南宋元宵舞队中的村田乐,所扮有花和尚、花公子、打花鼓、拉花姊、田公、渔妇、装态货郎。据说是“杂沓镫街,以博观众之笑”的,这就是在街上沿路表演的了。关于这种舞队,王国维在《宋元戏曲史》中也有叙述,其中还有“旱划船”一种,大概是今日的旱船了。

明朝时,有叫凤阳花鼓的,歌词道:

说凤阳,道凤阳,
凤阳本是好地方,
自从出了朱皇帝,
十年倒有九年荒……

朱皇帝就是朱元璋,是明朝开国的皇帝,他的家乡是凤阳。他做了皇帝之后,捐税很重,他家乡的老百姓吃不上饭,到处逃荒,打花鼓要饭,编出这样的歌子来唱,风靡一时。直到今天,秧歌在南方也还叫花鼓，两湖一带还发展到台上演出，名叫花鼓戏。

回溯起来，秧歌也有它这样长的根源，但今日民间的秧歌是经过各时代老百姓不断的增加、修正，并且不断创造新的，反映他们当时当地生活的，并淘汰已经过时的东西而成。它是有悠久历史，并不断增加新血液的。

其次我们来谈谈民间秧歌的形式和内容。

秧歌是农村里的东西，它是农民所有的，它总是在过年或其他节日才表演的，它的内容总注重红火热闹。陕北农村称闹秧歌叫闹红火，会闹秧歌的人叫爱红火的。所以秧歌决不会有哭哭啼啼的内容，而多半是取笑逗乐的。中国这种民间表演艺术，好像是以嘲弄的态度去装扮各种人物以资笑乐似的，因此，在人物的扮演上形象是夸张的。这是它的特点之一，另一个特点，就是有节奏的动作，即是舞蹈性的。有的地方，舞蹈性还很强，带浓厚的技术性，这是一种秧歌舞的闹剧。

因为是农民自己扮的，因此，那些人物也多半是农村里的，或农民所能接触到的。

这种人物的扮演，有时只是一边在街上游行，一面即高兴地表演一下，无所谓故事，也无所谓所扮演的人物之间的固定关系的。这些东西，最普通的如《锔大缸》、《小放牛》等，都是秧歌戏。虽然像《小放牛》这种戏，已经列入旧剧的演出节目中去了，但在穷乡僻壤的农民秧歌队里，也同样是经常演出的节目。这种节目有很多，虽然中国地方如此之大，但有许多节目是共通的。

这样的东西是有生活的。它把两个或三个典型的性格捆在一起，因此必然发生了一定的纠葛，这纠葛也就是十分典型的了，从许多小秧歌剧的人物和故事看来，虽然是小事件，不足道的人物，但却表现了农村的生活。

比方《锔大缸》,其中的王大娘的确是典型的农村家庭妇女,小气,爱小便宜;而那个锔大缸的,却是一个典型的色鬼,两个人碰在一道,这就不能不发生有趣的事情了。又如《小放牛》也是这样,一个年青乡下女人迷了路,向一个调皮的年轻牧人问路,于是他故意为难她,而她也不示弱地反唇相讥。这两个人物都是农村青年的典型,很天真直率的,这所发生的事情,在农村生活中也已常常存在的。还有许多别的,或者刻画生活中的一些认为可笑性格,如《顶灯》,这是取笑怕老婆的;或者取笑一种特殊的人物,如《瞎子算命》,这是和瞎子开玩笑的。这些所形容的对象,大都被描写得很中要害,令人一看就觉得就是这么一回事。

这种秧歌的内容虽然几乎全部是以闹剧的形式出现,但也并非如有些人所说,全是些飞眼吊膀的低级东西,我们只要稍稍分析一下,有许多这样的小戏,是在一个闹剧的形式之内隐藏着一个悲剧的。因为农民的生活根本是悲惨的。比方有一个小秧歌剧名叫《当皮箱》,写一个农民的女人生得很漂亮,对门开当铺的小掌柜看上了,要来调戏她。农民夫妻俩商量好,丈夫先躲起来,等小掌柜来调戏的时候,丈夫就来敲门,女人就把小掌柜藏在皮箱里,丈夫就把皮箱拿到当铺里去当,要了很高价钱。这自然是一件悲惨的事,说明一个农民是随时可以被人欺侮的,农民的老婆也可以被人强占而无法去依法起诉,只好用这种计策来应付。又如另一个秧歌叫《秃子尿床》,写一个年青的女人嫁给一个还只会尿床的小孩子做妻子,夜里小孩尿在她的脖子上,她生了气要打,小孩跪下来叫她“妈妈”。这是买卖婚姻中一件极悲惨而在农村又是极普遍的事情。这种例子很多,在有的小秧歌中,农民甚至向地主破口大骂起来("揽工"),有时候农民又无情地讽刺了地主生活的无聊(大小老婆)。不过无论怎样严重的内容,全部是出之以开玩笑的闹剧的态度。

为什么一定要以开玩笑的态度出现呢?是否由于农民思想浅薄,对于生活的态度不严肃呢?可以肯定说不是的。一方面因为秧歌这种东西是在过年过节才来闹的,所以必须采取一个轻快的形式,如果哭哭啼啼,是不吉利的。这一点,还不重要,重要的是,如果农民严肃地描写他们自己的真实生活,并且赤裸裸地表现自己的感情的话,就会要遭到地主的压迫了,他们的表演就要被禁止了。所以农民只好用这样的形式来表达自己的感情,而且由于还不是自觉的阶级,所以这种不满所采的斗争方式也是消极的,披上了色情的外衣的。可是,即使这样,农民们的表演还是常常被禁止,在我们南方,花鼓戏的演出根本就是非法的。因此可以说,从内容上看来,秧歌是农民自己的艺术,它反映了他们自己的生活、思想和感情。这是民间秧歌内容的一方面。

在形式或技术方面来说,民间秧歌是歌舞形式的闹剧。

首先,它有其自己特定的歌曲,这种歌曲不是一般民歌所通用的。比方《锔大缸》的曲子,是专用于《锔大缸》的,《小放牛》的曲子,是专用于《小放牛》的。在上面我所举的那许多秧歌中,没有一个没有自己专用的曲子。有的曲子,如《打花鼓》中的《茉莉花》,传播得很广,但这也是由于《打花鼓》传播广了跟着传开的。显然,这曲调是专为这剧的唱词编的。

这种曲子是有特点的,即每个曲子都是非常适合这个戏的人物行动和感情的,也就是舞蹈的节奏。如《锔大缸》的曲子5535|63 5|53　2|31　2|……正是合乎一个人担着担子走路的节奏。它和

《小放牛》那种对答的歌就不同,和《打花鼓》那种轻快柔和的扭秧歌似的节奏也根本不同。很显然,作曲时,作者心里是有这戏的舞蹈形象的。据许多人的研究,世界的民歌和舞蹈是分不开的。大概这种曲子是和舞蹈同时产生的。

其次,这种小戏有它一定的舞蹈,而这种舞是人物动作稍加夸张与节奏化的舞,一种极简单的表现生活的舞,常常是表现劳动的舞,同时又是表现了一个人的年龄、体态的舞。总起来说,是一种简单表现性格的舞。人物和着歌唱的节奏,有时也和着锣鼓点或乐器如唢呐等的伴奏来舞蹈。

再次,这种小戏的人物常常利用一定的道具,如《锔大缸》的担子,《小放牛》的马鞭子,《瞎子算命》的手杖,这些道具一方面是戏剧故事中所必要的,另一方面也成了舞蹈的道具,利用这些道具增加了舞姿。有时从道具上创造一些特殊技巧,如利用手绢和扇子的一些舞姿,和《顶灯》中间男人头上所顶的灯。人物也因年龄、业务、性格等的关系而有一定的化装和服装,而这种特定的化装和服装也利用到舞蹈中间去,如旱船的艄公甩他的长胡子等。

秧歌中,除了上面所说这种带故事带表演的而外,也还有一种纯粹的舞蹈:如二人场子、舞马鞭子、打腰鼓(以上陕北),跑红灯(陇东),霸王鞭(河北),狮子、龙、渔翁戏蚌、旱船、高跷、亭阁等。这些的特点是不注重故事(如"戏蚌"),有时甚至完全没有故事,都充分利用道具来舞蹈,这种舞蹈,往往技术性很强。在农村中,一代往下传一代,小孩从七八岁起,就跟着大人闹秧歌,一直到几十岁。其中有才能的就被培养出来,在长期的锻炼中技术自然就精进了。

有许多人看不起秧歌,以为无非是些飞眼吊膀的低级东西,因此不愿意去看它、研究它、学习它。等到深入到农村一接触之后，又大大惊奇它是如此丰富，如此技术高深洗练，不懂得是什么道理了。

我们来分析中国民间秧歌在艺术水平上其所以如此之高，主要原因有这几点：

第一，是历史久。中国的歌和舞在两千年以前就很发达了，这在《诗经》、《楚辞》中就有许多记载。音乐、诗歌，历代都产生了杰出的民间作品，一面滋养了正统的文学，一面这些遗产集存在民间，所以我们的农民可以说在艺术上是很有传统的，很有教养的。每一种民间艺术都有它相当长的渊源，都是经过多少年代和多少人的精力所洗炼成功，决不是那种毫无根底的情形。

第二，是我们中国地域很广，而在过去是交通很不方便的。各地的人凭自己的天才创造了各种艺术，经过悠长的日月流传到他处，又经他处的人加工润饰，这样反复采取，反复加工，艺术也就在这广大的人海中琢磨得更精练了。

第三，是中国还吸收了世界各民族的优秀艺术做养分。比方印度，在它的古代是歌舞剧水平极高的民族，中国的戏剧、音乐受它的影响很大，它在我们民间的艺术上也留下了很深的痕迹。除印度之外，阿拉伯、波斯，甚而远至希腊、罗马，我们都间接受了这些文化或多或少的影响。这些影响也存留在我们民间艺术中间。因此，我们的民间文艺并不是孤立生长的。

第四，最后也最重要的，乃是民间艺术的秧歌乃是和劳动相结合的，是朴素的劳动人民生活的表现，所以它常常是青年的，富有活力、富有内容的。它又是被压迫者的艺术，他们心有不平，所以感情是丰富的。不像封建地主的艺术，虽常常取用我国民间这样丰富的养料，但是由于他们生活的无聊、贫乏，所以过了若干年它就又枯萎了，又得重新从民间来吸收新鲜血液供自己甦生过来。

这就是我们民间秧歌水平并不低的原因。我们的新秧歌运动是从学习民间开始的，但这个学习也还只是开始而已，中国地方如此之广，民间的表演艺术如此之多，我们是必须长期去学习的，必须把它作为一个专门的方面，花费一些时间、精力，组织一批人去专门研究它的。因为它始终还是我们工作的基础、源泉。

二　新秧歌的成就和它所提出来的问题

我们知道，抗战八年中，解放区做了许多工作，军事方面、经济方面、文化方面都有它的特殊成就，取得了很多经验。在文化工作中间的一种就是新秧歌运动。关于新秧歌运动，主要是在毛主席所指示的文件方针之下所从事的文艺运动之一；它是为工农兵的，也是创造了工农兵所喜闻乐见的作品的，纠正了过去新文艺只在少数知识分子的圈子之内，相当脱离了群众的这种现象。这方面的成绩主要的是在它所表现的人物、事件已经完全脱出狭小的范围，而把农民、士兵的新人物、新生活搬到观众前面了。如果要分析地说，则它的最大成绩是：一、表现了工农兵的生活，二、这种生活是新生活，三、是因新的观点去看去表现的。这和以前的戏剧是大大不同了。这是成绩的一方面，其中也有许多经验、许多问题，我在此不准备谈。我所想谈的是成绩的另一方面，如何学习并使用了老百姓所喜闻乐见的形式。

(一)两个来源

新秧歌运动既然是以民间秧歌做基础，所以它的来源之一，当然是民间秧歌。比方第一个小秧歌剧《兄妹开荒》就是从民间秧歌一男一女这秧歌形式出发的。又如新秧歌所用的调子，几乎全是民间小调，这也证明它是站在民歌的基础之上。但是，做新秧歌运动的人，都是过去从事话剧运动的人，他们对于话剧是相当熟悉的，掌握了若干技术的，因此，不管他们故意或无意，反正他们是把话剧的许多手法都运用到秧歌剧中间来了。话剧的手法是写实的，而秧歌剧的手法是歌舞的；话剧是说的，秧歌是唱的；话剧需要布景，一切的动作都是写实的，场所是固定的，而秧歌不用布景，动作是舞的，场所是不固定的。这两种手法结合到新秧歌剧中间来了，但它们之间的结合是不容易很好统一起来的，因此在新秧歌中，这两种手法表现出来结合得很生硬，发生了许多矛盾。比方什么地方该唱呢？这个问题，常常使剧作者很难处理，他觉得一直说下去最好，但是这究竟是秧歌剧，所以还是得唱一点，只好安上一两句唱，于是这唱变成非常勉强，非常生硬，令人感到不必要。或者，说着说着忽然唱起来，总是令人感到突然，不和谐。在分场上也不活泼，仍是话剧似的一大块，一大块。结果，歌唱、舞蹈等部分成了累赘，麻烦。这种情形，多半由于作者们对于民间旧秧歌剧的形式没有研究，不认识，因而也不能掌握它的规律，所以无法克服这两者之间的矛盾，并且把它们很好地结合起来。

不能很好结合起来还有另一个原因，这也是由于熟悉话剧不熟悉秧歌来的。话剧的手法很写实，但秧歌就不然，它有时很不写实，手一举，就算敲门了，两手一分就算开门了，不好好说，却唱起来了，这对于话剧的演员、导演和观众都是很不习惯的。他们感到别扭，他们觉得这完全不是现实主义的艺术了。这是一个艺术观念不清楚的问题。有些人在思想上，有些人是无意中把写实和表现现实混为一谈，他们没有认清这并不是一件事。艺术要反映现实，不能不讲话。但是表现现实的方法很多,其中一种是写实的,也有一种是用歌舞的。这是说,用唱、用舞也可以表现现实。在从事话剧的人心中有一种话剧的正统观念,用话剧的表现手法这条尺去量一切表演艺术,因此很妨碍了恰当地去运用秧歌剧这个形式。

其实,如果用一种客观的眼光去看,这两种手法的相互影响,在秧歌剧中是很有好处的,很必要的。民间的东西,往往拖拖拉拉,不干净,不集中;而话剧呢,却是非常集中,非常经济的。再就是话剧的人物的描写是很细致的,而民间的秧歌是很粗糙的、轮廓的。用话剧的科学,经济,细致来看秧歌剧的不足是很必要的。

然而也不可否认秧歌剧的长处,有歌有舞,红火热闹,活泼轻松,这些地方的确也是话剧所不及的,研究它、运用它、发展它、提高它,一定会给我们的艺术开辟出新的天地,获得新的美的境界。而这种新的美,乃是为大众所喜闻乐见的。

(二)学习民间和改造民间

为了克服这两者的不调和,新秧歌工作者做了许多努力,主要的是学习民间,民间的秧歌、民歌、民舞……

首先是民歌的学习、采取、记录等等。这个工作是做得比较早的,当时虽然少数的同志已经感到民歌的重要,但多数的同志还是不重视,不过这少数同志坚持不断的努力,给新秧歌运动打下了一个基础。如果没有这先行的对于民歌的研究,恐怕新秧歌运动的展开就不如现在这样顺利了。在初期的新秧歌剧中,陕北民歌、郿鄠这两种民间的东西占了统治的地位,这就说明了事先收集民歌的功绩。这使得初起的新秧歌有了可唱的歌曲,然后再从容准备,渐渐学习和收集了陕北道情和更多其他的民歌供得新秧歌在音乐上具备了很大的特色。

其次就是编剧上的学习了。关于编剧,许多话剧工作者在整风之前是有些瞧不起民间戏剧的,所以过去从没有很好地注意研究。有的农村出身的同志,在小时候玩过一些,但也不精,这才在新秧歌初起时把这一点东西拿出来救了急。在工作实践中,才发现原来民间秧歌也不是那么简单的,这才决心去学习。所以在编剧方面,闹的玩笑是比较的多。有时候很"左",完全按照话剧的一套办法做,弄得音乐插不下手去,有时又很"右",尽量把我们对于民间编剧的所知和盘托出,连民间散漫、拖拉、屑碎,没有剪裁,强调色情,渲染落后趣味等,也都全部接受过来了,而且把这些也当作一种宝贝,觉得这才是真正的"民间"。有时候,"左""右"两种兼而有之,不是学了二者的精华,而是拾了它们的糟粕。这种情形,在接触民间文艺较多之后,也渐渐减少了。

在编剧这个问题上的向民间学习,见功效的还是在一面编剧,一面运用所得的知识。比方《兄妹开荒》,首先是学了民间秧歌一男一女的形式,而这一男一女必须闹些纠葛,有些逗趣的事情。但是,这中间有几点是和旧秧歌基本不同的。旧秧歌是写旧社会、旧人物,这是写新社会、新人物;旧秧歌是色情气氛很重的,这里都是不能有的;旧秧歌是单纯娱乐的,这里必须有教育意义。也有几个共同点:两者都是要求活泼愉快的气氛;都要求短小单纯,在短时间内解决问题。于是,为了去掉色情成分,就把两夫妻或可以多生色情因素的男女关系,变成了绝不能引起色情感觉的兄妹关系。再就是,如果要引起纠葛,最好是二人中一个进步一个落后的对比,但是,为了要表现新社会新人物,如果两个人中间就有一个是落后的,那岂不是成了百分之五十吗?那就不是事实了,不是现实主义的了。但如果两个都是正面人物,纠纷又如何引起呢?结果就想起了故意开玩笑的办法，这样反衬出两个人的积极性来。

这就是从编剧上去学习民间，并点破民间，创造一种新形式的一个例子，这个例子，似乎是比较典型的。当然这方面的问题还很多，在下面谈新歌剧的问题中还要谈它。

再次就是关于舞的问题了。新秧歌运动中最薄弱的一环是舞，不仅仅事前没有收集学习，而且对于舞是没有概念的。过去新文艺运动中，有很多音乐工作者和戏剧工作者，而舞蹈工作者却只有一两个人。舞蹈在新文艺运动中，没有成为有群众（知识分子群众）的运动。因此，新秧歌运动中舞的方面是瞎碰瞎摸的。也因此，在表演上是绝大部分，几乎全部接收了话剧的方法，舞得很少，成了歌而不舞的剧。

后来渐渐对这问题感到迫切了，这些找些百姓学习，又由于我们过去的没有训练，成绩也不大。在这几年的摸索过程中，发现我们所接触的中国民舞主要是两种风格：一种是柔和细致的女式舞（有歌乐旧戏，动作），另一种是刚健的男式舞（有类乎武术或一部分旧戏中男的动作）。在新秧歌中运用起来，许多地方感到太旧，比方《夫妻识字》，中间的舞比较多，对于妻的某些舞姿，许多人是认为不足以表现一个新农村女性的。又如最近在东北创作的，学习二人转形式的《全家光荣》，对于其中老头的有些动作也仍有人感到旧。但是在舞蹈上，也有一些小小的发现，即秧歌舞宜于表现劳动，把劳动的动作节奏化，在秧歌剧或大秧歌中都是很新颖又很调和的。还有就是某些生活动作的节奏化，如《全家光荣》中间所创造的，就很好。不过这也是突破了旧秧歌舞的范围，而有了新的发展了。

总括起来说，它的成绩除了上述思想方面、题材方面、内容方面所获得的而外，在表现手法方面，可以说是创作了一种新形式，这种形式是从旧的脱胎出来，但已经不是旧的了，因为它是能够表现出新生活的。但是，它虽然是一种新形式，但又是老百姓所喜闻乐见的。所以说，这种形式的创造是一个成绩。

（三）新问题的提出

但也不能说，这种小秧歌剧的形式是解决了我们所想要解决的一切问题。不是的，它只是解决问题的开始，因为这种新的小秧歌剧虽然能够表现一部分新生活，但要全部表现却是不可能。因为它虽然对于民间秧歌有些突破，但仍是在那个范围之内，于是就产生了一连串的问题。

第一是戏剧音乐的问题：民间旧秧歌或新秧歌，基本上是以民歌来配曲的，因为它们故事简单，感情单纯，多半是一种轻松愉快的情调，所以运用民歌很适合。但是今天所要表现的，都是动荡的生活，激越的心情，战斗的人物，大悲哀或大欢喜，这些东西，都不是单纯平静的民歌所能表现的了。再就是民歌原本是抒情的，表现单纯的小事件还可以应付，但今天所要表现的事件往往十分复杂，单是抒情调也不够使用了，它需要朗诵式的、对话式的……各种多样的音乐表现。由于以上的要求，就提出了民歌如何戏剧化的问题；并且进一步提出了戏剧音乐究竟是怎样的音乐，它到底有什么特点和规律性的问题来。这个问题是在一连串实践中提出来的，不能等到问题解决才去继续做，所以在我们很多的剧中间，就发生了这样的情形：有些地方有唱，有些地方就没有法子唱，只好长篇地说话。有时候，很勉强地唱，所唱的是也可以省略的，甚至不唱还更好些的。在这种情形下，话剧的手法就大量地补充进来代替了歌剧了。

第二是戏剧性舞蹈问题：由于民舞的特点，戏在快乐的地方，劳动的地方就能舞起来，而悲哀痛苦的地方，或内心感情复杂的地方就舞不起来了，结果舞就越来越少，有歌的地方变成了单纯的歌剧，没有歌的地方率性成为单纯的话剧了。这样就提出了戏剧舞蹈问题。可是由于我们对于舞更加无知，这个问题一直到现在还可以说是原封不动，交了白卷。

第三个问题是如何表现群众：今天的剧多半是群众性的题材，群众场面很多，他们怎么唱，怎么舞，成了一个大问题。这个问题上虽然有些解决的实例，但并不圆满，离开圆满简直还很远。

第四个问题是如何表现部队生活：民间秧歌和民歌不能表现部队，这问题是早已提出来了。部队需要雄壮、英勇、刚健、整齐的集体性和个性的表现。这样的歌已经创造出来一些，但是戏剧化还是很差的。舞呢？在集体的方面，把战斗动作，制式操练加以节奏化搬上了舞台，但是在个人的舞，表现心理过程的，流露一种心情的舞却没有创造出来，也仍是运用了大量的话剧手法而已。

第五个问题是如何表现工人：在这方面，我们是没有做过任何工作，因此连问题也提不出来。有许多工人们自己在创作来表现自己，他们提出问题说：我们的生产过程如何搬上舞台？秧歌舞和民歌都不得劲，我们的歌和舞是怎样的呀？这些个问题，我们并不能答复。

总而言之，我们用小秧歌的形式，其长度在一个钟头之内的，去表现农村部分的新生活和部分的军民关系，还可以表现得出来，如要更进一步，则歌舞剧的手法就不能坚持，必得运用大量的话剧手法了，这是目前的情形。这个问题的进一步解决，还需要我们进一步的学习。在这两年的实践当中，我们有了一些零星点滴的经验，在下一段我们分开来谈它。

三 新秧歌剧的酝酿

由于小秧歌剧不能满足反映飞跃前进的现实这个要求，内容乃突破了形式，把小秧歌剧变成了大的歌舞剧。但又由于我们创造大歌舞剧的技术条件尚不成熟，实际做出来的是非常不完整的秧歌、旧剧、中国民歌、戏剧音乐、西洋音乐等的混合物。这是由于需要的逼迫而成，并非我们就是满足于这样子的粗糙形式。我们在这一连串的不完整的，连自己也不满意的实践中间，也得出了若干经验，现在分述如下：

（一）剧作问题

谈到剧作问题，首先当然是一个内容问题。这方面，关于几年来如何接触与反映政策，与指导现实的问题，我们是有不少成功与失败的经验，在今年春天文工大会上也讨论过了，这里不再谈它。这里所要谈的只是新歌剧编剧上的一些技术问题。

新歌剧编剧上的主要问题，乃是作为歌舞剧和话剧到底有什么不同。直到今天为止，新歌剧还不能扫清话剧编剧手法不适当的影响，还没有有系统地建立自己的规模。如果说有些新的经验，这些经验也只是片断的，为许多个人所掌握的，没有条理的。

现在我试着把我曾经和一些同志交换过的经验条理如下：

首先，歌剧和话剧编剧上不同之点是歌剧应当更集中。这所说的集中并非该编成三幕的一定要集中在一幕中间来，而是说，话剧在主要线索之外，可以有更多的枝节穿插，而歌剧则不允许。因为歌剧的表演比话剧过程长，如果像话剧一样穿插的枝节太多，就会变得冗长散漫，主题不明了。另外一方面，由于歌剧的表演过程长一些，在表现感情上自然也会强烈一些，气氛的渲染也就浓厚一些。因此，不仅仅故事要更集中，在感情上的表达上也更强烈。于是就要尽量删除那感情平淡稀薄的场面，而集中去描写那些抒情的、兴奋的、悲哀的、壮烈的或是喜悦的场面，否则很容易就会令人感到沉闷，而且也就必然变成无法用歌舞来表现的，无可奈何的情况。

因此，歌剧所要求于语言的就不是普通的散文语言，它不能容纳散文语言的啰唆琐碎和感情的不集中、不浓厚。歌剧所要求的语言是诗的语言。这里所说的诗，并不光指的是分行而有韵，分行有韵也可以不是诗；而是说，这种语言应当是从日常语言中洗炼得更精致一些，但也不是辞藻堆砌得更多一些，而是更形象一些，更富于感情一些，更容易感染人一些，因此也就更强烈一些。有许多情况是无法产生诗的，比方企图把某些政策法令简单扼要地编成韵文唱出来。这不仅仅不为歌剧所允许，即在话剧中也是没有效果的。又如某一场戏本是用话剧的手法编成的，事情啰唆琐碎，到中间忽然要唱起来，也是写不出好词的。不仅仅写不出好词而已，还影响了作曲的人，决然是作不出好曲来的。因为琐碎的事情感情必然平淡稀薄，无法渲染强调起来，结果只能写出押韵的或有节奏的日常语言来。

我在这里所说的诗是“剧诗”，而不是一般抒情诗。剧诗的特点是从特定人物的感情出发，而非如抒情诗的从诗人本身感情出发。剧诗的作者应当从角色的感情去看一切事物。作者应当客观，抛开自己的感情，又应当主观，充沛着人物的感情。剧诗中间的性格化，人物描写的问题，主要是掌握人物最浓厚的感情问题。至于在人物语汇语气上，当然也很重要，但是如果我们未能掌握人物最浓厚的感情的话,即有丰富的语汇,也产生不出诗来。再就是,过于强调语汇、语言的口气,也许在做得很好的时候,可以使诗成为非常朴素,非常本色,但是我们实际做的结果,往往写成感情枯竭,想象力贫弱的东西,成了话剧台词的韵文化,而非剧诗了。剧诗的主要任务,还是写出人物们不同的内心感情来,这乃是从主要的,大的方面描写人物,与某些话剧的细致刻画一个人的语汇语气不同。剧诗,它也写语汇语气,它只在某些必要而生效果的地方运用它们以增加色彩。

歌剧既是感情集中的强烈的表现,而且又用歌唱表现出来,在表演上也就不能用日常生活的动作去表现,而必须用舞蹈。舞蹈,也可以说是动作的诗,因为它也是感情集中和浓厚的表现。不过,并非凡有唱,或凡有戏剧的唱就一定能舞。有人以为生活动作的节奏化就是舞,这是不尽然的。舞是非常需要感情的基础的,没有一定浓厚的感情也就很难在剧中间舞起来。因此,在编剧上应当给予舞以地盘,以机会。

一方面,舞是由于音乐歌唱才有存在的理由,另一方面,舞和唱又是矛盾的东西。载歌载舞是很吃力的,往往不是牺牲歌就是牺牲舞,很难两全。所以歌与舞的适当调节,适当配合,是非常重要的。这个工作,中国昆曲剧本做得非常巧妙,《牡丹亭》"游园"一场,小姐唱,唱的内容是园中花开蝶舞的春景,丫鬟就舞,舞的内容是采花扑蝶。这样,一种春天的情致就被浓厚地表现出来了。又如《长生殿》一场,杨贵妃舞,舞的是梳洗戴花,两个宫女唱,唱的是给她如何梳妆。这只是一两个例子。中国的歌剧其所以能够载歌载舞的道理,主要是歌舞的调剂分配劳逸缓急十分匀称,使之各能尽量发挥。我们是可以多加研究的。我们的编剧者应当时常意识到编的是歌舞剧,传达感情的方法除歌之外还有舞,有时某一段以纯歌传达为宜,而另一段却也许纯舞更好。在俄国舞剧(Ballet)中,纯粹用舞来表现剧情,传达人物的感情,这种方法,我们现在还不知其详,但一定是可以研究采取的。这样,歌舞剧中的舞才会成为一个重要的组成部分。

再就是歌剧编剧,并不是用的话剧分幕办法,而是用的旧剧分场办法。这种办法的好处是活泼自由,便于多方面的表现。但是这几年以来,很普遍采用了中国旧剧的办法,原原本本把事情写出来;这是为了老百姓容易看懂,本来是很好的,但是我们往往把原原本本这个意思强调得过了火,成为有闻必录,连吃饭拉屎都通通反映进去,弄得主题都不明白了。又因为虽然这样,老百姓也没有意见,于是觉着这样也就很好了。这是错的。要知道老百姓现在虽然没有意见,将来是一定会有意见的;而且,弄得主题不明,教育的目的不清楚,实际在老百姓中间的效果是不好的。这一方面,正是反映了旧剧中间思想水平的低下,并不是凡旧剧中间的东西都值得我们学习的。

为了我们用的是这种分场办法,我们就必须研究分场的技术。中国旧剧中间的对比办法,例如《琵琶记》中所用的,是很有名的,这使主题强烈地突出了。此外,还有许多长处,特别是剧情进展得很急迫,场面转换得迅速的时候,更显出特点来。仔细研究起来,在这种分场中间,存在着一种艺术,一种匠心,这就是电影手法中很重要的一部分,所谓剪接的。剪接的技术,在分场的戏中间也同样存在,虽然没有电影的那样重要,这很和它不同,但我们在某些地方仍然是可以向电影的这方面学习的。

（二）音乐问题

新歌剧中间的音乐问题是比较复杂的，这中间所包括的问题很多。首先是戏剧音乐和普通音乐，特别是民歌有什么不同，这中间还包括了一个音乐在整个歌舞剧中间的作用问题。其次是乐队的问题，西洋乐器可不可以用？它和中国乐器如何结合起来？打击乐器如何用法？如何创作舞曲？第三是声乐问题，中国的发声是怎样的？如何跟西洋的科学发声方法结合起来？等等等等。这些问题，有的是我们可以试着解答的，有的是我们现在还无法答复的。现在分述如下：

首先是戏剧音乐的功能和特点的问题。

这个问题的提起是由于民歌已经不够表现我们所要表现的复杂感情，歌剧作曲者们为找寻一条道路这才发出的。这里，不妨把民歌和戏剧音乐比较一下：民歌，是抒情的，作者自己直接发抒自己的感情；民歌虽也有叙事的，但作者仍是直抒自己对这事情的观点，感情。可以说民歌是主观的抒发，因此，音乐上不重描写人物的，它所直接表现的不是作者的感情而是剧中各个人物的感情；而这些剧中人物的感情是通过他们的说话表现出来的，所以又要在某种程度内描写各人的语气，注意语言的情味。因此，戏剧音乐的功能的一方面，乃是表现语言的情感以刻画人物；而表现的办法之一，是强调语言的感情和语气。

但是，这个特点只是在和民歌对比之下才特别突出的，如果要全面地说明音乐在歌舞剧中间的功能，那么就应该补充上另外一方面：音乐本身的长处，是善于用自己旋律和节奏的美，不通过语言而直接表达感情气氛的。这一点，在歌舞剧中间也起很大的作用。

我们有些歌剧音乐作者为了强调戏剧音乐和民族的不同之点，不自觉地特别强调了作曲中间旋律要从属于语言的四声，语气语言的感情内容等，而完全撇开了乐曲本身的旋律美。这种做法，是偏颇的，片面的。如果我们也能用音乐旋律本身表现感情的力量以加强感染力，使得旋律美跟语言的表现能适当地结合起来，岂不更好？我想，偏于语言表现而不美，偏于好听而听不出词的内容，或是歪曲了内容，甚至于歌曲所表达的感情与歌词或人物的矛盾，这都是不好的，应当注意。在有的时候，曲调性应当更多一些，而在另外的时候，朗诵性又要更多一些；而这二者的连接应当是很自然的，不突出的，互相调和统一的。

有的人对于民歌感到不满足，而去研究中国的旧剧音乐，并模仿它的做法，以为这就是中国从民歌发展成为戏剧音乐的标本。自然，今天现存的戏剧音乐无疑都是从民歌发展出来的，但这个发展并非有计划的向戏剧音乐的发展，和我们现在所想做的一样。中国的戏剧音乐，来源复杂，其中有好些东西，的确是戏剧化得很好的，比方郿鄠调，它把朗诵形式和民歌形式结合得很好，但就是在郿鄠调中间，也有些较为固定的公式如“五更头”接“一串铃”等等。也不是凡在某种形式下就一定要采用这种做法的。如果我们局限于这个形式的圈子中间，那就是误解了戏剧音乐的意义了。这种情形，在郿鄠中还是少的，到了平剧、秦腔、梆子、落子等中间就更多了。比方说，公式之一：快板——原板（渐快）——散板，在这几种戏中间都存在，只是名称不同或稍有小异罢了。这个公式是不是就算戏剧音乐的标本呢？是否就算是最适合戏剧的音乐形式呢？也许我们以为这是中国若干年来洗炼出来的戏剧音乐公式，所以我们很迷信它，或者觉得它总还是观众所熟悉的，听起来是顺耳的，有气派的。实际上,这个公式是历史相当悠久的了。当初它本来是一种器乐曲(唐代的大曲)的形式,后来被直接用至南曲(元)中间来。同时,在宋时的说唱(诸宫调),慢词,等等中采用这个形式。即在今天,古老一些的器乐曲,如《梅花三弄》之类,和京音大鼓中间,还有这个公式的遗迹。从历史上看,这并不是非常适合于戏剧表现的。它对于中国的许多旧剧都统治着,它是妨碍戏剧音乐表现的自由的。又因为它老得很,所以很不能表现现代的感情,所以往往在我们运用起来的时候,引起滑稽之感。我们一定不要在学习旧东西时受它的任何拘束,一定不要钻进了它的圈子才好。

关于戏剧音乐的功能,还有另一个问题,就是音乐的性格化问题。戏剧音乐应当能够帮助性格的描写,但是如果把这一方面的任务夸大,甚至误解,以为一定是一个什么曲调或者一个什么主题便能很恰切地表现一种性格,而作曲之时,就是唯寻找某一角色最恰切的曲子是务,一经寻出认为合适的曲子之后,就认为大功已经大部告成,以后不管有什么发展,都不很精心去作曲,这种做法,乃是错的。音乐的主要任务和它的特长之处是直接表现感情。对于描写人物来说,作曲者的任务首先是体会他们每一个细微的感情变化,用各种最恰当的音乐表现把它传达出来。如果很好地做到这一点,性格的描写自然就有了。如果相反地,不去体会人物的感情,唯从外形的,主观的,概念的观点出发,那一定不能很具体地表现出性格来。这个问题,尤其"反派"的描写上要多多注意。如果反派常常被我们写成荒诞无稽,不像一个通常我们所见的人的样子,那样这种反派就只存在在舞台上,而非在生活中,因此也就没有很多教育的力量。

当然我也不是说作曲的人一点也不应当从外形去刻画人物,比方利用不同的声部,特殊的节奏及有特性的旋律等等,但应当注意这只是一种次要的手段,为的是加强那些有十分特殊外表特点的人物,而且也不宜夸张过火的。

戏剧音乐中还有一个问题是在民歌或者普通歌曲中所不存在的,这就是一个统一性问题。问题的一方面是:由于人物不同,场景不同,音乐风格上的变化很多,这种变化如何使它统一?又一方面是:戏剧音乐既经常需要情调上的多样,作曲者乃广泛从各种不同地方的音乐中取材,这些地方色彩又如何统一?这个问题已经得出解答说:统一首先是以内容来看,如果内容是适合了,不统一之感是会大大减少的。其次所谓不统一,乃是生搬各种地方音乐,硬把它凑在一块的结果,而生搬硬凑的原因乃是由于我们掌握和运用各种地方音乐的熟练程度不够所致。这次歌剧《火》的音乐中,运用了好些陕北音乐和蒙古音乐的东西,但也并未使人感到与东北的风味不统一,就是证明。

此外,也还有一部分同志强调音乐的地方性,认为到什么地方唱什么样歌。其出发点当然也是为了老百姓所喜闻乐见。不过今天的东北和陕北的情况很不同,是交通发达的地方,绝不是非地方性强的东西即不能接受,即以陕北而论,也不是完全排斥别地音乐的,绥德地方也能接受流行于关中一带的郿鄠调。可见过分强调地方色彩是有些太故步自封。而且东北民歌与河北山东民歌有很大的共通性,如果一定要从中辨别出哪是东北的,哪是非东北的,而不是真正从老百姓之能否接受出发,那就是钻牛角尖了。实际上,今天我们已经掌握了相当多的各地民间音乐素材,融化它们在我们自己的创作中间,也是可能和必要的。

我觉得今天的戏剧音乐已经走到了这样一个阶段,即应当一空倚傍，独立创作。过去我们没有民间的任何基础，对于旧的戏剧音乐也无所知，如不小心，很容易脱离群众。而今天情形已经不同，对民间和旧戏的音乐已经掌握了若干，熟练了若干，如仍兢兢业业，以模拟是务，无根据不下笔，那就要走上狭窄不通的道路上去了。当然，这并非说，我们从今即可不再注意学习和收集的事情。我们还要做，而且还要更广泛更有系统地做。甚至对于西洋戏剧音乐，我们由于过去知道得少，今天也要注意研究。

音乐上的第二个问题是器乐问题、乐队问题。

这个问题对于我们虽然不是完全陌生的，但像今天这样郑重提出来却是从前所未有的。因为歌剧的观众今天已经渐渐不满足于音乐的单调，而要求丰富和变化了。

器乐曲除了过门之外，主要是插曲，配合动作和舞蹈的音乐。关于插曲（如《白毛女》最后一场大春在山洞重见喜儿等），我的意见不多，只能说它是增加气氛，渲染感情的东西，于歌剧中作用很大，作者的任务是利用这种方法渲染出气氛来。这些方法的经验是些什么，我还谈不出来。我想谈的是舞蹈音乐。舞蹈音乐也可算是戏中插曲的一种，它的特点是节奏性强。我们中国歌剧中间打击乐器的发达，主要是因为它对于舞蹈很有帮助。它不仅仅强调了舞蹈的节奏，它还能增强了感情，把它节奏化，形式化：使得许多细小的动作，如手的一指，眼的一看，明显起来；不仅如此，它还能把这些细小动作中所包含的感情强调成明白易晓的，如男女两人生气而互相不理，又忍不住偷偷相望时小锣的一击之类。它帮助增强了人物动作节奏的性格化，比方某些花旦迅速下场时一路小锣的伴送等。我们也很早就注意运用打击乐器，但是由于还没能掌握它，不能有所创造，只能整块地或零拆地搬运；又由于旧锣鼓点是从旧戏舞蹈产生的,把它应用到表现现代生活的动作中间来也常常不很合适。

而且锣鼓点也有它的缺点:打击乐器没有旋律,只有节奏,如果时间不长还不感觉什么,要是时间一长,就感到单调没有表现力了。因此有些长的曲子也配上京胡等乐器,一如京戏中间的《夜深沉》。但这样的配法,打击乐器和弦乐器的结合并不很自然,二者之间并没有浑然成为一体,只能说是初步的结合,它的表现力还是不够强的。

我们听到许多西洋舞剧音乐如比较熟知的《割胡桃人》,节奏性和旋律性都很强,表现力也丰富得多;又如普乔尼的 *Butigue Fantastigue*,则更是把管弦乐的节奏性和音色的强烈对比运用到了相当高度的地步,几乎令人觉得它可以代替了全部打击乐器的,而且它的旋律也是极美的。我们如果能学习这种管弦乐器的运用法,并把它和我们的打击乐器结合起来,很可能创造出一种非常完美的戏剧的舞蹈音乐来。

这里也就产生了一个西洋乐器和中国乐器的结合问题。整个西洋乐队我们现在是无法消化它,如果想把它原封不动地搬过来,我们一定不能够驾驭它,反而会被它所驾驭的,结果只能随着它往洋化的路上跑。所以现在只好打散整个乐队,要它一件,就用它一件。另外是中国的管弦乐器,它们的特性很强,如胡胡、唢呐、京胡、笛子、管子等,都各有各的特殊音色,难以和别种乐器调和。而西洋的乐器,就是一件一件使用起来也仍有很多问题的。我们所要创造的是广大群众所喜闻乐见的新歌剧,必须富于民族色彩,但使用西洋乐器是不是会弄得洋里洋气,不中不西了呢?我们在开始的时候,对于这个问题考虑很多。为了慎重起见,只用了很容易和其他乐器结合的小提琴，大提琴，来东北后，才渐渐运用了黑管这些东西，现在铜乐器也已经被采用进来了。我们这样的慎重是很对的，因为我们要掌握许多乐器，并使它中国化，并非是件容易的事。但是过去我们的怀疑：认为西洋有些乐器是不可能使之有中国风味的，这一点，现在是可以做否定的结论了。我们过去把乐器看得太固定，其实，乐器必须和演奏方法结合起来才能完成一种特性。比方铜乐器，在西洋古典音乐中间的表现和在爵士音乐中间的是多么不同，一个是那么明亮，而另一个却又是如何柔和，可见乐器本身虽是死的，而由于演奏技术上的差异却可以生出多大的变化。这几年来我们运用西洋乐器也得到这同样的感想。不过我们把西洋乐器中国化，还没有创造出一套演奏方法来，其原因是我们对于中国各种乐器的演奏方法掌握得不多，更不精，因此，无法将这些技术移用到西洋乐器上去。

在西洋乐器已被初步证实能够中国化的情况之下，对于中西乐器可否合编成一个乐队的怀疑现在也没有了。现在在具体的运用上，中国的管弦宜于用作领奏的乐器，而西洋乐器宜于伴奏，它们和中国的结合法只是初步的尝试。我们现在对于中国乐器的配器法还知道不多，中国的配器法就已知的，有许多是值得学习发扬的。比方用笙做伴奏乐器去配管子或笛子，比方用一个高音喇叭和一个低音喇叭吹简单的和声，用打击乐器配管弦乐的旋律等，如果我们能大量发掘研究并运用起来，一定能使中国乐器结合发展出一个新局面来。

音乐上的第三个问题是声乐问题。

这个问题在现在是很迫切需要解决的。秧歌运动以来，感到洋嗓子唱民歌不能传达民歌的精神，当时从事声乐的同志学过一个时期民歌的唱法，后来终于因西洋的发声方法和我们民歌的唱法似乎无法统一起来，而中止了这个研究。当时有一个这样的结论说：用西洋科学的发声方法来唱中国的风格，但这一句话实际上是空的。因为所谓西洋方法不能唱出中国风格来。

这几年来，对于中国唱法一天天知道得多起来。我们也就更明白，原来所谓中国风格也是多种多样，它们各自形成一种特别的唱法，其所以要如此来唱，也各有其自己的原因。这些唱法不一定都是科学的，有的有部分的合理，有的几乎是很不合理，但作为风格而论，是应当研究的，有的因为也具备一种表现力，还是值得采取的。而如何将各种不同的风格用科学的（即能持久，最省力，声音大，传得远，咬字清楚，最适于中国语言的表情）方法来唱呢，这是需要我们从事声乐的同志来研究的。

我们对于西洋发声的方法，如意大利的，法国的等等，可否做一个比较的研究？这个研究不是看看谁“最好”，“最科学”，这是一种抽象的，没有和各国的语言及它们音乐的各种客观条件联系起来的看法。各国民族的特殊唱法都有形成它的特殊性理由：如语言的特点，用语言表情的习惯，甚至唱歌的环境等等。其中自然有它特殊的长处，它解决了它们语言和表情和传声上所需要的特殊问题，也许这点是其他民族所不及的。但它也会有它不及其他民族的地方，因为其他民族所解决的自己的特殊问题是它所不必要解决的。因此，就中国来说，所谓各国的长处，乃是指的对于我们有用的而言，如果抽象地认为某国的方法最好而原封搬来，一定是不能解决中国的问题的。

我们中国的各种唱法，也自有其形成的原因和理由，不过它们不像西洋，没有经过整理、淘汰，还只是一个自然状态，现在所急需的是要有人来研究，这样一种风格，可能用一种什么发声方法去唱就最能发挥又最省力。或许有些风格简直无法科学化，除了作为一种表现方法可以偶一运用之外，实无改造之必要。这样的结论也应当明确做出来。而这乃是我们从事声乐的专门家所应担负起来的工作。现在歌剧的新演员和学唱的新人很多，嗓子好的也不少，三四年来都是在纯然自流的情况下发展，这是研究声乐的同志所不能熟视无睹的。应当组织一些研究组找各种歌曲和戏曲的唱家来唱，来研究，以我们的科学观点来分析，改造它，以使用它来教育广大的新人。

（三）舞蹈问题

我们过去对于舞蹈的研究太不努力了，因此，在今天竟谈不出什么经验来。只感到我们因为太没有舞蹈基础，以致不能好好进行研究。如果说这也算是经验的话，那么这经验就是：过去不感到对于舞蹈无知的影响有多大，而今天是感到了。如果说，我们在音乐上学习民间古代是多少有了些成绩的话，那是因为我们有了较有训练的耳朵和记谱的必要知识。我们对于舞蹈没有基本知识，只凭聪明去学一点，那是无论如何也不能进入分析研究的阶段，提高的阶段，更不用说创造的阶段了。我们在陕北的时候，对于秧歌、腰鼓并没有学，来东北之后，对于地蹦子等又没有学好。东北的“烧香”等是比较复杂的舞蹈，我们更是没有去学。这都因为我们没有基本的身体训练和分析动作的知识标准，所以不能很快地掌握。然而客观的要求不仅仅是掌握这些民间舞蹈，而且是进一步，要求用舞蹈来表现新生活、新的劳动、新的战斗、新的喜怒哀乐、新的抒情的情面，新的人物性格和他内心感情的描写……这许多方面，我们今天还谈不到。

然而我们民族的舞蹈水平并不低,特别是戏剧舞蹈。除了京戏中间的一些,昆曲中间的一些之外,某些地方戏,如高腔了,中间四川高腔,湖南高腔中间许多的舞,不仅仅技术很高而且表现力也很强,在今天我们没能掌握一些基本技术和知识的情况下,即使去学也难以学会。

因此,我们现在所急于要做的是下面的事:

一、对于西方各国和东方,南方的舞蹈基本动作应当学习并且掌握它的技术。这些舞蹈,各有它们的特点:或使身体柔软轻盈,或使身体富于弹性,或重于训练节奏,或重于训练体态,或手的技术多,或脚的技术多,有的以慢见长,有的则动作很快,有的便于锻炼松弛,有的又是筋肉紧张,便于这方面的练习。如果能受以上各种的锻炼,不仅仅在舞台上表演时能够自由,更重要的是给我们打下了收集和研究各种民歌和戏剧舞的基础。如果我们身体受过训练,有了节奏的敏感和对于姿态部位的细致观察力时,对于民舞和舞台舞的学习和研究会感到很大的方便。

二、在我们现有的一点基础上大胆运用和创作。我们现在是在运动中,工作中,决不能等到先掌握了技术之后再创作。我们应当打破一种胆小的心理,大胆运用已有的经验和技术本身来创作。我们是有过一些成功的例子的,比方《白毛女》中黄世仁提灯而舞的一段,就是旧艺人看了也很说好,再如前面所提到的《全家光荣》中的一些新创造。此外,表现新的战斗动作等和劳动的舞蹈,这些创作,是解决了许多问题,丰富了新舞蹈的。如一味胆小,不敢“乱动”,那就没有这样的成绩。这是一。其次,从旧的戏剧舞中间也不是一点也不可采用些东西。过去也有在这方面的成绩经验,比方《兄妹开荒》第一次在延安演出时,演妹妹的李波同志在挑担子走路上已经运用了旧戏的步法,而她所表演的身段比起许多后来演妹妹的都要漂亮得多,成功得多。可惜我们对于这一事实没有很好地注意,弄得以后一直对于旧剧的舞蹈动作见了就害怕。其实,过去在舞台上装个抗战将领拿马鞭虽然令人起了十分的不快之感,但现在却是完全不同,每一采用都是经过很多审慎考虑的了。最近在东北,有些剧中间也有零星采用旧戏舞蹈的,观众的反应也都还是肯定的,认为好的。

三、应当学习"武把子"。这所谓武把子,我所指的是折筋斗、拉顶、跳跃等技术。戏剧舞蹈,必须有这些东西,才能表现复杂的动作,才能传达复杂的感情。这个不仅仅中国的戏剧是一个例子,就是西洋的舞剧 Ballet 也是如此。古典的俄国 Ballet 在跳跃这些方面是很有功夫的,后来"俄国舞蹈团"在巴黎创造表现现代生活的舞剧之时,向马戏中间学习和采用了大量的东西,以充实和改造了旧 Ballet,这也是为了一种更复杂的内容要求表现之故。我们对于戏剧舞,不能只守着一个"生活动作节奏化"的朴素概念,必须认识它还是动作的夸张和美化,应当尽量发挥身体的美。这正如歌剧中间的音乐,不应只是言语的模仿,还应当注意旋律的美是一个道理。

(四)舞台美术问题

歌舞剧的舞台美术,由于它的内容的抒情成分较浓,有歌舞的特点,所以也不应拘泥于写实,而应当色彩强烈一些,洗练一些。

首先是服装。现在我们已经理解到大秧歌舞和小秧歌剧的服装需要色彩鲜明红火的了,在过去,我们不知道这条道理,老百姓批评为灰溜溜。可是现在大的歌剧如《血泪仇》以及许多反映土改的东西在服装上仍是破破烂烂,一片灰色,许多观众感到台上一片灰暗，从色彩上毫无艺术欣赏之可言；而这也实在和歌舞剧的形式很不调和。其所以歌剧中间的服装如此破烂，主要原因是多数主人公都是穷人。穷人的服装如何变成歌剧的服装呢？旧戏中间那件"富贵衣"并没有解决这个问题，它只不过是一件很完整的黑衣上钉几块红红绿绿的碎布而已，并未给人以这是破衣的感觉。而我们呢，在排歌剧的时候，对于它的服装问题并没有仔细地讲究，如稍加讲究，倒也不是不能从具体问题上解决的。比方延安演《白毛女》时，喜儿第一幕的那件红棉袄就还能算一件合乎歌剧条件的穷人衣服。今后的问题是再多注意些，多考究些。

服装还有一个其次的问题，即应当便于舞，帮助舞。大秧歌的腰带就是具有此种作用的。但在这方面，我们注意得尤其少。服装的剪裁、样式、质地，都是可以决定能不能成为舞衣的。在这种问题上我们很少积累经验，很少花脑筋。

我们应当在脑子里建立这样一个观念，歌剧的服装和话剧的是两回事：话剧的动作是写实的，因此服装也要求写实；歌剧的动作是舞蹈的，所以服装也应从舞蹈去着眼而特别加以设计，在色彩、质地、剪裁上都可以不尽写实。当然，它们仍旧是从现代服装的基础上加以美化的，因此，歌剧的服装设计是一种艺术，它不仅仅要合于舞，同时还要合于人物的身份、性格，它是现实的，但又是从生活提高的。

其次是装置。现在的新歌剧因为是按旧戏分场的，所以很少用硬片，甚至几乎不用硬片，形成一种软幕系统。软幕的吊法用法，现在也复杂起来了。它的特点是不尽写实而多少带一点象征的意味。软幕配上有特征的道具，建筑物，如柱子、栏杆、桌椅等，还能给人一个完整有特点的印象。

但是这种手法并不普遍，有时有些歌剧还是照着纯粹写实的办法去做，而写实的技术又不考究，结果成了既破坏话剧装置的严格写实，又不便于歌剧表演的一种毫无风格的潦草东西，令人起不快之感。

歌剧因为是舞蹈的，严格的写实就与它结合不起来，又因为分场的自由与活泼，如果用严格的写实方法，舞台条件也不允许，所以必须寻找一种适合于自己的方法。这软幕加上代表性的道具方法，是现实比较合适而物质条件又允许的，但也还有许多可改进之点。第一是现在二幕的使用不太好看：许多过场是在二幕之前表演的，这样就形成戏有时候有景，有时候没有景，和那些改良的旧剧落于同一窠臼。特别二幕又是一种固定的颜色，有时和剧中进行的事件在情调上不调和，有时和剧中人的服色不调和，有时色彩混成一片，令人看不清楚。我以为二幕最好用天蓝或白色，干脆把它当作天幕同样来使用。过场多半是在户外，就可以打天光；如果不是户外，也可利用灯光打出各种背景也是很好看的。

第二是我们还可多用灯光。我们现在舞台上场与场的转换要求快，必须减少硬景，灯光的运用也少用全台照明，多用 spot 照亮部分。这样既可帮助场面转换，也可以增加舞台气氛，使观众注意集中。天幕也可以多多利用，现在天幕还没有怎样发挥它的作用。

第三是可以多使用一些立体性的舞台建筑，如柱子、平台、阶梯等，这些东西可以使舞台不致局限于平面，还可以有高低，利用了舞台空间，舞蹈的发挥就可以更大，表现力就丰富多了。再说，舞台建筑配上软幕灯光，可以在极简洁布景中显出深厚的感觉，打破了惯常舞台上的单薄感觉，从中造成各种不同的浓厚气氛。对于我们这种形式的歌舞剧，在这样的舞台技术水平上，是最理想而易于行通的。

（五）源泉与借鉴

几年来工作的经验，我们创作新歌剧的艺术源泉，还是从生活中直接吸取材料最为重要。当然，吸取的材料要把它变成艺术形式，首先要经过选择，然后用我们所已经掌握的技术经验来表现它，这就完成了新的创造。这里有两个要点：一是生活的吸取，二是用已经取得的经验来表现它。这比方劳动过程之变成舞，又比方劳动呼声之变成歌。这就是利用旧的经验来创造新的艺术。

因此也就必须学习旧的经验。这几年来，我们从学习民间旧形式以及封建旧形式中间获得了这样一些经验：

这就是第一：学习民间旧形式，应当注意批判它的落后性一面和善于发扬它生动活泼的方面。如果以为这既然是民间艺术了，一切都无问题，那就产生毛病。

第二，我们想成套地把旧戏的东西搬到新歌剧中来，那一定是要失败的。

但是第三，我们不能因此就忽视对于整个旧剧的学习和研究工作，因为了解和掌握旧剧艺术的规律性，特别是音乐和舞蹈的规律性，对于我们创造新歌剧无疑是有很大的用处的。

第四，我们也应肯定，旧剧舞蹈和锣鼓点和乐曲旋律的某些片段，经我们极审慎考虑之后，在不引起滑稽或不舒服之感的条件下，也可以采用到新歌剧中来。

过去我们学习民间和古代，主要是在音乐方面，而音乐方面进行得有系统的主要又是记录民歌和打击乐器谱。在今天，我们是应当进行更广泛的面和更多样形式的系统学习和研究。比方说，关于民歌，我们早已感到，光记谱并不能完全掌握它的精神，因此有许多同志还另外从民间艺人口头去学。不仅如此，我们也早已感到，要唱民歌必须用民间的唱法，这方面的学习也是应系统进行的。至于乐器，则更不是记谱所能解决问题的了。我们一定要强调学习演奏方法。比方南满冀东一带的唢呐，吹奏技术是相当高的，记谱之后，你决然演奏不出来。又如坠子胡胡，它的曲谱我们许多人都会哼哼两句，可是谁也没有掌握它的演奏技术，所以至今还无法运用到新歌剧的乐队中间去。我觉得我们学习乐器的同志，今后要把学习民间演奏方法和旧戏乐队的演奏方法提到很重要的日程上来，掌握它，并加以整理。

以上，是学习和研究的方式应多样。

学习和研究的范围也应当推广。这几年来，对于民间艺术和旧剧这些方面的学习是开辟了一些新园地，比方东北的“二人转”（蹦蹦），落子、大鼓等。但这些学习和研究还只在开头，还不是很有系统很有组织的。不过就这一些零碎的研究中已经获益不少了。比方从蹦蹦中间我们知道朗诵类的东西除了快板这简单的形式之外，还有比它更富于表现力的，复杂而多变化的“紧板”。又如从京音大鼓中知道了中国式朗诵调的传统形式；特别是从刘宝全的《大西厢》中间认识到这种形式的特长之一是运用连串重叠的辞以表达对一种人或事物的幽默态度。我们又认识了落子咬字的清楚与表情的真率丰富，还认识了河南坠子的活泼天真；但是我们在运用这些到新歌剧中来还很少，即有少数运用的，也还没有显著的成功。这表示我们对这些东西还只有轮廓的概念或零星的了解，还没有通盘的分析和研究；我们还没有消化它们，还只在生吞活剥的阶段。

不仅如此，我们还对于许多的民间艺术和地方旧戏没有很好地接触。比方“影戏”和北方的各种大鼓、琴书，我们所已知和未知的小戏大戏（南方的暂时不谈）。对于各种迷信仪式如烧香（跳单鼓）、跳大神以及婚丧喜庆节日的风格礼仪，如宁安一带旗人中流行的跳家神之类，我们也没有注意；对于宗教音乐（和尚道士的乐队）的研究也极少；这些，都是我们所应很快着手的。

各种剧本的收集，过去做得很零碎，就没有有系统地做过。收集剧本，决不是收集那些民间出版的便宜小戏本，这种戏本记录是很不完全的，那些最活泼的语言，最有趣味的对白都是被省略了的，有时甚至用一些文言去代替了它。这种戏本只能作为不重要的参考。我们所想收集的剧本乃是从民间艺人或职业艺人口中直接去记录下来的东西，这种东西语言丰富，内容生动，生活充实。像定县秧歌的记录那样，才是好的。而且，我们还希望在可能的范围内，连曲谱一道记录下来。因为戏剧音乐的曲调虽很简单，但由于唱词不同，细小的变化很多，这些东西对于我们研究戏剧音乐是非常宝贵的。

这几年来，因为纠正许多人把西洋的东西当作教条来搬运，强调学习民间，因此有些人对这发生了一种误解，以为向西洋学习经验就是犯错误了，一提起西洋，就有些害怕。其实这是不对的，我们所反对的，是搬运不能解决我们实际问题的教条，是认为西洋一切都好的态度，而不是反对从西洋吸取我们所需要的经验。西洋的经验对于我们一定是有很多帮助的，许多经验都经过了分析和整理，比方乐器吧，西洋管弦乐队中的一切乐器，在中国都存在着它的原始形态，我们又何必辛辛苦苦自己去再改造呢？如果我们掌握了那些西洋乐器的技术，也能在它的基础上建立起一套表现中国乐曲演奏方法来。又如西洋的歌剧，在编剧作曲上有许多经验，不管这些经验是否完全适合于我们,但了解了它们,对于我们一定是有很大的启发的,何况其中还有好多东西一定是对于我们有直接的帮助。舞剧也是如此:它的编剧性,它如何用舞蹈表现了感情和思想,并传达出故事内容来的呢?知道了这个,对于我们的编剧就是一个大的帮助。

总起来说,我们学习和研究西洋,我以为主要有两点:

一是学经验,学方法。因为西洋社会发展阶段比中国高,在艺术上,我们所待解决的问题有的是他们已经解决了的。即令那种经验不一定完全适合我们,却可启发我们的思想,帮助我们去解决问题。

二是学技术。比方乐器演奏的基本练习,或舞蹈的基本练习……这些我们是可以学的,只要事先说明了学习的目的,学了是不会有坏处的。其中也会有不尽适合我们的地方,但大体上这些技术基础还是共同的。

四 理想和展望

(一)创造新歌舞剧

歌舞剧,在我们中国是一个传统。中国歌舞剧的形成已经好几百年了。在中国,独立的音乐、舞蹈都不很发达,但我们却不能说,中国的音乐、舞蹈水平低,因为这些都流汇到歌舞中间去了。半个世纪以来,又有了话剧,也逐渐为中国的老百姓所欢迎,然而真正的酷好,却还是歌剧。但是旧的歌剧,我们今天所演的只是反映了旧的封建时代,而且观点又还是封建统治者的。近年以来,许多人从事旧剧的改良,把许多宣传封建和宣传迷信的东西予以改造,编了许多新观点的历史剧,有很大的成功。然而这种改良的旧剧只能反映历史的现实而不能反映现代的生活。而我们今天第一等重要的乃是反映现代生活,因此,新歌剧的创造就成了非常迫切的事。这也就是我们所要做的事。

新歌剧要继承旧歌剧的传统,并要努力做到代替它而成为中国广大群众日常艺术生活中的重要因素。而且当然要比旧剧在艺术水平上发展得更多,更完美。

旧剧在艺术上是有相当高的水平的;它在世界戏剧、音乐、舞蹈的成就上是独辟蹊径的。它在歌舞剧形式的创造上,也是世界上独特的。然而由于时代的限制,它还有许多缺点。这些缺点,都是在新剧中间所要克服的。这些缺点是什么呢?这就是:

一、思想水平的低下,又由于思想水平低下而来的,表现在剧中的思想不集中,有时甚至没有思想而成了纯技术的表演。这些都破坏了旧剧艺术的完整性和深刻性。

二、旧剧在某些部分表现出来是相当精致的艺术,然而有多数的场合,则往往是粗糙的,因陋就简的,没有表现力又不美好,以致非常沉闷无味的东西。在编剧上,经常是散漫无章的,虽然有少数剧编得精彩。有时,这种精彩也只是片断的。

三、旧剧的舞台技术水平太低,不会运用景和灯光,这使得它大大减低了舞台上的气氛,有时甚至破坏了舞台气氛。

四、旧剧的一切都固定化了,很少创造了。

以上这些,以及还有许多其他的,都是我们新歌剧所要克服并超过的。

再就是新歌剧要采取西洋歌剧的长处,然而,西洋歌剧也有它的缺点。其最主要的乃是歌而不舞。虽然其中往往有舞的场面,但那只是作为穿插,而非剧中人用舞蹈来表演。西洋歌剧是音乐的畸形发展，除了少数例外，演员的表演是无足观的。我们的新歌剧不取这点，我们宁愿继承我们民族的戏剧特点，歌舞剧三者的结合。

西洋的舞剧（Ballet）又和它们的歌剧相反，只舞而不歌，虽然其现代的舞剧也偶有插入合唱的，这仅属例外。这种用纯舞以表现一个故事的办法，当然在舞的一方面是发展得相当富于表现力的，但没有语言，则所表现的深度是有限的，也就因此不可避免勉强用外形的动作者去传达它所不能传达的内心的感情或思想的细致活动。我们新歌剧要好好向舞剧学习它富于表现力的技术，然而这种舞的畸形发展是我们所不取的。因为它一定会而且事实上已经走到非常偏重技术和外形，而缺乏思想性的牛角尖里去。

（二）理想

我们所理想的新歌剧是什么呢？

首先，它是有高度思想性的，和强烈的感染性。过去全世界的各种歌剧，多半都是形式重于内容，或者是内容神奇鬼怪的。而我们的新歌剧自始以来即是和斗争相结合，并与生活联系得极紧密的，过去对于实际斗争起了很大的作用。但是，我们是绝对不能满足于这一点成绩的，因为我们看到工作上还有很多缺点，反映现实还不深，指导现实的作用还不够，还经常地落在运动的后面。深刻反映现实和及时指导运动，这是我们的一个理想。

我们某些成功的新歌剧曾经使千百万的观众感动流泪，因为我们反映了他们的苦难。但是这样的剧本还是太少，同时，这一种程度的感人还是不够的。我们知道，歌剧是感染性最强的，我们应当创造出更多更能深刻反映这一个伟大时代的苦难、欢喜、壮烈和崇高的作品来，我们理想着那种反映了这时代最伟大的感情和最典型的人物的作品。

其次，它是完整和美好的艺术品，它是真正的诗。我们新歌剧现在还只在成长的过程中，在艺术上是很不完整的，我们还很幼稚，拙劣，还很不成熟。特别我们的剧作者、作曲者、演员都还是年青的，没有足够的修养和经验。但是我们却都有这样的理想，我们的新歌剧，无论在文学的、音乐的、舞台艺术的位置上，应当造成一个高峰，能够列入世界第一流艺术的高峰去。这个理想并不是好高骛远，而是要与实际结合着一步步向前迈进的。

最后，我们的新歌剧应当是为广泛的群众所懂的，所爱好的，无论在内容上或形式上，都完全适合于他们的需要。我们的新歌剧，要成为中国人民生活中不可缺少的一部分。新歌剧自从开始以来，就朝这方面努力，大致上还没有脱离这条道路，但是我们的确是要十分注意，不应当脱离了这条道路。而且，我们还应当认识，我们的观众还不够普遍，我们的艺术还没有像旧剧似的成为人民生活中的一部分。如果我们在人民生活中的位置能够等同于旧剧，当然，还应超过旧剧，那么，我们才能说在群众中间生了根。

我们能不能达到这三个理想呢？我们是能够达到的。因为我们有广大的优秀革命艺术工作者在不断地努力，而且，我们的工作是一直和伟大的革命斗争密切结合着的。我们的艺术工作者从来是把自己的工作看作革命工作的一部分，从来是和革命战线上其他的工作者一样艰苦地、英勇地、坚持地、埋头地工作着的，我们的工作是一定会有很好的结果的，是会像我们的革命斗争一样，一定要胜利的。

一九四八年七月二日脱稿于大连

八月廿日在安东修改完毕

后　　记

这几年从事歌剧工作，随时也有些感想和意见，也很想整理出来，但一则因为没有时间去细想，二则总觉得经验还不多，不够全面，所以总没有动笔。这次在大连养病，脑筋一闲下来，也就想起这个问题来了。又想写，又犹豫，总觉得这是些片面的经验，甚至其中还可能有错误，如果白纸黑字地印出来，耽误了他人是很不好的。总想多取得些经验，还想多找人讨论一下。就在这犹豫之中过去了一半的休养时间。一天，我在报纸上看到新华社的社论说：有许多人总以为经验不全面，不敢轻易做结论，而耽搁了时间。实际上不是要掌握了所有的材料才能做出结论，结论是从几个典型中抽取出来的……（大意）这几句话给了我很大的启示。我想，我正是等候全面经验的人；而且我也并非在这里做结论，这样的犹豫小心，更加不必要。恰好这时候关东文法专门学校指定秧歌这个题目叫我去讲演，这更促成了我的决心。在整理讲稿的过程中，又增加了材料和论证，这样就形成了这篇东西。由于我在大连是去休养的，什么参考资料也没有带，许多事情但凭记忆，所以难免例证不恰当和事实不正确。又，这些意见完全是个人的，其所以敢于写出来，还是希望引起讨论，得出可靠的结论来。所以希望同志们多予批评。

张庚　八月廿四日于安东

选自《秧歌与新歌剧》，大连大众书店 1949 年初版

最近剧运上的几个问题

关于戏剧,在报纸上的意见发表得很多,这证明戏剧是和广大群众接触的一种艺术。而最近的意见之多,又是由于希望在新的社会生活中,戏剧也能和它相适应,成为新的文化生活,起教育群众,推动群众向革命的思想行动迈进的一个力量。

一　改造旧剧

首当其冲的是旧剧。这因为旧剧是职业的,每天演出的。旧剧之所以迫切需要注意,不但因为它在哈尔滨成为一个问题,而且在东北广大的城市市镇,无论是东南西北满,在今天都成为一个严重的问题。它天天有观众,天天在散布一些毒素(有的经过一番改造,也传播了革命影响)。在今天,实在不是改造旧剧的工作做得太多,而是太少,太不普遍。像九月二十日第四版上所载齐齐哈尔旧戏那种情形,绝非个别现象,而是在许多大小城市中间存在的。我们并未有系统地大规模地去推行一种改造的运动,也没有明确统一的政策去处理这些戏园、戏班、角儿、剧本。

做改造旧剧工作的同志和一部分进步的旧剧艺人很关心旧剧的前途。我想,旧剧要按照现在这样子发展下去,前途是很危险的,因为渐渐地观众会要抛弃它的。但是如果我们有一个正确的改造旧剧的方针，那么，以它的历史地位、群众基础、技术等等优越的条件，它是会在新的文化生活中占一席重要的地位的。我想，我们无须乎而且也不应当先研究清楚了有无前途，然后才决定做不做这个工作；应当从改造它，使它能为革命服务这中间去给它争取前途。它能为革命服务，它就有前途，否则就没有前途。

我们做改造旧剧工作的同志不应以集中精力写出和排出了一两个改良的旧剧这就认为做尽了改造的工作。这，仅仅是一部分，示范的一部分。光有这两个戏点缀在许多有毒素的旧剧中间，也不过如同万绿丛中一点红，很显眼，但并未解决一个广大的旧的毒素天天在传播的这个问题。所以我们必须，而且更重要的，是普及的工作。在普及这一方面，我们是没有好好做过的。做改造旧剧工作的人，一方面要将新的剧本、新的排演方法（注意思想内容，不许胡来）大大加以推广；另外，应当将全部旧剧本加以审定，可修改的修改，应禁止的建议政府明令禁止，如若违反禁令，应予以法律制裁。这样，才能逐渐把作为一个社会现象存在的旧剧改造过来为新社会的创造服务。

总之，我以为改造旧剧问题，不光是一个研究和实验的小圈子内的问题，而是一个广大的普及运动。

二　建立剧场

当然，戏剧运动中间，改造旧的只是一方面。另外，更主要的一方面还是创造新的。有的同志以为建立一个专演新剧（话剧、歌剧）的剧场，对于创造新的是有极大作用的。

有一个剧场是很好的，它可以成为一个大家所注目的焦点，这样就增强了它示范的作用。对于全东北的文工团、剧团、宣传队，可以开示一条道路。我说，这样做法就对了。这就可以把剧运更快地推上轨道，免得各人孤孤零零地去瞎摸。

但如果我们想建立一个这样的剧场，也和旧剧似的，这里有一个"班子"或剧团，在水平上比较高，成天担任演出节目，按期换新节目，那我要说，这样的理想是要碰壁的。

第一我要说，我们还没有这种能力。在剧本上我们就供给不上。我们可以花好几个月写着，改着，排着，改着，这样地创作出《白毛女》来，如果作为经常的工作，赶排赶演，就决难产生《白毛女》，无论从内容和技术两方面都如此。在中国新剧的历史上曾经几次建立剧场而失败，其中的原因之一是由于赶节目而粗制滥造。我们如果走入这条道上去，那一定会和现实脱离，关起门写剧本排戏，那样，就糟透了。

剧场也有另外一种建立法：它虽然也可以有一两个剧团做它的固定班底，但基本上它是一个上演全东北各文工团最成功的戏的场所。无论是哪一省的、哪一个部队的、工厂的、农村的、职业的或者业余的剧团，只要他们的戏正确反映了现实，在群众中被称许，值得提倡，值得普及，就可以请他们来表演几天。这不独使得一个剧场经常可以有演出，而且这每一个演出都成了推广经验，交流经验，研究和提高剧运的材料。因为这些节目是选出来的好节目，所以它是提高的，因为它们都是从广大的戏剧创作活动中选择出来，所以它是立于普及基础上的。所以它不脱离现实斗争，也不脱离群众。

三　剧作问题

现在要把戏剧工作提高一步,第一等重要的事还是一个剧本创作问题。为反映土改我们下过乡,为反映战争我们也下过部队。现在又开始提出反映工人、反映城市生活,也有了初步的活动。我们的创作,在前一个阶段中起了应有的作用,而且是很大的作用,但在今天来说,我们要求提高一步。这提高一步主要的不是从形式来看,不是说必须从秧歌剧提到大歌剧或者话剧,而是说在内容上应当更深刻,生活上更深入,教育的作用应当起得更大。现在的农村已经不是土改,而是生产了。如果说土改是轰轰烈烈,动作很大,粗枝大叶地在舞台上表演出来还能吸引观众的话,生产的主题还是这样表现就不可能了,观众也不能满足了。部队今天也是经过了诉苦教育的部队,阶级觉悟提高了,我们的戏剧也必得更进一步,更形象地去反映出这些阶级的战士如何为了新的生活新的社会而英勇战斗。工人的生产活动,也要求我们仔细地、深入地去表现它。所以我们绝不能满足于过去那一点点肤浅的生活接触了。

但我们今天也不被容许先生活一个长时期然后再来创作。我们的戏剧创作还是在紧迫的要求中来产生。我想,为了使得我们的作品更加深刻和尖锐起见,我们应当着重提出来和工农兵群众共同一起进行创作。这样的创作方法在过去屡次试验都成功的,其成功的原因是工农兵把他们亲身经历的生活带到我们的作品中来了;这一点大大补救了我们生活的贫乏。同时,我们的那些创作经验,也把他们的生活加以剪裁、精练,把它们艺术化了。这样的方法,在今天,我以为可以大大提倡。

至于我们应当采用什么样的形式才适合呢?我想,当题材在我们的前面时，这个问题自然会采取最适当的解决方法的。因为形式还是由内容的具体要求来决定的。

选自《东北日报》，1948 年 9 月 27 日

◇ 陆　地

不要跟吉诃德先生走

谈到阅读方面，我们很容易就想到中国有两句古话曰："书中自有黄金屋，书中自有颜如玉。"换成普通的话讲，就是说：书本里头都有金房子，有玉一般美貌的女郎，读书人都会得到好处。事实是不是这样呢？答曰："不一定。"说得恰当一点，应该是："精神食粮"。是的，现在一般人都把书本、音乐、电影和戏曲叫作精神食粮。既然把书本好比是食粮，那么，我们吃东西为的是增长血肉，读文艺作品当然是一方面帮助你认识到悲喜交织的人生，看到光明与黑暗搏斗的图景，从此，抉择生活的态度和一生奋斗的目标；另一方面可以从作品中学习写作的技术。可是也正如吃东西一样，倘不说加以选择，饮食时候不注意消化，大吃大喝，那是会败坏胃口，损害健康。阅读文学作品，如果不挑选，那，其结果，也会把思想弄糊涂，成了睁眼瞎子，迷失了人生的道路。

谈到这儿，我记起一个外国故事：西班牙一个叫塞万提斯的，他写了一部书叫作《堂·吉诃德》。那书里面是写的十七世纪的一个读书人，他也是非常喜欢文学。他有一间楼房全是装满了描写中世纪的骑士生活的小说。他日日夜夜不知疲倦，也毫无批判地阅读着。他忘了他所生活的时代，他看不到十七世纪商业资本主义已经抬头的现实生活，他只沉溺在他狭窄的书斋，陶醉和向往于小说中的，三四百年以前的封建制度社会的骑士生活。最终，他走出了书斋，骑了一匹瘦马，带了一个跟班，学了骑士那一套，到处去实行他的骑士式的打抱不平，除暴安良的"英雄"行动了。由于他看不清时代，不了解现实生活，他把旅馆当作城堡，把风磨当成了巨人，向它们乱打一气。结果，闹了好些笑话，吃了许多苦头，狼狈回来。

他这种盲目地读书而招致来的生命的浪费是明显的。正如说，假使我们今天读《红楼梦》而仿效贾宝玉，为了超脱人生的苦恼而去当了和尚，那当然是最愚蠢不过的事。不过，天下也果真还有类似这种愚蠢的人，他们走了好些冤枉路。比如：我们常常听到被人叫作"书呆子"的人。他们读过不少书，可是对付生活的手段却显得那样无能。另外，也听说过，有些小孩读了《江湖奇侠传》之类，曾经跑到深山去做神仙剑侠。中国有句古书讲的："悉信书不如无书"，那就是叫人读书必须选择和批判的意思。

而且，文艺作品最近出得不少，我们学生时候还需要学习旁的功课，没有那么多的时间和精力把每一本每一篇都读到。再说也没那么多的钱，把所有的书都买来。因此，我们主张"选读"。不过，跟着就有另一个问题了。有人会问：

"选读些什么才合适呢？"

是的，选读些什么好呢？这是需要考虑的，等下一回谈吧。

选自《东北日报》副刊，1947年4月24日

当你写第一句话的时候

假如生活的体验和材料的搜集都有相当程度了;而且经过了思索、酝酿成熟以后,那就如同怀了十个月的胎儿要分娩一样,自然会有写作的要求和冲动。但是当你拿起笔来要写第一句话的时候,你必须反问一下:写给谁看呢? 只有把这个问题解决了,你才好决定用什么笔调来写作品。犹如要对人讲话之前,一定先知道你面前的人是大人还是小孩,是工人还是庄稼汉,然后再决定用什么口气来讲话,以便使得对方领会。

过去的旧观点,总是以为文学艺术仅仅是上层的贵族或知识分子的玩物,劳动阶级的工农大众是不能鉴赏的。因而,写作者当他写作的时候,他就只考虑到怎样去迎合这些少数的上层阶级的人的趣味,对绝大多数的劳苦大众就忽视了。但是,从一些唯物史观的"艺术篇"里,我们知道艺术是产生于劳动的。就是说,劳动是艺术的祖宗,先有了劳动然后才产生艺术。比如普列哈诺夫在他的《艺术论》上说:"原始种族中,各种各样的劳动,有它各种各样的歌,那调子常常是极精确地适应着那一种劳动所特有的生产劳作的韵律。"毕海尔也说:"在发达最初阶段上,劳动,音乐和诗歌是最紧密地结合着的,然而这个三位一体之基础的要素是劳动。"此后他又说:"原始民族的许多跳舞,它本身只是一定的生产行为之意识的模仿。”另外，美术方面，在原始人的画里，都是画些狩猎的场景的。这正是因为原始人过着的是狩猎生活，所以在其绘画上才再现了那样的图画。鲁迅也说过：“我们的祖先的原始人，原是连话也不会说的，为了共同劳作，必须发表意见，才渐渐地练出复杂的声音来，假如大家那时抬木头，都觉吃力了，却不想发表，其中有一个叫道‘杭育杭育’，那么，这就是创作，大家也要佩服，应用的。这就等于出版，倘若用什么记号留存了下来，这就是文学。”

从此，我们可以看到原始时候，音乐、歌谣、舞蹈、绘画等文学艺术，都是根源于劳动而生发起来的。不过，到后来，人类的体力劳动和精神劳动分了家，读书人把原来在民间流行的歌谣、音乐、舞蹈……搬进了庙堂。如同野生的花木移植到庭院里的盆栽上，慢慢失去它原先的刚劲，质朴和自然的风貌，而变成了只适合少数的士大夫们供赏的技巧，细致，神秘和玄奥的东西，广大的劳苦大众就难以理解和赏识。例如在城市里的知识分子大概总觉得钢琴和提琴是好听的吧？可是要一个农民来听，他就觉得不如他们所熟习的二胡或三弦那样感兴趣了。同样，曹禺的《日出》曾经感动过一些多感的知识分子，可是拿到乡下去，它决不会比秧歌剧那样“叫座”。此外，我们来看下面的一首诗吧，诗的题目叫《鱼化石》，句子是这样写的：

我有你身体的形状，
我往往溶化于水的线条；
你和我都久了，
所以有了鱼化石。

（仅凭记忆录下，如有遗误，容后订正。）

这是说，两个人相恋，有如鱼水之欢，相依为命，直到终成了鱼化石。写尽了千古不朽的爱恋。有人曾经称它为难得的佳作。然而，这样的“佳作”，即算是知识分子，恐怕也只限于极少数人能够领会，大多数人是难以理解的。倘说拿去给工农大众“朗诵”，那真会叫他们当你是在说疯话。

我们已经晓得，文学艺术是传达人们思想感情的工具。那么，衡量一个作品的价值就得看它吸引读者的多少为根据的。然而，中国文盲太多，就是一些半知识分子也是受着旧文化的熏染较深，对于西洋的文学艺术的接受总是有点隔阂。可是，五四新文化运动，一开始就是搬外国的东西，一味地追求西洋的表现手法。哪怕后来左翼作家联盟提倡“革命文学”，有些作品的内容虽然描写了劳苦工农大众，可是由于表现形式的欧化，因而阻隔着更多的人的接受。结果，成了上面的例子，只赢得极少数人的鉴赏。如果说，那些东西“好”，“艺术高”，那也只限于少数的人反复地称道，绝大多数的工农大众绝不会给它那样估价的。

那么，今天文学创作也应该来一个大翻身：实行“艺术还家”——把文学艺术交还给劳动的工农兵，使他们都能享受。具体做起来就是把作品写得通俗。即使广大群众不能看得懂，但旁人念起来他也能听得明白。做到这，就必须运用民间的语言，从原有的，已为老百姓所喜闻乐见的民间形式的底子上，加以提炼和改进，使它能适合于表现今天的现实生活。比方现在戏剧方面闹的秧歌剧；音乐上唱的民歌，小调；文学上赵树理的作品，《王贵与李香香》，《吕梁英雄传》以及快板，唱本等，都是采用了这样办法，而得到显著的成绩的。秧歌剧博得广大群众的喜欢不用说了，就是《王贵与李香香》,《李有才板话》在乡村里也是成了大众所喜爱的读物,甚至成为他们斗争生活的教科书。这不正是说明了这样的作品的价值吗?

然而,曾有人对我说,解放区赵树理他们的作品就是句子写得太“白”(就是口语化)了。显然地,这位朋友多少还是带着旧的观点:以为文学应该是玄奥,艰深,“谁也不懂的东西,就是世界上的绝作”。或者误认那些一长串,读半天也读不断的欧化句子当作“美丽”。其实,这都错了。今天我们应该把那些不为大众所喜爱,或者在今天还不能为大众所领会的东西放到一边去吧。别去好高骛远,想创作什么高深的,永久的艺术;或者如“第三种人”苏汶他们说:“努力去创造一些属于将来的东西。”而应该现实些,为着当前的需要和广大的群众的要求来服务,力求作品写得通俗,易懂,使大多数人都能鉴赏。只有这样,作品才能发挥它的说服力,和显示它的价值。也就和鲁迅当年批评苏汶他们说:“将来是现在的将来,于现在有意义,才于将来有意义。”《战争与和平》的作者托尔斯泰,他都还写些通俗的小故事给农民看哪,我们今天所处的时代比托尔斯泰的时候已经更进了一步了,为广大的工农兵写东西:写他们的事情,写给他们看!应该是我们必须肯定的观点和创作方向。因此,当我们拿起笔来要写第一句话的时候,应该记住:我们是写给广大的工农兵看的,要写得通俗,尽量用活的语言来写,尽量运用那些使工农大众易懂,爱看的形式来表现。

选自《东北日报》副刊,1947年7月15日

而是在于有阶级的社会制度

——答叶兆麟同志及其他

叶兆麟同志：

读过尊作《不是由于什么“心理”》之后，我还有几句话需要讲明白，所以一并在此回答了。在《写喜剧呢还是写悲剧？》一文里，我是这样写的：

“所谓暴露黑暗的‘好写’，悲剧容易感动人，其道理并不是什么玄虚的东西，而是在于有阶级的社会制度下面，所必然存在的产物。”

这是我那篇文章的中心论据。没有这后面的两句，我的文章便失去重心，根本就不能成立的。然而，你引用时却只拿六点虚线来代替，把它斩断了。我觉得，在有阶级的社会制度下面，人类社会既然普遍地存在着可悲的事，人们既然普遍地陷落于不幸渊薮，作者们熟悉而且透视了这些以后，写暴露黑暗当然容易成功；在读者方面，由于他们日常所见所闻也正是可悲的故事和不幸的人们，所以悲剧容易动人。

至于说，人们普遍地养成了：幸灾乐祸，损人利己，嫉妒，习惯于窥伺旁人的弱点和短处等病态心理，那也是现实的事情。比如反动派统治阶级虽然“并非谁威胁了他们的‘生存’，也不是怕处于什么

‘劣败’之势”，但他们却是“为着享乐”，因而需要损人利己的。我不知道我写的“为着享乐”跟你说的“为了满足那荒淫无耻的奢侈生活”，除了字面上不同而外，在意义上究竟有何区别？其次，工人和农民为着本身的生存，他们自然会有一般人的欲望，想办法增加自己的财富的，并不如你说的：“但愿能够免于饥寒而活下去就行了。”如果工人农民都这样驯顺，那么，中国几次农民革命和我们现在进行的自卫战争就不会发生，苏联新社会制度就不会建立了。不过，我应该在这里补充说明：我在那篇文章里讲得不够周密，没有把工人农民这种正义地向着敌对的阶级进行斗争（损毁敌对的统治者以利自身或本劳苦阶级的生存和发展）和统治者榨取人群的血汗的罪恶行为，分别说清楚。但是，我说，这种“心理”是在于有阶级的社会制度所铸成的。正是马克思讲过的名言：“存在决定意识。”假如有阶级社会消灭了，这种病心理就会治好的。我还说：比方在以前的延安解放区，由于阶级矛盾已经开始被填平了，人们的思想感情也就会改变，喜欢关心旁人的优点和长处，喜欢听劳动英雄吴满有的劳动成绩了。

再说，悲剧容易感动人的问题。那只是比起喜剧来讲的，而且我不过说的“容易”，并没有把它说成不对的东西，所以在新社会，自然也还有人“欢迎”的。正如歌唱光明的东西“如像赵树理的作品及《解放区短篇创作选集》等，在蒋管区也同样使他们热爱和崇拜”一样。不过，我以为在不同的社会制度下生活的人，读着暴露黑暗的作品与读着歌颂光明的东西，所引起的感情的共鸣，一定不能“同样”的。比如《腐蚀》，倘是一个从八路军长大的工农干部同志可能也“欢迎”，然而比起赵树理的《李有才板话》来，就不会有那样亲切,那样吸引人的魅力的。因为像《腐蚀》里那些人与人之间的互相吞噬,倾轧,对他们来说,到底是生疏的。既然生疏,感情上自然不“容易”引起感动了。同样道理,解放区歌颂光明的作品,或者苏联文学,在蒋管区,在世界各国自然会“有读者,会受欢迎”的。不过,在蒋管区的人读《阿Q正传》或《腐蚀》比起《小二黑结婚》等,一定是更觉得亲切感人的吧?在世界各国呢,我很难猜想了。不过,在中国一般知识分子当中,读起旧俄时代的东西,如《安娜卡列尼娜》,《罗亭》,《奥布洛莫夫》,《被侮辱与损害的》,总是比读苏联的《铁流》,《士敏土》等,觉得亲切感人。原因是由于读者生活经验以及思想感情,还带着较多的旧社会的东西。但赶到今天,在解放区的知识分子干部因所处的社会制度改变了,当他再读这些作品时候,所感受的当然又是另外一种情形。正如《被侮辱与损害的》在世界各国可能还继续引出好多读者的眼泪,但在今天的苏联却已被封了封条,为“时代所遗弃”了。

至于谈到写作上,我在文章里是这样写了的:

“今天的文艺思潮,其主流,毫无疑地,该是光明的歌颂,不是再属于哀悼的挽歌了。”

我只不过说其主流而已。主流之外,当然可以有支流和旁流。歌颂新社会光明而外,当然也可以有暴露旧社会黑暗的。否则不需要叫它作“主流”而干脆叫它作“唯一”的就成了。为什么我单单指出其主流,而没有讲到其他的呢?这,一方面是我作文的大意,另一方面也还想到:关于“阅读与写作”只是以青年学生为对象来谈一些问题。我想,在东北,今天主要的是需要更多一些人去写正面的,光明的新英雄,需要歌颂人民大翻身的胜利,所以只提出了主

要的写作对象。而比较次要的东西：比方，暴露蒋管区的黑暗，对于在这儿的青年学生来说，似乎遥远一些，或者说，提倡他们回头去追寻伪满时代的苦难，也好像并非当前的急务，因而忽略了。当然，你给以提出，都是很好的。

不过，我不敢同意你说：写悲剧喜剧“同样需要”。我以为在“需要”下面应该把它们分别在不同的社会，就应该决定不同的主要和次要的对象。因为你也说：

“旧中国的悲剧虽然日益厉害地在演着，但快要结束了，不久也将要完全为人民大翻身的喜剧所代替了。”

既然是快要为喜剧代替了，那，我说，今天文艺思潮的主流是歌颂光明、写喜剧，并不是言之过早吧？另外，我说：“那些悲剧的老故事，那些人物的悲哀，将为时代所遗弃，它会慢慢地失去吸引读者的魅力的。”和你上面说的什么“快要结束了，不久也将要完全为人民大翻身的喜剧所代替了”又有什么原则上的差别呢？

以上作为我的回答，不知对否？

另外，《写喜剧呢还是写悲剧？》里边所谓喜剧和悲剧的含义跟戏剧上的“喜剧”、“悲剧”的定义是不一样的。这里所谓喜剧是指新的“人团圆”，是光明，胜利的事情，所谓喜剧的人物也是指的新的集体主义的英雄，是正派的，肯定的角色；并不是带讽刺性的，如莫里哀和果戈理等人的“喜剧”那样，从“喜剧”的形式来揭露悲剧的内容；不是那些嬉笑的，貌似“快乐的王子”的喜剧人物，内心却包藏莫大的悲哀的可怜人。同样，这儿谈的悲剧的角色是指的个人主义的小人物的不幸，是当时的落伍者，是被当时世俗的功利所放逐的人物，而并没有包括那些为人民事业奋斗而牺牲的革命悲剧里的新英雄。

有些同志曾经发生过疑问，顺便在此给注明。

一九四七年六月二十五日

选自《东北日报》副刊，1947年7月3日

蜂蜜怎的那样甜

——谈搜集材料

记得今年二、三月间,有些同学参加寒假补习班的下乡工作☐回来了,我们曾经开了个座谈会,大家都说:看到了好些新鲜的事情,受了好大的感动;思想都打开了,认识了恶霸地主被清算是应该的;农民应该翻身,应该分到土地……会开过后,我说:

“你们把这段生活写出来吧!”

有人就说:“咱们用嘴巴扯一扯倒还对付,写文章得要往细写,可是细微的地方和生动的话什么的,都想不起来了。”

“为什么不带个本子,把它记一记呢?”我惋惜地说。

另外一位同学说:“带本子也不顶事,新鲜的事情和生动的人物有的是,也不知道怎么个记法,记些什么东西好,给讲个办法吧!”

又另外一位同学说他过去听到人讲:写作是要凭个人天才的想象,灵感来的,用不着做什么笔记之类。

我以为最后这位同学讲那个人的意见是不大正确的。我们曾经谈到过:今天我们应该采用“新的现实主义”的写作方法,而不是转回头去承袭那些表现个人思想感情的“浪漫主义”的旧衣钵,以为写作是由于什么天才的想象,灵感的结果。高尔基说过:

“写小说和戏剧等，是非常困难、麻烦、需要慎重的工作，在开始这个工作之前，必须长时间地观察人生的现象、蓄积事实，和研究语言。”

鲁迅也说：

“天才们无论怎样说大话，归根结底，还不能凭空创造。”因此，他主张：“作者写出创作来，对于其中的事情，虽然不必亲身经历过，但最好是经历过。”

不过，上回我们已经讲过了，咱们现在还在学校上学，不可能长期到乡下或工厂去，亲身参加种地或做工。但是，短时期的，比如下乡工作队，前方服务团等活动是可以争取的。当然，这由于时间的短暂，体验的生活当然不可能太深切，印象和记忆可能不会太牢固。正如上面那位同学讲的：细微的地方和生动的话语和场面，容易忘记，那么，记笔记是应该而且是必要的。这记笔记的外号就叫作：“搜集材料”。这并不是新的发明：就是老早以前，咱们中国的唐朝时候，有个大诗人叫李贺，他出门时，常是骑上一匹牲口，带上一个口袋，见到什么景色和人物，触动诗兴了，他就马上把它一句一句写下来，往口袋里装；等到晚上回家，再把这些“搜集”来的诗句拼凑起来□成完整的诗篇。俄国一个有名小说家叫契可夫，他也是常常带着一个本子，把日常里所见所闻的都记下来，等到要写作时候就拿出这个笔记本来翻看，翻到合用的材料就利用它。这好比春日里的蜜蜂从许多花蕊里吸取花汁，然后才能酿成甜味的蜂蜜；也如要建筑楼房就得先准备着砖瓦、木料和水泥一样。

至于说，笔记该记些什么？“搜集材料”是怎样个办法？该注意些什么东西？那是需要弄明白的。

我们既然认定了要写工农兵，而且到乡下、工厂或者兵营里去了，那么，笔记本子就应该记录他们那些人物的生活。比如同样是个农民，但是一个富农和一个榜青的佃户是不一样的。不论是他们的房屋，家具和衣饰；不论是他们的爱好和想法；就连他们的端坐和走路，语言和神色，都有其本阶级共同的特点，与不同阶级，不同身份的人是不能混同的。我们记笔记时，必须分别出这些特点来。其次，在阶级的共同性里，又有各个人不同的性格：比如有的暴躁有的温和，有的懦怯有的勇敢，有的谨慎细心有的就冒失大意……我们要仔细观察。就说暴躁的人吧，他一般的行动都是什么个样子？当他在斗争恶霸地主的大会上表现的是这个样，但他在农会小组上又是什么态度呢？他回到家去跟老婆孩子生活时，又是什么样的情形呢？他干起活来又是什么样？我们可以用同样的办法，去跟着不同性格的人，到处跑跑，记录他在各个不同的场合，不同的对象所表现的神色，所做的动作，所讲的话句。此外，年轻人和老头子，男人和妇女，除了衣服和外形的不同而外，言语和行动也各有各的特点的。一定得记录这些阶级的、性格的、年岁的、性别的各个不同的特征。如果发现一个能代表他的阶级（佃户还是地主，资本家还是工人）特点多一些，性格比较突出，使人一看就觉得很生动，并且能看出他那个阶级的面貌的，那你就多加仔细记录他的各方面情形，留着以后作为写作的模型。

在做上面的各种记录当中，农民（当然，如果你接触的是工人或战士，你就只有记录工人或战士）的语言是需要特别留意学习和记录的。原因是咱们中国的口语跟文字不一致。书本上的话和日常的口语往往是变了样，或者由于时代久远，都变“死”了，比不上劳苦人民的话那样生动，明确。如果要描写一个农民，就得把他讲的话写成像个农民，写工人说话就真正是如同从工人嘴里讲出来的；是他们的本色，而不是从外边擦上去的水粉和口红。

但是，我们谈过，人物和环境是有着密切的关联的，不能把人物当作孤立来看。因此，当你观察或记录人物的行为时必须同时考察环境对于人物所发生的影响，或造成人物命运的原因等情形和事件都记录下来。这里所谓环境是指自然的（周围的景物，气候，时间和地点等）和社会的（风俗习惯，人与人之间的社会关系等）两方面。只有把这些也都记下来了，将来写起文章来才有恰当而和谐的氛围气；才能使故事写得近情近理，合乎客观发展的规律。

所以说，在搜集材料（记录生活）当中，除了主要地记录人物语言、性格特点而外，也还需要留心研究人物环境：观察他与旁人的互相关联，周围的自然现象对他的影响。另外，那些正在发生着或者被传说着的感动人的故事，也需要记下来，作为将来编写故事的参考，甚至可以做根据。

因此，如果说蜂蜜那样甜，是由于蜜蜂勤劳地吸取花汁和经久地酝酿的结果，那么，一般作品的成功，感人，除了必须经过写作者长期间的体验生活，同时还得需要耐心地搜集材料（记录生活）。

选自《东北日报》副刊，1947 年 7 月 10 日

观察的角度

读过《知识》五十九期李辉英的《谈观察》以后，觉得有些话需要在这儿把它讲一下，否则，读者们会在这个问题上分不清轻重，因而接触到眼花缭乱的生活的时候，容易蒙头转向，不知观察些什么。

诚然，我们知道，浪漫主义与现实主义的创作方法，其不同的地方是：前者凭着作者主观的幻想和愿望来编织它的故事，后者却需要作者对于客观事物的观察来刻画它的形象。这一点，《谈观察》里讲到观察的重要是对的。

但是，在这个题目下边，他告诉我们些什么呢？

如果照他所引用的观察一“匹”牛的例子，和引据福楼拜教导他的学生莫泊桑的观察方法来做写作的准备，那么，其对于事物的外表的“观”，可能做到很“细密”，然而，对于事物的本质的“察”却忽略了。“其结果不过是纸面上的一张照片”，仍然逃不出该文中所反对的“死板的旧写实主义方法”。

比如说吧，大街上走来一“匹”牛，我们就是不单从一边去看它，而是把它前后左右也观察得很周到了，进一步，还用“旁证的观察”方法，看出这条牛跟另外一条牛不同的地方。因而照样把它描绘下来。想想看，这岂不仅仅只是一条牛的肖像吗？它本身表现了什么意义呢？它对于读者能有什么样的影响呢？这里,《谈观察》并没有给予很好的回答。

我想,假如我们要学习观察,学习写作,学习一些大作家的写作经验,首先要弄清楚一个重要问题的,倒不是观察上的一些技术和方法,而应该是观察者的阶级立场。因为阶级立场是规定一个写作者对于客观事物看法的角度,是决定对于事物本质的分析的基本条件。同样一件事物摆在这里,由于观察者各人的立场不同,往往产生各种不同的看法和见解。比如:一个屠夫看到牛,除了同样看到它的形状以外,他着重研究的该是牛的斤两,牛"在现实中所处着的地位"在他的眼里,就是可供宰杀的牺牲品。一个农民看到牛,他所关心的却是它的几岁口,它的后腿、蹄子什么的,他是要考究它耕地时好不好使唤;在感情上是把它当作一个伴侣那样关怀的。一个牛贩商对于牛,注意的一定是从它的毛色推考到它的骨肉的价值。但,要是一个人民民主政府的革命干部看到牛从街上走过的时候,要留意的倒是牛是健康呢？还是闹着瘟疫？是有人违反禁止宰杀耕牛的法令而牵去宰了呢？还是人们把它赶到乡下去参加春耕？

同样的道理,工人们在资本家们的眼里,都是一些"贱骨头",该给他们当牛马奴隶。但在觉悟过来的工人自己,却认为无产阶级的劳动是一切财富的创造者,自己是高尚而光荣的;反映在文学作品上,我们看到高尔基的作品中的劳动人民,特别是一些劳动妇女,在她们褴褛的衣服和污垢的面貌里边却深藏一颗善良而崇高的心灵。同样写的黄包车夫,鲁迅在《一件小事》里,看到工人阶级的伟大,因而增长了勇气和希望;可是,在当时(五四时代)另外一些诗人如刘半农等人却只是淡淡地写出他们在雪地里奔波,表示一些空洞的怜悯。《白毛女》的作者们把地主黄世仁及其母亲写成残忍奸诈的人物,叫观众谁看了谁仇恨;但是,曹雪芹在《红楼梦》里,却把作为封建贵族的化身的贾政写成正人君子;即使那里边也写出了其内部难以掩藏的腐朽、昏庸,以至于整个崩溃了。可是,作者对于这些仅仅是惋惜,并没有给予有力的诅咒。

例子虽然举得不多,然而它们是足以说明由于观察者的立场不同,观察的结果是不一样的。假若不首先把立场问题讲明白,而一味去谈什么"观察的三个方式",去"谈观察"全世界没有"绝对相同的两粒沙,两个苍蝇,两只手"……或者去"站在一点火,一棵树面前",看出这火这树和别的火或树不同的地方,结果,会叫我们走进纯客观的自然主义的泥沼里去。

在这里,不得不指出:《谈观察》中,虽然反对过于单调的、死板的、旧的写实主义的观察方法,可是,照他说的那样去做,恰巧正是他所反对的东西。比如,他叫人家学习福楼拜、莫泊桑。其实,这两位文豪正好属于旧写实主义的人物。在他们的时代里,福楼拜和莫泊桑都曾经以他们文学上的劳作,成为文坛的宠儿。其作品是精确而且真是细密地描绘了人物的形象和完整的故事的。可惜,那里边的人物——一个女人的恋爱生活,或者是一个小偷犯罪,往往把它写成孤立的、个人的,或由于本能的人性中不可抗拒的力量所支配,或由于遗传性的因素所造成的悲剧……当中看不到作者指出促成这些人物和故事的社会原因。这道理就在于他们缺乏以唯物辩证法的观点来观察问题分析问题,而只凭着片面的、局部的印象把现实做了庸俗的绘图。

今天,我们要从书本中去学习别人的写作经验也好,还是从现实生活中去观察也好,都必须先把自己的脚跟站稳正确的、进步的立场。只有站在人民大众的立场上，我们看到的东西，感觉到的东西，反映出来的东西，才会同人民大众所看到和所感到的一致，因而我们的作品才能在广大人民中引起共鸣，发挥它的进步的作用。

一九四九年五月于沈阳

选自《文学战线》，1949 年第 2 卷第 5 期

“可惜我不是孙悟空”

有一天，碰见两位同学，我问他们说：

“上回讲的‘谁是咱们的对象’问题，谈到要写工农兵。你们觉得怎样？”

“讲的道理倒是明白，不过——”一个姓何的同学还没有说完，姓刘的同学马上抢过来，幽默地说：“可惜我不是孙悟空！”

“什么意思呢？”我诧异起来了。

“意思倒不是别的，就是知道写工农兵是主要的，可是我现在是个学生，又不能同孙悟空一样，一下子变个工人，或战士。那怎么能写得好呢？”

“假如我们生来就是个工人、农民就好了！”姓何的说。看他们的态度挺郑重，眼光里流露着失望的神情，我说：

“那也不一定自己是个农民才能写出农民的作品来的。”

“唔，怎么不一定呢？在《给初学写作者的一封信》那本书上，不是教人说‘只写你所深知’的东西吗？如果你不是个农民，你怎么能‘深知’农民的心情和行动呢？”

我想，“只写你所深知”的东西，是正确的，应该是我们每个写作者必须遵守的信条。同样一个意思，谁还说过：“一切作品都是作者的自传。”不过，这并不等于说：写强盗的作者，他自己一定是个胡子;也不等于叫你只写"身边琐事"。而是说:每个作者对于他所写的事情和人物,必须有若干程度的熟悉。即算他不一定亲身做过那些事情,但至少他必须观察过,研究过,感动过的东西。

的确,今天是工农兵群众"当朝"了,写作者应该把这些历史上的新英雄作为主要的摹写对象,让他们再现于作品里。然而,今天我们是学生,不熟悉他们的生活,假如马上拿起笔来硬要写,那是会流入概念,不能真实的。可是,且慢因此去异想天开,想学孙悟空的变身法;且慢去叹息自己生来不是个工人或农民。正因为你今天是个学生,什么事情都可以由你自己去挑选,去学习和创造!比如说,你果真准备献身于文学,那你今天虽说不是个工人或农民,可是明天——当你出了学校的门槛,你就可以到农村,到工厂,到军队里去参加实际的工作,成为战斗生活里的一员,亲身体验他们的劳作,跟他们共分得甘苦。这样,虽不能跟孙悟空似的,一下子变了人样,但日子久了,你的思想感情会逐渐与工农兵的思想感情打成一片,跟他们有一致的爱憎和悲喜,深知了他们的生活。倘能积蓄了丰富的生活经验以后,你要写作了,就会感到左右逢源;写出来就会是真切感人的东西了。

记得有一次在旁的地方,我把这个意见说了,有一个同学就说:"我现在才是读初中三,完了我还要上高中哪,几时才能到农村,到工厂去呀?"

我看,如果是正在学生时候,那当然不能一下子到农村,工厂,或军队里去了。然而,倘遇有机会,那倒是可以利用的:比如说,你的家是在屯上的,那当你放假回家时候,你就可以有机会接近你的邻居,留心观察农民们的生活状态,设法了解他们的心情,学习他们的语言。大概有人看过《普式庚的童年》的电影片了吧?普式庚出身是个贵族,但他的思想却倾向于民主,自由的事业。他从彼得堡回到故乡,曾经从他的老乳母那儿学习着农民的语言,这些在贵族阶级认为“粗俗”的言语,普式庚却把它移植到文学的花园来了。结果,使俄国文学摆脱了受西欧文学的影响,创造了俄国自己民族的风格。后来的文学史家称他为“俄国文学之父”。但,要是你住在城市,而且你的家跟工厂或工人的宿舍离得近,那你就可以多多接近工人了。倘说,你的家既不是在屯上,也不是靠近工厂,那么,下乡工作队,前方服务团一些行动,都是让大家去了解农民和军队的生活的好机会。在那样的工作里,你一定有丰富的见闻,有深切的感想,要能够好好把它反映到作品上来,那真是可贵的收获。

假如说,下乡工作队和前方服务团,名额有限,要去也去不成,那也不用心急和懊恼。上面所说的写工农兵,那只是说主要的方面,此外,次要的,比如:知识分子,青年学生,小市民的东西,当然也可以写的。何况是初学写作时候,正如学画画的人写速写,素描一样,可以练习用散记,日记的形式来描绘着周围的生活。话讲到这,我想起另外一位同学对我诉苦似的说:她也记日记,不过,记来记去,天天一个样,不高兴记了。我想,这毛病只怕在于她的生活圈子太狭小了!要是天天接近的老是一两个要好的朋友,和自己小小的“家”,除了上课,旁的什么活动也不肯参加,那当然是没有什么新鲜的事儿可记的了。

古今中外好多伟大的文豪,已经从他们的经验里告诉了我们。例如,中国写《史记》的司马迁说过:要写好文章,先得“读万卷书,行万里路”。所谓“行万里路”,就是说生活必须宽广,见识必须丰富的意思。鲁迅也说他写小说的人物,往往是“嘴在浙江,脸在北平,衣服在山西,拼凑起来的角色”。可见他有了广大的生活经历,才能从好多实在的人身上摄取其特点,集中于一个形象里。读者才能从这形象里感到:仿佛在什么地方见到过的人。电影《我的大学》,是高尔基写他自己的流浪生涯。正因为他经历过这种丰富的生活,所以他的其他好多作品才在世界文坛放出无比的色彩。为了要使生活丰富起来,就不一定等到离开学校以后再开始的。现在就应该学习:扩大狭小的生活圈子,多多去接触各色各样的人,抛弃个人的癖性,走向集体生活去。比方跳秧歌,运动会,晚会等,都是集体活动的场合。只有勇敢地投入集体的巨流里,才能使我们的见识增加,生活经历才丰富。有了丰富的生活就是有了写作的资本了。如果要记日记,也不会感到"天天一个样了"。

也许有人还固执着孤僻,清高的偏见吧?以为我读我的书,我写我的文章,用不着参加集体活动。可是,让我反问一句:你写文章给谁看呢?如果想使更多的人都高兴看,那我劝告你:今天大多数的人民群众所关心的人物和事情都是与大家的利益有关的问题,都是集体的东西。倘若你还陶醉于那些个人主义的叹息,那是不会引起更多的人的"共鸣"的了。那正如古话讲的:"闭门造车"。这"车"一拿到门外去就拉不动了。因为世界变了,道路也改了样了,你这个不合现实的"车"将会成为废物。

所以,你要是想做个写作者,那就下决心努力向工农兵学习,站在人民大众的立场来看世界,想问题。抛弃个人孤僻,清高的性情,参加集体活动,扩大生活范围。

"有了生活经验的人就能写好作品吗?"有人曾经发生过这样的疑问。

有了生活经验的人,不一定就能写出好作品的,正如有着建筑材料的人,不能说他就会建筑成一座好房子一样。因为这里边还得必须具备着技术问题，也就是“怎样写”的方法问题。这只能留待以后再谈了。

选自《东北日报》副刊，1947 年 6 月 28 日

哪一种说法正确？

最近，有几位学生朋友同我谈，说是他们都挺喜欢文学。过去读过一些“文学概论”之类，里边讲到又是古典主义，又是浪漫主义，现实主义，一大串。他们那些主义对于文学的看法和主张到底是怎样？究竟是哪一种说法才正确？希望我给他们讲明白；并且叫我以后给讲些关于文学上的阅读和写作的常识。

我想，要把文学上几个大派别分开来讲清楚，那是一下子讲不完的。不过为着帮助大家对文学的看法有个正确的概念，在这里就先把各种文学派别的主张稍为提一提，然后我们就把阅读和写作的一些问题，一个一个分开来谈。

现在，我们就来看看文学上几个派别对文学艺术的看法是怎么个样吧，他们各派有各派的看法和主张，都不一样的。下面就是他们的说法：

雅典的亚里士多德在他的《诗学》上就说是：“艺术就是模仿。”意思是说，凡作为艺术作品的文学，美术，音乐，戏曲，都是仿照着自然的形态摹写下来的。

浪漫派却认为：艺术必须超越在现实生活之上，它和物质，自然，保持着相当的距离。主张不要真实地模写着实实在在的生活；而是创造出奇异的幻想世界。

颓废派的诗人波特莱尔说:“诗在诗自身以外,毫无目的……除了为着作诗的快乐而作诗之外,决没有真诗。”另外,他是将丑恶黑暗当作美感来表现。他的诗集《恶之华》就是表现了他的特征。

英国的唯美派代表者王尔德说:“这个世界,是由‘歌唱的人’替‘梦想的人’所造成的。”他主张:艺术的目的只有艺术,美只有美,即所谓为艺术而艺术。他说:“艺术不是人生的镜,而人生才是艺术之镜。”以为人是模仿艺术而生活的。他还引用了一个例子,说是现在英国人都知道伦敦有雾,但是他们不是因为现实里有雾而知道雾的,而是因为有了诗人和画家把雾写出来了,人们才认识了雾的美。

日本的厨川白村的意见认为:“文学是苦闷的象征。”把文学作品看成是作家们苦闷的发泄,是感情的东西。

至于我们中国,古时候有一派文人是主张:“文以言志”,就是说,文章应该是抒写感情;可是另一派人如韩愈之流,他跟这相反,主张“文以载道”,以为文章应该宣传孔圣人的道德思想,是讲道理的东西。

章太炎的见解,却以为:凡是白纸上写的黑字都叫作文章。

一九三二年有一部分人如杜衡、苏汶等辈,他们提倡:“文艺自由论”,“永久人性”,“自由的灵魂”,自命为“第三种人”。意思是说,他们既然不是右翼的反动派,也不属于左翼的进步作家联盟。他们也主张“为艺术而艺术”,不过问政治的。(后来到抗战期中,杜衡却在香港做了汉奸,参加了汪精卫的“政治”了。)

其实,上边那些说法,除了亚里士多德讲的基本上还正确而外,其余的都是:有的歪曲了真实,有的颠倒了因果,有的貌似而实非。原因是由于各个时代的思想不同,和各个作家的阶级立场不一样,影响了他们对世界，对人生的看法也不一致，反映在文学思想当然就有了差别。这点留在后面再另外做详细的谈吧。

现在我们来谈谈，怎样的说法才是正确。

谈到正确的说法上，使我记起了好些个现实主义的理论家，批评家和诗人的话来了：十九世纪俄国的一位卓越的文艺理论家车尔尼雪夫斯基，他指出："不是生活按着文学的标准而前进，而是文学适应生活的方向而改变。"赶到后来，另外一位叫作普列哈诺夫的，也认为："文学是人类的感情和思想的表现。"就是说：一个作家是根据着周围的环境生活影响，而又在自己的内心引起他所经验的感情和思想，然后用一定的人物和故事（形象）把这种感情和思想表现出来，就是文学。

这是说，文学艺术是人生的镜子，是伦敦先有雾，诗人和画家看到了，感觉到了，才能把雾绘写出来。文学艺术一方面是抒写感情，同样也表现着一定的思想。不仅是消极地反映着客观现实生活，主要的应该是积极地指导着现实的前进。日丹诺夫说："文学艺术除了使读者认识人生以外，还教导读者正确地去评判这样或那样的社会现象。"

讲到这，也许有人要问："哲学家不也是教人认识人生，教导人去评判社会吗？它和文学又有什么区别呢？"

区别是有的：哲学家是借着理论的推理来发表他的意见，文学家却拿人物和故事来表现他的思想。前者是抽象的，概念的，后者是形象的，具体的。

比如，同样是批判蒋管区的社会制度不合理，黑暗而腐败，同样是揭露着蒋介石特务政策的凶恶，摧残青年。高崇民，阎宝航，罗淑章等先生是用的口头演讲对我们讲道理；可是茅盾却写了小说

《腐蚀》和剧本《清明前后》。在《腐蚀》里，刻画了赵惠明、小昭、陈主任和小蓉，在《清明前后》写出，林永清、严干臣等人物和故事。这区别就是：茅盾写的是文学作品而不是演讲稿。

文学作品的灵魂（特质）就是形象性和典型性。倘若缺乏这些因素，那就等于秋林公司橱柜里的蜡美人，光是空架子，没有血肉。

至于说，怎样去分辨文学作品的好或坏，进步还是反动，那就关乎阅读（欣赏）的问题了。下一回咱们就开始谈它吧。

选自《东北日报》副刊，1947 年 4 月 17 日

谁是咱们的对象

凡看过电影，或戏剧的人都会感到：每一个剧里，不管它有多少个人物在里边活动，主要的不过是反映一两个中心人物的事情。这一两个中心人物，就是所谓“主角”，如果在文学作品里，我们就叫它作“主人公”，或“英雄”。

我们谈论过了：作品的灵魂是人物而不是故事。在写人物当中，我们又谈到今天文学的话题不能停留在悲剧的，否定的，“多余的人”的命运了，而“必须观察在旧的腐败物的冒烟的当中，未来的火是怎样地燃烧起来，怎样地越烧越旺”（高尔基），必须“具有对新的生活的喜悦”；看到那些与大多数人的悲喜有着密切联系的英雄们的事业。应该写喜剧的，肯定的，光明的人物。

然而，谁是咱们的英雄呢？谁是咱们写作者的摹写的对象？

有人曾经读过，或者将来会读到的，那些能流传下来的世界名著，他一定会觉得：那里边的英雄们是跟随着每一个不同的时代背景就有着他们不同的面貌（身份、性格，思想和感情）而出现的。比如：

在上古的希腊氏族社会，由于生产技术幼稚，人们对于自然界和神都发生一种崇拜心理。当他们在进行着斗争中，那些获得了胜利的英雄，往往被当作神的化身来给予赞美和膜拜。根据当时人类这种观念，作家们就写出了一部《希腊神话》，那里头的英雄人物都是一些神的角色。就是被称为伟大的史诗的《伊利亚特》和《奥特塞》，当中的英雄是被歌赞为神勇的人物。

赶到中世纪，社会进化到了农业经济时候。人们生存的主要依靠，已经不是在跟上古时候那样：多少还敢与自然做斗争，而是完全屈服于自然的各种力量了。比方说，水旱的灾荒，疫病的祸害，都迫使着人们在生存斗争中感到孤立无助。因此，在无可奈何之下，便产生了期待于冥冥之中有着上天的助力。上帝，宗教的迷信，从此在人们的观念里得到了生根。人们迷信着自然的运行是由于天上的力（神，圣母马利亚）之干涉而被破坏，被变更的。这时期的神，成了绝对无上的威力。而人们的思想感情往往寄托于空想，梦幻，上天的境界，对现实的事物和人不感兴趣。这反映在文学作品上的就是涂抹着象征的，神话的色调，上帝和神成了支配一切的英雄。作为代表这个中世纪最伟大的作品就是但丁的《神曲》。另外，这个时期是封建的，军事的农业贵族，成了历史舞台上首要的角色。因而表现在文学作品的另外一部分英雄就是骑士和家臣对封建主的忠诚和献媚的讴歌。

这以后，到十四世纪，封建性的农业经济解体了，代替它的就是商业的勃兴。有产者群把封建主的集团逐出了历史舞台，夺取了统治的权势，随即建起了他们新兴的资产阶级。为着表现这个新的阶级的心境和愿望，文学的内容和形式也就有了新的更改。意大利是商业资本主义发展最早的国度，因而新的文学也就先在那儿成长起来。薄伽丘的《十日谈》就是这新兴文学的代表。他用散文的小说形式代替了但丁的“梦的故事”的诗篇。小说里表现了蔑视封建性的贵族，替他本身所属的资产阶级争取“身份”而努力，对生活表示了无比的欢喜。他不再将希望放在神和天使们的身上去了,而是寄托于个人的聪明,能耐和勇敢。他的英雄不是那些冰冷的"僧侣"和修道者,而是有血肉的,富于机智,健康和愉快的人,这时候,同时形成了另一部分知识阶层,这些知识分子正如中世纪的僧侣在封建的社会所扮演的角色一样:为着他们的资产阶级服务,这就是在十六七世纪被称为"文艺复兴"三大伟人:法国的拉勃莱,西班牙的塞万提斯,英国的莎士比亚。拉勃莱的作品《格尔耿丘和攀太利尔》,塞万提斯的《吉诃德先生》,莎士比亚的《哈姆雷特》,都是为他们本阶级在作品中塑造了不朽的英雄,通过这些英雄的命运来宣说中世纪封建贵族的死亡,而新的资产阶级必然胜利的远景。在莎氏的许多作品中还表现了商业资本主义在十六七世纪已经具有"想尽可能地占有多数市场和殖民地的倾向"。

此后,到十七世纪,欧洲许多国家确立了独裁君主政治,表现得特别显著的就在法国。"古典主义"的文学发展到法国也因此得到了完整。莫利哀的喜剧就反映了当时法国资产阶级思想意识的东西。作品的主角都是宫廷的贵族和资产阶级的官员。而下层的仆役和农民,只是被当作引起发笑的媒介物,扮演着丑角。

十八世纪以后,工业得到了迅速的发展,自然科学和技术有了巨大的成就。因此,在政治舞台上,工业资产阶级马上代替了贵族的资产阶级的地位了。他们提倡自由竞争,奖励科学发明,强调个性解放。处于这样的社会背景,在文学方面便掀起了富于革命性的"浪漫主义"的巨潮,这在法国的维克多·雨果的作品中充分表现了资产阶级的乐观向上的思想情绪。而他们作品中的英雄们都是一些贵族的知识分子,鼓吹着个性解放,宣述着个人主义的感情。

到十九世纪,工业资本主义愈益发展,对于科学发明的要求更加迫切,大部分知识分子都专心于科学的探讨去了。这现状迫使着文学作家们不得不放弃浪漫主义的,以想象,虚构作为创作的方法,而接受了以观察、研究,现实生活及心理的精确描写为主要的"现实主义"。这以后,小市民阶层开始涉足于政治舞台;无产阶级的工人运动逐渐增长而且成为摇撼这个社会机构的一股力量了。因此,"现实主义"的作品才开始为这个下层阶级让出地位来容纳了他们。比如法国的左拉就是把工人阶级当作英雄人物写进了他的作品。

回头来看看咱们中国的吧:中国由于长期间停滞于封建的农业经济状态,人们也就迷信着神佛的威力。唐代年间,印度的佛教便被接受进来。因此,在文学中就产生了一部《西游记》,作为佛的象征的如来佛便成了作品的英雄。另外,历来虽然经过多少次改朝换代,可是换来换去,依然是封建主们成为帝王,贵族的知识阶层依然是政治舞台的要角。因而,《东周列国》,《三国演义》,《西厢记》,《红楼梦》,《儒林外史》等,都记录着帝王以及贵族、知识阶层的人物。直到"五四"、"五卅"以及北伐时代,民主和科学的巨流冲决了封建的堤岸了。下层阶级的工农兵群众已经登上了历史舞台,成了领导的角色了。这期间,文学才以新的形式和位置来迎接它的新英雄。比如鲁迅、郭沫若、茅盾等人的作品,就写了先进的知识分子或写着令人同情的工农的命运。

从上面的述说里,我们可以认识到:哪一个阶级登上了历史舞台,成为这个历史阶段的领导者的时候,哪一个阶级的人物就成为英雄人物被描绘到文学作品里。反过来说:凡是文学作品的主人公,都是摹写着当时成为历史舞台的主要角色的那一个阶级的人物。

那么，历史的规律发展到今天，使我们认识得更加明白了：代表着人民时代的工农兵之部分力量，已经觉醒，形成了不可抗拒的主流，以主要角色的姿态走上了历史的舞台。他们都翻了身，从奴隶变成了主人。如果说，在莫利哀的喜剧里，农民和下层的仆役被写成丑角，那么，今天他们应该得到翻身，成为我们喜剧的主角！这并非出于我们的偏爱，而是从现实中证明了：工农兵才是真正地创造这个繁华世界的主人。他们应该是被崇拜，被讴歌！

由此，我们写作者的描写对象，毫无疑地，该是工农兵。只有他们才是我们作品中的英雄，只有他们才是喜剧的，肯定的，光明的人物，也只有他们的悲喜，和爱憎才能引出大多数人的“共鸣”了。

选自《东北日报》副刊，1947 年 6 月 22 日

乡下婆娘穿着女学生的裙子

有一个文学家说过：

“从白桦的圆棒上既可制造出斧柄，也可以雕刻美好的人像。”

这就意味着：有了一定的生活材料之后，也必须得使唤一定的技术去创作，才能使素材变成完整的艺术品。这点，上回曾经谈到关于素材的剪裁。这回我们就来谈谈对于语言的运用。

语言，高尔基有很好的意见告诉我们。他把语言当作文学的第一要素。他说：“语言是一切事实、一切思想的衣服。”这譬喻再恰当没有了。我们常常见到人们穿衣服的情形：即算是同一的料子，同一的花样的衣服，有的人穿起来觉得美，有的人穿起来却显得丑。这原因就是裁制得不合身，或者那样的衣服对他本人的身份以及与他的其他装束——鞋袜，甚至脸面的修饰，都不调和。文学上的语言如果安排得不恰当、准确、和谐，那，即便美丽的句子，也会同华贵的绸缎穿在要饭的妇人身上，或者一个乡下婆娘穿着女学生的裙子，不但不漂亮，反而落得个怪样子。

记得法国有一个大文学家叫福楼贝尔，他提倡：“一字说”。就是说，倘若表现一个意思，只准许在所有同一意义的语汇里，缜密地选择唯一恰当的那个字眼或话句来用，绝不能把暧昧、含糊、模棱两可的话写上去。鲁迅也说：“写完后，至少要看两遍，竭力将可有可无的字句删去,毫无可惜。”这意思也主张:使用正确,明了的语言。

然而,写作经验少,或者生活的体验不宽广、深入,因此,开始写作品时,往往顾此失彼,一篇文章顾到它的结构,而忽略了语言的修饰。例如有这样一段文章:

“我们李老师到街上去了,遇到一个街头的流浪孩子,问他是哪儿来的,他说是牡丹江的。一个没有家的孩子,来找他的哥哥来啦。李老师带他去吃了饭,又因为他没有地方住,把他带回学校来住。”

这段文章,粗粗一看,好像还通顺。可是要往细推究,就发现下面几点毛病:

1.“我们李老师到街上去了。”

为了表现得更明确,这句的头前应该注明时间比较好些。比方:“前天晚上”,“今天早晨”,“晌午”,或者“有一天”,免得叫人感到笼统或者突兀。

2.既然后面一句说“遇到一个街头的流浪孩子”,前面就不必写“到街上去了”。不到街上去,哪能遇到街头的流浪孩子呢?倘若写成:“李老师在街上遇见一个流浪的孩子”,那就把意思都包括在里头了。

3.“一个没有家的孩子”,这句话是多余的。因为前面已经说他是流浪的孩子,那当然是没有家的了。

4.“来找他哥哥来啦,李老师带他去吃了饭。”他来找他哥哥为什么成了街头的流浪孩子呢?是不是找不到?找不到的原因是要交代清楚才成的,否则,李老师请他去吃饭就显得突兀,不亲切、不合情理。

5.“又因为他没有地方住”,这也是多余的说明,因为一个街头的流浪孩子没有地方住,谁都知道的了,用不着解释的。

根据着上面的意见,可以把它改写成如下文章,请比较一下看,许能使大家作文时做个参考:

“有一天,李老师在街上看见一个流浪的孩子,问他是哪儿的,他说是牡丹江的,找他哥哥来啦,可是,不知道哥哥在哪儿。李老师看他没吃没住,怪可怜的。因此,请他去吃了饭,又领他回学校来住宿。”

另外,再看下面四句对话:

李老师问:“你怎么敢跟我来?”

他说:“我看你是八路军就知道你是好人,我就敢跟你来。”

又问:“八路军好不好?”

他简单地答:“好!”

这倒不是不通,只是显得啰唆、松懈、不够紧凑。前头既然说,八路军好才敢跟来,意思已经说尽了,后面两句就不需要重复了。假如重复不是为了增强语气、色彩和意义的话,那就变成瑕疵,画蛇添足。在文艺作品上是非常忌讳的东西,必须把它洗涤干净,求得光洁。

又如:

“东家对一个小牛倌说:‘你别说我白使你,我也别说白养活你。反正我们是鱼帮水,水帮鱼。’”

这是不确切的,不是农民的语言。一个地主对一个雇工绝不会说“鱼帮水,水帮鱼”的话。假若真正有这样的事实,那也是偶然的,个别的现象。不是典型的,本质的情形,要是写进作品里就失去它的真实性,甚至歪曲了现实。

再有这样一段情形：有一个人要追赶走到头前去了的人。他走于岔道上，遇见旁人，问：

“有一个镶金牙的老头，背着一个麻袋，从这儿过去了没有？”

背麻袋和镶金牙，固然是那个人的特点，但是在这场合，说他镶金牙，就非常不恰当、切贴。因为平常一个人走道，不会张开嘴巴子叫人看到他的牙齿的。只有在吵架，在斗争地主大会的讲话时候，写他的牙齿才是特点，可以增加读者的印象。所以说，即算是人物本身的特点，也得看他在什么情形下面表现出来才合适，要不然，会使形象模糊和混乱。

最后，我们看到一些文章，依然袭用陈词滥调，使作品成了抽象、空洞的东西。比如：写傍晚，就是“苍茫暮色”，“夜幕降临了”；写春天，就是“燕语莺啼”，“千红万紫”，新一点的，也只是“拂面薄纱的春风”；写恐惧，就是“魂不附体”；写喜悦，就是“喜笑颜开”，“趾高气扬”；写忧愁，就是“愁眉苦脸”，“愁眉不展”……这些语言，在很久以前的当时，许能有它们的新颖的意义，后来，年深月久，人们的语言已经有了进化，它们就逐渐失去鲜活的生命，不能刺激读者有着新的感觉了。语言真是如同衣服，它是跟随着时代的风尚的变迁而变迁，同时也带着它本阶级的特性。不能混同，也不是纯一色的东西。但是，过去有些懒惰的作者，只贪便宜，从书本上摘取一些陈旧的话句来编织他的作品，使作品成为不死不活的东西。比如：写沉默，我们在书本上老是看到“默默地”，“默默地”，无限止地重复，好像再找不出第三个词儿了。可是，在生活里，我们却常常听到：“不吱声”，“不哼气”，“不说话”……写愤怒，我们只能找到一两个字眼，但，在工农群众中间，他们就有各色各样的说法：“窝火”，“恼火”，“光火”，“火大”，“生气”，“发脾气”，“气呼呼的"。离婚,在以往的书本上是找不到另外的话说的。只在老百姓的话里却有"跳槽","打把刀","走道"等说法。再说色彩的描绘,也往往单调得很,比方黄的东西,要是光写黄色,那,给人的感觉和印象还是模糊的。倘是把它表现得恰如其分,确切,那,应该有:"橘黄","杏黄","柠檬黄","金黄","鹅黄","土黄","藤黄","米黄","蛋黄","嫩黄"的区分。善于运用语言,和善于渲染,使形象鲜明的作者,他准是从群众,从现实的生活当中,吸取丰富的语汇,然后又从中选择那个切合该人物身份和环境的色彩,形状的词儿,不但把它缀成美妙的图景,而且能够使读者读起来感到音乐的韵律。

假如说,一个画家是靠着线条和色调来绘写他的画面,那么,一个文学家的创造人物形象就得凭借着语言。而语言的泉源是在广大的群众里,是在生活的原野里。要使语言发放光辉,则须经过淘洗和锤炼的劳作。

选自《东北日报》副刊,1947 年 8 月 4 日

写喜剧呢还是写悲剧?

那天谈到“写人”的时候,有的人就问过:“写什么样的人呢?”另外有的人说:他曾经读过好些作品,觉得那里边的英雄(书中的主人公)所以能成为世界的典型,叫人受到感动的,绝大多数都是一些悲剧的角色,例如:中国的阿Q,林黛玉;旧俄时代的罗亭;英国的哈孟雷特;西班牙的堂·吉诃德以及德国的浮士德等。为什么作家们不能写出喜剧的人物?或者说,比起这些悲剧的角色来,喜剧的,正派的人物总是显得平板,不生动,不那样引出读者的感情发生“共鸣”,是不是写暴露黑暗的好写?要不,为什么悲剧的人物容易写成功,也容易感动人,道理在什么地方呢?

是的,道理在什么地方呢?我们一定得先把它追究出来完了,才能决定该“写什么样的人”,该歌颂光明还是暴露黑暗,写喜剧呢,还是写悲剧。

据我想:所谓暴露黑暗的“好写”,悲剧容易感动人,其道理并不是什么玄虚的东西,而是在于有阶级的社会制度下面,所必然存在的产物。我们知道:生活在有阶级的社会里,人们为着本身的生存,发展的享乐,他就必须时时刻刻想办法增加自己的财富,权力,地位和荣誉。然而,他们都不是向着丰饶的自然界发展,而是对着人群的血汗来榨取。因此,为着利己就不得不损人。为着损人,就不得不时时刻刻，习惯地去窥伺着旁人的弱点和短处。时代久了（自从人类不幸地分化成为互相对立的阶级，财富成为私有以后一直到今天），这种习惯无形中就养成了一种普遍的心理。有句老话说的："好事不出门，坏事传千里"就是道破了这种心理的。为什么"好事不出门"呢？因为在"生存竞争，优胜劣败"的有阶级社会里，旁人的"好事"，不管怎样，总觉得对自己是一种侵犯似的，因而产生了嫉妒，或者淡漠。反之，凡是"坏事"，哪怕跟自己毫不相干，可是讲的人也罢，听的人也罢，都一样地不知疲倦地听着和讲着，成了"喜闻乐见"的东西，所以能够流"传千里"。所谓"幸灾乐祸"，"用他人的酒杯浇自己的块垒"就是这种病态心理的面目。

人类社会既然普遍地存在着这样可悲的事，人们既然普遍地陷落于不幸的渊薮，一般的社会心理既然是铸成了这样"大错"了，那么，敏感的作家透视了这些之后，他自然根据着现实，给我们揭露这些人类的弱点，以求得反证不合理的社会制度造成这些弱点的罪恶。在读者方面，由于他日常所见所闻也正是可悲的故事和不幸的人们，与作品有着或多或少的类似仿佛，因而感情上也就不自觉地发生着"共鸣"。

然而，正如现存的社会可以改造一样，人的感情也是可变的。想起我曾经有过这样一个朋友：他爱好文学，而且下了好大的决心，准备把一生的事业献给写作。我问他：为什么对于写作有那样大的兴趣？他说，他看到人与人之间不公平，不合理，虚伪和丑恶的事太多了。而自己的拳头又过于瘦小，不能去做打抱不平的侠客。因此，他企图用笔杆来代替刀枪，以便戳穿这些丑恶的现实。"我要学果戈理，写讽刺！"他常常宣布他的写作态度。后来他到延安参加革命了。他还是喜爱看文学。当中经过几年的学习和工作，特别是学习了毛主席的《在文艺座谈会上的报告》以后,他才恍然大悟地对我说,他要放弃他过去那种写作态度了。他说,他现在感到:时代是改变了。写讽刺,写暴露黑暗,写悲剧的人物,不一定就能引起"共鸣"的了;倒是真正好的事情,正派的人物反而为大家所喜闻乐见。比方说,在解放区的人,听到了农民吴满有的劳动成绩,工人赵占魁的增加和提高生产数量和质量,战士张治国的练兵模范等事情谁都欢欣鼓舞,如同古时候的人听到自己的亲戚考中了秀才一样。这就跟旧社会相反了:变成了"好事传千里"了。倘说把这些喜剧性的英雄人物写了出来,那,无疑地,它会使解放区的读者感到喜悦,引出感情上的"共鸣"的。

这原因就在于解放区和旧社会的制度不一样了。虽说解放区还是允许私有财产存在,可是那些人剥削人的阶级矛盾已经逐渐被填平了。每个人都可以在不侵犯他人利益的原则下,发挥他的智慧和技能,求得个人的发展与幸福。其结果,会增加了社会财富,推动着社会向前,间接地也给每个人都蒙受到好处。在这当中,人的感情就会逐渐地变成喜欢关心旁人的优点和长处,对于短处和缺点就不会再用"幸灾乐祸"的心理去对待它了。

这样说来,我们今天的写作态度和对于主题的选择,可以得到了解决的。在政治上说,今天是人民大翻身时代了,新社会的制度已经开始建起。那么,在文学创作方面同样也应该是一个大翻身的年头。我衷心地希望我们喜欢写作的朋友,都能跟我上面提到的那位老朋友一样:觉悟到今天的人民(特别是生活在新民主主义的社会里的人),随着现实的变革,感情生活也就逐渐在转化。那些悲剧的老故事,那些小人物的悲哀,已经为时代所遗弃,它会慢慢地失去吸引读者的魅力的。而真是能够使大家的感情起"共鸣"的,

应该是新的英雄的斗争的胜利，应该是喜剧的，光明的事情。如果用文学的术语说：今天的文艺思潮，其主流毫无疑义地，该是光明的歌颂，而不再属于哀悼的挽歌了。作品中的英雄该是正面的，肯定的，喜剧的角色，不会是“多余的人”的典型了。

然而，什么样的人才是我们作品中的英雄呢？那是我们下一次要谈到的。

选自《东北日报》副刊，1947 年 6 月 14 日

新房子旁边的砖瓦

我们常常见到一幢刚建筑好的房子旁边，总是剩下一堆砖瓦，木料，和水泥。也常常看到木工厂里做好一个桌椅之后，一定剩余些木头和木片。显然，这些砖瓦，水泥，或者是木片，对于建筑那间房屋或制造那件桌椅，一定是不合适，成为多余的材料了。

在某种意义上说，写一篇作品，也犹如建筑一间房屋或制造一件桌椅，材料尽管准备得多，丰富，写起来却未必都得完全用上的。因为每一篇作品都有它一定的主题，为着使主题能够强烈地给读者以感染，使其发挥说服力，那就得将材料加以选择，剪裁，配置，推考和洗练。

然而，我们初学写作的人，却不容易做到这步工程，而是往往犯着两种偏向：一种是主观上先有个抽象的主题，然后按照这个抽象的思想去凭空虚构出人物和故事来串演。结果，作品成了纸扎的老虎，不能给读者真实的感觉。第二种就是有着好多，好丰富的现实生活的材料，都将它甲乙丙丁，一件一件罗列出来，不分轻重，先后，也没有加工，剪裁。结果，失去中心，不能给人深刻的印象。好像一个唠叨的老太婆，嘀咕了半天，也不知道她说的啥。所以说，当你有了活生生的人物在脑子里跳动了，有好多自然形态叫你捕捉到了。那，你就把这些材料检阅一下：看看它们的性质和分量，适宜于表现什么样的主题。写他参军,还是他反地主的斗争?写他作战英勇,还是写他军民关系做得好?如果写他参军,那,你就把与这个主题有关的材料组织起来,集中在一定的主人公身上去求得完整的表现。要是与这个主题不相干,或者不能使主题增加什么色彩的旁枝末节,哪怕就算是该主人公的实在情形,我们也干脆把它剪裁掉!千万别因为是一段美丽的风景,一个热闹的场面,或者是生动俏皮的对话而有所珍惜,舍不得割弃,把它都堆砌上去。那只有使文章变成光怪陆离,臃肿,什么也不像。

我们常常遇见这样的文章:写一个农民翻身后的欢喜生活,一定把他过去十四年的苦难都写得很“完全”,等到写翻身后的今天的欢喜,却急急忙忙,轻描淡写地就完了。假如说,为了使今天的欢喜(主题)更加鲜明,而用过去的苦难当作衬托,对比,那当然可以而且应该的。不过,它应该是“客位”,而不是主体。因此,在写作时就必须得考虑到该放在什么地位上,和该给予它多少分量。倘若不加以选择和剪裁,而是把十四年来一二三次,大同小异的被抓劳工,出荷什么的都写上,人家看了第一次就知道第二次是怎么回事了,没有留给读者一点想象的余地,那么,不但冲淡了主题的明确性,就是读者对抓劳工的仇恨也未必深刻。其次,有写战斗英雄的,也都被事实所拘束了。本来他的主题是想表现一个战斗员英勇壮烈的搏斗,但是他往往写成了“传记”式的记录。写他什么名姓,什么地方人,几岁;接着写他过去如何如何受灾受难,使人摸不准他的中心意义是什么。就是写到战场上的战斗也是根据访问得来的材料,照原样抄录下来,因此,都是一些反复的冲锋,反复地呼喊“缴枪的不杀”!加上几个操练式的动作,看不到人物的面貌,也见不着内心的波动,只使人觉得呆板,死样子;是平面的东西,而不是立体的雕塑。再说写军民关系,也没有捉住典型的事物来给以渲染,只是拉杂的记录。比如,有的这样写:部队住老乡家,房东老太太一定诉说过了伪满时候,遭受警察特务压迫,"八一五"光复了,有的人"想中央,盼中央",但,"中央来更遭殃";最后,民主联军来了,真正是为老百姓服务,使得军民之间真正亲如一家人。这样的事情可不可以写呢?可以的。但,这是一部长篇小说的轮廓,需要好多形象,细致的描写来填充,才能使作品有饱满的生命。如果仅仅为了表现目前的一段军民关系,而且只想写几千字,那只好选取最中心,最典型,最有特点的人物和事例来写就够了。要是过去的黑暗生活充塞着胸怀,有不吐不快的感情,那么,可以把它当作另外的主题,写成另外一篇文章。千万不要使一篇文章成了"大杂烩"。

我们应该记着高尔基说过的话:"艺术文学不是从属于现实的部分的事实,而是比现实的部分的更高级的","是从同类的许多事实中提出来的精华,它是典型化了的"。这就是说,文学是有一定的概括性,绝不同于记流水账,无选择地描写琐细的情节。

鲁迅的《孔乙己》中心思想是宣说科举制度下的读书人的命运的可悲。在那作品里,他仅仅写着一个"孔乙己"生活怎样的狼狈:偷东西,赊欠酒账,教小孩子一个"茴"字的四样写法,旁人对他怎样地冷淡……至于科举的考试制度的流弊,以及他考不中秀才的情景和缘由,他并没有把它都写进去。因为不必写这些,读者都能感觉和想象到了,如果都写进去反而显得啰唆,使主题失去明确性。这跟画画是有同样的道理,要是画一个人,主要的应该是画眼睛,尽量把它画得像,使人从眼睛里看到他的思想感情。至于他的头发,牙齿,眉毛,倒是可以不必过细地去描绘的。另外一篇《故乡》

(鲁迅),我们也许能想得到,当他(作品里的“我”)回到阔别二十年的故乡,一定有不少的亲戚、朋友和邻舍来拜访的吧?然而,鲁迅只写上一个闰土和他的小孩,一个“豆腐西施”就完了。为什么不照实在的情形写上去呢?原因就是鲁迅他懂得选择和剪裁。他用闰土和孩子,“豆腐西施”等人物,已经足够表现“故乡”的主题了,所以旁的亲戚,朋友什么的,与主题并无关系,或者说不能使主题更加鲜明,突出,那,正同不适用的砖瓦一样,只好把它挑出来了。

最后,我想起《红楼梦》有一段话,可以给我们一个启示:那就是在第四十二回上,贾母要惜春把大观园画成一幅画。大观园那么繁华、壮丽,一张画面怎么能容纳得了呢?这也犹如我们今天写作的人所感到的一样,现实生活太丰富了,怎么表现呢?这里,我们不妨听听薛宝钗的话吧!她说:

“……这园子却是像画儿一般,山石树木,楼台房屋,远近疏密,也不多,也不少,恰恰是这样。你若照样儿往纸上一画,是不能讨好的。这要看纸的地步远近,该多该少,分主分宾;该添的要添,该藏该减的要藏要减,该露的要露。”

这虽说的画画,可是也适用于文学创作的。那意思就是不能照实际生活的原样摹写,而必须有所选择,剪裁,有的需要夸大,有的需要减除。

选自《东北日报》副刊,1947 年 7 月 28 日

◇ 陈　沂

文学还应加强群众性

白羽同志：

看了你在《东北日报》发表的《加强文学的时间性与战斗性》一文，我颇有同感，我愿谈一谈我的意见。

由于自己工作性质的改变，对文学虽有时也想有所活动，但已是“心有余而力不足”了。是不是我连兴趣都没有了呢？我还是极愿学习和读读别人的东西。

近来——也许很久以前，我就感到我们可看（所谓可看是指能引人入胜，或者说能起鼓励作用）的文学作品不很多。相反倒是一些通讯、报道能够得到一口气读下去的幸运。华山同志写的《增援四平的维他命》，我自己读了就感受到很愉快，有所获。

这是什么原因，我想问题老早已经存在，把它推得远一点，说在抗战时期就已存在也可以。

这十年——特别在东北的这二年，变化不可谓不大，生活在这十年当中的人，即使参加斗争不多，斗争环境的影响也是很大的，但是为什么惊人和动人的东西竟不多，从前我想过，答案是："能写的人没生活写不出，有生活的人没时间写。"今天想来这还是指大作品而言（起码是三五万字的作品而言），根据我的狭隘经验，在今天的战争情况下，工作忙碌下，就是写三五万字也需要相当时间。然而斗争的发展，特别像东北这两年的飞快发展是连想都想不到的，那么要慢，要时间，就一定会落在斗争或斗争要求之后。就算产生了真正算得伟大的作品，我以为也与当前斗争——特别推动人们去参加斗争与推进斗争本身无切肤之补或无大补，至少可以说是迟缓了。宋之的同志来解放区后，他算从自己的切身体验中解答了这个问题。从前他也是注意所谓"作品传之千古"的，但是他也深深感到，"纵是作品能传之千古，于当前斗争无补，又有什么用呢"？我觉得他这个体会是十分深刻的，其实与当前斗争无补的作品，恐也很难传之千古。

我想，这就是你所说的文学的战斗性与时间性的问题。

这是不是贬低了文学的价值呢？

我的看法不是。所谓文学的价值应该表现在反映当前斗争，鼓励当前斗争，推进当前斗争并总结当前斗争上。文学是决不能离开我们当前斗争的。评艺术的价值也应该从这里去评起。

文学除了时间性和战斗性外，还应加上群众性这一条。这里所谓群众性，不仅是指内容（这个问题是容易理解的），而更加是指写的人，就是文学既不能限制于那样高贵、艰难，望之闻之即生畏，否则，就没有人敢写。如果放宽些写作尺度，做什么就写什么，写的人就多了。开始可能还是勇气不大，久了就会多起来的。

这里最重要的一个问题就是不要把文学的范围划得太窄狭了，范围可以广一点，把通讯报道也包括进去，即使是暂时包括进去也可以。只要大家能第一步写通讯报道，慢慢地文学作品也就会跟着来。爱伦堡的报告和政论，我觉得文学价值很高，我们新华总社过去广播的一些敌后报道，也有文学价值，至今还在翻印，还拥有读者。

这是战争所规定的。处在战争时代，写什么东西（哪怕就是写后方建设），都要与战争有关，即是作品要能推动战争走向胜利，哪怕是完全间接的也非常需要。我觉得还是从现实斗争的最小处，最紧张处写起，伟大的文学作品就一定会产生出来。

这里，在现实斗争的意义上，取材上，把写真人真事当着个方向来提出也可以。因为今天我们的真人真事如果作家能深入采访，忠实地写出来，就有文学价值，并不要多少灵感，或想象，因为真人真事本身就是十分生动和合乎文学的要求的。

当然，这并不是说作家不需要丰富的想象；综合之后创造典型，同写真人真事并不矛盾。

当然，选择和批判也是要的，某些地方去一点，或添一点并不妨碍，只要摆布得好，就是照相也还有文学价值。

我这样地说，中心主要是希望把文学的范围划广一点，不要使人望而生畏，这样我们除了现有的专门从事文学的同志外，会产生更多的非专门从事文学而也能写出文学作品的人来。

但我并不是不赞成写较大一点的东西，如果写得出，也还是需要。《日日夜夜》受到我们营以上干部的普遍欢迎就是例子。因此，除了要求时间性外，某些（哪怕只是两部）较大的作品的制作也应该得到应有的扶助。但我主观地想，目前这恐仍是困难的。

文艺工作会后，大家响应号召，创造战争的文学，使我们的文学能达到等于"一个训令"的要求，这只有从战争中去寻找，不仅是寻找战争的事，也要寻找战争的人，让他们也提笔写，二者结合，才能够实现×司令员的号召。因此，希望大批文艺工作者到部队、到战争中去，应该不是宣传或少数几个人的事。并且应是在去了之后，除了自己写外，更重要的是推动与帮助别人写（干部、战士），在这点上，就是自己少写一点也可以。

是不是还要讲求一下写作态度呢？我以为这是与文学的战斗性十分有关的事情。现在有些同志满足自己在抗战中的一点战斗体会，就以为战斗经验足够写作了，殊不知今天的战争无论其性质与规模，已经超过过去不知好多倍，“过去是碉堡，今天是地堡”，其他很多不同，因此更需要新的体验，新的充实，而且应该是一定有了初步的体验和充实之后才动笔写，不仅对已成家的人重要，对推动和帮助别人写更重要。至于把材料深思熟虑，大胆舍弃不必要的材料，以免作品成为单纯的事实的堆集，也是重要的。但最应该反对的还是材料收集的草率，和写作的粗心。我想，提倡一篇东西首先自己就多看几遍，多修改几遍，并让真人真事的主人公们或广大读者先读、评、奖一下或发表后读、评、奖一下，会更增加文学的战斗性与群众性的结合。应当把这点当作个运动做。

对有些不能写成小说的东西，不一定非勉强写成小说不可，结果会费力不讨好。写短点，尖锐一点，真实一点，是大众的感情，就是三百字的报告，我想也有文学的价值。

因此，我也希望《东北日报》的副刊把范围划宽一点，增加一点读、评、奖文学的文章，会对文学创作有帮助，文学既是属于人民大众的，就要欢迎人民大众上台。

我是想到哪里就写到哪里的，如果有不妥当之处，就请当着是我一个读者对作者的愿望，我想愿望应该是没有什么不好的意思的。

敬礼

选自《东北日报》副刊，1948 年 6 月 14 日

◇陈　陇

生活与创作

一

生活是创作的资源，有了生活就有了创作的资本。对生活熟视无睹的人，不能从事创作，不深入生活，摸不着生活的脉络，同样地不会也不能创作。

但是，有了生活，有了经验，而不去咀嚼、消化、解剖、生发、提炼，只是盲目地在人群里混过，也不会有创作。

因为，创作是生活的消费与消化过程，取得了生活资料，就成了个人的营养，当这营养品成为自己的血肉的工夫，创作才会油然而生。

二

作为一个作家，或者从事于写作工作，愿意写作与学习写作的人，首先应该具备深入生活的精神，应该与广大的人群一起呼吸，关怀每一个人，每一件事，经验着各种各样、各式各类的人和事物，以无限忠恳的态度，去热爱它，去解剖它，消化它，这样，才能创作，才有创作。

三

从事于写作的人，应当面向人民，面向生活，面向现实，从人类生活的海里去寻求。有这种毅力，便可以写作。

四

创作应脱于丰富的生活经验，也有借于思想上的清醒；换句话说，也只有思想上的清醒，才能认识生活的真谛，了解人民生活斗争的底蕴，从而写作，才有生产品。

五

没有正义感的，没有热情，没有坚决不屈、百折不挠的精神的人，也不能从事创作，因为创作是一个劳动过程。同时，也可以说是良心的工作，凭着良心去写作，才有好作品。所以称得起作家的，或者说是称得起创作的，都应该是好人，是为人民服务的人，是能虚心做人民的学生，从而去教育或者指导别人的人。

六

生活是复杂的社会现象，是人与人、人与事物的长年累月的矛盾斗争的结合体。作为一个写作的人，必须参与斗争，了解真相，从生活里去学习做事，做人。学习语言，学习手势，有了语言，有了手势，就会写作了。

七

写作是创造，是独创的。一切雷同、模仿、抄录的东西都不能算作创作。创作是斗争过程，克服过程，自己克服着思想、感情，克服着材料（生活），经过了艰苦的磨炼，才有生产品。

八

同样的菜蔬、鲜鱼、精肉，同样的油盐酱醋、五香调料，不同的厨师，做出各色各样的、不同也不等的菜和美味来，这些菜和美味，各有各自的特色，以其厨师的手头高低，做法不同，调味不同而各异；创作也如斯，从事创作的人亦如斯。一色鲜菜，品其味，就可以知道这个和那个厨师的优劣；一篇不具名的文章，读之三遍即知出之何人之手。创作的人在处理素材，完成作品，在方法上虽然并不等于一个厨师做一样菜那样简便，但是，一个好的厨师在他做菜时的精练有致，恰到火候，以平常的菜蔬，经过调烹，火炙，汤调，而做成鲜味，就如同一个写作者处理一个平凡的生活素材一样，重要的是细心的整理经验，品味知心。一个好的厨师应该是最能使用材料又能节省材料，火度不大不小，“恰如其分”，调味匀称适度，不多不少，味道不过浓亦不过淡，他能品百味而不厌——一个从事创作的，论理也应该如此。一个好厨师能把平常的生菜做成美味，一个写作的人也应该能够把平凡的生活，抒写成优秀的诗篇。

选自《白山》，1946 年第 4 期

◇ 陈　紫

在新秧歌里改造自己

小　引

我以莫大的欢喜与愉快，阅读了一束电业局的同志们所写的关于秧歌感想的文章，这些文章里面充满热诚与真实的思想。我很想把这些统统介绍出来，但又由于篇幅所限不能全部照登，可是如果不要吧，那实在是太可惜的！因为这些文章里面说明了一些重要的问题，甚至于有一些是很可宝贵的工作经验，所以我才抽出时间把那些文章分成几个小问题摘录出来，供大家在研究秧歌运动的发展时作为一个小小的参考。凡是括弧内的语句，都是原作者的话，除去了极少错字与个别不通顺之处以外，编者都保存它原有的语句不加以更改，其中如有错误者请原作者给以更正。

电业局这次参加了新秧歌比赛，他们是开始得最晚的，主要的原因是他们在旧历正月十日那天有过一次人事更动，把许多会秧歌舞的同志调到其他的地方工作去了，所以开始得很晚，因此在比赛中一定不会超过其他早已扭了很久的部门。这是当然的，而他们对于“锦标”的想法也不太浓厚，在他们的文章里曾写过“我们出演的秧歌，并不是为争第一或英雄，是为了打倒封建旧的思想，又为了反美反对蒋介石的卖国政策”，由于这种思想是正确的，所以他们“因为练习不充分的关系，我们失败了，然而我们并未灰心，仍旧积极努力”。然而他们在扭秧歌当中，在思想上、认识上、情绪上都有了许多进步，并且热情地喊出拥护民主政府、民主联军与共产党的话来，这是值得提出来介绍给大家的！

一　对于旧秧歌的看法

“……我还以为像旧式秧歌一样，把每个人化装成奇形怪状，跑起来耍耍闹闹取得观众哈哈一笑罢了。”——梁金山

“秧歌在旧时代是下层社会的人们组织起来，在新年的气氛里凑热闹，胡乱表演些没有价值的东西。”——陶玉如

“……我觉得秧歌是一种下流的玩意。”——王秀英

“……首先我们要提到旧秧歌，每当灯节，前后有很多的秧歌在街头上很痛快地打着鼓，敲着锣，演出时使得满街的人跑来跑去，像是有很大的需要在街上留恋着，然而当他们看到了扮秧歌的人要出十足流氓气，逗做出种种怪样子的时候，连他们看的人都害羞，发气，他们失望，他们并没有满足地走开。”——张连生

几乎是所有的人在刚开始跳秧歌时认为是“可耻的秧歌”“下流的玩意”或是“腐败的东西”等等。因为有了这些认识，所以组织开始时，发动人们参加是很困难，从上面几个简单的例子可以看出一般的普遍的看法，大都抱着“别人去参加我绝对不去”的心理。

二　如何转变

“以后由宣传部发动……把旧观点与新表现解释后才醒悟了。”——杜静霞

“后来看到电话局跳的秧歌，又活泼又天真，看到之后，使每个人形容不出来地高兴……所以我自告奋勇地参加了秧歌舞。”——王素亭

“尤其是我们又经过了三个阶段的学习，秧歌的介绍(包括解释及示范演出等)及首长的领导，自己的实行学习……”——张连生

“……数日后因为政治知识了解强的同寅们起了带头作用，兴高彩烈地练习着，号召了多数男女同寅们参加，我亦随之参加。”——宗殿臣

“我看后是和旧秧歌大不相同……”——王俊良

“……方知能把文化及知识等改善进步。”——温恩洪

以上可以看出他们的转变是由于领导上解释、示范演出，以及积极分子的带头作用等等方法才能达到最后组织成秧歌队。下面是他们的总结：

“由一月十日开始，分为三个阶段，第一因为思想上打不通，有很多人不了解新秧歌的意义，召集一部分积极分子开会解释新的意义。第二是开了一个秧歌职员全体讨论会，当时有人讲闹秧歌不是得戴红绿花吗？——怎么咱们倒跳花样来了呢？最初怕和以前一样，所以也就不愿意，现在既然开始要新的花样，那么我们一定奔着我们走的路子去为学习新的教育别人。第三个是留学生(当

时是派了一些人到补习班去留学）在局里试演会，加强了每个人的信心，许多职工们高兴得叫喊着要参加工作……”

这样他们的秧歌工作，从歧视、鄙视、冷淡、犹豫、旁观，改变到高兴得叫喊着要参加，而在情绪上造成了参加秧歌的“高潮”。

三 对新秧歌的认识

由于这种“高潮”，参加的人越多，扭得就越起劲，渐渐地由对旧秧歌的看法，变成对新秧歌的看法与认识了。起初他们对新秧歌也是怀疑的，有人说：

“我在没有参加新秧歌前的时候，我心里想什么是新秧歌呢？不就像以前的秧歌一样吗？因时代的转变，改改名词，再加上几个女的，这就叫作新秧歌！”——王俊良

这种对于新秧歌的认识显然是不正确的，然而后来，他们对新秧歌的认识都改变了，他们认为：

“我们的秧歌是为了打倒封建旧的思想，又为了反美，反对蒋介石的卖国政策……”——王俊良

“……它十足表现了新民主的作风，改善了顽固不化的旧社会……因为这新的秧歌是具有宣传性的艺术。”——陈秀昆

“我们这次秧歌是有深远意义的，是为了反美反蒋拥军，慰劳军队，使中国不再做第二个‘九一八’的亡国奴，因此大家了解以后，都很高兴去做……”——同上

“我们所演秧歌舞的意义就是为人民服务……”——杜静霞

“我们的秧歌，并不同旧时代一样，而是新的有意义的，是富有宣传性的艺术创作，这种秧歌是我们解放区老百姓得了自由快乐

生活的一种表现，只有我们被解放了的人民才配演这种新秧歌……”——陶玉如

以上对新秧歌的认识可以说是相当的正确与深刻的，“只有我们被解放了的人民，才配演这种新秧歌”，这是多么肯定与确切的断语，对，说得对。

蒋政权下的人民是梦也梦不到的快乐，不信你看他们对于扭秧歌的兴趣与热情吧！

四　扭秧歌的热情

“我在闹秧歌的前几天把秧歌剧本带回家去的时候，不敢叫老人家知道，天天在被窝里和妹妹一块背诵，爸爸妈妈看见就说女子都不出门的，你们怎么能去扭秧歌呢？演出后妈妈也愿意了，吃饭前常叫我妹妹和我跳一会再吃饭。”——杜静霞在总结会上的发言

“我在每天上班来的时候，在道上我都跳着来。”——艾英芝

“跳秧歌时，我们的工作都不肯耽误，午饭不吃在那练习。”——曹福生

像他们总结上说的杜静霞演时有病也不休息，陶玉如在角色缺人时他能自告奋勇地担当，曹福生他号召全局的人参加，精神始终如一。萧桂华，不怕辛苦地每夜排剧。这些人都是他们在总结会上提出来表扬的积极分子，另外的许多的人也都是不分昼夜，在工作完了之后，不休息地排戏，我也就不能在这里统统地举出来了！

五　提高了政治认识

经过了这次秧歌的运动，凡是参加了秧歌以及看秧歌的人，普

遍地提高了对政治的认识。

“……觉悟到在解放区的人民是这样的高兴，过着安乐生活，应当彻底实行民主，不受帝国主义的专制压迫，共同团结起来不再做第二次亡国奴，为重建民主的新中国而奋斗，来争取最后胜利的果实，这是此次秧歌舞给我的最大反应。”——杜静霞

她又说：

“……更体验到在民主政府领导下的我们妇女是真正地得到了自由，再不会受旧礼教的压迫和束缚了。”

“对于封建残余的思想是很能破坏的……”——赵秀英

“……一方面改造了我们自己使我们把旧观念打通，另一方面更改造了别人使他们也能了解我们新民主主义的作风。”——宗殿臣

“由于秧歌的演出，知道了一些新的东西，新的创造，能知道解放区的人民自由幸福的生活，和统治区的人民在专制独裁下面的痛苦生活。老百姓能清楚地分析得很透彻，更能知道没有共产党的领导工人农民等就不能翻身，也不能自由，同时也能想到统治区的劳苦大众，他们还不是换了一个主人的奴隶吗？”——张连生

“……来完成我们提高文化，振兴教育的任务。”——白福琴

同时她还认为：“使我们粉碎了过去封建思想，使我们了解到参加这个秧歌舞是光荣的，是有意义的……”

“……这证明我们不受人家的压迫，男女平等，提高无产阶级的地位，得到了真正的自由解放。”王俊良又说：“这次的秧歌对我有很大的经验教训，对我的思想上也有了进步。”

“……我们抱着目的是拥军拥政，打倒反动派，打倒美帝国主

义，拿我们最后的一滴血，争取我们新的胜利。”——王素亭

“……更可以十足地表现出民主政府下的妇女是怎样解放的，使我们了解了政府，了解了时代。”——魏玉琴

从以上的例子看来，很多人在扭秧歌中提高了自己的政治认识，对民主政府、民主联军，产生了热爱的拥护，以及对美帝国主义、蒋介石反动派，发生了深刻的憎恨，而且他们大声地说：“要用最后的一滴血，争取新的胜利。”这不是我们这次扭春节秧歌的极重大的收获吗？

六　今后如何

总的来说，热情是普遍地提高了，大家都愿意：

“今后秧歌剧表演的机会很多，我希望努力地学习，尤其是秧歌剧，我要抱定决心加紧研究和练习，以期得到胜利的成果。”——陶玉如

“要永远坚持着过去的成绩，更要改善过去的不足……”——白福琴

“今天我们要普及地把秧歌兴趣和效果扩张到每一个角落，每一个老百姓的身上……”——张连生

“……永远保持这样的纪录。”——宗殿臣

“……更加扭得彻底，消灭残存在人类间的封建保守观念。”——赵秀英

“今后，不但在哈市公营企业中首屈一指，就是在全解放区内也要站在第一名……”——萧桂华

由以上例子看，大家的热情很高，希望更进一步，普遍到每一个

角落，每一个人身上去，那么就必须有经常的练习，所以今后文娱的负责人要看出，“秧歌”已经成为群众所迫切要求的一种正当娱乐活动，又是有政治意义的宣传工作，应把秧歌列在工作日程上，注意它，培养它，发展它，使得它能够在提高政治认识上，或提高生产及学习的热情上，发挥更大的作用。

选自《东北文艺》，1947 年第 1 卷第 4 期

◇金　人

和群众结合起来

我们总说把文艺运动和群众结合起来，但是到现在为止，还没有真正好好地广泛地和群众结合起来。

在老解放区内，特别是在延安的新秧歌运动，使文艺和群众的结合已经很紧密了，但是在新解放区，特别在东北，就还差得很远。

新年和新春，快到来了，正是广大群众的一个欢快娱乐的时候，他们平日对于文化娱乐的要求虽不表现得怎样高，但在新年新春中，都千方百计要寻些文化娱乐。从前在这种时候，一直是被旧戏，地方戏，各种杂耍，或旧式的秧歌高跷所占据着。那些广大的劳动群众，在非人的条件下生活劳动了一整年，好容易盼到年节，想要把那一年的郁积的愤气趁着新年的机会扫清一下，所以都尽量寻觅消遣机会。

现在，我们根据地的广大群众已经，或正在翻身，他们已经再不受那种旧的压迫和剥削了。今年的年节，对于东北广大劳动人民是有决定意义，大转变的一年，那么他们在这个年节里，必然要表示出至高无上的愉快，必然要用种种形式表现出来。但是在他们对新的文化娱乐形式还没能接受之前，必然还是用旧的形式，即使有所改革，也还不是彻底的。这就正是我们从事文艺活动的人们好机会来到了。

戏剧工作者们，应当及时地和群众结合起来，改造和充实他们的旧文化娱乐方式。在哈尔滨，在整个东北，新年里普遍的娱乐是高跷和秧歌。我们必须用新的内容和形式去改造那些旧东西，以便来提高广大群众的文化修养。

还要竭尽力量帮助旧戏，洛子，大鼓书及其旧艺人改造。我以为最好能做到使一些旧戏院茶馆在新年中演唱些新的。

文艺工作者们就应当很快地有组织地供给大量的剧本和其他作品，以便能使这个运动活跃起来。

要动员学生青年们和广大劳动群众结合起来，共同合作，组织许多流动剧团去上演给工农群众看，多多创造街头剧及活报。

其他一切文化艺术工作者，如音乐家和美术家，都应当拿起自己的武器，走到街头，工厂，和群众的粗黑的手拉起来，去为他们服务。

选自《东北文艺》，1947 年第 1 卷第 2 期

◇ 周立波

《暴风骤雨》是怎样写成的?

一　写作经过

关于《暴风骤雨》的写作,没有什么新的好经验告诉大家,先说一说写作经过罢。

毛主席在延安文艺座谈会讲话以后,新文艺的方向确定了,文艺的源泉明确地给指出来了。我早想写一点东西,可是因为对工农兵的生活和语言不熟不懂,想写也写不出来。

经过南下,对兵了解了一些。前年到东北时,这儿正进行土改,东北局号召并鼓励干部下乡去工作。我要求下乡,参加一个工作队到尚志元宝,往后又参加那儿的区委工作,约莫半年。可惜呆的时间还太短。但是,那半年时间,是一些忘不了的日子。天天跟农民和工农出身的干部在一块儿生活和工作,我跟他们学到各种各样的活的知识和活的语言。在为人上,他们是跟自己居住的羊草小屋一样的朴素,可是他们的生产知识、社会知识和语言知识，是惊人的丰富。这些人都是我的忘不了的师友，其中的一位，打胡子的英雄跑腿子（单身汉）花玉容，听说头年害伤寒病死了。他临死时还记得我。我将永远记住他的名字和他的友谊。

头年五月，调回松江省委宣传部编《松江农民》，一面编报，一面回味那一段生活。初稿前后写了五十天，觉得材料不够用，又要求到五常周家岗去参与“砍挖运动”。带了稿子到那儿，连修改，带添补，前后又是五十来天。十八万字的两遍稿子共花一百天，有经验的同志当可想见写作的匆急。

在党的领导问题上和思想政策问题上，得到了松江省委的负责同志的好多启发。

舒群、古元、高铁以及《松江农民》的几位同志，细心地校阅了我的原稿，在语言上，他们曾给了我一些珍贵的校正。

我深深感到，文学工作者应该反对个人英雄主义。为着把自己的工作做得好一些，为着把新民主主义现实主义的文学再提高一步，文学工作者应该尊重各级党的领导和指导，应该经常虚心认真地向群众学习，并且善于集中同志们的智慧。要是不这样，要是看不起工农兵及其干部的智慧，自以为是，自封“天才”，架子搭得再高，却像荒旱年月的苞米楼子一样——空的。对人对己，都没有好处。

《暴风骤雨》写的是中央“五四指示”到达东北后，东北局动员一万二千干部下乡进行土改的事件。开辟群众工作那一段，我没有参加，因此，书里的工作成熟的程度，是后一阶段的情形。人物和打胡子以及屯落的面貌，取材于尚志。斗争恶霸地主以及赵玉林牺牲的悲壮剧，取材于五常。

动笔之先,本来计划还大些。我打算借东北土地革命的生动丰富的材料,来表现我党二十多年领导人民反帝反封建的艰辛雄伟的斗争,以及当代农民的苦乐和悲喜,用编年史的手法,从一九四六年七月起,分阶段写到现在。照这计划,得写四部,八十来万字。可是由于在乡下呆的时间太短,以及三不够,就只写了现在这样草草的一本。

二　三不够

三不够是些什么不够呢?

首先是气不够。这个气字的涵义,该是气魄和气质。气魄是脑力、体力和毅力的总和。气质是你要表现的群众的思想感情,在你自己心里的潮涌和泛滥。

先说气魄。文章初稿要一气呵成,但要紧的是勤于修改。农民都知道,把地种上,要勤于铲蹚,人勤地不赖,庄稼事如此,文章事一样。文章是改出来的。一篇文章得改好几遍。古话说:“玉不琢,不成器。”人民生活里的文学的矿藏,是玉石,但有时粗糙,必须琢磨,即加工。忽视和轻视加工,是不对的。毛主席一面批驳了不适当的太强调了提高的论点,但一面也说,月月“小放牛”,年年“小放牛”,也是不行的。今天在东北的条件之下,为要响应首长搞得好一点的号召,写长的也好,短的也好,都不容许忽视和轻视加工。文章要写好,得改一遍二遍以至五六遍。文章不改,就送出去,只图发表,这是对党,对群众,对读者不负责任的态度,到头也害了自己,因为草率的文章发表多了,读者也就不信任他,不看他的文章了。我写这小说,想多改,但只改了两遍,这是由于没有时间和气魄不够的缘故。

再说气质。一个创作要有说服力、感染力,要表现出人物的悲喜,你的心,你的感情,就得首先跳动和悲喜。要写农民的悲喜,你自己的思想情绪就得和农民的思想情绪打成一片,换句话说,要有农民的气质。如果是学生出身的人要写工农兵,按照毛主席的指示,"就得把自己的思想感情来一个变化,来一番改造"。变成带着工农兵的气质的人。而在我,这个变化和改造,是不够的。

第二个不够,是材料不够。在乡下前后只有八个月,在元宝时,醉心于当时的工作,对所见所闻,没有好好地详细作笔记。印象深的,还留在脑瓜子里,印象浅的,就都忘了。一动笔,就感到材料不够。

深深地感动了自己的亲身经历,是第一等的文学材料。这种材料往往是极为珍贵,又不易得的。占有这种材料的人,还得细细地回味和咀嚼,才能涌出文章来。

所见所闻,是文学的第二位的材料,但要是观察细致,体味深刻,从阶级观点上去周密地分析研究,这样也能把所得的材料转化为第一等材料。我想这样做,但由于疏懒,做得不够,有时凭记性。单凭记性是容易淡忘的。

写场面比写人物容易对付些,这是因为场面的材料还容易收集,而各阶层的人物的行动、心思情感和生活习惯,往往难捉摸。我写的人物大抵都有模特儿,有时是一个人为主,有时是两三个人综合。要把接触的人物个个都写活,真要本领。在这点上,我佩服几本著名的中国旧小说作者,他心里的人谱,竟有那么多。

第三个不够,是语言不够。我相信,古今中外没有一个文学工作者不感到语法字汇不够用的。我们通常使的学生腔,字汇贫乏,语法枯燥。农民语言却活泼生动,富有风趣。我想学习,但才开始,因此写起书来就不够用。

农民语言用在文学和一切文字上,将使我们的文学和文字再来一番巨大的革新。下面我想谈谈农民的语言。

三 农民语言

毛主席指示我们,我们的思想情绪要和工农兵思想情绪打成一片,“应从学习群众的语言开始”。现在我们要和农民在一起工作,要表现农民,必先学习农民的语言,这也是一件不容易的工作,好多人光学了一些俏皮嗑。

农民说话,都形象化。这种形象是他们从生产知识和斗争知识里头提炼出来的。他们的话,真是虎虎有生气。举几个例子,作个比较罢:

学生腔:“看那朵云飞过来了,非下雨不可。”

农民说:“瞅那块云,我说那家伙是龙王爷的小舅子,非得下不价。”

比如说,家里穷得没有饭吃,农民说:“锅盖总是长在锅沿上。”(或者说:“揭不开锅盖。”)

又比如说家里没有地,农民就说:“我家开门就是人家的地方。”

又如普通人们生气或是开玩笑时总骂人:“忘八蛋”,农民有时也骂人,但顶婉转,他会问你:“你多咱搬家?谷雨搬家?”要是你不知道河套里头的忘八是谷雨搬家,随口答应个“嗯哪”,就上了当,他骂你忘八,还叫你亲口答应。

带着从生产知识里头提炼出来的新鲜活泼的形象,是农民语言的头一个特点。

农民语言的第二个特点是简练、对称,有节奏,有韵脚,音节

铿锵。比如："干不拉瞎的"（干瘪），"直直溜溜的"（笔直），"满满登登的"（满）。说"破鞋"（卖淫妇）要用"烂袜"作陪衬，叫"破鞋烂袜"。说"地头"加上个"地脑"，叫"地头地脑"。又如"立夏到小满，种啥也不晚"，"满"跟"晚"押韵。"一儿一女一枝花，多儿多女多冤家"，对得整整齐齐，"花"和"家"押韵。

农民也好用古典。典故都从历史、小说和传统里学来，比如"周瑜打黄盖""三请诸葛""人多出韩信"等等，都是。

有些农民，也说俏皮嗑（歇后语），比如"黑瞎子叫门，熊到家呐""黑瞎子耍门杠，人熊家伙笨"等等，但好庄稼人是说得不多的。

东北语言，外来语不少，在某些县区，流行山东话。拉林一带叫翻地为哈码地，我想大概是在旗的人的话。

初到东北的城市听到一些人说协和语，以为伪满统治十四年把东北人民的语言也给破坏了。一到乡下，就知道东北语言还是由农民完整地保存着，带着浓厚的中国传统的气派和泥土的气息。

《暴风骤雨》是想用农民语言来写的，这在我是一种尝试，一个开始，毛病是多的。

四　结尾

书籍出版，就成了公共的东西，《暴风骤雨》有好些缺点，好多同志创作经验比我多，希望听到大家的指正，使我在写下卷时得到帮助，不至于重复上卷的缺点。

一九四八年五月

选自《东北日报》，1948年5月29日

◇周　扬

谈文艺问题[①]

这次座谈会开得很好,交换文艺工作的经验,讨论了当前文艺运动的问题,提出了今后工作的意见。根据大家讨论的结果,中央局作了关于开展文艺创作、乡村文艺运动、部队文艺工作的三个决定,这是这次会议的重大收获。在这次会上,听了同志们的发言,我也学习了许多东西。现在就大家所提出和讨论的问题,发表一点意见,同时也是对上述决定作了些解释,供同志们参考。

这些决定的总的精神是什么呢?

就是要:进一步发动与组织文艺界的力量,反映伟大爱国自卫战争,反映有空前历史意义的土地改革,反映大生产运动,表扬群众的新英雄主义,使文艺无愧于这个新的群众的时代。

就是要:进一步发动与帮助工农兵积极参加文艺的创造,自

① 原编者按:这是周扬同志在晋察冀边区文艺座谈会上的一个发言,曾刊载在《晋察冀日报》增刊上,替转载于此,供大家参考。

己反映自己的生活和斗争，使新生的工农兵文艺得到丰满茂盛的发展。

总之，就是要：文艺更好地为工农兵服务，文艺工作者与工农兵更好地结合，进一步贯彻毛主席的文艺方针。

边区文艺工作者，抗战后就在敌后艰苦战争环境中做了许多的工作，有不少的贡献。特别是毛主席的“文艺座谈会”以后，由于文艺工作者的人生观艺术观得到改造，实践了文艺与工农兵结合的方针，产生了不少优秀作品，同时由于群众文艺运动上正确地提出与执行了“穷人乐”方向，乡村文艺活动有极大的开展，边区文艺进入了一个新的阶段。但是比起九年来边区丰富的斗争历史与当前丰富生动的实际，文艺创造上的反映仍然是显得薄弱的。进一步开展文艺创作就有十分的必要。

文艺工作的中心问题就是创作问题。

“文艺座谈会”以后，文艺创作的各个部门，不论戏剧、音乐、小说、诗歌、木刻、绘画，都出现了新型的作品。它们在内容上反映了工农兵的生活和斗争，形式上采取了工农兵熟悉喜爱的形式。这种作品的产生是经过了一个相当时候的酝酿过程的。这就是文艺工作者的思想情感与工农兵群众的思想情感逐渐融合的过程。这种作品是产生得还不够多的，简直可以说，还太少了。干部与群众要求文艺忠实地反映他们的事情，表现他们的思想情感。这种要求是迫切的，正当的。文艺工作者能及时地胜任愉快地满足他们的要求吗？在他们的要求前面，能够逃避责任或敷衍了事吗？文艺工作者在整风后对自己作品要求更高了，对人民的责任感更加强了，因此在创作上也就更加慎重了。同时不少文艺工作者做了行政的工作。另一方面，对创作鼓励不够，出版文艺作品较少，也是创作活动不够旺盛的原因。

这次会上，许多同志认为今天应当从各方面来鼓励创作，要来一个创作运动，这是很需要的。有的同志甚至尖锐地说一个作者创作上有些毛病不一定算是错误，只有搁笔不写才是错误的，我想这种精神是很好的。文艺工作者已经并且正在继续经过各种努力与群众实际斗争结合，这给我们的创作提供了有力的保证。积极地写吧！时代太伟大了，我们需要写！群众斗争中的英勇事迹太多了，我们需要写！一个新的人民文艺的时代正待我们创造，我们需要写！

中央局关于开展文艺创作的决定，就给大家出了题目，就召大家写！

主题是确定的：文艺工作者应当而且只能写与工农兵群众的斗争有关的主题。文艺工作者所熟悉、所感到无味的事物必须与工农兵群众所熟悉、所感到无味的事物相一致。文艺工作者必须真实地反映群众的要求和情绪，而且站在一定的政策思想水平上回答群众从实际斗争中提出的问题。文艺反映政治，服务政治，主要就是把群众在斗争中及执行政策中的丰富经验加以吸收、消化，生动地描写出来，使这些经验反过来再普及到群众当中去，并且借文艺之力，潜移默化，深入人心。所谓“主题是从作家经验而产生的思想”，这就是说作品不能从概念出发，而对于一个革命作家来说，他的经验又必须同时是群众的经验。如果要没有经验过群众所经验的，就必须到群众的生活和斗争中去学习与了解他们的经验。作者愈深入到群众的生活和斗争中去，他对主题的选择与处理也就愈自由且自然而然合乎政策，不致捉襟见肘，显出勉强和拘束的状态。文艺工作者观察生活、批判生活的能力也只有在群众实际斗争中才能正确地养成和发展。

郑红羽同志所谈抗敌剧社的入伍经验是很好的。他提供了文艺工作者思想情感改造的生动例证。部队文艺工作者与战士一起生活一起战斗中,自然产生了爱兵的思想。爱兵,也就能爱兵之所爱,恨兵之所恨。从战斗中更体验了战士的伟大,感到自己渺小。这种思想感情的变化是很重要的;这正是深入连队的一个具体结果。

文艺工作者深入工农兵群众的生活与斗争,在今天仍有头等重要的意义。

写真人真事,是"文艺座谈会"以后文艺创作上的一个新现象,是文艺工作者走向工农兵,工农兵走向文艺的良好捷径。群众创作相当大一部分是写真人真事的。"穷人乐"以及许多作品都是如此。真人真事,有模特儿,比较容易表现。而且本地的人物事件,大家熟悉,感到亲切,因而也易于收到教育的效果。文艺工作者写真人真事的作品,较早的,如《一个女人翻身的故事》,是为大家所称道的,英模会上文艺工作者写的英雄传,其中也有不少的佳作。边区的《李国瑞》在写真人真事的作品中应当占有一个最突出的地位。它反映了真正士兵的生活和情感,又写了部队领导思想作风的问题,语言又是很成功的,这称得上是一个优秀的剧本。

也许有人要问:写真人真事,即使写得再像,岂不也只像高尔基所说的"一幅失掉社会教育意义的照相"吗?文艺上创造典型的任务能够放弃吗?创作缺少想象,那还成吗?这些问题,我想是不成问题的。我们写的真人真事大半是群众中的英雄模范人物和英雄模范事迹，他们本身就是新社会中的典型，就带有教育的意义。当然，写了英雄模范，也不等于就创造了文艺上的典型。大家都知道，要创造一个新人物的典型，作者必须熟悉许多新的人物，把他们最本质的特点概括在一个人物身上。文艺工作者一般地与工农兵群众还不过是开始结合，他们创造典型还比较困难。而写群众中实在的人物正可作他创造典型的准备。写真人真事，不能有想象吗？事实并不是如此，是容许而且需要想象的。作品中想象的贫乏基本上是由作者生活的贫乏而来的。一个文艺工作者，当他还不熟悉工农兵群众的生活和斗争，他的思想情感还没有与工农兵的思想情感打成一片的时候，那就不管他写什么，是真人真事也罢，不是也罢，他的想象的翅膀总是飞不起来的，要不就会又回到小资产阶级的空想去，结果除了迷失方向以外，再不会有别的。我的意思，并不是特别着重写真人真事，而只是一般地着重写新的人物和事实。文艺工作者必须学会描写新的人物。

新的内容要求新的形式来表现；而技术就是赋予内容以一定形式求得内容与形式和谐的一套方法、一套手段。内容决定形式、思想指导技术，这是确定的、没有问题的，但是形式对于内容也发生一定的影响，我们不能轻视形式、轻视技术。“文艺座谈会”以后创作活动上的主要特点，就是内容为工农兵，形式向民间学习。我们在民间形式的学习上是有很大收获的。现在已经不再是简单的“利用旧形式”了，而是为民间形式表示真正的尊重，认真的学习，并且开始对它加以科学的改造，从这基础上创造新的民族形式出来。文艺上的民族新形式正在生长与发展的伟大过程中。今天各种形式，新旧交错，杂然并陈，有的是新生的,有的是过渡的,新生的有的已经成熟或接近成熟,但许多还是幼芽,其中也有不一定能成长的。我们面前是一片新生气象。所有这些形式,只要是群众所喜欢所能够接受的,都应让它们有自由发展的机会。让群众去选择吧!群众一定会挑选出最适合于他们的,因而也是最适合于我们民族的东西,而一切不适合的东西,最后必然要受到淘汰。文艺工作者的任务就是以十分注意的态度去寻找与发现群众所熟悉所喜欢的形式,细心去研究它们,加以分析综合,提高一步。在这里,技术就作为科学方法被使用。学习技术是需要的。我们所反对的:一是那种单纯技术观点,认为技术无须受思想指导,有了技术,可以解决一切问题;二是技术上的保守主义,把技术固定化、神秘化,不敢突破一步,没有创造精神。学习民间形式,也不是单纯着眼于形式,主要还是学习群众表现他们的生活、思想、情感的方法。同时学习民间形式,是为了改造与提高民间形式。学习民间形式中,学习民间语言是特别重要的。

主题、题材、语言、形式等等问题解决了,创作的问题也就解决了。而这一切问题都不是在书斋中能够解决的,只有积极参加群众的斗争,同时积极反映他们的斗争,实践、创作、再实践、再创作,这样再三反复,才能解决。

文艺工作者除了自己的创作的任务外,另一个主要的任务就是帮助工农兵自己的文艺活动,与他们合作,向他们学习。边区的群众文艺运动,它的规模与深度都是惊人的。中央局关于开展乡艺、部艺的决定中已作了正确的估计。根据去年底的统计,冀晋村剧团就有一千三百八十一个;冀中村剧团也是很活跃的,数字没有统计,据估计也在一千以上。在村剧团中出现了像柴庄那样模范的剧团。它的创作道路与密切联系群众的作风，特别值得学习。群众创作，冀晋出版的已有十二种（这当然只是从群众创作中挑选出来的极小极小一部分）。在土地改革中，涌现了像安国护持寺那样的翻身剧团；群众创作了许多翻身民歌，我看过一些，非常之好，应当加以搜集、介绍、出版。说新书的也有不少，陕甘宁有个韩起祥，我们这里也有个王尊三，他的作品是很多的。今春美术工作者与武强民间画匠合作创作了十一种年画，销售达四十万份以上，这可以说是美术运动上的创举。边区乡村文艺运动所以有这样大的发展，固然是由于群众在政治上、经济上、文化上翻了身，但同时也是由于领导上提出并贯彻了"穷人乐"方向得来的。正如乡艺决定中所说的，"'穷人乐'的方向是毛主席文艺方针在群众文艺运动上的具体实践"。劳动群众在文艺上表现了他们丰富的创造性，"穷人乐"的方向就是积极地肯定与充分发扬这个创造性。连队文艺活动也是活跃的，战士们把自己的生活和斗争反映在墙报、歌咏、快板、绘画、戏剧上。"穷人乐"的方向应在连队中也得到贯彻。工厂文艺活动较少，工友们都希望文艺工作者去帮助他们，他们说文艺为工农兵，把一个"工"字丢掉了，应当引起我们的注意。

边区文艺工作者在乡艺部艺工作上已有很多宝贵的经验，值得我们大家研究，我在这里仅谈谈以下两个问题，一是在文艺创作上向群众学习的问题，一是从群众的需要与自愿出发的问题。"穷人乐"的成功就是虚心向群众学习得来的。群众有卓越的创造才能。我们必须信任他们的才能。群众有自己的文艺传统，又受过新文艺的影响，自己多少有一些文艺的经验，我们必须尊重他们的经验。特别是群众固有的文艺形式，我们必须特别予以重视。边区民间形式的储藏听说是丰富得很的。这是人民的财产呀,民间艺人常常就是这些财产的不被注意的所有者、保存者。为了学习和创造,我们访民间艺人做师傅罢!为了建立乡村文艺工作上的统一战线,团结民间艺人为新社会服务,并改造他们,我们也需要与他们很好合作呀!只有当群众的学生,才能当群众的先生,这句话在这里不是一样适用吗?对民间艺人,采取排斥或轻视的态度,是不对的。当然,在文艺创作上向群众学习,不只学习他们旧的经验,同时要学习他们的新的经验。而且旧的民间艺人经过改造之后也就变成新的民间艺人了,赵玉山就是一个典型。群众的创作虽还是萌芽状态的,却正充满了生命力,必须十分爱护培植他们,在修改与润色它们的时候,必须注意,保存与发挥它们原有的农民文艺的特色。文艺工作者应该多多地从他们吸收健康的养料,而不是以知识分子或小市民的所谓情调去渲染他们,结果将他们糟蹋,学习民间文艺对新文艺建设有极重要的作用。

在群众文艺活动上,我们又必须坚持"群众的需要与自愿"的原则。一切应从群众的需要与自愿出发,而不应以文艺工作者的主观愿望、热情、兴趣出发。应当充分顾及我们今天的环境与条件:一是大规模战争,二是农村分散,三是群众文艺活动是业余性质,不脱离生产。这三点就规定了:乡艺活动一般应有季节性,以本村活动为主,创作上多采用小形式,村剧团消费由自己生产解决。村剧团开销大小,常常可以左右群众对剧团的态度。村剧团是为群众服务的,不应加重群众负担。一切铺张浪费脱离群众的作风气习都必须克服。这些问题,在乡艺的决定中,已规定得很明确,我不必多说了。总之,边区群众文艺运动已经有了广大的基础，不管条件如何困难，它一定能够坚持与发展的。我们必须以更艰苦的努力来进行工作。文化工作特别需要耐心、毅力与持久精神。

我们正处在全国性革命斗争的大风暴的前夜，让我们更深入在战争中，到群众实际斗争中去吧！用我们的笔，并且也用群众自己的笔和口，把这个伟大的时代从各方面，用各种形式反映出来吧！

选自《东北日报》，1949 年 2 月 5 日

◇ 孟　伯

译文十四年小记

一

十四年东北文坛上翻译界的不振，就好像诗歌在中国似的，不为大众，不，可以说是不为只顾埋头于创作的文学家所重视。一般青年作家，只若一能提笔写句文章，便硬要搜索枯肠，从肚子生拉一阵，一提到翻译，便有人说了：

"扯那套呢，有那工夫，自己写一篇多有劲！"

同时一般读者也同样染上了忌食"翻译"的胃病，重视创作而不重视翻译的恶习气，始终也没能去掉。

同时一谈到翻译工作的难易，就有人一口说定：

"反正哪国书，都得从日文重译，这个时候谁还不会几句日本话？把字母一去，把汉字前后一调换就是文章呗！"

这句话若被一个忠实的翻译家听来，虽然免不了一肚子气，但是，究竟还是有多数的人们，真就本着这句话的"真理"从事过翻译，即使有忠实的译文，那也不过是逐句忠实地译下来，至于原著全篇精神脉络，能够真正地理解而后再下笔译就的人可就太少了。此外其译文的洗练与否，还得另下定论。

帝国主义的文化侵略，也是翻译界不振的主因之一，当伪满建立初期，还能看到一些外国（日本不在内）诗歌以及短篇小说的译作，及至东亚战争勃发以来，日本便更加紧它的监视，除了德、意、日的法西斯集团的作品以外，即使有人翻译，也绝不能通过检阅官的锐眼，所以真正有志于翻译的人，也都不能再继续工作下去，日本的名著虽然也不少，但是在东北人的眼睛里，却闪着憎恶的光辉，终于翻译界至最近一二年来，便整个地沉落下去。

二

现在把记忆中和手头有资料的译著，介绍在下面。

以单行本问世者：

《春》	岛崎藤村著	杜白羽译
《春琴抄》	谷崎润一郎著	儒丐译
《心》	夏目漱石著	古丁译
《贞操问答》	菊他宽著	李君猛译
《草枕》	夏目漱石著	李君猛译
《悲哀的玩具》	石川啄木著	古丁译
《哲学新讲》	佐藤庆二著	韩护译
《菊里夫人》	菊里著	爵青吟梅译
《虎》	拜阔夫著	曲舒译
《牝虎》	拜阔夫著	曲舒译

《吉祥天女》　卢纳尔著　尚希文译

散载于各杂志者：

《青年文化》

《虚妄》　森鸥外著　爵青译

《阿部一族》　森鸥外著　莫伽译

《古典的生活》　龟井胜一郎著　田琅译

《地灵》　加劳沙著　田琅译

《乡下大夫》　乌家德著　摩诃译

《步哨线》　火野苇平著　林泉译

《万叶集选译》　张文华译

《艺文志》

《大同大街》　长谷川浚著　共鸣译

《马家沟》　竹内正一著　共鸣译

《芋粥》　芥川龙之介著　莫伽译

《地狱变相》　芥川龙之介著　爵青译

《新潮》

《堕落的诗集》　石川达三著　冯非译

《亚伦街的怪事件》　韦廉士著　李牧之译

《田舍的牧场》　海才著　李踪译

《麒麟》

《崇高的憧憬》　歌德著　跫音译

《明明》

《高尔基的文学论》　莫伽译

《草中》　横光利一著　徐获译

《静安寺碑文》　横光利一著　木风译

《草叶集》 惠特曼著 光友译

《兴亚》

《在城崎》 志贺直哉著 莫伽译

《大同报》

《白兰之歌》 久米正雄著 梅娘译

《海外文学》 专页等

《盛京时报》

《屠格涅夫散文诗》 蹬音译

此外，当然还有很多译著，不过因为手头无有充分的资料，恕笔者再想不出别的译者了。

三

由于过去十四年的奴化教育，被强迫着去学习日文，甚至于有人把日文当做我们的国语，所以我们的译文当然有很多人脱不掉日本气味，读起来很让人难受，不过有的译文也很洗练，现在且引莫伽氏译《高尔基的文学论》中几段——

> 初步的作家，对于现实的关心，显然是低下的，而且观察力也不十分发达。一般的人都急于下“最后的结论”。这种缺陷特别是对于青年为尤甚。所谓“性急”是强制人去注意量的势力。然而含有否定的性急的事实，——世界各处都一样，在俄国现在也是极占势力的。自然，和这些事实战斗是需要的，而且无情地暴露这些事实也是需要的。
>
> （《关于初步作家》一九二八年）

关于有否由古典作家学习的必要的问题早已成为议论。

据我的意见是，不仅由古典作家学，若是敌有可取，就得从敌学习。所谓学习并不是模仿，而是获得技术方法。所谓求工作方法之进步，不是为自己而强化它的。只要能工作，工作便能教给你吧！劳动者都是知道这些的。若学习与模仿相同，则我们就失掉了科学和技术吧？而且文学也不能使青年作家们达到必须的完成之领域吧？在所谓从古典作家学习这种毛病有几分滑稽。就是有人担心古典作家能否抓住学生的脚拉他到墓中去呢。（前书）

现在的作家各样的讲各样的写，但对于究竟借怎样技术的手法才能把我们的大规模的现实的每一个片断——纵使是部分的综合——带到今日的文学里来，却什么也不讲也不写。不仅此也，在文学者们的集会上，出席的某人正确地说我们的绘画只不过是照相式地，死地一般地反映着现实而已，立刻就听得回答道："这是假话！"不，那是正确的。现世和文学除掉将近成功的少数例外——不拘有无绝顶的天才——都以活动着的人物的集团的劳动为创作的主人公。

莫伽氏在过去译文界，很活跃一时，其初期译文，对于选择上很注意，看这篇《高尔基的文学论》，真可以说是不易读到的佳作，译笔也很洗练，唯加旁点之章句，似乎有再加斟酌的必要，此外有如古丁氏译《悲哀的玩具》一书，乃日本薄命诗人石川啄木短歌集，因原诗就有字数的限制，译来当很觉棘手，然而，我觉得古丁氏的译笔，虽也有与莫伽氏同一毛病，但在传达原诗之神韵上，却不能不承认已获得好多的成功，假如再能精细地加以雕琢，我想原诗那种玉润珠圆的调子，便不难传达净尽了。因手头无此书，只好不抄，且让我来抄段光友氏译，惠特曼的《草叶集》——

泪

泪！泪！泪！

夜，寂寥中，泪；

在白的岸上滴着，滴着，被沙砾吸取了；

泪——没有一颗星放着光——全是暗淡的和荒凉的；

纵包裹着的头底满盈眼眶里的泪；

——那幽灵是谁啊？——在黑暗中带着泪的那人影是谁呵？

流着的泪——啜泣着的泪，惨痛，因哭号而哽咽了；

暴风雨呵，搅成一片，腾起，飞奔，沿着海滩突进；

凄凉而阴沉的夜之暴风雨，跟风呵！激发而狂暴呵！

影呵！在昼间是如此沉着而有礼仪的，带有镇静的容颜和均整的步态；

在夜中流去，当你远扬的时候，无人观望着——那时被释放的海呵！

泪，泪，泪的海呵！

光友氏译诗《泪》的最后一句，是“泪的，泪，泪”，我拿来和日文译本一对照，而给改成现在的这样了！但我相信这一定是工人

排版不注意给排错了。

我觉得译诗,并不是只把诗句的意思给传达出来便算了事,有的时候,我觉得译一首诗比自己做一首还要难。把别人的意境变成我们的意境,把别人的句法变成我们的句法,还得注意自然的音节、调子等等而后始能让人读起来朗朗上口,由这一点看来,中国的译诗一事,向来真还没有成功的译作出现呢!

四

总观我们过去的翻译界,倾向于苏联的作品的人较多,譬如屠格涅夫的散文诗,至少能有十个人以上的译作,散载于各杂志和各报章上,可惜,终于没能出现单行本。此外高尔基、托尔斯泰等大家的作品也曾活跃一时,最使我们奇怪的是没曾出现过杜斯退益夫斯基的译作。

大凡东北过去十四年来的译作,大都是从日本转译,日文是否可靠,既不得而知,译成中国文以后,就更不可靠了,所以除了日本的创作以外,在过去可以说没有什么值得注目的东西,就是日文的译作,也都是东抢一篇西拾一篇的毫无秩序。近几年由于检阅的严紧,译文界便一落千丈,竟有的人为抓钱且溜须大译《英美罪恶史》、《日本两千六百年史》等等替日本宣扬神道与大和魂的作品,当然其中有着不得已的实情在,至此我们可知道日本帝国主义侵略我国的残酷性了。

选自《东北文学》,1946 年第 1 卷第 2 期

◇ 孟　语

沦陷期的东北戏剧

前言

演剧艺术它不但是模仿人生，表现人生，并且创造人生，美化人生。记得某人说过：演剧艺术使人类“生”得有目的，“活”得有趣味。另一方面我们可以说它是一种技巧的社会教育，因为它可以在娱乐里辅导群众，教育群众。除此之外，它更可以组织群众，训练群众……

有着如此重大性的演剧艺术，日寇怎会叫它发芽？不用说他们在用力地压制，用力地摧残。然而爱剧的朋友，他们不怕风雨，不畏困难，在没有路里找路，他们小心地培养这棵嫩苗，叫它长大，使它开花，一棵两棵……就因为这样，好多的朋友被走狗以私自集团结社，思想不良逮捕了，有的竟丧掉了性命。虽然进牢的进牢，死去的死去，可是从事戏剧工作的同志，并没有减少，不但未减少，还增多起来了。

在另一方面,狡猾可恶的日寇,他们利用演剧来宣传他们的鬼策,用演剧来奴化我们的群众。你想,爱剧的人们能忍心这样做吗?事实一部分的人他们真的做了。对此,我们能不痛心吗?能不恨吗?然而我们原谅这些在肚内唱着忍痛哀歌的爱剧的职业剧人!

给敌人做工,谁也不能否认是可耻可悲的事,可是在绝望中还有一线曙光,那便是这些职业剧人,除了歌功颂德宣传敌策之外,还要以一使演剧技术向上为理由,来演本格剧,并且还有的在剧中暗藏着"复兴祖国,重建中华"的穿插。

为了纪念这些苦干的朋友,为了介绍在倭奴压迫下的东北戏剧,我皱着眉头,接受了编辑先生的第二次的约稿。

十四年,好长的十四年呵!东北的土地又是如此广大,叫我把这长时期各地方的戏剧工作写出来,实在是一件难事,并且我手边又没有多少参考的材料,但是:

先从长春开始

谁都知道东北沦陷以后,敌人便以长春为中心开始榨取,那么奴化群众的演剧工具,当然也要由长春做出发点了。

"大同剧团"是在民国二十三年成立,主事者及导演人都是日本人。最早的作品有《发明家》、《望子》,编剧者皆系日人,前者是武藤富男,后者藤川研一。故事的内容,都记不清楚了。当时的国人有赵刚、崔若愚、王三等。

在"大剧"以前还有两个演剧团体,一是"银星新剧雅乐团",一是"三友俱乐部"。"银星"的主办者是"初光",出演的剧仅有《花烛之夜》。邓固、捷于、孟语成立的"三友"虽然排过

《花花草草》及其他剧本，但没有公演。

银星、三友先后解散之后，有的人去做事，有的人去读书，剩下的人便都加入了“大剧”。

最早的还有一次演剧是在民国二十一年，那虽然是长春市的中小学校的游艺大会，但由于豪华的外衣和出演者的认真，它留给人一个不能忘的影子。在许多的节目之中，给人印象最深的是第二师范学校出演欧阳予倩作的《回家以后》——说起来真是一件有趣的回忆，现在鼎鼎大名的“陆华纳”导演，十二年前曾经男扮女装呢！

回过头来，再让我谈大同剧团，一提起“大剧”来，人们立刻发生不快的感觉，可是叫人厌烦的原因是在什么地方呢？那便是他们的演剧态度和一部分人的私生活欠佳，可是由《巡阅使》的问世，多少有些转机，的确，苏联作家果戈理的《巡阅使》是有名的戏剧，同时他们出演的态度也严肃起来，演员也都非常认真做戏。邓固饰的县长，可说是成功之作。但导演依旧是日本人。不久他们又演了曹禺的《原野》，出演的成绩我们不用问好坏，删掉第三幕，却是叫人在快活中感到“痛心”。

“大剧”本身没有创作吗？有。正因为他们自己创作了脚本，才稳固了他们的戏剧艺术的地位，《林则徐》便是一个好例子，编导是王清。公演后《电影画报》举办了一次鼎评会，出席的人有安犀、辛实、外文，他们说：“一般写历史剧多半是分为两种：一个是忠于史实，对它分析和批判，再一个是借着历史的故事，来适应现时代的需要，也就是所谓‘旧瓶装新酒’的意思。《林则徐》就得属于后一种。从外形上来看，却是历史故事，不过有的地方想使场面热闹，穿插了一些无据的人物。穿插人物和事件是可以的，不过是得限于有可能性甚至是必然性的，像《林则徐》里的杨秀英和谭氏的场面，以及林则徐亲身去商馆和义律睹面、交涉的场面，都是使人怀疑的……总之剧作者翻阅史籍有不足的地方，比如足以表现林则徐性格的有两句话，他口中常吟并写作对联，编入诗文，见为遗言的‘苟利国家生死以，敢因祸福趋避之’都没有利用上。……这剧缺乏剪裁的功夫，除了序幕以外，在这四幕八场里，多半是叙述史实了，每场与每场之间，都缺少相关性，不是一贯的发展，而是庞杂的陈列……他们的精神是可爱的，虽然有缺点，但该团全体工作人员的热心，是每个观众都会感到的。”

三幕剧《情天壮志》也是他们的创作，这可以说也是一个本格的剧本，笔者曾与一个朋友用松江双渔的名字，发表过一段评文：“……题目叫《情天壮志》，情天倒可，因为男女恋爱了。可是壮志呢？我不懂，我不明白壮志在哪块。男主角不是航海去了吗？航海就是壮志吗？到外边绕一个弯，是不是还没回来呢？是去旅行吗？让这么一个青年盲目地走去，的确是一个问号。”

《情天壮志》虽有着缺点，但它的确是一部难得的剧本，尤其它的外衣是非常美丽动人的。

民国三十三年演的《第二代》，这是一个叫孙伊康的中国人由电影改编的，除了仍残留着电影编剧手法以外，大体可说是良好。导演人也由日人改为国人“陆华纳”——写到这，让我揭穿一个小秘密：王清是日人藤川研一的假名。

由于《第二代》的公演，不但将以往的恶印象抹消，更给与人们一种极好的评论。

还有一个极值得提起的剧本《夜航》，民国三十二年由“大剧”演出。这能演七十分钟的独幕剧本，是李乔写的。《夜航》里有骗子、小偷、女拆白，大家看上了一个归乡的女仆的包袱，他们用尽种种方法来骗，来偷，他们除了计算别人以外，还互相吞灭，这故事在某船的前甲板上生动地展开。后来，船上起火，包袱没人要了，都去逃生，但有的上了小船，有的却和包袱一同留在船上。

在好多剧作之中，笔者认为这是一篇杰出的戏剧。无论在取材上、穿插上、台词上和人物刻画上，都是一出不可多得的佳作。

在长春，除大同剧团之外，拥有悠长历史的便是文艺话剧团——它是民国二十八年创立的。顾名思义，它是一个怎样的团体。成立人除山丁、吴郎、孟语外有捷于、红郎、曼娜等人，阵容虽强，可是倭奴却敲破了他们的梦——文艺剧之外，他们得演“时事演艺”，然而在歌功颂德的时事演艺里也有人大胆地写入了敌人所谓的“思想不良”。刘汉的《没有武器的战士》和孟语的《二烈士》便是，表面上虽以歌功日人，尚武增产，而内里却写进了唤起群众，组织群众的对话——这当然有人不答应，可是和国人检阅官一通融，只要广播出去，以后的事，作者便听其自然了。

文艺话剧团，虽是一个以播音为主的剧团，可是他们借着业余的时间，也有几次的公演：第一次的剧是《主仆之间》播音剧，原作是胡琮，舞台剧的改编是孟语，故事大概是这样：阔老爷讨了一个漂亮的姨太太，而姨太太却爱上了年轻的汽车夫。结局携款逃去。

第二次出演同样是独幕剧，剧名《狂潮》，编剧者是坚矢，故事只记得是以渔家女为中心展开了一幅贫富斗争的图画。

民国二十九年冬，“文艺”以严肃的态度，公演了曹禺的《日出》，为了庄严、郑重，又印了《日出》公演特刊。由于登在特刊上的孟语的《我们的歌》便可以看出这帮朋友的精神来了：

我们不敢打着提倡文化的旗帜，我们只是以“自娱而娱人”去虚心地做着我们要做的事。同时希望我们的观众和我们一样，在娱乐中找到反省和教训。

我们都是有着职业的人，“演剧”是大多数的友情，结成一团，因为我们爱剧，因为在戏里能找到我们之所求。

我们不怕艰难，我们不怕风雨，我们只是利用着我们业余的时间，在快活地、虚心地工作着。

播音剧《道上》是柯炬写的，由该剧的导演孟语改编成舞台剧。内容是某官厅的科长、小职员、汽车夫，一同追求一个美丽又年轻的女打字员，大家在下班的道上，演出了这么一幕啼笑皆非的喜剧。

三十二年，又演了金音的《佳佳丽丽萧萧》。这剧是写三个个性不同的女人，用爱与恨织成了一首诗一般的故事。

放送（播音）文艺协进会是不能不写在这里的，因为由于它的诞生，不知写出了多少本格的剧本来。先是长春，不久哈尔滨、沈阳、大连等地也设有了支部。东北的作者，差不多都是该会的会员，比较成功的作品，有季疯的《成功之夜》、金音的《狂笑人》、白宁的《幽静的山谷》等多篇。

使东北播音文艺（不但是剧——剧占主位）兴盛的“文协”可惜成立不到二年便消逝了，原因是为了会员季疯的被捕和其他会员受不了“特务”、“外事”先生们的调查。每周自我批评的座谈会也被视为“思想不良，反满抗日”的集会而解散了。

剧本研究会，是产生舞台剧本的所在，会员有吴郎、金音、刘汉、渔牧、孟语和日人藤川等人，作品除藤川的《林则徐》和《清明调》之外，虽有作品多篇，但都没有公演。

电影公司的演剧，也在长春占了相当的地位，阿英的《群莺乱飞》便是一鸣惊人的公演，虽然在演技上，影人们还欠深刻，但布景、服装，都很使人满意。

辛实编导的长剧《遥远的风沙》可说是豪华之作，它写一个崩溃的大家庭，这大家庭里产出不少的丑事，管家调戏女仆，少奶奶又与管家有染。结局有的死了，有的远走。它的出演是在民国三十二年的初春。

银青剧团是中银职员组织的业余剧团，他们也演过几个大剧，如《沉渊》、《家》、《人之初》等，他们出演的成绩，虽然不是我们所理想，但他们奋斗的精神是值得钦佩的。

市同仁剧团也是一旅有力军，作品有《明日之春》、《青石桥》等剧。《青石桥》是熹微的力作，写一个身患重病的青年去修桥，他终于被石头打断了腿，就是这样，他依然不忘工作。相反地有钱的人不但不出钱也不出力，并且在玩弄着村妇。为大家谋福利的桥修成了，而青年也离开了这人寰。《青石桥》可说是一个可歌可泣的悲壮故事。《明日之春》也许是熹微所作？

《青石桥》演完不久，熹微便入了狱，大概是因为剧情过于激烈的关系吗？在长春像昙花一现似的有过一个“电波剧团”，公演一次便解散，剧与人都记不清楚，同样在民国二十八年吧？

"银星剧团"只演了《买卖人》、《逃亡》，便也无影无踪，剧本都不是自己创作，领导人是初光、孙燕谋。此外，白萍主执下曾演过一个叫《血债》的长剧，剧团的名字是"共荣"。这剧虽然表面上说打倒美英，但骨子里却向倭奴说："偿我血债。"剧作者是阎力夫。

最后，还有一个演剧团体"演剧研究会"，主办者是魏斐然，这剧团虽然有着四个月的寿命，但它只出演过一次（并且这出演是以慰安军警为名），原作剧名《蜕化》被导演人孟语改为《青春之花》，是吴殿师写的，他写一个阔小姐，每日度着浪漫生活，由于爱人的诱导和鼓励，她迈上了勤劳之途。继《青春之花》也排过几个剧，但因"演艺协会"日人的不许可，终于夭亡了。

"出演"，提到出演，真是痛心之至，知道末日到来，而不自觉的日本子，对于演剧更加倍地压制、统制起来，为了出演，笔者和剧团主办者几度跑到倭奴家去请求，虽然鸡子留下，虽然吃饭出席，但出演还得等些日子，一次又一次，一人又一人，东跑西奔的结果，他们先让剧团去慰问，以后再出演——正在团员犹豫之时，便光复了。

沈阳的剧团也不少

东北大都市之一的沈阳和长春相同，有着很多剧团在活跃。在很多剧团里，值得提起的有协和剧团和国际剧团。"协剧"的性质和长春"大剧"可说是一样的。他们除给倭奴"宣德达情"之外，也演过不少本格剧。

曹禺的《雷雨》便是"协剧"在民国二十九年公演的，题名

《雷雨》,可是实际却不是曹禺本来的《雷雨》了。在他们宣传小册子上有一段《关于改编雷雨》的文章。他们说:"改编《雷雨》的理由有二,第一是为了演出上的方便,如……于是鲁大海变成一个热情莽撞的汉子,四凤与周萍既不同父又不同母,恋爱无罪,生育无罪,双双出走也无罪……这一点也许要得到观众的非难,然而这苦衷,凡是从事文化,从事剧运者,都该谅解的。第二是矫正原作的一点谬误,以希腊悲剧的姿态,过分地强调自然的冷酷残忍与命运的万能,固然会得到一部分人善感人士的同情与赞叹,然而结果只能给人心情上个难堪的重压,要你苦闷得喘不出一口气来。……我们不相信命运,我们可知道宇宙的残酷,然我们有的是和环境火拼的热与力。……"导演是日人上原笃。

三十二年又演了袁俊的《边城故事》,可是他们改名为《萌芽》,内里当然也删改了。接着他们又演了托尔斯泰的《欲魔》,同样由他们文艺部改编。

以上的长剧,都是用了改编的方法,把别人的作品搬上舞台,难道他们没有创作吗?文艺部的责任者安犀写了不少短剧,如:《猎人之家》、《淑女》、《姜家老店》。

《淑女》是一出近于闹剧的喜剧,内容是一个乡绅小姐和青年恋爱的故事,正在男女相会之时,媒人来访,在闺房发现青年男人的东西,媒人当然不满,正当媒人怒去之际,藏在箱子内,被女之祖父称为神仙的青年出来,并且急喊"舅舅这媒你不能不保"。

安犀是东北专从事剧作的,除以上几剧外,尚有《归去来兮》、《救生门》等多篇,并且将这些独幕剧印成了单行本,题名

《猎人之家》。

《猎人之家》可说是东北唯一的剧集，虽然百灵也印了一册《夜行集》，但多半是播音剧，并且质方面也太差。

在沈阳受人欢迎的还得说是国际剧团。这剧团的剧本，十之八九是创作品，并且多半出于李乔之手，如：《夜歌》、《生命线》、《家乡月》、《紫丁香》、《小桃红》、《塞上烽火》等剧。在这好多成熟的剧作之中，我还马虎地记得《家乡月》是写一个为了杀人而离乡的人，他为了妻子，终于在一个夜晚归来，然而他的亲生子却把他当做歹人，当他被捕时，儿子才知道是自己的天伦。《塞上烽火》是写兄弟之爱：二保的哥哥被匪人押去作恶，但瞎了眼的母亲在等着大保的归来。二保千辛万苦把哥哥找着，并且将他由匪窝中救出，不舍大保的匪徒在追途用枪打伤了大保的腿。二保将大保背入村庄某家去避难，“冤家路窄”，大保就做错了一个事——匪人叫他杀过一个人，那磨刀要报兄仇的弟弟，就是这家的主人，由于大保身上的怀表，使这年轻人知道大保是杀兄之人，于是他用刀刺大保，而挡住他的二保说：“你爱你的哥哥，我也爱我的哥哥。”后来匪人将大保拉走，谁知这青年却起了正义之感，他忘了哥哥的仇，用枪击退匪人，把大保救回。万恶的匪人放火烧庄，大保也自杀了。

在东北，李乔是剧作的第一人，他写得熟练、动人，虽没剧集问世，但他的作品除公演外，差不多都发表在杂志上了。

诗作者成弦也写过一两篇剧本，《姊妹》便是。

在沈阳除“国际”、“协和”当然还有很多剧团，抱歉得很，我不知道它们的名字。

哈尔滨

"剧团哈尔滨"是最有历史,也最有众望的剧团,主办者除日人之外,有邬风青年剧人邬风,除了导与演之外,还能写作。《黄昏大血案》、《秋宵》也是他的创作,前者顾名思义,我们知道它是一个侦探剧,后者据说类似《灵与肉》。

民国三十年吧?由尘沙主办,成立了艺文剧团,公演作品有《沉渊》、《日出》等。

此外还有一驼铃剧团,主办者是陈九龙,只演过一次《北京人》。

播音剧在哈尔滨非常兴盛,在播音台做事的尘沙成立了哈尔滨放送(播音)话剧团。第一次东北各地的播音剧比赛大会,哈尔滨剧团,便得了第一,可惜剧本和作者的名字,却想不起来了。

大连和其他地方

大连的剧团好像比较少似的,除大连放送剧团外,不晓得还有没有剧团。

齐齐哈尔赵学敏办过一次剧团,至于出演过没有也不知道,不过赵君自己能写,笔者是详细的,三幕剧《人约黄昏后》便是他的作品。

吉林、四平同样有着剧团,不过除协和会里的协和剧团外,别的剧团恐怕太少了吧?

各地的"协剧"

沦陷中的东北,各县城都有"协和会",在协和会里十之八

九，都有“协和剧团”。它是倭奴诱惑老百姓的工具，由于农安协和会首领渡边的话便可以闻一知十了，他说：“我的话说给上级‘满洲’人听，上级人再转给中级人，‘下级人’我叫‘剧团’去说话。”

发达的播音剧

前面，我已提过“播音剧”，在这里，再叫我说：东北，在有电台的地方，至少有一个或两个播音剧团，计算起来前后有五六十个吧？在每夜都可听到，除了平常广播之外，每年还有一次比赛大会。

尾声

拉杂地，毫无章法地写了不少，但回头一看，这笔“账”算得未免太不像样，可说是乱极了。本来，编者的意思是叫特别着重“剧本”和“作者”，但信笔涂来，连播音剧也放在这里了。（说起来，东北的播音剧，的确太发达，太旺盛。）

老长的十四年，广大的东北，不知有多少剧团，多少作者，是我不知道的呢！我真恨，为什么找不到参考品？为什么不找人去问一问呢？其实何尝没这样，但它对我写这篇东西，没有多大益补。更糟的是我把长春一市的剧坛，便占了全文的半部（怪不得在哈尔滨从事过演剧工作的风眠，她笑着说因为你是长春人呀），这样真不如改题为“沦陷期中的长春剧团”，可是我又写入了沈阳、哈尔滨，以及其他等地的剧团。

这零碎的东西，我真想把它扯掉，因为这样，也好免去我的急躁，但明天编者又要要账了，无法，只好红着脸把这粗劣的东西交出。

最后我向奋斗过的同志们道歉，并且我希望你们供给我材料，因为我想弥补这缺耳少鼻的婴儿。

一九四五年除夕夜

选自《东北文学》，1946年第1卷第3期

◇ 赵树理

艺术与农村

只要承认艺术是精神食粮的话，那么它也和物质食粮一样，是任何人都不能少的。农村有艺术活动，也正如有吃饭活动一样，本来是很正常的事；至于说农村的艺术活动低级一点，那也是事实，买不来肉自然也只好吃小米。

在历史上，不但世代书香的老地主们，于茶余酒后要玩弄琴棋书画，一里之王的土老财要挂起满屋子玻璃屏条向被压倒的人们摆摆阔气，就是被压倒的人们，物质食粮虽然还填不满胃口，而有机会也还要偷个空子跑到庙院里去看一看夜戏，这足以说明农村人们艺术要求之普遍是自古而然的。广大的群众翻身以后，大家都有了土地，这土地不但能长庄稼，而且还能长艺术。因为大家有了土地后，物质食粮方面再不用去向人求借，而精神食粮的要求也就提高了一步。因而他们的艺术活动也就增多起来。

农村艺术活动，都有它的旧传统。翻身群众，一方面在这传统上接收了一些东西,一方面又加上自己的创造,才构成现阶段的新的艺术活动。

据我所见到的,成绩最大的是戏剧和秧歌,凡是大一点的村子,差不多都有剧团,而秧歌在一定的季节,更是大小村庄差不多都闹的。按传统来讲,这两种玩意儿,在过去地主看不起,穷人们玩不起,往往是富农层来主持,中农层来参加,所表演的东西,无论在内容上形式上,都彻头彻尾是旧的,只是供他们乐一乐就算。群众翻身以后,自然也不免想乐一乐,可是在农村中,容人最多的集体娱乐,还要算这两种玩意儿,因此就挤到这二种集团里来。可是新翻身的群众,对这两种玩意儿感到有点不得劲——第一他们要求歌颂自己,对古人古事兴趣不高;第二那些旧场旧调看起来虽是老一套,学起来却还颇费工夫,被那些成规一束缚,玩着有点不痛快。在这种情况下,他们便对这两种东西加以大胆的改造——打破了旧戏旧秧歌的规律,用自由的语言动作来表演现实内容。这种做法出来的东西,不但是懂艺术的看了不过瘾,就是村子里学过这一道的人,虽然一面也参加在里边,一面却也连连摇头,大有“今不如古”之叹。不管这些人怎样不满,而这种新戏新秧歌却照常办公,并且发展得很快。从他们每一个作品的整体看来,虽然大多数难免不成所以,但差不多都有它的独到之处,而这些独到之处又差不多都是我们想象不到的。

农村的音乐,其传统与戏剧秧歌同,只是现阶段成绩比较坏。在农村中,自乐性的“吹吹打打”集团,名义虽有“八音会”、“十样锦”等之不同,但其为“吹吹打打”则一,在历史上也是地主看不起,穷人玩不起,只有富农领着中农干的。群众翻身后虽然也把它接收过来，但没有耐性去学细吹细打，只能打一打大锣大鼓。

与音乐相近的则有歌曲：这方面在历史上虽有小调存在，且也有人利用过，但却不能说就是小调的发展。农村的小调倒是农村无产阶级的东西，不过大都是些哼哼唧唧的情歌，不但是唱的人自以为摆不到天地坛上，就是勉强摆上去也不成个气派，因此在过去就不能在公开的场合去唱。可是一般人都有“唱”的冲动，而历史上没有唱的东西，在实在憋得吃不住的时候，就唱几句地方旧戏来出出气。抗战以来，作音乐工作的同志编了一些抗战歌曲，填补了这个历史上的空子，于是就开了农村唱歌之风。群众翻身以后，此风更发展了一步，几乎是男女老少无人不唱，无时无地不唱，碰上个下乡工作的同志便要求教他们些新歌，可惜这方面的供给量太少，以至于有些把打蝗的歌拿到结婚的会上去唱的。此外，在小调方面也有很大的发展，特别是运用在戏剧上。

在图画方面，群众也有要求：翻了身的群众，有了桌子，桌子上也有了插瓶镜子之类，墙上却也有了字画。他们对那些旧的中堂字画感不到满足（也可以说是没有那些雅兴），并且为了不忘共产党，也都爱在中间挂几张毛主席、朱总司令等领袖像。他们买不到时，好写写画画的人就自己画。这些画往往还画得像个人形，可是你要硬说像谁就很难确定，原来画的是毛主席，下边写上朱总司令，别人也看不出来。把这些画像贴到中间，在旁边还挂上一些不知何时何人结婚的龙凤喜联。

在诗歌方面，空白很大：文化界立过案的新旧各体诗，在现在的农村中根本算是死的。而新旧小调、歌谣、快板之类，虽然也有浓厚的诗味，但究非好的诗作。目前《王贵与李香香》、《圈套》这一类作品确可以填补这一空白，但产量还少，仍须大家多写。

最后谈到小说：五四以来的新小说和新诗一样，在农村中根本没有培活了；旧小说（包括鼓词在内）在历史上虽然统治农民思想有年，造成了不小的恶果，但在十年战争中，已被炮火把它的影响冲淡了，现在说来，在这方面也是个了不起的空白。

这一切（此外或者还有，但不必尽举了），除了空白以外，其余活动起来的东西，不论它怎么不像话，也得承认是属于艺术范围内的。就那么多的成绩，就那么多的缺点，就那么多的空白，我们在艺术岗位的工作者，对这应取什么态度呢？按这活动的现象说，实在难令人满意，可是我们老向他们表示不满，自己就在不便之处，因为我们即在这岗位上，人家就会把这笔“不满”的账过到我们名下来。

为大家服务的任务是肯定了的，我们的工作岗位是暂时确定了的，那么我们的主要业务就是“满足大众的艺术要求”，因此就要求我们各种艺术部门的工作同志们（在前方直接为兵服务者除外）分别到农村对各种艺术活动加以调查研究，尽可能分时期按地区作出局部的总结，再根据所得之成绩及自己之素养，大量制成作品，来弥补农村艺术活动的缺陷和空白。

农村所需要的艺术品种类之多，数量之大，有时都出乎我们想象之外。办一份杂志，出一份画报，成立一个剧团，作一篇小说，很容易叫文化工作者圈子里边的人普遍知道，可是一拿到农村，往往如沧海一粟，试想就晋冀鲁豫边区这一块地方，每一户翻身群众要买你五张年画，你得准备多少纸张？每一县一个农村剧团的指导人，就需要出多少戏剧干部？在这人力不敷分配的时候，后方艺术界的同志们，即使全体总动员投入农村，也只能是作一点算一点，作一滴算一滴，哪里还敢再事踟蹰呢？

为文化程度较高的人制作一些更高级的作品，自然也没有什么不可，不过在更伟大的任务之前，这只能算是一种副业，和花布店里捎带卖几条绸手绢一样，贩得多了是会占去更必要的资本的。至于说投身农村中工作会不会逐渐降低了自己的艺术水平，我以为只要态度严肃一点是不会的。假如在观念上认为给群众做东西是不值得拿出自己的全副本领来，那自然不妥当，即使为了给群众写翻身运动，又何曾不需要接受世界名著之长呢？织绸缎的工人把全副精力用来织布，一定会织出更好的新布，最后织到最好处，也不一定会引诱得巴黎小姐来买。

选自《人民日报》，1947 年 8 月 15 日

◇ 草　明

鲁迅忌辰在北平

看到北平文化界纪念鲁迅逝世十周年的纪念会的消息，实在叫人痛心和惊异。鲁迅逝世纪念会，各解放区都公开召集群众的会，表扬鲁迅的生平事迹，然而北平偏到二十号才能举行，只能是小型的座谈会，而且在秘密的地方召开，——原因是受了当地国民党反动派的压迫，不能公开举行。

对死去的人施行压迫，也真是国民党独裁政治的末路！鲁迅生前，受尽了国民党的迫害，不能作一切公开的活动，光是笔名的化名，就数也数不清（当书刊检查大人发现了他这个笔名的时候，他已采用了那个笔名），更谈不到离开上海一步了。那时候因为鲁迅活着，有腿走路，有手拿笔写文章，难怪反动派监视和检查得那么严。现在已死去十年，难道还怕他的灵魂跑到北平去不成？

说也奇怪，哪怕鲁迅活着受监视也罢，死后受限制也罢，他的思想却是锁也锁不住，封也封不住，无限制地到处散布的；反动派禁止北平文化界召开纪念大会不免枉作小人。独裁政治越没落,手段就越无耻,这是个定律!

鲁迅死而有知,谅会替活人摇头感慨:"人有幸与不幸,有生在自由的解放区,有活在地狱似的蒋管区。噫咦!"

十月末

选自《东北文艺》,1946 年第 1 卷第 1 期

论人物和歌颂

——评《夏红秋》

我以很大的热情读了《东北文艺》第八、九期上发表的《夏红秋》。这篇文章的流利，简洁，生动，使人得到很好的印象。据说作者是个很年轻的作家，这是特别值得称赞的。自从《夏红秋》发表以后，断续听到关于它的意见。而这些意见里很不一致。为什么？我想，《夏红秋》一文是提出了问题的。它不仅在东北知识青年里提出了问题，而且在创作上也提出了问题。现在，我不揣自己的浅陋和拙劣，仅就创造典型人物和作者应该歌颂什么这两个问题上说出我对《夏红秋》的意见。

首先，我想着重提出，作者的技巧是相当熟练的，有几个描写到人物的心理和当时的状态的镜头特别细腻和生动。例如夏红秋在沈阳碰了钉子以后："天慢慢晚了，大楼上挂着的'蒋主席'大幅像，被黯黑的夜幕渐渐遮住，他的面孔上，往日浮着的伟人神气已经看不见了。模糊地看去，却像华君武漫画中的那副丑相。""火车站的红灯，把铁轨照得好像一条条的血管，绿灯反映在铁轨上，却像一道道的青筋，这种可怕的景致，只有在当时的我才能体验出来的。"

又如，作者故意叫受了十四年奴化教育的夏红秋把高尔基并列在悲多汶那个阶级上去。"恨不得咬她一口"的女兵变成"真是个老大姐",瞧不起的"黄大褂兵"给"你们还没睡吗,同志?……同志们,你们真,真太辛苦了"的心情所代替等等的强烈的对照,都是经过作者的细腻的揣摸和布置的。还有,作者对于"八一五"当时的动荡的环境,和这一时期的青年的动荡的心理等都相当熟悉。这种种条件,都是这篇作品的优越的地方。不过,我想指出,在创造夏红秋这个人物上是失败了的,作者所歌颂的对象是不恰当的。

夏红秋,现实不现实呢?我用比较确定的口吻说:是不够现实的。夏红秋算不算一个典型?不算是东北青年学生的典型。为什么?

在第一节里:夏红秋是安东省六个"优良儿童"之一;同学们都怀恨的日本婆子川畑对她可例外;在同学们受了川畑的凌辱跪下之后,川畑恩赐夏红秋出来做个跪的榜样,她便触电似的,受宠若惊地挺身而出;此后她对川畑便有了感情,崇拜她甚至于崇拜天皇——那么一个失去民族良心,可厌可憎的少年,被作者雕塑得很生动。

我们又来看看第八节以后的夏红秋吧:穷苦的老太太拿最好的东西(面疙瘩)来款待她,后来又坚决不要她的钱,以致使夏红秋感到:"真想不到受苦的人,一个没有受过一天教育的老太太,竟有一颗珍珠似的发亮的心。"她看见工农学兵的队伍,便觉得整个城市都撼动起来,发觉"这个世界上就我一个人心里不痛快"的可怕的孤立。看见萧华将军时会被他的谦虚朴素所感动,因而尊敬他的忙和累,尊敬他参加红军的光荣历史与对革命的贡献。她和工人们开了一个会,参观了几个工厂,便信服:“劳苦群众是人类智慧的泉源,力的海!”被人叫自己做同志而感到光荣。曾经“恨不得咬她一口的女兵”后来却是和蔼可亲的老大姐,“黄大褂兵”的印象给忠于职责,不辞劳苦所代替,因而对战士选不出一句适当的话来表达自己衷心的感激。……这一串描写一个青年被工农的诚朴、智慧和为人民服务的八路军干部与战士的忠心耿耿,不辞劳苦,不怕牺牲的种种行为所感动,因而改变了自己反对的心理。可惜这些描写放在可憎可厌的夏红秋身上!

这些描写,是与第一节的夏红秋完全相反的。可不可能呢?我说,不可能。因为丧失了民族良心的夏红秋,后来由于只碰过一两回钉子,很表面地看见一点点工农的事情便能改变吗?我以为,没有民族良心,根本谈不到阶级良心!

这样,我同意桦同志所写的一段话(《东北文艺》第五期第二十六页):“一个青年向我谈,说他在沦陷期间,丝毫不像夏红秋那个样子,他是恨日本人入骨的,他是背后唾骂日本教员的(和夏红秋的大多数同学一样——草注)。他也是小资产阶级的知识青年,他用这一段话,就拒绝了接受《夏红秋》的教育意义,抹杀了《夏红秋》后半的教育意义。这就说明了《夏红秋》失败的症结。”(然而桦同志的整个论点,我觉得是矛盾的)

我想,那是范政同志误把特殊的例子(第一节里的夏红秋)放到一般的类型(第八节以后的夏红秋)身上去的缘故。因此夏红秋不可能是个典型——不是一般东北知识分子的典型。也因此,无怪读者读到头一段时觉得作者写一个可怕的人写得很生动;读末后几段时,觉得作者很能刻画出一般东北知识青年的心理,但把前后一连起来,便觉别扭,便觉不可能出在一个人身上。

我以为这并不是像桦同志说的创造典型未达到应有深度和高度的问题，也不是像舒群同志（第十期十三页）所说的典型性的削弱的问题，而是不够称为一个典型。

像第一节里的夏红秋，存在不存在呢？我肯定地说：存在的。但那是少数的；她决不能那么简单地有后来的转变。那么，后半篇的夏红秋，存在不存在呢？我肯定地说：存在，而且普遍地存在；但决不是第一节里所规定的夏红秋所能发展的。

自然有人会问：人是发展的啊，夏红秋不是经过半年才转变过来的么？她不是在沈阳碰过钉子，亲眼看见过工人农民，看见八路军的干部和战士的么？她不是……

我也同意"人是发展的"说法，不错，夏红秋这个完全不知道祖国的"满洲姑娘"是矛盾了半年，经过了内心的斗争才变成"女八路"的。不过，夏红秋不是一个普通的学生，普通的知识分子——即是说，讨厌日本人，又不得不奉承日本人，盼望祖国和正统的一般的知识分子——而是一个崇拜大家所恨的川畑甚至于崇拜天皇的学生，是一个能够无视连大家都感到耻辱与恐惧（大家都同情任明和李同学）的同学的痛苦，昂然挺身出而做奴隶的模范，说着奴颜婢色的话："给我们辉煌胜利的是大日本亲邦！日本和满洲国就像父亲和儿子一样"的一个知识分子——是一个失去民族良心的知识分子。像这样的知识分子，决不可能在半年之内，在碰了个把钉子，看了看一个师长，看了看受苦人的家庭，听一听工人们的说话便能转变，便能同情劳苦工农，便能尊敬为人民服务的八路军战士和干部——一句话，便能丢弃本身的阶级，而投到另一个完全相反的阶级去。或者有人问：这样说来，像第一节里的夏红秋，不是永远不可能变成一个能同情无产阶级的人了吗？我说：不是绝对不可能，那是因为她还是一个青年，还可以教育，但需要经过更长的时期和更残酷的斗争。

也许有人会反问我：那么，像夏红秋那样失去了民族良心的女孩子，只经过半年的、表面的斗争，便投身到革命的行列里去，你说没有吗？我的回答是，可能有。但假如有的话，她的转变是表面性的、投机性的（这种投机性不一定是有意识去做）或者是盲目性的而已。我们应用批判的态度，用阶级分析的观点，恰如其分地、现实地去描写她。决不应无条件地站在人民的立场上去欢迎她，去歌颂她。——特别是作为人民的代言人的作家，作为拿作品去教育别人的作家。如果我们不带批判性，而无条件欢迎她的廉价的转变的话，那是只看见了她的表面，而没有看见她内在的、真实的思想，没有拿人民大众的尺度去衡量她的缘故。

存在决定人的意识，这句话是毫无疑问的了。我们同样可以用这句话去检查检查这篇作品。夏红秋一开头便建筑在不稳固的基础上的。正如桦同志说的："他们夫妻能够不悄悄谈论祖国的事情，不期待'满洲国'的赶快灭亡吗？这种期待的感情，能够不为他们聪明的爱女夏红秋所听到，所染受，是很奇异的。"夏红秋的父亲虽然已经把地卖光，靠雇几个人替他赶马车，靠剥削别人的劳动力过生活，仍是个剥削阶级；不过他还不是个丧失祖国观念的人，他还有民族的良心。像那样的家庭，会教育儿女恨日本人，并教育儿女奉承日本人，不可能把儿女教育成"表里一致"地崇拜天皇。因此，夏红秋的基础是不现实的，也是不能代表东北青年的普遍思想。如果有的话，也只能代表少数。

我们又再看看，川畑的跋扈蛮横，也算相当厉害的了，因此她的耳光、嘴巴子、罚跪，对学生祖国思想的凌辱等，已引起了全体学生的反感。可是独夏红秋能无视大家的凌辱和痛苦，胜任愉快地出来做奴隶的表率。那么，她为什么后来却不能忍受国民党军官的酗酒打牌胡闹呢？蒋介石和天皇，不是一样得到她的尊敬和崇拜的吗？川畑和红痣的国民党军官不是一样地在执行法西斯的秩序吗？他们的不同，只在于一个是用严重的态度去执行，另一个是用胡闹的方式去执行而已。即令夏红秋不喜欢胡闹的态度，也还不至于反感到那样的程度——由极端的崇拜到极端的失望，因而成为她投身到与她相反的阵营（革命的阵营）的一个关键。

又如夏红秋是个都市的姑娘，她从来没到过乡村，阮同志扮演一个乡村妇女时，她从何知道她演得又自然又逼真呢？而且达到“看完了她的戏，伪满时代的吴影、鸣石之流完全被我们踏到脚底下去了”的程度？再说，夏红秋是受了十四年的奴隶教育的，但从她的说话和看问题来看（虽然文字不是她写的，但口气看法是她的）没有带什么“协和”气，也是不太合理的。

有民族良心的人，不见得有阶级良心，例如一个民族资本家，他靠剥削劳动者而生活，但他同时不愿当异民族的奴隶。一个没有民族良心的人呢？就根本谈不到有阶级良心。如买办资产阶级、汉奸等（包括受他们思想强烈影响的人），他们是倚靠帝国主义的力量去剥削本国的劳动者。是最坏的一个阶级。

夏红秋不是出身自那样的阶级，但作者安排她是一个有头脑，但奴性十足的人，受买办汉奸思想强烈影响的人——受川畑的支持在同学们头上的人。像她这样失去了民族良心的人，她当然不会有阶级同情心，同情劳苦大众，并投身到他们的行列里去。“人是发展的，存在决定人的意识，夏红秋也能变啊。”是的，人是能变的，可是拿夏红秋来说半年来的“存在”改变不了她十几年的“存在”的（虽然这个期限没有一定）。表面上的一些斗争，不能那么简单地使失去民族良心的她变为有阶级同情心的人！

现在我们来谈谈一个作者的态度的问题吧。我们应歌颂谁呢？

东北青年学生里面，恐怕起码有这么三大类：一种是有民族仇恨，并愿意拿出自己的力量去反抗民族敌人的（他们中曾经产生许多可歌可泣的事实）。一种是有程度上不同的祖国的观念，讨厌日本人（因为受他压迫）但不敢得罪他甚至巴结他（为的是生活的钥匙操在他手里）和盲目的正统观念（包括反对八路军）。另一种呢，就是完全没有什么祖国、民族的观念的（当然谈不到阶级的同情心）。据我的了解，第二类是多数。

作者当然可以歌颂第一种的人，因为他们的思想和所干的事是符合人民大众的利益的。第二类的青年呢，他们受了敌人的长期的而且恶毒的教育，使他们认识问题有许多模糊观念，但他们还记得祖国，或不至于完全忘记祖国，还感到生存在异民族统治下的威胁，那么，当他认清了真理，分清了敌我，并愿意把自己的力量加进工农的洪流里的时候，无疑地，他们也是很可爱的。作者也可以有条件地赞扬他们，欢迎他们。因为，他们在生存上感到威胁（虽然程度不同），这一点上是与工农大众一致的。至于第三类呢？他们是靠了民族敌人的倚赖、信托和支持才能在人头上，才能耀武扬威，才能保持优越的地位。这一类人和人民大众没有丝毫相同的地方，相反，他们之间的利益是尖锐地矛盾着的。自然，作者应该揭露他们，打击他们与唾骂他们！

夏红秋本来属于第三类，后来却又变到第二类的后半截去了。这就弄成矛盾和不可能（理由我在上面已说清楚），降低了作品的说服力，和造成了一部分读者的思想的混乱。

我的意见一定会有很多错误，但作为爱好文艺的我，从事文艺工作的我，渴望着文艺工作同志不断地给我以砥砺；因此，我不想掩饰自己的鄙陋，特将愚见写出，就正于范政同志和从事文艺工作与爱好文艺的同志们。

一九四七年十二月于哈尔滨

选自《东北文艺》，1947 年第 2 卷第 6 期

◇ 段句章

四平书店同志的来信

我是作书店工作的，而且是专作发行与和各机关学校间的联络。今天走了几个小学校，同时征求了教师们对贵刊的意见，虽不全面，但也可窥见一斑。

同志我首先告诉你，凡是爱好文艺的全喜欢读《文学战线》。因之销路也很好，许多人对于《文学战线》创作丛刊第一辑稿子很关心。

鼓励他们投稿，反映是这样：看了已出刊的三期所有篇幅几乎为名人所完全占有，因此他们以为《文学战线》并不是青年习作园地。我的解释说，它并非文人名流所专有，而是青年们的稿件可能是太少了，那么只得多刊老作家的作品（编者同志我冒昧地大胆作释，是否对请指示，不过在当时情况我不得不勉强来解释）。

关于他们提出来的老作家的作品问题，最后我这样说，他们（老作家）多是久经锻炼，长期在文化战线和敌人作斗争，因之他们的作品不论在内容上、在技术上全值得我们来好好地研究的。

让他们给你们写信,有的说:“写信不回信,同志们知道多难看哪!”我想不管他们爱面子是怎样不应该,可是不止一个人都存在着这样的想法。

我只不过是帮着杂志社代征意见罢了,谁想他们却以为我是有锻炼的了(写作上)。其实我是很早就喜好写作,这倒是实事,但是写不好也是实事(关于我自己,以后我想写信给你们,希望多帮忙,指导我)。他们要我常和他们在一起,谈谈有关写作与怎么朗读文艺书刊的问题,并希望组织个学习组似的东西,在他们休息时间来大家研究(在我的工作岗位上是有困难的)。这一下子把我弄糊涂了,怎么办?他们热情很高,又不能泼冷水,想来想去,最好的办法是没有的。

杂志中的文学往来是一般看杂志的人所先要看的(据我所知)。匆匆草此,请指导,以后多联系,书店和杂志社的关系是密切的。

敬礼

选自《文学战线》,1948 年第 1 卷第 5、6 期

◇ 侯唯动

介绍《国际家书》

《国际家书》,这是一本闪耀着智慧的散文集。

这些优美的文章,是被洗练到了明确的程度,没有一个多余的(可有可无的)字和句子。

青年们应该学习这种经过千锤百敲的文体。

好多篇是散文诗,有许多被喜爱的警句:

"机会创造才能"(光荣属于红军)

"同志与同志之间是星光与星光之间,不是互相挤轧,而是互相照耀。"(快乐)

则蓝同志在这本集子里收集了他的心血的结晶,不但内容丰富,而且充满着不少精辟的见解。读后可以使人提高自己,因为每篇都在鼓励人进步。

被同志们阅读着,书是旧了,许多句子却被牢记和引用着。

不能把这种快乐私有,特别写了这些喜悦出来,向大家推荐这本好书。

《国际家书》，这是一本值得细读的散文集。

选自《文学战线》，1948 年第 1 卷第 5、6 期

◇ 胥树人

关于文艺上的经验主义

东北解放了。华北基本上解放了。全国很快就解放了。

沈阳刚解放三个月,春节里就出了那样多秧歌队;《东北日报》也发表了不少工人的作品。若果把各工厂墙报上的文艺作品统计一下,那数目是很可观的。

书店的机器要求大量的材料。阅览室里挤满了人。汤原村子里也成立了图书馆。

时代在飞跃。人的感情也随着飞跃起来。

我记得四六年秋天,《东北日报》有一个读者提出了问题,说是:“作家哪里去了?”

编者的回答,说是:“下乡去了,到实际中去了。”

三年来,我们的作者的确也写了不少东西教育了人民,提高了人民。到现在,“满洲国”时候那种散布消极情绪的作品是看不见了。封建文学也缩小了市场。

但是,正如毛泽东同志所说:“人民要求普及,跟着也就要求

提高。”

在前年，对于具体作品，就有不少同志提出意见。

去年一年，是文艺批评最热闹的一年，而且有些见解，也的确形成了理论。

凡此种种，都反映了我们热情的飞跃。

毛主席教导我们：看问题要从实际出发。热情固然很好；若果脱离实际，难免要变成冷淡的。

有些理论，自从中央提出反对经验主义以后，已经由实际证明了它们的破产。但是我以为汽车转弯的时候，还是慢一点好。要不一转又转差了。好在东北已经进入相对的和平，这一点时间我想还是有的。

文艺最后决定于社会经济条件和服务于政治斗争。这已经是马列主义的常识了。但如果认为文学和经济条件就像换工插犋中间的两头牛一样地平行或者像镜子和脸的关系那样直接，或者认为文学的作用就和政治论文毫无差异，那只能是对马列主义的误解。

文艺，有它自己发展的历史，有它自己的思维方式和工作方法。作者不仅被动地去感受生活，而且通过他的思想感情对生活有所批判，否定一些，肯定一些，将它们集中为艺术形象再现出来。这所谓再现，是更高一级的再现，已经不完全是原来的样子了。

这就需要过程，需要作者的本身条件（思想和艺术的修养）和社会的客观条件（一定的组织条件和物质条件）。而经验主义是不管这些的。

经验主义者认为：文艺的作用，就是把现实原封原样地记录下来。记录下来有什么作用呢？他们举例了：

某某人看见自己的名字上了报。他高兴了。

某某人的相片登在画报上。他高兴了。

某某人的事情编成戏，编成鼓词，编成快板。他高兴了。

文艺的作用，在他们看来，完全相同于新闻或照相的作用。打开天窗说亮话，就相同于传令嘉奖的作用。

因此他们唯一的要求就是快。因为慢了就引不起兴趣。这就是有名的所谓“时间性”的理论①。

作者是时代的哨兵。他敏锐地提出时代的本质矛盾，而且照时代所能解决的程度最大限度地予以解决。当然，时代是在变化着。新的东西不断地在生长。旧的东西不断地在灭亡。作者的任务就在发现新的东西生长中间还有什么困难而帮助它生长，发现旧的东西灭亡中间还有什么倚靠而加速它灭亡。这中间当然也就联系到时间问题。

中国在这一方面做得最好的，我以为是茅盾先生。他的《子夜》、《腐蚀》、《清明前后》等②都和现实的政治斗争联系得那样紧。但是他没有像“时间性”理论所要求的，今天这里一个什么运动，赶快写下来，明天那里一个什么运动，赶快写下来。因为他不是新闻记者。

其实好的新闻记者，采访的时候也并不简单图快，主要地要确实，要有意义。资产阶级记者有时单图快，那是因为商业竞争

① 这个理论由刘白羽同志《加强文学的时间性和战斗性》表现出来。但其实这个观点在我们文艺运动实践中早已存在了。

② 前几天看见一个消息，说茅盾先生又完成了一部以所谓中间人士为题材的作品。原作没有见到，所以没有写。

的缘故。

而“时间性”理论的主张者们，却是老追逐于事件之后。

他们有一个永远不能解决的矛盾，就是事情做了才能写。因此他们得出结论，说是：文艺必然落后于现实。但是他们又不甘心落后，而要“争取不落后”。

怎样争取呢？

首先一个筋斗翻到教条主义方面去。于是一种论调出来了，说是“可以先确定主题，再到生活里面去找材料”①。

主题是什么呢？是作者对于一定问题的看法。主题从哪儿来呢？我们是唯物论者。主题，只能从生活中得来。反驳者说：“难道作者事事都得亲自做过么？”那也不然。凡是见过，听过，做过都行。主要地必须详细占有材料。如果脱离了具体材料，那所谓主题无非就是抽象的政策条文而已。

另一个争取的方法就是“这里的经验哪里还可以用”。这当然也有一部分真理。但是他们忘了：无论运用什么经验，都得根据当时当地的实际环境而有所批判。不然就变成老一套。所以这种说法，不过是聊以自慰而已。

根据这种“时间性”的理论，机械地将时间性和永久性对立，小形式和大形式对立，得出一个命题：

“我们需要将来的文学巨著，我们更需要现在的精神食粮。”②

---

① 《万世师表创作及演出经过》译者思叶按语。发表于《东北日报》，《文学战线》第一卷第一期文学往来栏转载。

② 见刘白羽同志文内，因材料不在手边，引证容有错误、曲解之处，由引用者负责。

同时《东北日报》发出了五次“请写短一点”的呼吁。

将来是否就是文学巨著的时代，我们且不管它。只就这种说法而论，完全是形式主义的。

文艺形式的多样性，正反映了现实的多样性。文章的长短，决定于形式和它所包含的内容的比较。内容少固然不能拼命拉长，内容多也不必不顾一切地压缩。不管字数多少，总要能够充分表达内容。大小形式，不妨各有千秋。这样说法的人，以为读者生活紧张，没有工夫看长作品。这倒也有事实根据。正因为如此，我们于写长作品之外，更需要大量开展小形式。需要注意的，写小形式也要讲求效果。若果以为形式小，就可以马虎从事，那是要不得的。现在有的同志，写出文章，根本不看第二遍，连一些笔误和标点符号的疏忽都没有改正，小之叫作工作态度不严肃，大之叫作不负责任。

这种形式主义的第二个表现，就是不深入地观察现实，只追求一些热烈的词句和场面或者人工地将故事弄得紧张。有一个记者写了两篇通讯。一篇后面说：“这就是胜利，这就是一切。”一篇结尾是：“我觉得，这就是历史的必然规律。”这都是些无用的句子，里面并不包括任何内容。另外的缺点尤其表现在剧本创作上，好几个同志都在《东北日报》副刊指出：许多剧本都故意让夫妻吵架，结果和解，最后来一个群众场面。这都是吃了形式主义的亏。

这种理论，既然抹杀文艺的特殊性和作者本身需要具备的条件，当然对于作者不能有正确的指导。表现在批评上，就是绝对的赞扬和绝对的抹杀。理论本身，需要帮助作者前进，帮助他总结经验教训；一味赞扬和抹杀都是没有好处的。近年来，虽然

对文艺的意见不少，但是其中有好多都是些技术批评。就是说不是从整个作品对现实的整个效果出发，而斤斤于一字、一句或者一段，甚至将资产阶级形式主义的观点也应用起来，片断地摘录一些句子来判断作品，如林铣同志根据《一个农民真实的故事》中人物讲“我”怎么样怎么样而就说是个人主义观点之类。再不就是要求文艺完全和政论、口号起一样的作用。例如刘白羽同志在评论爱伦堡的时候，说他把报告文学提高到与论文相结合。[①] 其实一个作者爱在作品中间发议论和不爱在作品中间发议论，这是各人的习惯，原本也没有什么高低。不过就一般说起来，如果作者的议论发得太多，是不好的。这也正是马克思为什么主张莎士比亚化而不主张席勒化的缘故。

上述那种批评态度只能使作者自满或者泄气，而不能帮助作者什么。照那种理论看来，作者只需要身体好，能跑道，能不断地写就行了。当然他们也主张作者要提高政策思想，要锻炼思想感情，但是怎么提高，怎么锻炼，就没有下文了。事实上，照那个理论的逻辑本身，这些都是用不着的；因为作者只要“到实际中间去”，不用经过自己的努力，自然就会提高的。所以批评也就只能起个打气或者泄气的作用。

对于文艺运动，盲目地崇拜自发性。在他们看来，能够在表面上轰轰烈烈展开一个文艺运动就行了。也不管群众乐意不乐意，也不注意群众文艺活动中间有些什么问题需要解决，听其自生自灭。他们认为这是普及。实际是拿普及开玩笑。

---

① 见刘白羽同志文内，因材料不在手边，引证容有错误、曲解之处，由引用者负责。

文艺工作者任何时候也应该注意到普及问题。这是我们文艺一个艰巨的任务。但是普及任何时候也应该在提高指导之下。关门提高是不对的；盲目地普及也是不对的，实际叫作“普而不及”，因为群众不感兴趣。

事实上普及工作是很难做的：又要收到一定的教育效果，又要群众喜闻乐见。这里面问题很多，决不是单凭热情突击一阵就能完成任务的。

我们主张文艺工作者提高自己的政治修养，需要他们在生活实践中和艺术实践中，不断地锻炼自己的思想感情，培养正确的马列主义世界观和人生观。这就需要文艺工作者自身的努力，一方面学习马列主义正确的思想方法，一方面学习人民的艺术家（包括有名的和无名的）如何通过艺术的思维方法来表现现实的本质矛盾。这是一个相当长期的过程。这里面有失败也有痛苦。这就需要我们拿出革命的勇气，不断地刻苦地努力，敢于正视现实的人生，敢于更深地发掘自己①，不要骛一时的虚名，也不要为一点小事而泄气。因为路都是人走出来的。

而经验主义者不管这些。他们用政策条文的搬弄代替对马列主义世界观的掌握；用对于杰出作家（如爱伦堡、西蒙诺夫）或者民间文艺形式的模仿代替对艺术发展全面的系统的了解；用对于关内特别是延安文艺运动经验的机械的搬运代替对于群众文艺状况周密的调查研究。这样就堕落到形式主义和老一套。

---

① 鲁迅先生说：“真的猛士，敢于正视惨淡的人生，敢于面对淋漓的鲜血。”讲到他自己时，他说他“不怕更深地发掘自己”。这也正是他伟大的地方。

造成这种经验主义的原因：第一是由于文艺工作者本身的思想；第二是缺乏集中的统一领导；第三是由于三年来战争的分散环境。

东北的完全解放，已经结束了东北的战争状态，今后剩下的就只是一个支援全国的问题了。今天东北已经有条件让我们冷静地来想一想。群众的要求也迫使我们冷静地来想一想。虽然有时候想起一些事是会不愉快的，但是：

"忧愁久了再加点痛苦，反而会见轻。"①

时代在飞跃地前进，文艺怎么还能够爬行？②

一九四九年一月十四日

选自《文学战线》，1949 年第 2 卷第 1 期

---

① 莎士比亚《柔密欧与幽灵叶》第一幕第一景（用曹禺译文）。

② 去年四月份《东北日报》副刊发表陈沂同志《文学还应加强群众性》一文。我认为基本观点是正确的。请参看。

◇ 姚远

东北十四年来的小说与小说人

虽然是秋天了，然而菊花却正开得繁茂

沦陷十四年来的东北，令人痛心疾首的事实，不知有多少，令人力尽气嘶的事实，更不知有多少，倘如时代可以用齿轮来象征的话，那么，我们的齿轮所回转的方向，不是前进而是后退，不是向前，而是倒行。东北的所有人民，在日寇的帝国主义的重压下，只有痛苦的呻吟，无力的挣扎，我们这群人，如同是在暗夜里爬行的旅人，失掉了前进的目标，更如同是在暴风雨里的航海者，勉强摸索着向前航行，已失掉了前进的重心，所谓生活，不过是被奴役着的空间与时间所造成的苦痛。倘如承认文学是有着反映时代与现实生活的使命的话，那么，这块土地上的文学，也就失掉它的本性了。看！东北的文学，不是也被日寇利用为奴役的工具了吗？从事于文学的人，不是也被强迫着而予以统治了吗？

然而，文学者是有思想而工于写作的，虽然处于这样恶劣的环境，笔尖的滑行都被监视着，但是毕竟实践了文学者的使命。利用凡有的机会，借题发挥了文学者的本色。他们利用报纸，刊行杂志，在东北的各个角落里，向着各层级的人们，呼喊了。

他们的地盘有报章，有杂志，有不定期刊物，有单行本。

报章：

长春的《大同报》，辽宁的《盛京时报》，哈尔滨的《大北新报》、《滨江日报》，大连的《泰东日报》、《满洲报》，锦州的《辽西晨报》，吉林的《吉林日报》等都先后辟设了文艺专页，不但给与写作的人以发表的机会，并且养成了对于文学有相当的趣味与热情的新进青年作家，这些新进的青年作家，与先进的作家纠合在一起，每日在文艺栏里讨论着文学的理论，商讨着文学的技能，发表了小说、诗歌、散文，以及杂文等。其中尤以《大同报》、《盛京时报》、《大北新报》、《满洲报》较比火炽热烈，更以《大同报》、《大北新报》所发表的新文学作品为最多。

《满洲报》于前几年停刊了，《盛京时报》在最初很少见新文学的创作，以后逐渐增多，这都为了客观环境与人的、物的条件的约束的缘故，而其主因，全在于言论统治下的不自由现象，唯其如此，对于文学的建设所留下来的功绩，愈不可泯灭。

之后，停刊的停刊了，统合的统合了，减页的减页了，以致副刊也不足道了。虽然如此，但是“九一八”以后的不算短的时日里，如火如荼地炽烈了一时，创作下了许多不朽的作品，给东北文坛撒下了不少的种子。

杂志：

最初在长春产生了《明明》，由较比写作力丰富的文学青年奠下了基础。从纯文艺的立脚点出发，理论与创作并重，给文坛出了不算小的建设力。

继而有辽宁的文学同志刊行了《文选》，是一个不定期的纯文学杂志。因其页数较多，每册都非常充实，尤其小说更多为各人的力作。

伴同《文选》之刊行有《文最》、《文颖》等，纯以批评文字集成，与《文选》各刊行两辑，便停刊了。

《艺文志》，是继《明明》停刊后所刊行的不定期的杂志，多为《明明》时代的人们所主持，同时，附带的刊行《读书人》、《诗歌人》、《评论人》等，内容多为简短文字以补《艺文志》长篇大作之不足，其相得益彰之美是与《文选》之情形相同的。

《新青年》，是定期综合杂志，其纯文学的性格与上述各种较比薄弱，但是却能接近大众，大众也容易理解。

《作风》，是专以刊载介绍外国名作为能事的，惜只出一期就夭折了。

《学艺》，是刊载凡是关于学术的文字，也谈理论，也有创作，因其刊行又向文坛投下一块基石。

此外，更有《斯民》、《新满洲》、《青少年指导者》、《新家庭》、《妇女杂志》与《满文化月报》、《健康满洲》等，因其不重望于纯文艺创作，所以不必一一详述了。

假如，把这些视为“九一八”后的东北文坛前一阶段的收获的话，那么，后一阶段的收获则有以下各种：

《青年文化》、《新潮》、《麒麟》、《电影画报》、《勤奉良友》、《民生》、《朋友》、《协和青年》。

这些在内容上，因为日寇更加强了其所谓言论统治政策，不啻为摧残民族文艺的利刃(《艺文指导要纲》的颁布),以致东北文学完全窒息了,日寇垄断了所有的报纸与杂志,向报纸实行了《康德新闻》一元统治策,所谓文学,不过是命题作文,所谓言论,不过是奴役作家的笔杆,又有什么内容可言呢?

况且纸页削减,简直无异于把文学从生活里驱除了,又有什么反映时代可言呢?又有什么建设文学可言呢?

单行本:(只限于小说创作集)

《奋飞》	古丁作
《蝙蝠》	小松作
《风雪集》	疑迟作
《无花的蔷薇》	小松作
《花月集》	疑迟作
《天云集》	疑迟作
《同心结》	疑迟作
《竹林》	古丁作
《人和人们》	小松作
《北归》	小松作
《沃土》	石军作
《新部落》	石军作
《牧场》	金音作
《欧阳家的人们》	爵青作
《山风》	山丁作
《笋》	韦长明作
《灯笼》	方季良作
《乡愁》	山丁作

《小姐集》　　梅娘作
《泥沼》　　袁犀作
《去故集》　　秋萤作
《河流的底层》　　秋萤作
《燕》　　克大作
《平沙》　　古丁作
《新生》　　古丁作
《野葡萄》　　小松作
《苦瓜集》　　小松作
《边城集》　　石军作
《教群》　　金音作
《归乡》　　爵青作
《绿色的谷》　　山丁作
《碗》　　任情作
《大凌河》　　戈禾作
《花冢》　　也丽作
《两极》　　吴瑛作
《小工车》　　秋萤作
《新土地》　　姜灵非作
《第二代》　　梅娘作
《安荻和马华》　　但娣作
《乡怀》　　柯炬作

因为手边的参考文献有限，只能想起这些，但是想来也不能有多少遗漏的了。

我依稀记得在五六年前，那时的风气很盛，文学同志们联合起来就可以写与印，如艺文志刊行会、文丛刊行会、文选刊行会、学艺刊行会等，此外悉由书店代为出版，奔走劳碌，百般设法，维护迄今。不过，日寇的毒计，施逞无厌。只就杂志而论，都先后停刊了，造成一片荒凉。至于单行本，不过是在检阅的铁斧下任其割宰勉为从事，以飨大众，充为精神的食粮。

下面将十四年来发表于杂志、报章以及集成单行本的小说分别加以讨论。

从源头冲下来的激流，它遇见危壁了

报章文艺："九一八"以后，东北的文坛，是先奠基于报章的副刊的。如《大同报》的文艺版，《大北新报》的"朔风"，一时都颇为火炽。尤其提倡新文学运动的热烈，曾经掀起过文艺的思潮。除少数成熟作家以外，更提掖了新进的文学同志。不过报章的文学，毕竟是附属于报章的，说到它的命运，虽然也有着美妙的青春，圣洁的灵魂，但是如同报章一样，很迅速地从人们的记忆里溜逝下去。特别是长篇连载，每次过千余言的刊载，一篇文章至少需要三四个月之久始能登完。这样，常常会使读者中途夭断，或使读者失掉了耐性，或于中途淡忘了前情，都是不可避免的，以致被人们冷淡着。但是作家的坚守孤垒的素志，在大困惑中的摸索的毅力，会因此而更被人赞叹的。

我们且来看一看十四年来的报章文艺的轮廓及它的面目吧！

维护《大同报》的基本作家，先后在文艺版里登载了长篇，王则的《昼与夜》、疑迟的《同心结》、山丁的《绿色的谷》。之外，更提示了许多的短篇、评文、散文、新诗、译文等，这些零散的东西都被我忘掉了。现在我只能把上述三个长篇略为检讨，不过在检讨以前，我想提出来那时环绕《大同报》周围的情形来。

《大同报》时代，同时有哈尔滨的《大北新报》、辽宁的《盛京时报》，它们都迈着同一的步伐，以地域的划分显然地造成了南部、中部、北部的一贯连锁。比较起来在前后十四年的中间这时期的性格，是象征着浪漫主义的建设情绪，而其作品多半是有着以乡土文艺为基点的写实主义。代表这一派的系己、吴郎、鹏子、吴瑛、梅娘等。一方《大北新报》更被沫南、陈隄、冰旅、衣冰、金明、徐迈等在热心地提倡着。至于《盛京时报》，有秋萤、陈因、袁犀、未名、李乔等。这时候的情形，现在回想起来，真是较比不自由中的自由了。这是五六年前的事情。给东北文坛留下来一个不可泯灭的功劳。

如谈报章文艺，我们只能捉住这个时期，或这个时期以前作为主题的，可惜它的寿命只是保有了二年多的短时间，便逐渐衰落下去了。

记得《大同报》的一派，一面呼喊着建设乡土文艺，一面呼喊着"热与力"，意思是说，现阶段的文学，我们应该用文学的力量来建设乡土，这里所说的乡土，不是仅指乡村而言，而是指着东北这块土地而言。我们有热有力应该献给这种工作上。证明这呼喊的事实，他们组织了《文艺丛刊》刊行会，出版了吴瑛的《两极》、山丁的《山风》、梅娘的《第二代》、秋萤的《去故集》等。之外，更在《大同报》、《盛京时报》上发表着言论。

东北的文坛在这不自由的环境里，也曾有过了相争和对立。那是《明明》一派的作家在"写与印"的口号下，不想多说，只想多写，多印，用以填补文坛的空虚，可是打笔仗的事实是有的了。一方以《大同报》、《文丛》为堡垒，一方以《明明》或《艺文志》、《读书人连丛》为堡垒，一时争论得非常激烈，然而，他们所争论的中心，是离开了研究文学的范畴的。不是为文学上的某一问题而争执，而商榷，全是无所谓的斗口。所以继续了一时，就拉倒了。可是这个"拉倒"的结果，仿佛是在后来有所谓"外界人"起而加以干涉的。日寇连我们的无所谓的斗口都不容许之后就派了特务日夜在监视着了。作家们由想写而不敢写，竟变成了被他们命题而说起假话来。所以不但报章上的辩论销声敛迹，甚而连作品也不多见了，以致渐渐地竟踏灭了文艺副刊。

王则的《昼与夜》与疑迟的《同心结》，因为手边没有文献，不便妄谈。山丁的《绿色的谷》，打开了过去的注重叙述故事的通病，而在故事里渗入了作家的意识，在这一点上，它是较比成功的。尤其是作者的浑雄的气魄与伟大的灵魂殆充沛于全篇。据说后来集成单行本时，也被削灭了，以致变成了残缺的作品。

《绿色的谷》是较比成功的，我们不能否认，不过倘如拿后一阶段的情形来说，我们连《昼与夜》与《同心结》的作品都不能读到的。因为伪政府颁布了《艺文指导要纲》以后，限制太苛，几乎不能执笔，所以作家们都一时搁浅了，有名的作家耐不住这种窒闷逃亡于关内。有的作家失掉了逃亡的机会便做了奴隶。这样，把一个刚刚播下种子的文坛，便弄得四分五裂，满目荒凉了。怎能产生出来作品呢？即或有，充其量不过是挂羊头卖狗肉，借题发挥了。但是稍一露出痕迹来，便会叫你尝尝铁窗风味，甚至掉头的。

《同心结》与《昼与夜》的时期，还让说话，所以想写的也就写了出来。

在这前后，吴郎在《盛京时报》上刊载了《参商的星群》，后来中挫，秋萤刊载了《河流的底层》，这也是一个较比成功的巨作。作者在这里创造了典型的人物，补足了作者的从前的缺陷。更巧妙地洗练地烘托出一篇社会的故事，而展开了他的写作的前途。

此外，《满洲报》、《泰东日报》也都刊载了不算少的小说，现在值得被人记忆着的，该是小松的《北归》了。小松是一位素被称为精力作家的，普通的作家的沉潜，往往是化为无文的缄默。而小松的作为作家的沉潜却不然，他是以着冲破的精神在说明着沉潜，所以常冲破了之后，不但没有倦意，反而更为旺盛。

他的创作，都是美的构图，所以就有人说小松有着绘画的才藻，这评语是很恰当的，《北归》是一幅很美的、很匀整的作品，较比《蝙蝠》与《铁槛》等为冗长，为有力。

关于报章上的作品我所想到的很多，譬如在《大同报》的末期里，克大、柯炬、杨絮、林潜等都有不少的作品，因为缺少参考资料，不能加以妄评的。

总之，东北十四年来的文学，报章在初期是颇有相当功绩的。虽然报纸副刊，被人誉为报屁股文艺，可是，在时间与空间的条件下，报屁股文艺也尽了建设东北文学的一部分责任。

其次，我们再看一看杂志的情形。

我首先提到的是《新满洲》这伪满的大众读物，起初在纯文艺方面并没有流了多少汗，还是经吴郎主编之后，方提掖了不少的青年作家，更发表了不少的完整的作品。像季疯的《夜》、金音的《明珠梦》、秋萤的《风雨》等，还有一篇古梯的当选作品。

题名是记不清了，都可称为对文坛洒下汗水的作品。以外更有文艺特辑，新进文学同志的作品展，交互地逐期刊载。

《明明》是后来的艺文志刊行会的人们所主持的，其纯文学的色彩较比浓厚。所刊载的作品不但量多，而且质实，计有古丁、小松、爵青、石军、疑迟、励行健等人的长篇或短篇。古丁的《原野》就是刊于《明明》里的，之外短篇很多，但被人记忆着的作品却很少。

《明明》因赔累不堪而停刊，后来有不定期刊物《艺文志》出现，内容愈为充实。计有古丁的《平沙》，石军的《麦秋》、《窗》、《洼地》，小松的《铁槛》、《蒲公英》等。爵青也有一篇题作《麦》的。《艺文志》出了三期停刊了，在伪《艺文指导要纲》以后的《艺文志》，就今非昔比了，虽然也经这一些人编印，但是那不过是在代伪艺文协会工作罢了。古丁在无文的沉潜中，发表了《新生》。

《文选》一共出了两期，也停刊了。这个不定期的纯文艺集，是居于辽宁的陈因与秋萤两个人，完全以自力企划而成的。我们不禁对这两位文学同志表示爱戴。

第一辑里有山丁的《狭街》、小松的《赤字会计》、石军的《摆脱》、梅娘的《傍晚的喜剧》、吴瑛的《翠红》、田兵的《同车者》、姜灵非的《二人行》、田琅的《饮血者》、爵青的《白痴知识》等创作十数篇，散文、诗、杂文计六七篇。

第二辑创作计有秋萤的《矿坑》、石军的《牵牛花》、山丁的《集镇》、疑迟的《门铃》、田兵的《荒》、吴瑛的《淆街》、李妹的《镀金的像》等数篇。

这里愿就秋萤的《矿坑》谈一谈。

《矿坑》是以一个无产阶级的劳动者为主人公，而以数个无产阶级的劳动者为陪衬的。它描写了无产阶级的生活，更阐明了现实社会里无产阶级的命运。那是怎样的残酷，怎样的悲愤的事实呢！

秋萤在《矿坑》以前的作品曾经读过几篇，一如搜集于《去故集》中的短篇。在《矿坑》之后，有《小工车》单行本问世，那是以《离散》、《血债》、《农家女》等八篇而成的。虽于题材方面仍沿袭旧套，但其个性的描写却极逼真而令人感动。其中尤以《小工车》一篇愈为生动。

我们在秋萤的作品里，是能看出他是怎样地充沛着热力和生命的。

后起的《青年文化》，是由王天穆、赵仁昌等继《青少年指导者》的废刊而刊行的，乃是鉴于自《艺文志》、《文选》等中途停刊，东北文坛造成一片荒寞的时候，为了补救青年的求知欲而由数个人组成团体而印行。内容除论文、科学的知识外，每期有创作一篇，并有田琅的一篇《圣夜》刊载。短篇计有爵青、石军、金音等的创作。不知为了什么缘故，日寇所唆使的特务们把王天穆、赵仁昌等带走了，该刊也就停顿了。后来听说他们都因而死在狱里。

这一些生长于荆棘丛里的花簇，是在这样地显示着它的营养不良

现在我们先来谈一谈古丁的创作。

在辛嘉的《关于古丁》一文里有过这样的话：

……一个“长发白面的文学青年”，嘴里苦吟着《国风》的两句诗：“静而思之，不能奋飞。”走进文艺圈里来，这人即是古丁。走进这圈里来时，带着很锋锐的调子，高喊着“冲破大寂寞，驰骋大荒原。”

这时，他写了《原野》。

《原野》在古丁的创作过程中是个划期，也是他成长过程中的一个标识。在这篇较长的作品里，他开始大量地描写乡村和都市的没落的人们，主题虽极简单，但里边描出许多乡绅、留学生、女人的“几乎无事的悲剧”。

从《平沙》以后，曾经沉潜过一个较长的时期，后来写出来一篇《竹林》，是以竹林七贤的世外人的故事为主题的。往后，又写了《新生》，则是报告文学一类，并非什么有价值的创作。

山丁有《山风》短篇集与长篇《绿色的谷》。

《山风》是把散见于报章杂志的短篇搜集于一起而成的。计有《岁暮》、《臭雾》、《银子的故事》、《山风》、《北极圈》、《织机》、《壕》、《狭街》、《孪生》等，都是以小市镇为中心的社会的轮廓的描画与被损害者的偶像为主题的，一如作者在《自序》里说：“犹如一艘无风带的船，漂泊于小市镇与乡下之间，虽然写下了一些故事，那素材也大半采摘自我所漂流过的平凡的乡下。”

针对着这《自序》我们且看一看《山风》里的题材，就可以证实了：

农民在小市镇中对士绅们的骚扰。

乡村的婚姻习惯。

手工业的倒落。

阶级间的矛盾的情感。

土棍、地痞、村董与善良的农民间所造成的悲剧。

他的作风，一直到《绿色的谷》是一贯的。

然而，读完《山风》，再读《绿色的谷》，就显然地有了进步。但是在前几年他走出东北了。

小松的作品实在多产，这些年他前后刊行了《蝙蝠》、《无花的蔷薇》、《苦瓜集》、《野葡萄》、《人和人们》、《北归》等六七册集子，其中《北归》较比成熟，但当以《蒲公英》一篇最获好评，《铁槛》一篇也很成功。

《苦瓜集》为其近作，计有《爱情病患者》、《港湾里的风暴》、《乐章》、《秋夕》、《春季旅行》、《都市风景》、《法文教师和他的情人》、《褚魁陈远和小珍珠》、《花》、《火》、《不像是春天》、《高级烟蒂》、《书生》等十三篇。其中我很喜爱《乐章》，作者是强烈地追求了纯美。他自己也说：

"因为那时候我觉得除了纯美之外，并没有什么可写，除了纯美之外，并没有什么可爱。感情虽然很强烈，写来却是很涩滞。"

东北的作家们被日寇压迫得连气都喘不上来的时候，倘如还能有追求唯美的情绪，倒是个性的幸福了。

爵青是被称为才子的，他曾经在《欧阳家的人们》、《归乡》之外，更写了《青服的民族》。但是在《新满洲》上发表了一部分，就被检阅的走狗给切断了。他的《欧阳家的人们》和《归乡》都是他的力作。

作者常是带些悲观与悒郁的成分去描写社会中不常见的奇

事，所以作品的结构都很奇特，譬如我在最近所读过的《艺人杨昆》、《幻影》、《魏某的净罪》等诞生以前都是捉住了超平常人以上的独奇的性格，与非俗的故事而展开而渲染成的作品。这里无可否认地有着他那独特的作风。这独特的作风，与他那漠然或茫然的表情是恰恰相反的。一时曾被誉为鬼才，想是为了这独奇作风与超常的心理的缘故。

《归乡》里集有《喜悦》、《恶魔》、《香妃》、《长安幻谭》、《归乡》、《遗书》、《恋狱》等七篇，作者在这里面巧妙地运用着他的语汇与文字，虽然我们读来感觉晦涩，但是却能窥出作者的冷静的面目了。

疑迟有《花月集》、《风雪集》、《天云集》、《同心结》等小说集，作者的一支笔刺穿了社会的各层级，贯通了社会的各角落，发掘了丑恶与黑暗，也发掘了美丽与光明，把荒原上的人们所交织成的平凡的故事，以强有力的笔锋，粗阔的线条，不但勾抹了轮廓，更有意识地指示了伦理与道德，以及生活的途径。《花月集》与《风雪集》就是反映了社会的现实，就是忠实的人生写照，却是缺少了进一步的领导，只是解释世界，解释人生，没能批评世界，领导人生。换句话说，作者是一位写实主义者，没能更进一步，由解释而批评，由批评而领导。不过，他是一位极可期待的作家。

金音有《教群》、《生之温室》、《明珠梦》等作品。他是一个诗人，他有爱，也有梦，是惯于借教育生活的事实来表示他的爱，他的梦，他的灵魂与幻想。《教群》中有《三姊妹》、《旧雨天真之命运》、《生之温室》、《教群》等五篇。这是他从文十五年来呕血的一部，每一篇作品，没有不是以学校或家庭为背景，把他的梦与理想，借着天真的男女学生而再现的。他是一个被称为教育的小说家。

石军的作品多倾向于农民，他善于操用土语，给东北文学创出了独特的作风。他的近作有《沃土》，作者写《沃土》，无疑地是为了放逐他的烦闷与苦恼，唯有他的作品，才可以代表东北青年苦闷的呼声。他赤裸裸地暴露了东北农民的痛苦的生活，他大胆地然而纤细地把日寇经营东北农村的政策揭穿出来，其代表作品可以举出《麦秋》，至其近作《新部落》、《边城集》，笔者因为未能阅读，于此只好略而不谈了。

吴瑛是一位女作家，有小说集《两极》，是“文丛”的第一集。这里搜集了《新幽灵》、《女叛徒》、《柝》、《钱四嫂》、《雾》、《新坤道》、《诡》、《僚尘》、《两极》、《望乡》等十篇，全长约八万字，在这十篇的创作里，文字的运用非常清丽，内容的发展也很整洁。

可以这样说，作者对于技巧是有着相当的锻炼的。所采取的题材，多半是熟悉的故事，只是写实的白描，而缺少了处理题材的信念，缺少了中心的意识，因而，也就缺少了作品的灵魂，亦即所谓魄力。

然而，作者却有着文学的修养，也有着她的前途的。

与吴瑛齐名的女作家还有梅娘，她先有《小姐集》，后又有《第二代》，《小姐集》可以代表她的初期作品，《第二代》则是十足地写出了东北文学的地方的特殊性。

在东北的女性作家，严格地说起来，该是这样的：

1.哨吟（萧红） 2.梅娘（敏子） 3.吴瑛（英娘）

最近又有异军突起的充满了锋芒与写作力的但娣，她的代表作是《安荻和马华》，有新诗，有散文，有小说，是一位有了成绩的作家。

另外，值得提起的有作家小说集的出版，那是由金音主编，搜集了十数篇短篇的集子。

有励行健的《败溃的一族》，石军的《脱轨列车》，田兵的《鹑的故事》，吴瑛的《奔》，金音的《牧场的血缘》，但娣的《传尸病患者》，未名的《小人物的爱》，田琅的《饥饿的生客》，爵青的《诞生以前》，小松的《蜂》，秋萤的《蠕动》，疑迟的《江城》，刘汉的《血泪抄》等。

其次在《学艺》上曾发表了刘汉的《大青》，大青是犬名，作者借犬的存在写出了人性，讽刺了人性，更诠释了人犬之间的作用。作者同情了犬的善良的本性，也就是同情了善良的人性。是一篇针针见血的血泪淋漓的力作。刘汉的从文，就沿行了这条路线，短篇有《浪花》、《血泪抄》，中篇有《潮》等，个个都是小刀子般的锋利，我们对他捧献着很大的期待。

克大、柯炬，文历较深，不但在报章与杂志上发表的文章很多，一时颇为读者所拥护，并且有小说集数册。文字非常清新，如《学艺丛刊》的《燕》、《乡怀》，曾洒下了不少的汗水。特别是在近期更换了笔名之后，复有《笋》、《灯笼》等小说集，是非常努力于文学的两位成熟作家。

此外东北作家更有冷歌、任情、坚矢、夷夫等，因手边无其作品，只好留于他日再埋头研究。

东北十四年来的小说与小说人就这样地被我草率地展于读者的面前了，它不是完全的记录，更无所谓批评，除了炒冷饭的工作外，我只是勾抹出来一个轮廓。

假如过去的是含绚未放的花蕾，那么，相信今后定会灿烂地开放起来。

我们回顾十四年来的东北文学的时候，我们只有怅惘与悲愤。这块土地上，有活泼泼的一群人，却被日寇制成僵尸。我们这块土地上，也有喜爱文学而长于文学的青年们，却被奴役为工具，然而内在的热血与灵魂，却未甘受其统治，因而，文学青年被关在狱里，死的死了，逃的逃了，思之不禁令人泪下。

未来的工作正在等待着我们，我们的热，是向往这工作的，我们的灵魂，愿为这工作而献出的。所谓过去的种种譬如昨日死，未来的种种譬如今日生。今后的建设文学的使命，据于有志于文学的每个青年的肩上。开垦我们的文坛，发掘我们的人性，建设我们的东北。东北重归于祖国的怀抱，我们不愿一任感情的狂呼，我们更要冷静地思索，一面复原，一面建设，以尽国民的责任于万一。

这里，有大量的文学素材，有多数青年的热情，我们站在建设中国文学的岗位，去学习先进诸盟邦的特长，相信新进文学青年，会一批一批地活跃起来。以往的作家更不肯退后一步，毋宁更前进一步，积极而炽烈化起来。

我们是要从现在起划一新纪元的，文学青年们！起来罢！

我们所希冀的黎明已经到来了！

选自《东北文学》，1946 年第 1 卷第 2 期

◇ 桦

读《夏红秋》

刚到东北不久，就听到几个同志谈论《夏红秋》。所接触到的一部分青年，也反映了一些意见。这都在证明《夏红秋》这篇作品提出了问题，引起了读者们的注意。舒群同志已经写过：《关于〈夏红秋〉的意见》。现在，我也来写些个人的意见，供读者和作者参考，有不正确的地方，还希望大家来商讨。

当我把这篇小说反复读过之后，我认为《夏红秋》的作者的确经过一番认真的努力，来构成夏红秋这个人物，并且用具体的事实，表现了夏红秋的思想转变过程，它的主题是很生动、很切合时宜的。我基本上同意舒群同志的意见，说它："基本上忠实地反映了东北知识青年的主要现实问题，概括地反映了东北知识青年的主要现实问题。"

但是，夏红秋是否有典型性呢？如果有的话，她的典型意义在哪里？我们想先来检讨这个问题。我们认为"八一五"以后的夏红秋，就是说，作品第三节以后的夏红秋，有典型性，因之，也有其典型意义。恰如《东北日报》的社论《尽量办好中学》里所指出的："在东北青年学生中还有很大一部分没有摆脱敌伪的奴化教育和蒋党的愚民教育的影响。"然而，社论也接着指出："经过两年的实际教育，东北知识青年的思想是逐渐在发生变化。"夏红秋的后期思想转变过程，恰好证验了东北知识青年一般的思想逐渐转变的过程。这是这篇作品最大的成就，它的现实意义和教育意义也就在这里。

至于"八一五"以前的夏红秋，也就是说，作品第一节和第二节里面所描写的夏红秋，是否有典型性呢？我们的意见认为典型性不够强。如果说她是一种典型，也只可以说是一种特殊部类的典型，而不是普遍存在着的类型中的典型。详尽地来解释这个问题，需要很多的篇幅。这里，只扼要地提出几点。

东北沦陷的期间，在东北人民苦痛的精神生活与物质生活上来讲，是黑暗冗长的十四年。但是，如果与日本帝国主义统治过的其他的殖民地（朝鲜等）历史来比较，还是比较短的年月。稍微熟悉一点朝鲜人民实际生活情况的人，就会知道，他们在生活斗争上，尤其是在思想感情上，绝大多数是没有彻底屈服或者效忠于他们的统治者的。至于朝鲜人民的子弟，那里千百万的少年们、青年们的思想意识，是不是大多数都被日本帝国主义所完全奴化成功了呢？也不是的。我记得看过一篇朝鲜作家的小说，描写朝鲜的中学生，怎样顽强地不肯放弃他的民族意识，不听日本教员的话，不服从日本教员的指挥，不愿意穿日本式的衣裳，不肯把自己的朝鲜姓名改成日本式的姓名。这是潜在的人民力量，是任何帝国主义法西斯必归崩溃的基本因素之一。东北广大人民在他们被压迫的十四年里，是不是忘掉了祖国呢？

根据事实，可以明确地讲，他们没有忘掉，尤其直接受敌人压榨得最凶残的工农群众，更是殷切地盼待祖国的人民武装力量来解放他们。即使像夏红秋的爸爸那种小商人阶层的分子，由于“马车生意被警察限制得很厉害……常常皱着眉头跟伙计们发脾气”，也必定是诅咒敌人，渴念祖国的。在家庭中，他们夫妻能够不悄悄谈论祖国的事情，不期待“满洲国”的赶快灭亡吗？这种谈话的片言只语，这种期待的感情，能够不为他们聪明的爱女夏红秋所听到、所染受，是很奇异的。

这样讲来，像夏红秋这样不知道自己是中国人的女孩子，不会有吗？我们不能够否认，有是有的。然而，只是少数，而且是极少数。对于一般的知识儿童来讲，或者可以称她们为例外。因为，彻底不告诉他们的孩子是中国人，并且设法替敌人奴化自己孩子的父母，也是有的。这就是那些背叛人民的大汉奸们、甘心投敌的特务们和勾结敌伪的封建地主们。这些腐劣阶层的坏分子，在东北三千余万人民中间，是少数，而且是极少数。根据上述的理由，和我所听到的一些意见，我们认为作者所描写的“八一五”前的夏红秋，是属于那种特殊存在中的一个。因之，她就失掉了代表或者象征沦陷期东北知识青年面貌的意义。

这里，还应当指出的，就是作者自己，在他的作品里，也把这点证明得很清楚。譬如，夏红秋是“安东省六个‘优良儿童’之一”，“同学们都恨她，偷偷地骂：‘死日本婆子。’川畑对我可例外”。“就从那天起，她就对我好起来，我也和她有了感情，而同学们就渐渐地和我疏远了。……有的则轻视我。”这些都说明了夏红秋是属于少数的、特殊的；而其他大多数的同学们，则和她不同。她们不会只是盲目崇拜日本的“文明强盛”，不会不感到日本人的压迫与侮辱。

我提出这个问题,很显然,主要地并不仅仅在于指责作者的调查研究的努力和表现方法上有什么不够或不完整的地方,即是为了向读者们说明“八一五”前的夏红秋的思想意识,不是东北青年普遍的思想意识。这样,作者对于那时期的夏红秋的看法,才不会转变为对于那时期的东北知识青年一般的看法。“满洲姑娘”这句日本人常用的话,才不至于使今日的东北青年们感到奇异或某种程度的不愉快。在副题上,“满洲姑娘”和“女八路”,都用了括号。推测作者的原意,这两个括号,是有其不同意义的。但却不免有使读者的头脑发生混乱的可能。这也是需要注意的地方。

沦陷期间,东北青年的思想内容,是混淆不清的,我们应该肯定这个。但是,由于严酷的现实和生活的教训,给他们铸成了双重的性格,就是,外面对于敌人的温驯和内心对于敌人的憎恶。尤其是小资产阶级的青年们,这种双重性格,表现得最典型。在夏红秋身上,我们只看到了那时期一般青年的这种外面的性格。而且,她竟单纯得表里一致。所以说,“八一五”前的夏红秋,这个人物,给我们的印象,是飘浮而不真实的。与其说她是一个黑红色的“野蔷薇”,我们感觉她倒颇像一个没有真实灵魂的穿男装的“洋娃娃”。

“八一五”后一个时期,在东北,无论是城市小资产阶级的青年,或一部分农民出身的青年,至于那些汉奸大地主的后代就更不必提了,几乎大部分都作了“正统观念”的俘虏,盲目幻想什么“中央”。其直接的原因,是由于反动派窜入东北一个时期的愚民教育、特务教育所造成的。其间接的原因,是日本法西斯奴化教育、虚伪宣传的结果。在沦陷期间，日本法西斯的宣传机关、报纸刊物，关于中国共产党或中国的人民武装力量，只字不提，有时透露一点消息，也用的是什么“共匪”字样。而唯有重庆、蒋介石、重庆军之类的名词，倒还经常可以看得到。这种虚伪宣传的反效果，便是给了东北青年一个印象，认为祖国就是重庆，祖国的代表就是蒋介石。“八一五”后，遂使他们盲目崇拜蒋介石和“中央军”，而他们却毫不理解蒋介石的本质，也不知道他罪恶的历史。最近，我看到一部分大学里的青年叙述自身思想转变过程的文字，他们都是这样讲的，恐怕这是事实。董纯才同志在《中学教育工作会议总结》的那篇文字里，透彻地分析了这个问题。

这里，要说明的，就是“八一五”后作了“正统观念”俘虏的青年们，在“八一五”前，可能大部分是内心抱着很大爱国热情的。这种爱国热情，当然是盲目性的，没有正确的现实判断作基础的。我们必须弄清楚这点，才能彻底改造他们的思想，把他们盲目的爱国热情，转变为爱人民的祖国，而决不再去幻想让反人民的反动集团来统治中国。这是很重要的关键。如果主观认为凡是有“正统观念”的青年们，在沦陷期间，也必定是爱日本敌人的、甘受敌人奴化的，像夏红秋一样，这种想法，是不太对头的，也不太合实际的。

现在，我们可以了解《夏红秋》这篇作品为什么未能够发挥它应有的教育意义和说服力量的主要原因究竟在哪里了。我实际听到一个青年向我谈，说他在沦陷期间，丝毫不像夏红秋那个样子，他是恨日本人入骨的，他是背后唾骂日本教员的。他也是小资产阶级的知识青年。他用这一段话，就拒绝了接受《夏红秋》的教育意义，抹杀了《夏红秋》后半的教育意义。这就说明了《夏红秋》失败的症结：那是把一个特殊的典型和一种普遍的典型结合成为一个典型的矛盾。舒群同志也谈道："影响教育的必然性不够，甚至流于某种程度的形式。"其基本原因，恐怕是在这里：就是作者对于夏红秋这个典型创造的努力，未曾达到应有的深度和高度，是有缺陷的。

这样谈法，也许过于严苛，不一定妥当。但是，我已经一再表明，纵使有一些漏罅，《夏红秋》依然是一篇有其本身作用的作品，优秀的作品。"八一五"后的夏红秋，她所表现的思想行动，恰能代表那时期大部分东北知识青年的盲动性和动摇性。作者运用一段实际遭遇的描写——到沈阳去——揭破反动派的真面目，打消她的盲目幻想，是很对的。在她"归家的路上"，走进一个贫苦"老太太"的房里，由于目睹农民的生活，体验翻身农民的情感，因而使她有了初步的阶级认识和政治觉悟，这也处理得十分自然，虽然并不太深刻。对于主题的掌握，作者能够严谨地贯彻下来，始终不懈，它的教育意义和现实意义，还是很大的。

十月二十一日于南岗

选自《东北文艺》，1947 年第 2 卷第 5 期

◇ 夏征农

新形势下的文艺工作与文艺工作者

一　在毛泽东思想指导下的文艺工作

经过八年的抗日战争以及两年多的国内战争，解放区的文艺工作，在毛泽东思想指导下，有了很大的成绩与发展。

伟大的抗日民族革命战争，唤醒和组织了千百万不愿做奴隶的人们，在共产党领导下，建立了强大的人民武装，开辟了敌后抗日民主根据地，这样也就推动了一切前进文艺工作者，从城市进入乡村，走上了实际革命的道路，使文武两条战线结合了起来，使文艺工作与广大的士兵农民接近了起来。大革命后十多年来新文艺运动没有得到解决或不能解决的问题——如文艺大众化，文艺工作者工农化等问题，已经有了充分解决的条件，而且不能不求得解决了。

然而由于一般文艺工作者与中国革命的实际长期隔离，缺乏明确的阶级观点，为人民服务，为战争服务，在他们头脑里，还只是一个抽象的名词，一种主观的愿望。他们以自己的思想感情当作就是工农兵的思想感情，以自己的兴趣爱好当作就是工农兵的兴趣爱好，因而常常是把那些自以为是大众的，而其实是与大众无关的艺术作品去强迫人民大众接受。他们不是把自己当作是工农兵当中的一员，而是把自己当作是站在工农兵以外的“高等客人”或指导者，因而也就无从真正认识工农兵，了解工农兵；工农兵所正在进行的惊天动地的事业，就不可能正确地在他们笔底下反映出来。因此，在这个时候，许多文艺工作者虽然进入了根据地，而其实对于根据地还生疏得很，文艺工作虽然与工农兵接近了一步，而其实与工农兵还有不少距离。在这个时候，许多文艺工作者，常常感到苦闷；感到工农兵文化水平太低，文艺工作不易开展；感到文艺工作不被重视，束缚很大，活动圈子太小；感到找不到创作题材，写不出“伟大的作品”，对于自己的“进步”与“提高”有妨碍。这个时候的文艺工作是很乱的，没有一个明确的方向，充满了各种各样的糊涂思想，虽然也有些成绩，但没有获得应有的成绩，远不能满足客观的要求。

就在这样的情况下，毛泽东同志于一九四二年五月二日在延安文艺座谈会上作了一次有名的讲话。这次讲话到一九四三年鲁迅逝世七周年纪念日在《解放日报》公开发表后，扫除了一切糊涂思想，把整个解放区的文艺工作引导到了党的正确的方向——工农兵方向。

毛主席在延安文艺座谈会上的讲话，是一部马列主义关于文艺理论方面的经典，是马列主义与中国革命实际相结合的又一个辉煌范例，是中国新文艺运动的南针。他以生动确切的词句，以对工农兵无限的热爱与信任，指出工农兵是文学艺术唯一

的源泉，文学艺术应该属于工农兵，为工农兵的解放事业而服务。有出息的文艺工作者，必须长期地无条件地全身心地到工农兵群众中去，到火热的斗争中去，到唯一的最广大最丰富的源泉中去……只有这样，才有真正为工农兵服务的文艺，才能真正成为工农兵的文艺工作者。这样，这个一向纠缠不清的文艺上的根本问题，才真正得到解决了。这样，解放区的文艺，才在毛泽东思想指导下，有了迅速的发展。

在毛泽东思想指导下，我们的许多文艺工作者从生活到思想进行了一次大革命，深入连队，深入农村，与工农兵一道生活，一道战斗，也才真正与工农兵密切结合起来；由于这样，便广泛地开展了连队中与农村中的文艺活动，在各兵团，在华中，在山东以及其他解放区，普遍建立了士兵与农民自己的文艺团体，文艺开始变成了工农兵自己的革命斗争的有力武器。

在毛泽东思想指导下，涌现出了许多新的工农兵自己的作家，如赵树理、缪文渭以及无数的工农兵通讯员，产生了许多新的真正反映工农兵的生活感情，为工农兵所喜闻乐见的作品，如《李有才板话》、《小二黑结婚》、《生产互助》、《晴天》、《白毛女》等。这些作家和作品，正是今后文艺工作发展的基石。

在毛泽东思想指导下，各种各样的民间文艺形式被广泛地利用，并有了正确的发展。特别在戏剧方面，如北方的秧歌，华中的各种地方剧，已经变成了全新的东西，成为最适合于反映工农兵生活斗争的戏剧形式。

这一切成绩，超过了“五四”以来近三十年的文艺工作的成绩，这不是轻易得来的，这完全是在毛泽东思想指导下，我们的文艺工作者与全解放区人民融合一致共同努力的结果。我们能够坚持八年的抗日战争，取得两年的自卫战争的胜利，文艺工作是有它不可抹杀的功劳的。

我为什么要在这里说到这些呢？因为我还常常听到有的文艺工作同志，对过去和现在的文艺工作表示不满，总觉得不如抗战前上海、香港、北平等地热闹；对今后文艺工作的发展，感到前途茫茫。他们的这种表示，不是出于自我批评的精神，而是由于没有或没有完全接受毛泽东思想，不是站在工农兵的立场来看这个问题，而还是站在过去个人的文艺小圈子内来看这个问题，因而失去信心，感到工作单调，无进步，感到没有“知音”，没有“自己的群众”，不被人尊重。

这是一种极其危险的想法，是完全不符合实际的想法。我们的文艺工作，其成就，不管从它的规模，或从它的质量来说，都是超出任何历史时期与任何地域的；我们的文艺工作者，比任何历史时期要更为人民所爱戴，我们的作家、戏剧家、音乐家，已不是几十个几百个，而是成千成万个，我们的文艺观众读者，已不是几千人几万人，而是几百万人几千万人。试问，人民文艺的发展，还有什么比这更光明的呢？

每个文艺工作者，都必须清醒地认识到这个重大的成绩，重视这个成绩，明白成绩的来源，然后接受经验，改正缺点，大胆坚决地朝着毛泽东方向迈进。否则失去信心，失去方向，文艺工作的发展，便要大大地受到阻碍。

二　目前形势起了一个大变化

十年来解放区的文艺工作，是有重大成绩的，我们不应忽视，但也不应有丝毫的自满。我们的工作还有很多缺点，我们文

艺工作的发展，则是有无限光明前途的，是紧随着人民解放事业的发展而发展的。

目前中国人民的解放事业的发展怎样呢？就是说，目前的形势怎样呢？

毛主席在《目前形势和我们的任务》报告里，这样明确地告诉我们：

"中国人民的革命战争，现在已经达到了一个转折点。这即是中国人民解放军已经打退了美国走狗蒋介石的数百万反动军队的进攻，并使自己转入了进攻。还在一九四六年七月至一九四七年六月战争第一个年头内，人民解放军即已在几个战场上打退了蒋介石的进攻，迫使蒋介石转入防御地位。而从战争第二年的第一季，即一九四七年七月至九月间，人民解放军即已转入了全国规模的进攻，破坏了蒋介石将战争继续引向解放区、企图彻底破坏解放区的反革命计划。现在，战争主要地已经不是在解放区里进行，而是在国民党统治区里进行了，人民解放军的主力已经打到国民党统治区域里去了。中国人民解放军已经在中国这一块土地上扭转了美国帝国主义及蒋介石匪帮的反革命车轮，使之走向覆灭的道路，推进了自己的革命车轮，使之走向胜利的道路。这是一个历史的转折点。这是蒋介石二十年反革命统治由发展到消灭的转折点。这是一百多年以来帝国主义在中国的统治由发展到消灭的转折点。这是一个伟大的事变。这个事变所以带着伟大性，是因为这个事变发生在一个具有四万万五千万人口的国家内，这个事变一经发生，它就将必然地走向全国的胜利。这个事变所以带着伟大性，还因为这个事变发生在世界的东方，在这里，共有十万万以上人口（占人类的一半）

遭受帝国主义的压迫，中国人民的解放战争由防御转到进攻，不能不引起这些被压迫民族的欢欣鼓舞。同时对于正在斗争的欧洲与美洲各国的被压迫人民也是一种援助。”

这是一幅多么色彩鲜明的图画。被踩在帝国主义脚底下百多年，被蒋介石匪帮蹂躏了近二十年的中国人民，已经扬眉吐气翻身起来把敌人打得头破血流了。中国人民流血牺牲前仆后继所争取的光明前途，终于看见了。大地主大资产阶级血腥统治的日子已经过完，广大人民自由解放的日子已经开始了。这是中国历史上一个大变化。这个变化，扭转了中国历史的进程，也将大大影响整个世界。

这个变化的发生，其原因以及具体表现在哪里呢？

一方面，是由于近两年来（一九四六年七月至一九四七年十二月止）的自卫战争，在毛泽东战略指导下，取得了一次大过一次的不断胜利，消灭了敌人正规军及非正规军一百八十七万余人，反过来，却大大壮大了人民武装力量，因而基本改变了敌我力量对比。这样，就使人民解放军不仅打退了蒋介石的进攻，而且使自己转入了全面的反攻，不仅保存了解放区的基本地区，而且扩大了新解放区，深入到敌人心脏，解放了蒋匪统治下的千百万人民。在东北，则敌人已经只有龟缩在少数几个据点束手待毙了。这个形势的改变，就将必然引向全国的胜利。

另一方面，是由于在整个解放区，进行了土地改革，造成了农民大翻身的热火朝天的群众运动，打垮了封建地主在农村中的统治，摧毁了封建或半封建性剥削的土地制度，百倍提高了农民的阶级觉悟与革命热情，大大巩固了以贫雇农为核心的全体农民的团结。这样就使整个农村面貌焕然一新，使封建地主的农村变为农民的农村;巩固了人民解放军的后方,获得了足以战胜一切敌人的无限力量。

一方面是全面反攻的胜利,一方面是农民大翻身的胜利,这就构成了目前形势这幅动人的图画的全景,美帝国主义及其走狗蒋介石统治走向了消灭的道路,中国人民革命走向了全国胜利的道路。

正因为这样,这个伟大的历史事变,也必然要引起整个社会的变化,引起中国人民及社会生活各方面的变化。这个变化,在彻底实行土改的地区就已经显而易见:

农村的经济结构改变了,过去是以封建地主的剥削经济为主体,现在,这种剥削制度被摧毁,或正在被彻底摧毁,代替的是"耕者有其田",是小农经济与合作经济,是农村经济的自由发展与繁荣。

人与人的关系也在改变了:过去的农村,是一幅残酷的阶级斗争的图画。地主恶霸这个农村中的统治阶级,毫无人性地张开血口吸取农民的血肉,把农民当成牛马,当成奴隶。现在,则反过来了,地主恶霸被打倒,或正在被打倒,农民成了农村中的主人,所谓"人类的爱"——才真正在全体农民的自由平等与团结互助的基础上产生了出来。

人的生活在改变了。过去农村中的生活,一方面是地主恶霸的荒淫无耻,一方面是农民的饥饿流离,一方面是不劳而获,一方面是劳而不获;现在,地主恶霸不劳而获的荒淫无耻生活终止了,而农民则获得了生活资料之后,不仅摆脱了饥饿,劳动发家的幸福生活,已经摆在全体农民的面前。

人的思想感情也在改变了。过去地主富农的剥削思想统治了整个农村,以寄生为荣,以劳动为耻,现在,则这种剥削思想已经失去了它的存在的根据,劳动英雄,成了农村中的无上光荣称号;过去,农民怕地主如虎狼,现在则视地主如狗彘。

这一切变化,是随着目前形势的大变化所必然发生的,是现阶段中国革命最后胜利的标志。这一切变化,现在正在解放区开始以至发展,不久也将必然要在全中国开始以至发展。

我们的文艺工作是服从于政治的,它反映现实社会生活,而又在社会生活中起着前进的作用。因此,我们为了使我们的工作,在毛泽东思想指导下,继续向前发展,就不但要清楚认识当前的形势,以便在新的形势下提出新的任务,而且更应清楚认识当前形势所引起或将引起的社会上各种变化,以便使我们的文艺能够及时地真实反映出这新式的社会生活的各方面来。

三　新形势下文艺工作的新任务

既然目前形势,是中国历史的一个转折点:美帝国主义及其走狗蒋介石由发展走上了消灭的道路,中国人民走上了胜利的道路,既然这个伟大事变的形式,是由于全面大反攻的胜利与农村土地改革的实行,那么,集中一切力量,彻底消灭蒋介石匪帮与彻底完成土地改革,以争取中国革命在全国的胜利,便成为当前的总的政治任务。

文艺工作,是必须服从这个总任务的。因此,文艺工作的新任务,主要的是:

首先,文艺工作必须成为军事宣传,教育部队,激励士气,瓦解敌人,组织力量,扩大胜利影响的锋利武器。我们所进行的战争,是近代化的规模空前的人民爱国战争,我们的敌人,是在美帝国主义直接援助下,集中外封建法西斯统治大成的、最凶恶、最无耻与最狡猾的蒋介石匪帮。我们经过了两年多自卫战争的胜利,已经把革命推向新的高潮,而现在正是竭其全力把高潮变为最后胜利,彻底摧毁蒋介石统治的时候。如果说过去我们的文艺,在为战争服务上曾经发挥了一定的作用,那现在就要求发挥更大的作用,成为反攻的文化阵线,以完成这个历史任务。我们的部队,在整个革命战争过程中,表现了无限的为人民为祖国的自我牺牲精神,高度地发扬了人民革命军的优良传统,在毛泽东思想教育下,培养和涌现出了无数出色的英雄人物,创造了许多惊天动地可歌可泣的业绩。如果说,过去我们的文艺,以这种人民军队特有的性格与精神,作为创作的主题,因而教育了部队,那现在就要求更深刻和更广泛地来反映这一切,发挥更大的教育作用,以更加提高部队的斗志与前进心。

其次,文艺工作必须坚决地为农民服务,激励农民的阶级仇恨与战斗意志,唤起农民的自尊心与自信心,使之迅速地从封建制度的重压下解放出来。为大家所知道的,现阶段的中国革命,事实上就是农民革命,就是农民反对封建主义,要求土地的革命。农民是革命的主力,是一切力量的来源,因此,在共产党领导下,在解放区所进行的空前规模的土地改革运动,乃是中国历史的要求,农民正义的要求,是使半封建半殖民地的中国变为新民主主义中国的关键。凡是真正有良心的爱国人士,都必将赞成和拥护这一伟大的革命行动。我们的文艺工作,是革命的文艺工作,我们的文艺工作者,如斯大林所说,是人类灵魂的工程师,那就自然要求以最大的努力来为这一农民的翻身运动而服务,以彻底打垮地主阶级与封建制度。

过去，在八年抗日战争中，朝着毛主席的方向，我们的文艺，曾经与农民见面，描写了农民，提高了农民的文化，激起了农民的民族仇恨与阶级仇恨，但那时的情况与现在的情况不同，那时是抗日民族战争，是分散的游击战争，那时的农村，乃是进行减租减息，还没有也不能有像现在这样规模的和深刻的阶级斗争与群众运动，那时的贫雇农还没有真正抬起头来，形成一个农村中领导核心的阶级力量。农民还没有真正成为农村中的主人翁，农民对于文艺的要求，也还没有像现在这样的迫切。因此，那时农村文艺的发展，必然要受到一些客观的限制，农民的阶级思想与力量，还没有能够在文艺上深刻地表现出来，还只能产生像《晴天》与《群策群力》这类的作品，而这类作品，从阶级教育的观点来说，则是不够有力的。

现在，农村中的尖锐的阶级斗争，到了最后决定胜利的时候，必然要求我们的文艺进一步来为农民服务，来推动这一农民的翻身斗争得到彻底的胜利，要求我们的文艺，广泛而真实地反映这一农村革命的伟大场面，并以深刻的阶级思想与爱国精神来教育全体农民。

最后，我们必须以最大的力量开展连队中与农村中的群众性的文艺运动，把文艺的武器交给农民与人民的子弟兵。这在过去也是这样做而且有成绩。像山东华中就很普遍地建立了农民自己的剧团与歌队，这对农民的自我教育，其作用是很大的。部队中则更是发现了这一点。但是，由于过去农村的阶级斗争不深入，大多数的贫苦农民没有真正得到解放，农村统治还是封建地主占优势，于是农民剧团，往往为农村中的“二流子”所把持，得不到正确的领导，因而不能成为群众性的组织与活动，不能发挥更大的作用与随时改进。现在，这种情况改变了，农民与士兵的阶级觉悟与文化水平大大提高了，他们对于文艺的要求更是迫切了。我们的文艺，就必须适应这些有利条件，努力满足农民与士兵的这种正当要求，从少数作家文化人的小圈子跳出到广大的群众中去，组织群众的文化大军，使真正成为争取反攻胜利与彻底完成土改的实际力量。

这就是当前文艺工作的新任务，也就是我们所有文艺工作者今后努力的方向。要完成这个任务，从文艺的观点来说，就是要把我们的文艺在原有基础上推向前一步，或者提高一步，也就是要我们进一步加强文艺的政治性、党性、群众性与艺术性。

所谓加强文艺的政治性与党性，即是使文艺具有高度的政治内容与社会意义，完全服从党与人民的利益。要做到这一点，就必须每个文艺工作者，对于人民解放事业抱有无限的热爱，站在战斗的前列，成为战斗的一员。这是民主主义现实主义的文学的原则，为一切伟大的革命文艺家所公认了的。我们有些同志，往往不愿了解这一点，以为这是对于文艺的一种束缚，会把文艺降低为一般宣传品，使文艺家写不出“伟大的作品”来。这显然是不对的，是没落资产阶级的“为文艺而文艺”的理论的翻版。文艺是决不可能与政治无关的，毛主席教导我们：“在现在世界上，一切文化或文艺都是属于一定的阶级，一定的党，即一定的政治路线的。为艺术的艺术，超阶级超党的艺术，与政治并行或互相独立的艺术，实际上是不存在的。”我们的政治，即是无产阶级领导广大人民争取解放的伟大斗争与行动，这也就是实现社会生活的全部内容，任何一个中国人都不能站在这个斗争以外；不站在人民这方面，就站在反动派方面。文艺是现实社会的反映，革命的文艺，则是人民的斗争与生活的反映，一件文艺作品愈是能真实地深刻地描写出这一人民革命的实际，愈是在社会生活中起着重大的前进的作用，就愈有价值，愈能为广大群众所热烈欢迎。因此，文艺的质量的提高，是与文艺的政治性的提高成正比例的。我们有些文艺作品的低劣，决不是由于“服从”了革命的政治，而正是由于它毫无政治意义，甚至简直有意无意为反动的政治服务。我们有些文艺作家，写不出作品，也决不是由于受着政治的束缚，而正是由于他对于当前伟大的社会事变，对于人民的空前壮烈的斗争，熟视无睹，感不到兴趣。

所谓加强文艺的群众性，即是使文艺成为广大群众——主要是工农兵所喜闻乐见的东西，成为他们生活中的重要的一部分。过去，文艺是为统治者服务的，为少数“文人”所占有的，现在，革命的文艺，是为人民服务的，因而必须为广大人民所共有。要做到这一点，就必须每个文艺工作者具有深厚的群众观点，相信群众的创造力量，有向群众学习的精神，有耐心有决心地去组织和开展群众的文艺运动。我们有些同志，还是盲目地自以为“高人一等”，以为文艺只能是“独家经理”，与广大群众是无缘的。于是他虽然也偶尔到群众中去，但正如毛主席所指出的，“只是为着猎奇，为着装饰自己的作品，甚至为着追求其中落后的东西”；虽然也同大家一道去演戏给群众看，唱歌给群众听，但并不是出于自觉地愿意为群众服务，而只是为了“应付上级”，或者只看作是简单地向群众宣传宣传，甚至只是为了表现自己。这种观点与作法，显然是与群众无关的。毛主席教导我们，我们的文艺工作第一是为工农兵，工农兵生活是文艺创造的唯一来源。他们不仅能接受文艺，热烈地要求文艺的滋养，而且也有他们自己的文艺，对于这些民间文艺，鲁迅曾给予正确的评价：特别清新和刚健。所以，在广大人民中实际上存在着无数的文艺作家。不过为反动统治阶级所压抑，所摧残，因而得不到发展，以至连享受文艺的权利，也被剥夺殆尽。我们革命的文艺工作者的任务，就是要恢复他们的固有权利，挖掘他们所贮蓄的一切宝藏，发挥他们无限的创造力，组成人民的文艺大军，而首先就是自己必须长期地无条件地全身心地到工农兵群众中去，到火热的斗争中去，去熟悉他们，学习他们，同时教育他们。这样才能创造出为群众所喜闻乐见的作品。这才是新文艺的发展与提高的方向。

文艺群众性的另一方面的意义，就是在文艺作品中的群众性的表现。这也是革命文艺特点之一。为统治阶级服务的旧文艺，常常是以个人为中心，描写个别的“英雄豪杰”，使人相信世界是某些所谓“英雄”创造的，他们生成是统治者，在群众中造成盲目崇拜的观念。革命的文艺，则应该是以群众为中心，群众是作品中的主人翁，也描写个别“英雄”，但那是革命的英雄，必须表现为从群众中来，一生为群众办事，而又经常与群众有着血肉的联系。他们是不能离开群众而存在的。这样，使人们认识群众的伟大，深信群众是社会的主人翁，是世界的创造者。

所谓加强文艺的艺术性，即是使文艺的形式能够更恰当地、更生动活泼地表现出新的革命的内容，以发挥文艺的效果。这主要的是一个语言艺术与描写技术的问题。所以，每个文艺工作者，必须在这方面加紧努力。抹杀或轻视文艺的艺术性是不对的，那只有使文艺成为“标语口号”，失去文艺的作用。但我们所讲的艺术性，与没落阶级文艺家所强调的艺术性有根本不同：后者是把艺术形式与所表达的内容，当成完全不相关的两件事，我们则是把内容与艺术形式看作是文艺作品的统一体；后者是以反动阶级的美术观为出发点，我们则是以无产阶级人民大众的美术观为出发点。毛主席教导我们，要有新的美术观，要学习群众的语言与表现形式，要注意群众的音乐与美术，同时警惕我们："资产阶级对无产阶级的文学艺术作品，不管其艺术程度怎样高，总是排斥的。无产阶级对于资产阶级的文学艺术作品，也必须排斥其反动的政治性，而只批判地吸收其艺术性。有些政治上根本反动的东西，也可能有某种艺术性，例如，法西斯的文艺就是这样。内容愈反动的作品愈带艺术性，就愈能毒害人民，就愈应该排斥。……我们的要求则是政治与艺术的统一，内容与形式的统一，革命的政治内容与尽可能高度的艺术形式的统一。"因此，我们要提高文艺的艺术性，但同时要特别注意防止为没落资产阶级文艺作品的艺术形式所诱惑，落入到他们的陷阱里去。

既加强文艺的政治性，党性与群众性，又加强其艺术性，这样，才能使文艺工作前进一步，才能提高文艺的效能，满足广大群众的要求，才能担负起今天新形势下的伟大任务，成为胜利反攻中的一支文化大军。

四　澄清文艺思想上的某些混乱

为了完成当前的任务，提高文艺的质地与效能，首先一个问题，就是贯彻毛泽东文艺思想，以澄清文艺思想上的混某些混乱现象。

自毛主席文艺座谈会讲话发表后，大多数文艺工作者在思想认识上都有了很大进步，许多糊涂思想被打破了，方向明确了，自信力提高了，这是事实，在前面已经讲到。但由于我们的文艺工作者受着旧的影响很深，阵营复杂，接受的程度不同，同时，由于文艺批评始终没有开展，“互吹”与“相轻”的坏风气还很流行，这就给了各种不正确思想以藏身的处所，因此，文艺思想的混乱在有些具体问题上，在个别同志思想上，表现得仍很严重。在今天，这种混乱——即使是个别的，也是不应再让其存在的。

文艺思想上的混乱，表现在哪里呢？

首先，表现在为谁服务的问题上。文艺是为谁服务，毛主席明白教导我们：“第一是为着工农兵，第二才是为着小资产阶级。”而为着小资产阶级，也是为着教育小资产阶级使之工农化，不是为了要歌颂小资产阶级自身。这已经是很清楚的了。但我们有的同志，并不是如此，表面上承认为工农兵是第一，实际上却还是特别爱好小资产阶级，把为小资产阶级摆在第一位，举一个例来说，《东北文艺》上发表了一篇题名《夏红秋》的小说，这篇小说写得如何，我不在这里批评，我只想指出一点，这篇小说，充满着小资产阶级情调的，对于小资产阶级的劣根性及由此而发生的遭遇，是给予过分的同情与歌颂，而不是采取严肃的批评态度，但我们有的同志，却对这篇小说无批判地加以赞扬，该刊编者，也在编后特别推荐了一番，这是表现什么呢？这就不能不使人想到我们的同志中，还多少存有对小资产阶级的偏爱，从毛泽东方向来说，我们固不反对写小资产阶级，但也不应特别鼓励去写小资产阶级，更不应鼓动以小资产阶级观点去写小资产阶级。今天我们应该特别推荐和表扬的，乃是那些虽然技术并不十分高明而是正确地描写工农兵的作品，而不是那些虽然技术上看去并不怎样坏，但是为小资产阶级服务的东西。常听到同志说：为小资产阶级服务也不坏呀！也很需要呀！事实上，这就是一种偏爱小资产阶级的表现，思想上没有解决工农兵方向的问题，为什么不想一想：为工农兵是如何的更重要咧！

对工农兵方向的问题，在不少同志中，还存在另外一种右倾观点。他们认为为工农兵的文艺，是临时的，是由于我们处在农村，将来进了城市，一定要有另外的城市文艺的一套。在日本投降，我们要进入大城市的时候，这种思想，表现得很普遍，有些文艺工作者担心着：到城市去我们要吃不开啦！应该准备一套到城市去的东西呀！而他们所想象的城市的一套，实际上就是小资产阶级或资产阶级的一套，他们的屁股还是坐在小资产阶级或资产阶级上面。直到不久前，还有一个“同志”居然说：“农民并不要什么文艺文化，他们只要求懂得看路条，打路条。”这更是丝毫没有群众观点，虽然他口头上也赞成工农兵方向。他们不了解或不愿意了解，工农兵是世界的创造者，也是文艺的创造者，工农兵要掌握一切，也要掌握文艺。工农兵不会个个成为文学家，但将来伟大的文学家要从工农兵队伍中产生则是必然的。工农兵方向，不但在农村这样，在城市也一定这样，不但现在这样，将来也一定这样。城市比农村文化水平高，但那是程度问题，而不是方向问题。城市的文艺对象，决不是资产阶级大商人，主要的也不是小资产阶级，还是那占城市人口大多数的工人及城市贫民。

其次，表现在以什么样的文艺去服务工农兵的问题上。在这个问题上，毛主席教导我们，不是用封建的与资产阶级的东西，也不是用小资产阶级的东西，而只是用工农兵自己的东西；以他们自己所喜闻乐见的文艺去为他们服务，这才对工农兵有好处，才能发生教育工农兵的效果。因此，特别提出“要为工农兵服务，首先就要向工农兵学习”的任务来。我们有些文艺工作者是怎样的想法呢？他们对于这个问题的了解是很抽象的。他们以为只要主观是为工农兵，用什么东西是没有关系的，其结果，自然是既不用工农兵的东西，就一定是用封建的，资产阶级的或小资产阶级的东西。有一个很显著的例子：一个大学文艺系的负责同志，主张以中国的“唐宋八大家”和外国资产阶级的所谓“古典文学”来培养文艺工作者。他并肯定说，只有这样才能培养出像样的文艺工作者来。这不就是说，要用“唐宋八大家”与“古典文学”去为工农兵吗？这里面包括几个问题：一个是立场问题，表现缺乏明确的阶级立场，一个是思想方法问题，表现不是从实际出发，而是从主观愿望出发，另外一个是思想问题，表现文人的盲目自大，看不起工农的东西，有韩愈非秦汉以上的文章就不看的神气。以这样的态度，用这样的东西，来为工农兵，不但是白费，而且是有毒，但当他们受到工农兵的冷眼时，他们却反而摇头说：“工农文化水平太低，没有办法呀！”事实上，没有办法的，不是工农兵，而正是这些人自己。

再其次，还表现在对普及与提高的认识上。在这个问题上，毛主席教导我们：“我们的文艺，既然基本上是为工农兵，那么所谓普及，也就是向工农兵普及，所谓提高，也就是从工农兵提高。”“提高要有一个基础，譬如一桶水，不是从地上去提高，难道是从空中去提高吗？那么所谓文艺的提高，是从什么基础上去提高呢？从封建阶级的基础吗？从资产阶级的基础吗？从小资产阶级的基础吗？都不是，只是从工农兵的基础，从工农兵的现有文化水平与萌芽状态的文艺的基础上去提高。也不是把工农兵提到封建阶级资产阶级小资产阶级的高度去，而是沿着工农兵自己前进的方向去提高。”当论到普及与提高的关系时，毛主席说：“我们的提高，是在普及基础上的提高，我们的普及，是在提高指导下的普及。”普及与提高是有机地联系着的。但我们有些同志的认识是怎样呢？他们把普及与提高看成是对立的，普及是为工农兵，但提高呢？虽不肯明白说是为谁，实际上是为小资产阶级；他们对于提高的标准，乃是根据资产阶级小资产阶级的文艺标准。他们所谓提高的文艺，就是存心不让工农兵看的。

比如，当他们批评一篇作品时，常常是以自己的小资产阶级或资产阶级的尺度去衡量，而不是以工农兵的尺度去衡量。当他们说到自己要提高一步时，那主要的是意味着要学习封建的资产阶级的小资产阶级的东西（并不是批判地接受里面有用的东西）；并不是要学习工农兵的东西；山东文化，是山东文化文艺运动的指导刊物，有一个时候（仅仅两期便终止了）是采取提高的方针，提高是要的，但是怎样地提高？里面的文章，连大多数干部都看不懂，这就未免提得太高了，与山东当时的文化文艺活动是有点脱节的，这样的提高，不仅是不能达到提高的目的，说得坏一点，岂不是还有可能将工农兵提到小资产阶级的高度去的危险？

同时，还有这样的情形：完全忽视提高，以为现存的民间文艺，不能增减一点，否则便不是工农兵文艺，以为工农兵只是需要那些朴实的很少加工的东西，而不需要提高，甚至以为舞台上的工农兵，应该和现实的工农兵一举一动要完全一模一样，否则失去了真实，不能算是工农兵的文艺。这种观点，在前年华中宣教大会时，对《刘桂英是一朵大红花》这个剧本的演出所引起的一场大争论，是表现得很明白的。这个剧本，是写刘桂英这个女劳动英雄如何与封建家族斗争，所采取的形式，是地方歌剧，演出者是一个农村妇女剧团。批评者方面的主要论点，是认为舞台上的刘桂英的动作，不应该那样走起路来扭屁股，这是小资产阶级的动作，不是农村妇女的动作，工农兵不要看。我不管这次论争还包含着"女人相轻"与"山头主义"的恶劣倾向，我也不想批评谁是谁非，我只是说这样提出问题来，是不妥当的。我们只能这样提出：这些动作是否足以表达她的感情？这是忘记了毛主席所教导我们的："普及若是永远停止在一个水平上，一月两月三月，一年两年三年，总是一样的货色，总是一样的'小放牛'，总是一样的'人、手、口、刀、牛、羊'，那么普及者与被普及者岂不都是半斤八两？这种普及岂不又变成没有意义了吗？人民要求普及，跟着也就要求提高，要求逐年逐月地提高。"这种忽视提高的观点，实际上和特别强调提高一样，是把普及与提高看成是对立的东西，同时是从轻视工农兵文艺出发的，看不到工农兵文艺的发展前途及工农兵的前进心与创造力，因而，同样是阻碍着工农兵的文艺的发展的。

"在普及的基础上去提高，在提高的指导下去普及"，这条原则的应用，已经完全有事实可以说明。前年在华中宣教大会上二十几天的连续演出中，有些地方剧团所演出的地方歌剧，就已经不仅是全新的内容，而且在形式上也增进了许多新东西，逐渐改变了原有地方歌剧的旧样子。这次在安东看到鲁艺文工四团与远东宣大演出的各个小型秧歌剧,更使我感到这一点,现在的秧歌,已完全不是原来的秧歌了。《白毛女》是一个名剧,也是一个大剧,为成千万工农兵所爱好,发挥了重大的教育作用,这可以说是现在工农兵戏剧的典型作品,内容是群众的,形式也是群众的,是普及,也是提高。这是中国戏剧发展的方向,也正是普及与提高的正确方向。

最后,还表现对政治与艺术的关联的认识上。在这个问题上,毛主席教导我们:"文艺是从属于政治的,但又反转来给伟大影响于政治",文艺与政治是有机地联系着的。一件艺术品的好坏,要以政治性与艺术性两方面来估计:缺乏政治内容或内容反动的作品,无论怎样,我们是应该排斥的,同时,缺乏艺术性的作品,无论怎样是没有力量的,我们也是不赞成的。我们有些同志对于这个问题又是怎样呢?他们不是把两者联系起来看,而是分离开来看,常常强调一面而忽视别一面。有一个文学家不止一次这样地批评:《李有才板话》,不过是一件政治品,没有什么艺术价值的。就是苏联的《钢铁是怎样炼成的》,艺术价值也不高,要讲艺术价值,那还只有那些欧美资产阶级的作品。这是什么话呢?这位文学家是站在什么立场以什么标准来批评作品呢?显然地,他是站在资产阶级立场以资产阶级的艺术标准来批评作品的,恰恰落入到托洛茨基的"政治是无产阶级的,艺术是资产阶级的"这个泥坑里。

这一切文艺思想上的混乱现象,并不是个别的,是阻碍新文艺发展的重要原因。这些不正确思想,有的是对于毛泽东方向认识模糊,有的则简直是对抗,但不管是模糊或对抗,均未曾受

到公开的批评与打击，因而其影响更是不可忽视。我们必须开展严肃的文艺上的批评与自我批评，公开大胆地与非毛泽东思想的各种不正确倾向作斗争，以澄清文艺思想上现有的混乱现象。这样，才能贯彻毛泽东方向，才能在今后的文艺建设上大大前进一步。

文艺批评，是我们过去工作中的一个很大弱点，我们必须立即克服这个弱点，建设起正确的文艺批评来。

五　文艺工作中的几个问题

为了使文艺工作前进一步，担负起当前的任务，除了思想问题外，摆在我们面前的，还有几个工作上的具体问题。

第一个问题，是文艺工作团（在部队中则是宣传大队）的工作方向问题。文艺工作团，是党的文艺政策的具体执行者，它是在党的领导下开展群众文艺运动的发动机，是教育与打击敌人的文化主力，是使文武两条战线，使广大群众与文艺相结合的桥梁。毛泽东文艺方向，就是文艺工作团的工作方向，本来是很明白的。那么，还有什么问题呢？根据过去以至现在的情况，至少还有如下的一些具体问题，在工作上，或者在思想上，没有很好解决的。

文艺工作团，是以文艺去服务工农兵的，它的主要工作当然是演戏唱歌，但是，我们要求的文艺是工农兵文艺，演戏是演给工农兵看，唱歌是唱给工农兵，那么，每个文工团同志，就必须首先了解工农兵，熟悉工农兵，向工农兵学习；也就必须做具体的群众工作。这样，问题就来了：又是演出，又是群众工作，怎样结合呢？以演出为主呢？以做具体群众工作为主呢？过去有过这样的情形:人们是把文工团看成"戏班子"的。因为他们唯一的工作就是演唱,天天演,天天唱。文工团的同志感到苦闷:演来演去,演不出名堂来;领导者呢?则责备他们不了解工农兵,不是为工农兵服务,但又不肯大胆放手有计划分出他们去做具体群众工作,即使偶然放手,也常因为演出的任务而"草草收兵",空手回来,结果还只是老一套。这怎么办呢?我想,首先文工团同志必须下最大决心去做具体群众工作,领导者也必须有决心放他们到群众中去。必须明白搅清这个道理——不到具体群众工作中去,就不能了解工农兵,也就不能演出工农兵,苦闷责备是无用的。好比一个商店,什么样的商店,一定要有什么样的货色,不办货,是开不成店的。到群众中去,也就是为了办货色。决定分配去做具体群众工作后,领导者就要给予一定的任务,提出明确的要求,规定充分的时间,并分别组织起来。例如:在练兵时,我们把文工团放到连队中去,那么,他们的任务,应是参加连队练兵工作,而不是到连队去演唱;对他们的要求,应是在工作中去了解与熟悉连队士兵的生活作风与思想状况,收集各种典型材料,帮助建立连队文娱工作;并分别组织,每个连队分配三个到五个同志成为工作小组,不到规定的时间,完成任务,不要收他们回来。而在文工团同志方面,就要认识:到连队去不是去"做客",也不是单纯地收集材料,而是去参加练兵工作,是以一个工作人员的资格,在连队负责同志领导下,为完成连队练兵计划做一定的具体工作;在工作中去熟悉士兵,建立对他们的感情,学习他们的语言作风,以教育自己,充实自己。这样,既帮助了工作,也丰富了他们。完成任务后,再把他们收回来,集体研究总结,就自然可以产生反映士兵同时教育士兵的作品来。这里还包括一个问题,即是文艺工作与具体任务的配合问题。我们常常是这样:例如当练兵的任务提出后,马上要求文工团演出反映练兵的戏来,常常使文工团感到措手不及。这个要求,对团的文工团或宣传队来说,还可以行得通,因为他们经常同士兵一块,一般的生活是了解的,但对纵队或军区的文工团,则是一种过急的主观愿望,他们不了解练兵是怎么一回事,怎么可以创作出反映练兵生活的作品呢?我们不要过急地机械地要求配合,必须先给予一定实际体验的时间,事实上,一件真正反映士兵的作品,不是只在当时有教育部队的作用,就在以后也一定有教育部队的作用的。

总之,每个文工团,不能天天演唱,必须使演唱与做具体的群众工作很好结合起来,那就是:做一个时候的群众工作,然后收回来研究创作,再回到群众中去演唱。这才可以不断提高文工团的水平,使文工团真正成为教育群众的文化主力。

其次,文工团是以培养干部为主呢,还是以建立一个人才齐全的好的文工团为主呢?文工团是有培养干部,特别文艺工作干部的任务的,因此,就必然要不断从文工团调出干部来,但是,从文工团本身来说,要把工作做得更好,就必须人才齐全,要求把好的工作同志经常保存自己的团体里,于是,这个问题就发生了。文工团本身的要求与领导上需要干部的要求,表现不一致,这也就常常成为负责文工团工作同志的一种烦恼。怎么办呢?我想,首先文工团同志应该明白这样一些简单的道理:要开展文艺工作,特别群众文艺工作,单靠几个文工团,不管怎样人才齐全,也是不行的,必须普遍散布种子,成立千百个群众文艺团体。一个好的文艺工作同志,把他保留在文工团内与把他放到群众中去,其作用,其影响是不能相比的。因此,我们要有全体观念,不要有本位观。同时,一个文工团的工作,能不能做得更好,固然人才齐全有关系,但也不是完全依靠这个,主要还是依靠群众,依靠走群众路线,依靠大伙去群众中拿东西来,只有群众的文艺工作开展,文工团的工作才能做得更好。我们不要有单纯的技术观点,要有坚强的群众观点。在领导者方面,主要的应该是加强对文工团的领导,更注意地照顾文工团,不能只是向文工团要干部,而是先要给文工团配备好干部,调人要有计划,要保留一定骨干,不能要求过急,否则"自身不保",怎能培养出干部来呢?所以,这个问题,还是一个思想问题,思想问题解决了,这个问题也就不存在了。

另外,演大戏呢?还是演小戏呢?这个问题的发生,是由于对大戏与小戏的认识有偏差。大戏与小戏(歌唱也是如此),只是形式的问题,不是实质的问题,一个戏的好坏,决不在于形式的大小,而在于这个戏的内容与技术。我们主张多创作演出小型的戏,这是为了更能及时反映群众斗争,更好适应农村中或部队中的各种条件,更便于群众接受,这是十分对的。但有人把这问题绝对化起来,以为演大戏就不是为工农兵,工农兵不要看也看不懂大戏,这是不是事实呢?不是的!《白毛女》不是大戏吗?它的影响怎样呢?工农兵要不要看呢?我们可以说,它比任何小型剧都有更大的教育作用的。我们主张演小戏,如秧歌剧,应大大提倡,但这决不是完全排斥演大戏,好的大戏,仍然必要。过去,我们的文工团,为了满足干部的要求,常常演大戏,而且常常演的是《日出》《雷雨》这类的大戏,于是在同志中造成各种各样错觉,一种是认为大戏才是艺术品,演大戏才过关,一种是一谈到演大戏就联系到《日出》《雷雨》这些剧本上面来。

当然,这是完全错误的。我们演出的方向,根据各种具体情况,应以演小戏为主,但不排拒演大戏,而其主要要求,则是不管大戏小戏,都必须是为工农兵,描写工农兵,为工农兵所喜闻乐见的东西。

第二个问题,是组织群众文艺活动问题。具体说,是组织农村文艺活动问题。(连队大都建立了文艺工作组织故不说。)这个问题,在各个老解放区,如山东华中等地区,已经得到或部分地得到解决了。在东北,则这个问题,还是一个新的问题。在这里,首先应该清楚了解的,是广大农民,特别在土改以后,迫切要求文艺的滋养,他们分到了土地,生活上有了改善,他们的政治文化水平,也随之提高了一步,这就给了组织农村文艺活动以有利条件。说农民现在不需要文艺,不易接受文艺,是不对的。为什么要组织群众文艺活动呢?我想,这是因为文化文艺本是群众创造的,现在不过是拿来交还群众,群众在政治上经济上翻了身,如果文化上没有翻身,那就不能算是彻底翻身。同时,文艺是教育群众打击敌人的武器,如果群众自己能掌握这个武器,当然比少数文艺工作者的力量大,效果也更好。在胶东就有这么一回事:一个婆婆常打骂媳妇,当地农村剧团,把它编成了剧本,演出时,婆婆媳妇都在场,演到半途,婆婆再不好意思看下去,回家去了,从此以后,就再不打骂媳妇了。这种作用,是一般文艺工作者所想象不到的。另外,只有开展了群众的文艺活动,才能涌现出真正的工农兵的作家,才能产生大批的成功的工农兵的作品。不开展群众文艺活动,新文艺的发展就没有依托,或者说没有群众的文艺运动，就不可能有新文艺的发展，这就是为什么要组织群众的文艺活动的理由。

那么，如何组织呢？这是要看各地具体情况来决定的。根据过去华东地区的经验，大概有三种形式：一种是学习组织，如村学、识字班，以这为村的文艺活动的核心，一种是俱乐部，一种是剧团。这三种组织形式，常常是逐渐发展的，先是学习组织，然后在农会下成立俱乐部，再在俱乐部内发展组成专门负责文艺活动的剧团。在胶东这种农村剧团是很普遍的，而且很活跃，配合村的各种任务，经常演出。他们自己置有布景服装，自己导演，有时自己创作。在这里，需要注意几个问题：一个是领导成分的问题，过去老解放区的农村文艺组织，一般的都有这个毛病，即是领导成分，常常是地主富农及其子弟与“二流子”占主要地位与多数，因为他们文化水平较高，熟悉这一套，而且有空闲。这是必须注意的。我们可以吸收一些较好的农村知识分子，半知识分子及有专门技能的人参加，但必须以真正的农民为主，必须把它放在以贫雇农为核心的村乡农会领导之下。由于第一个问题，组织领导成分不纯，便产生了讲形式，好高骛远，脱离实际，以致增重群众的负担，妨碍群众的工作，造成少数人的突出，其结果，是与群众的要求完全相反的。我们必须随时防止这些现象的发生。农村的文艺组织，必须是群众性的，群众性愈大愈好，必须是实事求是，以群众的实际利益与要求作为出发点的。这是组织农村文艺活动首先要注意的一些问题。

谁去组织呢？当然，区乡党政机关是要负责任的，应该把这个工作当成经常工作之一，即使组织起来，如果没有领导，让其自流，还是不行的。倘有条件的话，村学教员也要负责。但我认为：特别开始时，文工团应该成为一个发动机。每一文工团，每一文工团的同志，不管是到农村中去演唱，或者分散去做具体群众工作，都负有组织和指导农村文艺活动的责任。必须作到这点：每到一村即能把这一村的文艺活动组织起来，或把它推向前一步。这样，使文工团与农民剧团结合起来，文工团的工作与农村文艺活动结合起来，使普及与提高结合起来。这不但是开展农村文艺的关键，也是推动整个文艺运动向前发展的关键。

关于组织农村文艺运动问题，就只讲这些。

第三个问题，是关于创作问题。在目前，几乎每一个文艺工作同志，都有这样一种感觉：剧本恐慌、歌词恐慌。事实也是这样，新剧新歌的供给，是远不能满足客观的要求的。于是开展创作运动，就成了当前的一个重要问题。没有剧本，没有歌唱，就等于"无米之炊"，是难以工作的。怎样来开展创作运动呢？过去，我们总是眼睛向上，希望那些成名的作家来解决这个问题。当然，既然称为作家，既然有写作能力，就应该努力担负起这个责任，至少担负起一部分责任。创作恐慌，作家的不努力，是其中原因之一。但是，我以为，主要的原因，还不在这里。我们对于那些有写作能力的所谓作家，应该有新的足够的估计。他们与群众与实际都比较离得远，受旧文艺的影响比较深，他们的写作能力，从旧的观点来看，可能还应付得来，但现在要求的是新形式（民间形式经过改造也变成新形式），新内容，他们同样要重新学起，于是，他们的能力，就成了一个问号。有许多作家，不敢提笔，也写不出东西来，是并不奇怪的。因此，我们就不能依靠作家来解决这个创作恐慌的问题。我们必须眼睛向下，必须把希望放在广大群众身上，放在一般的文艺工作者的身上。

开展创作运动,主要的是对着他们提出来的。

要开展群众性的创作运动,那么,首先就要问一问:群众有没有创作能力呢?回答这个问题,是肯定的;群众是有创作能力,并有不少的作家。他们可能不会写,但是能创作。华东野战军某部所提倡的枪杆诗歌运动,就是群众的创作运动。那些枪杆诗,就是创作,而且有不少好的创作,写诗的士兵,就是作家。胶东的农村剧团,创作过好些很好的剧本,可惜没有被人发现,只有个别的被流传开来。华中有一个叫老苗的,可以顺口成章把一段故事编成快板。这种群众的作家和作品,只要留心是可以随时发现的。因此,问题不在于群众能不能创作,而在于我们如何去提倡,发现与扶植。而这个责任,却是一些成名作家及专门负责文艺工作者所应该担起也可能担起的。

开展群众性的创作运动,除了普遍号召,提出奖励及有组织地进行外,还要解决一个思想问题,即是以什么标准来评价创作的问题。我们的作家和专门家,常常是眼高手低,从个人主观的愿望出发,或以曾经在他脑子里生了根的资产阶级或小资产阶级的文艺标准来评价作品的,如果这样,虽然有了运动,结果还是会一无所得的;因为群众的创作,决不能合乎他们的这个标准。我们的作家和专家,必须坚决改变这种态度,以十分虚心、认真、实事求是的精神来进行这个工作。我们应该以群众的美术观点,根据群众的文化水平来决定创作的评价。一有可取,便该重视;加工较少的,可以再为加工;写得不完全的,可以代为充实;文句不顺的,可以给予润饰。群众创作,好比一枝嫩芽,虽然幼稚,但有发展前途,必须好好加以培植。我们对于开展群众创作运动,采择群众作品,不是把自己当作“考官”,而应该把自己当作一个园丁。这样,创作运动才可以开展,群众写作情绪才能大大提高,新的作品和作家才会大批大批地涌现出来,创作慌的问题也就自然可以得到解决了。

与创作问题相关的,还有一个旧形式的利用问题。所谓旧形式,一般地指民间形式,它是简单朴实的,是陈旧的,但它是群众所有的,为群众所喜闻乐见,因此,我们必须大胆地采用。这里要搞清这样的问题:利用旧形式,决不是保存旧形式,更不是不要创造新形式。旧形式是一定要死亡的,我们之所以利用旧形式,是因为群众所喜闻乐见的新形式还正在创造中,而创造新形式,又只有以旧形式为基础。鲁迅曾说过像这样的话:利用旧形式必有所采择,既有所采择,就必有所改进,既有所改进,那就已经不是原来的旧形式,而已经是新形式创造的开始了。现在的秧歌剧,就是很好的说明。因此,在这个问题上任何的保守观点,都是要不得的。

同时,利用旧的形式,也不能规定一个固定的标准,以为某一种形式,是标准的形式,其他都该排斥。如搞平剧的,以为平剧是最好的唯一可利用的形式;搞秧歌的,又以为秧歌是最好的唯一的可利用的形式。在华中就有这样的情形。这个地方看不起另一个地方的地方剧,而另一个地方也是如此,他们总以为自己这个地方的地方剧最好是工农戏剧的标准形式,这是妨碍旧形式的发掘与利用,也是妨碍新形式的创造的,我们的利用旧形式,是为了创造新形式,任何一种旧形式都不能作为代表,我们必须多方面地发掘利用,以便有所采择,使能互取所长,互截所短。这样,才更便于创造出一种完整的适合于表现新内容的新形式出来。比如歌剧,是目前戏剧发展的主要方向,但新的歌剧，决不会是完全出于秧歌，也不会是淮剧，更不会是平剧，而是这各种旧歌剧发展的结晶体。

以一种形式来代表一切，这是文艺工作上的“山头主义”的表现。

第四个问题，是关于学习问题。许多文艺工作同志，常感到自己进步不快，感到自己老是停顿不前，对于学习，总是不知从何下手。这也确是一个问题。但这个问题，毛主席早已清楚指示过我们了。毛主席指示我们：文艺工作者，首先要学习马列主义与社会，使我们有一个正确的立场、观点与思想方法，有了足够的社会知识，这才能正确地认识现实，研究现实。然后学习创作技术，而在学习技术中，首先是向工农兵学习，学习工农兵的生活，学习工农兵的语言，学习工农兵的表现方式，然后向古代的与外国的作家学习，批评地吸收其中可用的东西，作为我们的借鉴。为什么我们的作家不照着毛主席的指示去学习呢？我想，这并不是方法问题，而还是一个思想问题。因为我们有些同志对学习的要求，是与毛主席的指示相反的，这就是我们这些同志，还没有打破重技术轻政治的观点，还没有打破重外国轻工农兵的观点。在这里，我只想郑重地提一提：每个文艺工作者，如果不照着毛主席的指示，虚心、认真，同时硬着头皮去学习马列主义与社会，学习工农兵，向这方面去求进步，是决不可能进步，也决没有发展前途的。而现在，在这新的形势下，是更没有徘徊的余地了。

六　文艺工作者的自我改造及其前途

自土改运动猛烈展开后，一般的小资产阶级知识分子，大部

分文工团工作同志也是如此,他们最大多数是生在地主富农的家里,因而普遍地引起了一种恐慌:共产党是不是还要我们呢?会不会被清洗呢?将来的前途怎样呢?在这里,我就只讲这一个问题。

现在,共产党是不是还要这些地主富农家族出身的知识分子呢?回答是肯定的。东北局已有决定公布了。不但现在要,将来也一定要。毛主席早就指出:没有知识分子参加,中国革命的胜利是不可想象的。因此,这些同志不会是没有前途的。

问题是在于这些同志是不是愿意一心一意跟着共产党走,跟着工农兵走,完全抛弃其所属的阶级,站到无产阶级这方面来?

有不少知识分子,在土改中,暴露了原来封建阶级的面目,对地主同情,对党的土地政策怀疑,包庇地主,压制群运,有的看到斗争自己的家族亲属的时候,则完全与党对立抵抗,这就显然不是党不要这些人,而是这些人首先不要革命,不要党。

还有不少同志,组织上入了党,走进了革命队伍,思想上并没有或完全没有入党,保留着各种各样的非无产阶级思想。一只脚踏在革命的船上,一只踏在地主富农的船上;或者眼睛望着革命,屁股则是坐在小资产阶级方面。这就显然地,这些同志不是全心全意而是三心二意地对党对革命的事业。

我们的党是无产阶级的党,中国革命,是只有在无产阶级及其政党的领导下才能胜利,因此,我们必须保持革命队伍与党内的纯洁,不允许任何非无产阶级思想来腐蚀我们,更不允许有阶级异己分子的存在。而对于那些愿意改造自己,敢于改造自己,诚心诚意做工农兵的长工,为革命事业奋斗到底的知识分子,则是我们所十分欢迎的。

因此,在这新的形势下,每一个非无产阶级出身的知识分子,特别一切新参加革命的知识分子,包括文工团的同志在内,对于自己必须重新估计,对于自我改造,必须下最大决心,这首先,就必须斩断与本阶级的联系,完全站在无产阶级方面来。旧时代已经是一去不复返了,封建阶级已经注定是要死亡的了,留恋是没有用的,任何力量,也是不能挽救的。每个人都应该寻找自己的生路。小资产阶级出身的知识分子,并不是"天之骄子",要完全改变以为自己高人一等的观点。世界不是小资产阶级的,而是工农兵的,创造世界的主力,也不是小资产阶级而是工农兵。盲目自大,看不起工农,想爬在工农头上,是一种罪恶。历史的安排,在革命的进程中,小资产阶级知识分子,只能是从属,只能是工农兵的服务员,而且只有这样,革命队伍中才有他们的地位。同时他们还要清醒地认识,正是由于成分不纯,满身满脸都是龌龊、自命清高、假装正经,是没有用的,应该时时洗脸抹身,自己洗,让群众帮助洗,让党帮助洗。只有这样经过不断的改造,才能希望改变成为一个合格的服务员。

形势已经这样,前途是很明白的了。没落呢,还是前进?完全决定于每个知识青年自己的选择。

——在安东各文工团文艺座谈会上讲话

后 记

这是我在安东文艺工作者座谈会上的一次讲话。我现在把它发表出来,不过是想抛砖引玉借以提起大家注意:在这新的形势下,解放区的文艺工作者,和其他工作部门一样,对于过去的工作，应有一番新的估计，对于新的今后工作，应有一番新的布置，以求进一步研究和贯彻毛泽东思想，实现新的文艺政策，并以推动全国胜利的加速到来。

在这个讲话里，我提到了一些现存的或曾经存在的文艺思想问题，并对于这些问题作了批评的按语，而且有些地方语句特别重，这可能引起有些同志不快。我之所以这样提出问题来，主要有两个意思：一个是，那些思想问题，确是值得注意的问题，不管轻或重，如果那些问题不搞清楚，对今后文艺工作的开展是有碍的，因此提出来供大家讨论。一个是，我们文艺工作，实在缺乏公开的严肃的批评与自我批评，过去上海文艺界残留的一些坏现象，如自由主义、宗派主义等等，还或多或少在我们队伍中起着作用。这种现象，我以为实在不应让其继续下去，因此，我对于一些问题，便特别说得重一点，试图引起大家公开大胆批评的勇气。当然，我对于那些问题的看法，不一定是对的，或者一定有些不对的，如果这样，我也希望同志们作为一种混乱思想，加以批评。

我已有几十年不搞文艺，手边又无材料，里面所提出来的问题，只是根据平常的感觉，及现在还能体会到的一些片断的经验，空空洞洞是不免的，如有不妥，希大家给予指正。

一九四八年三月二十二日于安东镇江山下

《新形势下的文艺工作与文艺工作者》，1948 年大连大众书店初版

◇铁　汉

东北文艺工作者的新使命

一　提高与普及

我们综合着半年来东北文艺的发展与工作，不能使人相信这是“文艺的复兴期”，它如同战后的经济情形一样地带着病态的疲惫；同时前后地受着外围的环境所影响，东北文艺又遭到了和光复以前的厄运；文艺工作者们同时又在生活的漩涡——失业和物价膨胀——里挣扎着；精神与肉体给文艺工作者以时间的忙迫和情绪的紊乱，更造成文坛颓萎的主因。这是半年来文艺界所受的和所表现的状况。

但我们必须急急拍一拍落满灰尘的征衣，伴随着新时代的脚步站立起来而走上前去；我们是历史的记录者；我们也是社会的先驱者，谁也没有理由无视或放弃自己的责任，谁也没有理由逃避或迎合着今日的现实的颓靡。

当我们从这大沉默里，从这新生的修养里抬起头来时，文艺工作者们将会看见东北的世界的天空，而且应该自动地迈开坚强的双足，走向我们这片荒凉而幼稚的文艺的原野上去。

今天，我们再不是盲从，再不是被动，再不是帮闲；我们——文艺工作者一定要打好一个主张，建立一个主见，为民众大家来流汗！

我们有了根基（在最后一节里我想说说这件事情），那我们当然要看一看东北人民需要什么样的文学。东北人民的要求虽然不会一样，但我们可以找到两个重心：第一个便是提高文艺水准，这是知识阶级和爱好文艺青年们的大多数的要求；第二个便是普及文艺常识和通俗化的作品，这是一般知识低下，教育程度较小的同胞一致的看法。

简单来说：前者是“提高”，后者是“普及”。

可是，我们，假如承认自己是一个文艺工作者，是否考虑过这个问题？又是否做到这问题中的一个？……

也许有不少人在努力走着称为“健全”的“提高”的路；但这些人总括起来终不免退落回来，甚至于反而低下了。另外还有一群文艺工作者，在他们畸形的发展的结果，所谓的“提高”却弄得“朦胧迷离”，哼哼呀呀，找不出一句和人民和生活有关系的话；他们本身已经和人民游离了，跳到现实的圈子外吐着五光十彩的烟霞，神秘而玄妙。这些作品虽然暂时地抓住了初学者的心理，但等初学者明白了人生，明白了社会和他自己的时候，这些作品是要永远地被抛弃了。

我们要“提高”，这是为了在客观的条件下，促使我们的文艺完成了它本身上高级的任务和在艺术上的价值，这种文艺作品，有着领导的功用，有着不断地促使文艺之进步与在世界艺术上树立其光辉的功绩的创造的要求——这是专门启示给文艺工作者和知识阶级之中较为高级的人们的。

后者，它更是负有“教育性”的重任；文艺是民众的代言者，文艺是现社会的广播机；它一定有接近这群众，推动这群众，指导这群众的必要。但是我们在这里提到的“普及”，不是仅仅迎合小市民的口味而“迎合”了事的；我们至少应该看一看那可怜的我们的同胞，我们要怎样利用通俗的形式和语言，方便而整齐的内容，装上新的思想，正确的观感，同时能有力地唤醒他们半睡的精神与半麻痹的意识，促使他们从这些作品里知道一些，感动一些，而坚决一些，然后追随着时代的尾巴赶上前去——这工作也许是多少作家所不屑于干的，但我们从今必须有一番新的认识，就是现阶段的中国究竟是“提高”为重？还是“普及”应先？

倘若文艺工作者他相信自己为文艺而劳役，那他最低该明白是为哪一群人卖力气较比合理的，也该看清楚了自己是否已经和那许许多多的民众发生了关系。所以说“提高”也对，“普及”也对，只是眼前的路是一条宽一条窄的，聪明的文艺工作者们，请放远了眼光，自寻去路吧！

二　大众和武侠言情之类

文艺既然不是特权阶级的宣传工具，更非有闲阶级的消遣品；它乃是广大的民众的为生活、自由、解放而斗争的武器，它出自民众而且必须还交于民众；文艺决不是麻醉民众与毒害民众的游戏品，这是我们文艺工作者在“普及”的工作之始应当注意和觉察到的。

文艺大众化，本来和文艺通俗化没有多少差别，但我愿意这样叫的，是深恐我们的文艺工作者曲解了通俗化的意义。同时文艺仅仅通俗化了，在目前上往往会陷于卑俗、淫秽，终于不免陷入过去那些打着通俗作家大旗的“洋一流才子”们写的什么武侠啦，爱情啦，社会啦等等的深渊去。

武侠、言情一类（另外还有一类小人书）书籍，理应被今日中国的所有人士公认而取消，但我们只是这样喊叫是没有用的，你甚至取了禁止出版的手段都不能有什么效果，这因为什么？文艺工作者们！这些有毒的东西已经深切地打进广大的民众中去了，民众并不会了解这中间有什么害处，你若反问他们，他们多数要嘲笑你的，然而，我们只好坐视着毒素的蔓延吗？

不，不能！唯一的方法，告诉我们：假如你想推倒一个旧的，必须先建设好一个新的；你要用自然的持久的力量一点一点引诱过来，然后他们才会属于你，而且相信你。

同理，我们要打算推倒整个的武侠、言情之类的东西，必须先使我们的作品“大众”化了；外形给它以一般能够接受的言语，能够欢迎的形式，只是内心却要记装着新颖而进步的中心意识；要它在趣味之中揭穿了社会的黑暗，在柔和之中透露着倔强，在正义之中表现着奋斗……我们要这样去战败他们，把那些受害了的可怜的民众夺取过来！

三　文艺工作者呵！起来

“文学是时代的反映，时代的先驱，所以文学与革命是有密切的关系。在大革命的前夜，一个文学家必先烛照到社会变革的必然性，而起来作预言的叫喊，如在法兰西革命的时候，当时许多文学者,已经早已洞察了历史的车轮,而起来领导意识的斗争。所以,与时代有关的文学作品,一定是革命的,前进的作品。”(顾凤城编《新文艺辞典》三七页《文学与革命》)

起来,文艺工作者们!

我们不必彷徨,不必疑惑,也不必发愁,东北的文艺工作者,是比内地任何地方都需要大胆,需要克服,否则,那真是会被人嗤笑我们十四年来受的奴化太深了!

半年来,常常听到读者在责备东北的文艺工作者,责备他们为什么逃避血淋淋的现实?为什么不把千万人所共同感受的置而不写?作家倘如生活在这千万人的人群里,难道说他耳聋了吗?眼花了吗?否则,回避这现实,那就等于放弃了自己的责任,还说什么你们是最有良心和正义感的,还说什么为人民服务?

我们不觉得脸红吗?我们还好意思张嘴向人家喊什么努力、奋斗吗?

我们的真理只有一个:对于那善的加以颂扬;对于那恶的加以责贬;对于那无知的愚蠢的予以鼓励,对于那欲进而未进的予以扶掖——换句话说,就是让那歪曲了的正直过来,叫那走错了路的找到新路,叫那茫然无知的群众寻得人生的方向。

这一切,都交给我们的双肩了,文艺工作者,你不必放下它憩一憩,更不必观望着街路的风景;你要切实地锻炼好自己的肢体,坚强而康健地走向前去!

选自《星火》,1946 年第 2 期

◇留　意

看了《怕死鬼》的感觉

《怕死鬼》写得生动活泼，有力地感动读者，看了这篇文章像是身临其境一样活现；还有……我想好的地方很多，读者都会体会到的。

不过我看了这篇文章有两点不同的感觉，而且是个比较成熟的感觉，看了以后，咬在脑子里，萦回着不好受。

一、副团长在指挥所里，因为电话不通了，“嘴唇咬出鲜血”，这在好的一方面，只反映了副团长为人民服务的责任心强，在急难的场合下急于完成这个战斗任务，但另一方面，反映了副团长在战场上在极困难的场合下发急得显出了战斗的脆弱性。

当炮弹打到副团长所在指挥所的地堡角上“副团长两手护住脑瓜滚到角落里”，这是一种什么表现？幸亏副团长是在地堡里，假如被封锁的开阔地上，那么恐怕副团长要躲到地底下。

我曾读过苏联的一本比较有名的小说《人民是不朽的》，上面描写的师政治委员，在一个一分钟落几百发炮弹的小山坡的指挥所里，沉着镇静地摘栗子吃，当时给部下的影响或感动很大，那么这个副团长与他正相反。战斗中我们看到的像这样的副团长也很少，事实上一个比较高级的指挥员不会这样的，我不知作者是亲自参加这个战斗看到的，还是战后采访的，是否属实尚值得研究。即便是属实的话，那么我不了解作者的意图是在批评或者发扬这个无名姓的副团长，还是单纯为了描写当时的紧张战斗场面，来增加林学善的功绩的伟大，我看这都是不必要的。

二、当林学善未进步以前对革命没有认识，怕打仗，怕艰苦，想脱离革命，晚上做了一场噩梦，梦见了"妖精"式老汉，描写得"白胡子忽然闪花花的，越拖越长，吊在地上，忽然又倒卷起来，变成条银线蛇，缠住他的脖子，一阵冷气直透，他挣出一身冷汗，醒了"。我看了这一段像是看封神榜上说神话一样，不错；这是个梦，我想这个梦也不要太"来悬"啦，同时这样梦也不适合新时代科学生理上的梦源，相反地适合了社会迷信的做梦学说。这在给将走上新时代青年读者起一种什么作用，我想象不到。这虽然在文章的结尾都用不显明字句的事实证明了，但，我总觉得不好，我的感觉这一段满可以少描写这类的东西。

选自《文学战线》，1948 年第 1 卷第 4 期

◇ 海　帆

广泛培养文艺新军

在我们解放区出版和发表的东西里(报纸、杂志、书籍),使人感觉新的文艺工作同志的作品太少了。不知是爱好文艺工作的新同志不愿意写,还是写得不好,出版机关不给发表而没勇气写?

因此我希望新的文艺工作同志和爱好文艺工作同志们,要尽量发挥各人文艺天才,努力地,大量创造出新的文艺作品,以供目前文艺之需要。

同时我更希望党的出版机关,要努力深入乡村,尽量收集民间创造,使其有出版机会。更要广泛地培养出新的文艺大军和努力扶植新的文艺工作者,以充实解放区文艺血液,使文艺工作在群众中生根。

选自《文学战线》,1948 年第 1 卷第 1 期

◇陶　君

东北童话十四年

一

在东北沦陷的十四年间，所有居留在东北的人们，如同经过漫长的沙漠之旅，时时逼近着恐怖与死亡，仿佛，世纪已经窒息，一切都要毁灭了。

特别是文化方面，遭逢了空前的浩劫，既有的建树被计划地摧毁，未来的种子也完全扑灭，所有的，只是一片杀戮。

而且，青年人的思想被束缚，行动不自由，文学受严格的检阅，所谓"作家"与常常在杂志或报纸副页上发表文章的人，差不多每一刻都下意识地颤抖着，而随时准备着被捕，被送到"思想権正总署"，被送进宪兵队或特务机关的黑屋子里面；同时，十四年来的文字狱也不可数计。

在这种恐怖与残害构成的氛围气中，可以想象的是，绝难产生杰出的文学作品。

更如标题所记，文学中的童话一部门，其冷落情形，益发超出想象之外。

有人喻东北的新诗是一块尚未开垦的处女地；但十四年来却还产生了许多新诗作者，他们曾写出了一些尚能令人满意的作品，虽然在量上不如小说，然而东北的诗境已经开辟了，纵令不免于荒芜，但却已迈过了“处女”的阶段。

至于童话，一向很少人写，而且，仿佛一般常常写作的人并不承认童话是文学，没有人提倡它，也没有人肯写它，它就是这样在还没有诞生之前就被虐杀了。

举一个最简便的例子，每个年末的“文坛大结账”，无论如何热闹，无论如何火炽，但对于童话，却始终无人提起，即使有人偶尔写出一篇来，也仍旧在冷漠里逐渐地被淡忘，以后，连写的人也灰心了。

东北的童话才是一块处女地，过去虽然像彗星似的产生了些许童话作品，不能算是开垦，只是一种偶尔的尝试罢了。

为什么童话在东北文坛上如此寥落呢？

推求它的原因是很困难的，而大体不外下列数点：

1. 东北作家在日本铁蹄压迫下早已失掉了童心。

2. 对于小说、诗、剧本等的迷恋。

3. 否认童话在文学上的价值。

4. 发表的机会较少。

5. 读者也少。

6. 在某一点上来说，童话不容易写得好。

此外，有许多人对于童话的误解，也是它的致命之伤。

误解之一：以为童话是纯粹的说教式的东西。

误解之二:以为童话是荒诞不经的故事。

误解之三:以为童话和民间传说,特别是神话、寓言等并无分别。

譬如在伪满时代最受青年读者欢迎的月刊杂志《青年文化》第二卷第九期里面,刊登了高芳先生一篇《童话的问题》,而高芳先生所认为"问题"的则是:

> ……以往流布在我国的童话,许多是从外国翻译来的寓言和传说,很多都不符合我国儿童的现实生活。纵即有些创作童话,也不外是些受了外国童话的影响,并未走出粗装模造的境地。尤其是创作童话的人,对"时间的"关系过于粗心,制作了许多不知是童话,抑还是神话的东西来,譬如写天使,写妖魔鬼怪,小人国游侠,使用魔杖的王子,蜜蜂和小姑娘讲话,月亮姐姐流泪等超自然现象的题材,这些荒唐无稽超自然的读物,蚀食着发育不健全的儿童们的头脑,真是太罪过了。

然而高芳先生却不知道唯有这"超自然现象"才是儿童们所一致的"空想";"空想"或者并不完全是童话的生命,但"空想"却确能使一篇童话更健全;儿童既然不会受到坏影响,当然他们也不会读了"超自然现象的题材"的童话便永恒地以为"月亮姐姐"真的会"流眼泪"。安徒生的童话题材,多半——几乎全部,都是"超自然现象的题材",而它的价值却永不衰落。

不过,所谓"空想",是一种原始的信念,据人类学者的研究,以为儿童心理特别和原始人的心理相似,所以童话里的"空想”,也只限于与儿童心理相近的东西。

儿童的“空想”是简单的、朴实的、可爱的,而并不涉及“飞剑”“法宝”“武侠”等复杂的荒诞故事方面——耽迷于神魔小说和武侠小说的儿童例外——在其年龄上的某一个时期,儿童们都一致地以为花儿会笑,狗会说话,“月亮姐姐”能够“流眼泪”;但过了这个时期以后,他们自然便会改正了他们自己的错误,童话并不能给予他们决定的影响。

另一方面,譬如《新满洲》六卷四号,冷歌先生《怎样鉴赏童话》里,把中国的《聊斋志异》划入所谓“艺术童话”的部门中,当然也是一个错误,因为《聊斋志异》里面的“空想”,除了《王六郎》及仅少几篇以外,大抵是属于成年人的,离开儿童的心理甚远,丝毫没有构成为童话的条件。

十四年来,童话在东北蒙受着误解和漠视,它的生机完全失掉了;今日来结这一篇账,仿佛也有点无从谈起。

二

在这一段黑暗的时代,可提到的童话作品集成单行本的,约有下列各种:

1.《童话之夜》	慈灯著	大连实业洋行出版
2.《月宫里的风波》	慈灯著	艺文书房出版
3.《三兄弟》	心羊著	国民书店出版
4.《秃秃历险记》	李蟾著	兴亚杂志社出版

翻译方面则有:

1.《新天方夜谭》	杨絮译	满洲杂志社出版
2.《老鳄鱼的故事》	共鸣译	艺文书房出版

3.《梦里的新娘》　　　似琮译　　　艺文书房出版

4.《风大哥》　　　　××译　　　艺文书房出版

至于杂志方面，除了《满洲学童》常常刊登童话以外，《新满洲》曾做过两次童话特辑，《麒麟》也曾做过一次，不过都没有收到太好的成绩。

即使是写过童话的作者，仿佛对于童话也并无太大的热心。其实可以说是写小说，写诗，写剧，写散文的副业。

写童话最多的作者，是慈灯。

慈灯之在东北，恰如沈从文之在南方。固然慈灯的写作力远不如沈从文，但他们两人却有着许多相同的地方：

1. 他们两人都是军队出身的作家；

2. 他们两人都以多产而著称；

3. 他们两人写作的风格都和其他作家不同；

4. 沈从文以苗人生活为题材写了许多小说，更以《杂譬喻经》为资料写了《月下小景》（新十日谈），而慈灯也与此对称地写了数十篇童话。

慈灯写作的历史很久，在东北，是最热心于童话的一个，他写的童话，除了集成《童话之夜》和《月宫里的风波》两个单行本以外，此外在他的《一百个短篇》里也含有几篇。

不过，仅以童话而论，慈灯初期的作品，尚不失其"童"，自《月宫里的风波》以后，便失掉童话的风姿，而成为一种特异的小说了，如《新满洲》第四卷第十一期里的《老画家》一篇：

你如果看见这个烈性的老头子，你一定厌恶他。

他是好久以前搬进我们这个吵吵闹闹的大杂院里

来的，邻居都说他靠着卖画生活……

这不是已经全然失却了童话所特有的韵味了吗？

我以为，倘若从东北文坛上寻出真正的童话作家，应该特别提出的，是胡琳。

胡琳是自幼年就爱好童话，同时也写着童话的作者，然而一般人仅仅知道他是画家，仅仅知道他善于漫画与插图，却不知他的童话更为优秀。

胡琳在中学读书的时候，就常在校刊上发表他创作的童话如《一匹木驴子》等等，当时便甚蒙师长和同学的奖励，甚至于誉为“东方的安徒生”。

后来，因为致力于绘画，所以不常写童话了。但间而也有新的作品散见于《斯民》、《麒麟》、《新满洲》等杂志上，其中以刊在《麒麟》上的《金鱼缸子》一篇为最好，描写异常朴实可爱，其风格略如叶绍钧《稻草人》里的诸作，同时更受了一点王尔德童话的影响，朴素中含有美丽，使儿童爱读，也使成年人爱读。胡琳童话的特点是能把握住童心，而不是“童话装的小说”。

和胡琳的描写风格迥异，而一样能够获得儿童爱读的，是霭人氏的童话作品，譬如《愉快岛的进出》（《新满洲》四卷十一期）、《一个村子》（《新满洲》六卷十二期），都是相当成熟的作品，虽然在叙述上稍感平板朴直；但唯其平板和朴直，才使他的童话硬朗起来，而不同于变相的小说。

不久以前，因贫病交迫在沈阳死去的未名（姜灵非），生前也曾写了几篇童话，如《老实人的天堂之旅》、《菊，达里亚和松树》等。作者的童话深刻而多含蓄，极富于讽刺力，虽然并不适于给儿童读，但正和爱罗先柯的《时间老人》相同，并不因此而减低它的价值，同时未名童话中语汇与辞藻的运用，也往往卓越不群，是其他作者所难于比拟的，如《菊，达里亚和松树》一篇中：

黄菊看见达里亚的模样，知道她要灭亡了，就拿沉痛的声音鼓励道：

“最后的一朵，为了爱，为了爱，就努力地开放它罢！”

达里亚不住地摇着头，在西风里面呻吟。

“就是为了爱，”她回答，“实在不能开了。”

作者死于悲愤与贫苦，而作者的童话里也一样充满了悲愤。《新满洲》六卷十二号《童话特辑》里，尚有一篇是田禾写的《牧羊女和塑像师》。编者在这一篇童话的前面写了这样几句话：

“这是一篇新型童话，文笔清丽，故事动人，有着深刻的含蕴，有着不变的灵魂……”

然而从头至尾，读过一遍以后，非但并没有感到“深刻的含蕴”和“不变的灵魂”，同时也不觉“文笔清丽”，其实，只是令人难懂而已，我们不妨抄下几句：

槐花叶的尖端又落下来一颗雨滴，这雨滴像往昔那样地做出一种脆厉的音响。啊！花岗石的全躯竟被它浸润了。但是天空的云儿一重重，又一重重地，像海的咆哮，在奋飞，飞到不知名的海滨外的山麓下。

作者写出来的，既不是童话，也不是小说，更不是散文，是什么呢？那只有作者知道了。

此外，张蕾氏的《北地传说抄》和古弋的《新伊索寓言》，正如标题所示，前者是“传说”，后者是“寓言”，虽然曾经被聪明的编者划入童话部门里去，但我以为它们既不同于童话，在这里就不多说了。

不过，张蕾所写的传说和古弋的寓言，的确是较比优秀的作品，在东北文坛上，是一种特异的收获。

至于心羊氏的童话，严格地说来，还是很幼稚的，似乎尚未走出习作的领域，而且他作品里面，教训的意味十分浓厚，有些近于寓言，读起来令人沉闷，然而，作者倘能再多一点地去努力，在将来，是能够写出较好的作品的。

三

《秃秃历险记》是东北文坛上，十四年来唯一的一部长篇童话。

但是也许正因为它长，所以其中有一些地方不免失于杂乱，累赘，结果成为一部失败的作品。

这部童话是作者在民国三十二年夏天写成的，直到民国三十四年七月才印了出来。其时伪满的弘报机关已经成立了原稿检阅制，《秃秃历险记》的原稿经过检阅以后，其中有几处就完全变了面目，如：

第八章大体删改。

第九章里的“第一慈善家”“第二慈善家”“第三慈善家”被改做“第一个人”“第二个人”“第三个人”。

第十章里的重要地方，全部都被删改了。

第十一章最后一段（也是作者认为较比满意的一段）被删掉了，结果和第十二章不相衔接。

第十六章（一九一页第八行以下）被删去了一段。

第十八章的最后一段也被删去了。

经过了如此删改以后的《秃秃历险记》，它的生命几乎完全毁灭，此外更由于兴亚杂志社负责校对这本书的人太马虎了的缘故，竟至于错误百出，不堪卒读。最可笑的是，本书的卷首有一篇序，不知是哪位先生写的，竟署了《秃秃历险记》作者的名字，弄得丑恶不堪，成为十四年来东北出版界的一大笑话！

然而，《秃秃历险记》仍旧不失为一部可读的童话，尤其因为它是长篇，所以能够把许多的故事连续起来，尽量地逞其空想的奇姿。

在东北，只有这一部童话是长篇童话。

但是，也正因为它是“童话”，所以不甚被人注意。

作者企图把这部童话写得适于儿童阅读，所以竭力避免繁杂的词句，利用重复的叙述，使描写趣味化，如：

> ……忽见一个肥胖得像一只皮球似的老青蛙，用力跳上一块较高的石头，它沙着嗓子喊道：
>
> “诸位先生们，太太们，小姐们，少爷们，请稍微安静一下，因为，因为……”
>
> 它堵着嘴咳嗽了一声，这才缓过一口气来。“因为

今天的音乐和歌唱大会就要开始了，第一个节目是娜娜小姐的独唱。”

它说完了这几句话，围绕着那块草场的动物们……便不顾命地哗哗啪啪很响亮地鼓了一阵掌。在秃秃身边，一只年老的兔子，闭着眼睛，喃喃地说道：

“这几句话说得不错。”

作者童话里的趣味成分是极浓厚的，但并不因此而给予儿童以不良的影响。在《秃秃历险记》以外，作者尚有短篇童话《蜡烛台的幸运》、《小鸦》、《月球旅行记》、《破皮球》、《十二支蜡烛》等。

四

沦陷十四年的东北，可提到的童话作品及作者，已经略如上述，其贫乏的情形，实在令人慨叹。

童话的出路非常狭窄，即便有些热心的作者写了出来，结果仍难获得发表的机会，因此，有许多很优秀的童话，只好藏在作者自己的抽屉里，难得和读者见面了。

就我所知，未能发表的童话，尚有下列数篇以至于数十篇：

1. 胡琳　　《母亲》、《一周的工作》等十余篇。

2. 田禾　　《鹦鹉的故事》等十余篇。

3. 也丽　　《黄金国》一篇。

4. 戈禾　　《猫头鹰之死》一篇。

5. 任情　　《字纸篓》一篇。

6. 金立　　《雪人》等数篇。

7. 陶子　　《×××》一篇。

8. 李蟾　　《黑国王和白国王》(长篇)一篇。

9. 心羊　　《幸福的钥匙》等十余篇。

10. 高林　　《一只角的野牛》一篇。

11. 韩护　　《蝉问答》等数篇。

此外,我们所不能知道的,当然还有很多。

关于翻译的童话,只有杨絮的《新天方夜谭》、共鸣的《老鳄鱼的故事》、似琮的《梦里的新娘》等较为优秀。其他如博文印书馆出版的《安徒生童话集》、《天方夜谭》,是从上海出版的书翻印过来的,不必提及。

《新天方夜谭》是流传于民间的口述童话,结构严密,情节曲折、新奇,更由于译者译笔之特殊流畅,实为不可多得的翻译童话集,在东北的童话一部门中,树立了光辉的碑记。

在儿童读物异常缺乏的今日,作者们大量地写出适于给儿童阅读的童话,是当前的一件急务。

童话不但是儿童的良友,同时,成年人也一样可读。

近来,更有一种趋势,这趋势便是童话已经成为小说之领域的扩张。

于是童话虽然名为童话,事实上有许多篇已经特别倾向于小说了。这现象是不能解释的。

因为:

1. 在日本铁蹄的压制下,作者只有如此地去写作了。

2. 童话本来不是限于给儿童读的东西。

3. 作者对于童话的误解。

不过,相信此后在东北一定能够产生出来较为令人满意的作品,同时,对于童话的研究热也必然要澎湃起来。

我们每次看见一群孩子，围绕在街头的旧书摊子旁边，贪婪地看“小人书”的当儿，我们每次就感到心痛，为什么让这群孩子饮鸩止渴呢？

说起来，这责任应由所有的作者与出版者担负。

此后，必须要多写儿童读物，要多印儿童读物——而最适于儿童读的，莫过于童话。

无论创作也好，翻译也好，只有童话，才能代替“小人书”的位置。尤其在东北已经光复之后，想要脱尽日本的余毒，想要排除所有奴化教育的残渣，那么，多多地写出一些童话来给儿童作为课外读物，是最直接的办法。

但这必须由作者和出版者团结起来，同时更应当尽量地鼓吹和提倡，提高童话在文学里的地位，养成专门的童话作家，大量地发表或出版童话作品。

除了创作和翻译以外，也还应当搜集流传在民间的口述童话，结成专集，其效果当为更大。

譬如德国的格林弟兄，一生搜集了许多民间童话，造成世界口述童话的金字塔，为各国儿童所一致爱读。我想，我们中国的民间童话，其丰富程度不减于欧洲，倘或搜集起来，一定能获得极好的成绩。

必然地，以后我们将突破文学的狭隘性，向更广阔的领域去探险，那里有无数的珍宝，等待着我们发掘出来！

一九四五年十一月二十五日夜

选自《东北文学》，1946 年第 1 卷第 2 期

◇ 萧　军

目前东北文艺运动我见

集中力量、建立核心

一个用枪的战士,不会很好地使用他底枪,一个用笔的战士,不会很好地使用他底笔,这全是耻辱。但是尽管枪用得好,笔使得妙,而不能够根据一定的战略、战术来使,这就不能够获得更高度的效能和更大的战果,甚至有时还会闹成反作用,成为全局的阻碍。另一面作为这一战略、战术计划者和指挥者,不明白具体条件,各兵种的长处和短处,或者任其自流,或者随便配置,即使偶尔也会打个胜仗,但这究竟是"偶尔"的,那花费的代价一定要比经过了精确的"计算"要来得多,而且决不会持久。过去德国有一位伟大的军事学家克鲁塞维支,像是说过这样的话:"将帅最高的品德之一,就是智慧。"中国俗语说:"将在谋,而不在勇。"这并不是说,做将帅的不要"勇",而是说,勇是军人当然的品德,更是作为冲锋陷阵的下级干部和士兵。但是作为将帅的除开这品德而外，更重要的还是智慧！因为你一个战略、战术计算错误，那要用去整千整万的生命为你这错误而付出可悲的代价！所以说，“千军易得，一将难求”这句老话是有道理的。

因为自己学过两天半军事，就常喜欢用军事原理来衡量一切事物，对于文艺以至文艺运动也就没有例外。实际呢，一个作家或是一个演员就是和他底读者或观众在作战。你战胜了你底读者、观众，他们就跟了你底思想、感情走，否则他们就丢开你，你就成为一个战败者。虽然这战斗用的是“艺术”，而不是枪弹或刺刀。

一个文艺工作者是散兵，是将军……一个文艺工作者集团就是一个军，或者是个集团军，刊物就是阵地。如何使用这个军，怎样配置阵地，发挥火力……这就不是简单的问题了，要应用一点科学头脑和方法。

据我所知，东北自解放以来，确是出过不少的文艺刊物，但是因为种种原因，多半是不长久的。我想主要原因之一，不外是阵地太多，兵力不足，后备不继，以至仓促成军，无暇统一行动和配备。

初进战场，多据阵地，这是对的。但是一发现自己兵力不足，就应该化零为整，放弃次要，集中力量，扼守主要据点，进行长期斗争。这是我对目前东北文艺运动的第一个看法和主张。

扶植新军、改造旧部

如果一个国家军队仅是几个“老”将军，在军前阵后晃来晃去，一国文艺坛上仅是一些“名”作家，在这家杂志里挂挂招牌，那家报纸上签签“到”，这就有一点悲凉！这里并不是说老将军不可以或不能打仗，名作家不应该或者不可以多写稿，而主要的还是应该大量地扶植新军。也许有人会害怕自己底“老”或“名”被后来者所顶替，我看这是不必挂虑的。如果你真有本领，正好在群雄角逐的竞技场上，显显威风，露露身手，即使被竞败了，也总比仅在矬子队里称大汉要光荣得多。相反，原本并不行，那就更应该客气一点，让开大路，不妨碍别人跑过去，自己如果不甘心，那就偷偷好好地去下一番苦功夫，“下次再来”。我是衷心佩服这样战士。

多少年来，我是常常被恶意或善意地呼为“个人英雄主义”者的。我并不反对，自己确实也喜欢那种真正的英雄气概和行为。人类之所以能进步，从某一方面来说，就大部分是靠了科学的，艺术的……各部门那些具有英雄气概和行为的前驱者们所倡导和推动起来的。如今在我们革命的任何队伍里，就更应该大大地发展、提倡、鼓励……“为人民服务，强健自己，竞取第一”这种新型的“英雄主义”，以及英雄们。只有用这种英雄主义，才能够打败那些反人民的假英雄、旧式英雄以至“个人”英雄主义或“英雄”……。事实上，年来在军队，在农村，在工厂……这新型的英雄已经在大量产生了，还正在产生着，就是在文艺方面，也已经有了不少。这些文艺英雄们用了自己底作品，不独冲进了本国的“文艺坛”，而且已经冲进了世界的文艺坛，获得了相当高度的评价，为祖国挣得了光荣，这就是这种新型英雄主义所发生的效能。至于我个人究竟是什么样的英雄主义——个人或非个人的，或者什么成分全有一点——那是用不到在这里加以任何说明和辩解的，这不独没有必要，也很无聊，大体上我是相信历史和人民底鉴定，大约将来他们总会给我一张合理的“文凭”罢。

不独要扶植新军，使这些新军成为新型的英雄主义者以至英雄，另一面也还要改造“旧部”。这就是说，对于原来同一队伍中某一些“老”兵，老战友，如果自觉或者被人看出有了“僵化”的征象时，就应该赶紧练练柔软体操，或者多吃一点能够生长新鲜血液的东西……否则就有落在战线后面的危险，甚至作为垃圾而被排出于文艺战场的可能。其次是说到那些具有射击技能的“旧部”了。这些人底枪或笔，过去可能是为反对人民而使用的，为麻痹、堕落、奴化……人民而使用的，在今天，如果他们诚心诚意要为人民而使用他们底技术，这应该欢迎。而且更该以大力来帮助这些战友们获得他们底“新生”，也要使他们成为终生为人民服务的新型英雄主义者或英雄们。

配合政治、联系人民

“打开天窗说亮话”，文艺就是为政治服务的一种工具。这里所说的政治，并不是如表面字眼上所指的那般狭隘、简单，这是应该解释为：政治，是一种人类生活意志集中的表现。你既然生活在人类社会里，不管愿意不愿意，总要被一定的政治制度支配着、限制着、影响着、保护着、压迫着……。同样，不管你采用任何文艺形式——诗歌、小说、戏剧、音乐、绘画、雕塑、电影、舞蹈……——表达任何思想、感情——喜、怒、哀、乐、失恋或自杀——使用任何题材——风、花、雪、月、女人的大腿、失眠、做梦……——不管你有心或无意，承认或不承认，甘心或不甘心……间接、直接随你万转千回，也总是反映着一定的政治制度所加于你的影响，和你对于一种政治制度的反对或拥护"一定的"主张。世界上没有"无所谓"的人，也就没有"无所谓"的文学和艺术。请想想看！

人不独不能够生活在真空管里，恐怕用自己底手提拎着耳朵，把自己提到云端里去生活，大概也很困难。即使真的到了云端，那云也还是从地球上升腾起来的，里面也必要含着定量的政治"成分"，至少目前这内战的"硝烟"，也总得混进一些罢？那么，对不起，您也还得呼吸一点这"政治的空气"。

我曾经有点武断地说过这样的话：

"不管古今中外凡是称为一个伟大的文学、艺术家，他们也就是一个伟大的政治家；一件伟大的作品，它们所含的政治成分量也一定是伟大的。"

这里应该补充说几句的就是，他们能够运用艺术上一种伟大的高妙的造型本领，使你完全忘掉或不觉得他们那政治筋骨的存在。相反地有一些自称为"政治的艺术家"，因为造型的本领不够，就只使人看到了他们那政治骨骼，瘦伶仃地支撑在半空。这责任应该由这批作家或艺术工作者自己负担的，不能寻找任何借口或理由来代替自己艺术上的失败、不够和无能。当然更不该埋怨"政治"。同样，有些自称为"超然派"的"作家"或"艺术家"，他们那种"与政治无关"的"文学论"或"艺术论"的说法，我看也应该收场了。我们试着研究研究，不管是中国式的《诗经》、《离骚》、汉赋、唐诗、元曲、《红楼梦》以至"康熙瓷"，外国式的希腊底悲剧、史诗，意大利底《神曲》，英国莎士比亚底戏剧，法国罗丹底雕塑，俄国托尔斯泰底《战争与和平》……它们不但和政治有关，而且它们本身几乎就全是一种政治宣传品！至于它们尽量宣传、拥护、反对……一些什么政治理想、制度和主张，这不是我底本领能够说得好的，这需要专门文艺理论或批评家们才有办法。这里只是提一提，给一些“超然派”的朋友们作一点参考而已。并举一个例，大家所知道的现世几位大文豪鲁迅、高尔基、罗曼·罗兰，更是鲁迅先生，他几乎就是地道的一位专门“政论家”。但是即使反对他的人，也不敢蔑视他底“艺术”。虽然也有些另有用心的人曾这样慨叹过：

“假使鲁迅不写那些政治性的杂文，他底艺术就更伟大了！”

我们底看法恰恰有点相反，正因为鲁迅先生有那样高度的政治热情——憎恶吃人的历史，本族和异族对于人民的压迫、统治；拥护新的、合于科学、合于大多数人民意志的民主政治制度——就更增加了他作为一位艺术家的伟大和光辉！和其他伟大的作家一样，也就更显出了这位大作家对于人民热爱的伟大和崇高的精神。所以他不朽。

还有一点，凡是被称一个真正伟大作家的，他必定是先把自己作为人民中间底一个，和人民取得血肉的联系，进而至于灵魂的凝结，而后他所表达的思想、感情、理想、欲望……才是真正属于人民的，他底作品才能为人民所喜爱，为人民所保有，否则它早早晚晚必定要被抛弃，不管它是用什么花头把自己装扮起来。

在没有作为一个文艺工作者之前，第一步是应该怎样做一个很好的人民。和人民一同生活，一同工作，一同向人民共同底敌人而战斗。

深入工厂、部队和农村

我们这里所指的人民，基本上是并不包括那种以奴役、剥削别人为生的统治和寄生者的。虽然他们也属于人类,也有悲哀,也有痛苦,但这是狼儿吃不到或吃不够羊子的"痛苦"或"悲哀"。也许还有同情这类悲哀和痛苦的"大慈悲者",如果他若是一只狼,就应该先饿死自己;若是一只羊子或狐狸之类,他就应该自己舍身去喂狼,至少我是不反对这等"慈悲"的行为的。因为这是出于他甘心自愿,即使我反对,大概也不会听从的罢。

这里所指的人民,如今既然非狼也不是甘心被吃的羊子了。我们过去有痛苦,有悲哀……这是不愿被吃的悲哀和痛苦。就在这几千百年中间从这悲哀和痛苦两块磨石交轧下面——更是近百十年来,我们这战斗的角终于长成,而且被磨砺得锋锐无敌了。它们正在淋漓着战斗的鲜血,开始最后一击,准备刺进那些残害我们若干年代的狼和狼底子孙们底胸膛……。

一个文艺工作者为了要做一个真正的人民,为了要表达、反映人民真正的思想、感情、意志和事业,就必须要使自己走进劳动人民的队伍——工厂、部队和农村。只有在那里我们才能够获得到真正的"文艺源泉",获得到自我改造,获得到真正的新生的血液,新的创作生命。但这必须要使自己整个生活——精神的、物质的——完全"化合"在里面,而不是"混合",更不能是浮在水面上的油……同时也还不能忘记,自己是个文艺工作者,"下海取珠的人",有时也还要钻出海面,把那珠宝献出来,而后再浸沉下去,再去寻找……。

加强学习、发展批评

下海取珠,并不是一件容易的事。第一他得能学会如何沉进海底,第二还要懂得哪里有珠,其次更要懂得如何从蚌壳里小心谨慎地把那珠取出来，而不能伤害它底完整、美丽和光泽——这也就是一篇文艺作品经过的全程。

世界上可以有不学习的任何人物，却不应该有不懂或不学习的作家或文艺工作者。人们尊敬、看重作家、文艺工作者，就因为他们是第一个懂得学习、喜欢学习、不断学习的人。人们读书、看戏、观画、听唱歌……就因为要从这些之中有所得，以至于获得到自己所要得的东西。因此一个作家、文艺工作者，他也必要给出一个读者、观众、听众……所需要的货色，才不负人们所付出的金钱和时间的代价。也只有这样，他才不被抛弃或灭亡。

世界上卖真珠的人固然很多，而贩卖假珠的骗子，倾销毒珠的巫婆……有时也许要超过卖真珠的人。有时候真珠也许被假珠代替着。这就需要真正懂得真珠、假珠、毒珠的人——一批文艺批评者。他们底责任就是应该使知识不足的买珠者，懂得什么和怎样才是真珠，假珠、毒珠可以杀人的道理和知识……。

以上是我对于目前东北文艺运动一点粗浅看法。明知这是不够的、太抽象，但愿将来有工夫再写些作补充。同时却甚盼从事文艺工作的朋友和有志于文艺工作的朋友们，能够更加深、加宽……来把这一问题充实和扩展一番。

一九四六年十月二十五日夜于哈尔滨

选自《东北文艺》，1946 年第 1 卷第 1 期

平剧改造运动杂谈

——《逼上梁山》观后感

前　　记

听说这里也要开展改造平剧运动了，我很高兴。临时写不出文章来，谨将在张家口写下的一篇文字，转在这里刊出，以为参考。

作者

一九四六年十月二十六日于哈尔滨

一、"众好之，必察焉；众恶之，必察焉。"

《白毛女》在张家口上演过了，颇得观众们底好评；最近《逼上梁山》又由俞珊女士所领衔的"张家口平剧实验剧团"，开演过五六天，据说叫座能力和一般舆论也不差。这是可喜的事。

这两出戏是延安几年来"创造新歌剧和改造旧平剧"运动下所产生的一对代表的姐妹，能够在这里先后和广大观众见面，而且获得了"好评"，这与其说是她们本身生得如何漂亮，还莫如说这是观众们思想上有了新的要求和审美观有了新的改变，才有这点比较的"成功"：这是我们应该感谢张家口观众们底厚意的。

“众好之，必察焉；众恶之，必察焉。”这是我国先哲孔子说的两句很好的话。他告诉我们揆人、度事、省己、听政……第一要从“众”。翻成现代语就是“从群众中来”，看看他们底“恶”和“好”是谁、是什么。其次还要“察”。就是说还要看看这是一些什么“众”，在什么条件、环境下，所感知所好的是谁、是什么，而后才能够“众好好之，众恶恶之”，这大概才能够算“全面的”，“群众观点”和“本质地看问题”罢？否则恐怕就要非“左”即“右”了。这不独于孔先生底“中庸之道”不合，对于我们真正的“正确路线”以至“基本原则”也就很容易出偏差。我看，这方法对于我们当前的“剧运”——更是平剧——也可以应用一二。这样，不独可以戒“骄”，更可以防“馁”。因为对于前两剧底演出，好评固然很多，近于恶评的也不能说没有，据我所知不独在延安，在张家口也是存在着的。因此在“省己”这一点上，我们就应该多下一点功夫了。那种阿Q式“飘飘然”的精神固然不可有或长，就是偶尔听得别人一点“恶评”那种小丈夫式“悻悻然”以至“垂垂然”的习气也应很好地消除它。因为一般人对于一种新事物底产生，盲目好奇。或者就是含着敌意的冷炎以至“找茬儿”的倾向这也是难免的。虽然说那种“吹毛求疵”之谈我们可以不必管，但“求全责备”之助却不能无望于贤者。

二、“推”与“拿”

前面那一段话似乎看来于本题无关，但我还是觉得说出来好，因为“骄”与“馁”这全是有志于一切改革者的大敌。当我们先懂得了什么是改革路上真正的大敌以后，其余的事就好办了。

“拿来主义”这是鲁迅先生对于古、今、中、外文化遗产接收的主张。他是说，凡于我们革命有用的东西就应该“拿来”它。没有用的就踢开，或消灭它；“推陈出新”这是毛泽东同志给与“延安平剧研究院”的“匾额”：“为人民服务”这又是指出的一般文化、艺术应走的总方向。《逼上梁山》就是延安从事改建平剧工作同志们，从“陈”里“推”出来的第一个“新”；《白毛女》这形式却是从秧歌、话剧、平剧、地方戏、小调、中西音乐……所“拿”来的各项遗产，经过改造和加工，于是也成了中国新歌剧的第一具标本底雏形。“拿”里面要有“推”，“推”里面也少不了“拿”——它们是统一的。不管平剧，不管新歌剧……它们必定得在这不断的推推拿拿的过程中，为人民服务的过程中，才能够获得到它们底新内容、新形式、新生命以至将来“新”的成功。否则那就很难说！——大概不会好。

关于《白毛女》或《逼上梁山》这两剧，不论内容和形式以至演技与演出，好和坏，今天我全不准备谈它。这是因为个人不独对于新旧歌剧是外行，可以说对于任何戏剧也全是知道得太少。谁全知道我是只能写点小说和杂文之类的人。因此在这里还是藏一点拙的好，省得弄出笑话，那就既麻烦也无趣！不过让我对这部门再好好歹歹学习若干时日，那时候我也还愿意杂谈杂谈自己一些具体的意见的。

三、先说说我底改造平剧观

我是从小孩子时期起，就喜欢逃学串戏园子的人，后来入了军队也还少腔无调地学着演唱“西皮”“二黄”。到延安以后，也常常和一些从事平剧工作的同志们来往，这就引起了我要改造

平剧的一股兴趣。那时候把我的一些主张和看法也曾和一些同志们谈论谈论过,有的赞成,有的当然也被反对。我的主张:

第一,平剧必须要利用。因为它既然有现实广大的观众基础,在形式和技术上经过了若干年舞台经验积累,它又有了"一套",在新的歌剧还没有成型的今天,利用这"一套"作为"纠正历史,表现历史",我觉得还是很好的艺术工具之一。我反对那种透底的"取消论"者以及以话剧"代替论"者们底一些过激主张。

第二,平剧必须要被改造才能够获得新价值,新生命。但这要从平剧现有的形式基础上,从不太远反它底特有的体系的范围内,估计它能够负担起来的担子的力量上——纠正历史,表现历史——来改造。在形式或技术上,除开反对那死硬的保守派而外,我也反对对于平剧要求得过多或超乎它能够和应该表现和担当的限度——像对于话剧那般要求过于细致地屈曲地刻画人物性格、表达复杂心理,实做实说等;像秧歌那样"完全"通俗化;像电影那样无所不包;甚至如"海派"那般真驴上台,当场洗澡等类下流噱头等——因为歌剧本身,用绘画来打个比喻,它究竟是属于"图案"一类:装饰味更浓一些,线条更直接,色彩更单纯、鲜明,形象更突出和夸大一些,暗示力更富于象征些,是不能像对于肖像画或写生画那般要求的。就是肖像画和写生画,那也是不能用照相的例子来要求的,就是照相,它和实物本身也还是有着某种程度的不真实和偏差的罢。但另一方面,完全要"神"化,而竟走向"绝对象征"以至神秘到取消的程度的说法,这也是在我底反对之列。——也是超出了平剧或新歌剧应有的限度,更是超出了我们新现实主义所容许的"文艺观"了。

第三，改进平剧要先从改造剧本开始。因为任何艺术形式，全是为了表达一定的思想，感情而存在的。决没有"无所谓"的艺术形式。剧本就是组织这一定的思想，感情的具体纲领。通过演员在舞台上的行动，传达给观众……获得一定的艺术效果，于是那剧本原来所含有的思想，感情，平剧完成了它底一定的社会任务，而艺术呢，也就获得了它应得的美学预备。不独平剧，任何艺术，随它凭借任何实质基础，采取任何特定的形式……它们底过程也必是如此。平剧当无例外，如果可以这样打个比方：剧本是个乐谱，指挥是导演，演员是演奏者，那么要想完成一次演奏，第一选定乐谱，其次决定指挥，其次分配喇叭手或提琴手，否则这演奏就不会成功。但如果指挥不按乐谱，喇叭手、提琴手又不管指挥，随便拉、随便吹喇叭，试想，这将成何体统？当然，作乐谱的人一定也得按照他那个时代里现实物质基础——乐器，演奏者——来制定他底乐谱，指挥者也一定得按照自己底能力，演奏者底数量、技术，听众要求……等来选择乐谱，否则也一定要不成功，以至闹出笑话来。如果抽象一点说，乐谱是音乐的灵魂，剧本就该是戏剧的灵魂。

怎样改或造平剧本呢？我有说如下：

为了承继遗产，为了选就旧艺人已有的技术，为了补救新剧本的缺乏，这是可以把所有的旧剧本——无论口授、笔录或印刷——经过一番大体选择，只要它底内容不太悖谬、荒唐，形式不太简陋、庸俗，支离、破碎……就可着手改订，补正它。从内容上，根据"纠正历史"这原则，我们要清除那些故意宣传，夸大封建、迷信、淫乱、奴才道德等等的毒素面外，要把历史底"事"（传奇、故事、神话、野史、说部……）放到它所应存在的那历史一定的现实基础和条件上面去观照,来解决;关于历史底“人”(忠、奸、好、坏)也是应该如此。这叫做代古人断案,替古人申冤。比方像《走雪山》这出旧戏,不管这“事实”有没有,以至于是否如此……但在情理上却可能有。从剧情来看,一个忠心的老佣,为了搭救一个弱小的遗孤,甘心使自己冻死,这是多么悲壮和崇高的情操!可是观剧人不知是出于好心还是恶意,竟让他死后做了神仙,而且还要大笑三声,这简直是对于这老奴隶底忠心一种污蔑!如果再深刻一点说,这就是利用“报来世”这阴毒政策来奖励“奴隶道德”底发扬!他把曹福这老奴隶那种无功利观的纯侠情的美丽的闪光的透明的优良品质,轻轻地给一笔抹黑了!在真的历史上、戏剧里……这般被冤和被抹“黑”到现在的有名和无名的古人,正不知又多多少,我这只是随便举一个小例子而已。

为了要完全无疑地按照我们底观点,方法来表现历史,纠正历史,创造新形式,新手法,新技术,新技巧……那就要亲自动手创造新剧本了。当然这并不是太容易的事。以历史为题材而写的文艺作品,不管诗歌、小说以至剧本,我是遵循着“不脱离历史,不拘泥历史”这若即若离的原则,再加上艺术的“加工”而来进行自己底工作的。另外从形式上来说,我是主张一定要照顾到现在的演员已有的技术、文化水准,舞台的物质条件、音乐、服装、道具……以至观众的对象和水准,来决定它底改造和提高到某种限度和程度的。从平剧底前进和任务来看,不能不改造,不能不提高,但从现存的现实诸种基础上来看,却又不可能一下子改造得太彻底,提得太高超!除开在基本观点上我们不能不彻底地改变以外,其余的,那恐怕还要一半“改良”,一半“革命”,像俗语所说的“癞蛤蟆吞长蛇”,一段一段地来罢。不能操之过急。创造新剧本如果能够照顾到以上所举的一些条件,那么,剧本可以演出,通过舞台才能获得社会、艺术的效果,谈改造平剧才能获得初步的进展。同时演员他们既有的技术能够充分地被利用,为了适应,表现新剧情,新人物,他们又不能不创造新的技术和技巧,以至附带地学得了新的历史和艺术的知识,这岂不是一举数得哉?同样,其他方面——如音乐化装等——或多或少也一定有着某种程度的改造和收获罢。

改造剧本是改造平剧运动中的第一个重要工作——我如是说。

第四,改造演员。

整个世界、社会全在改造中,每个人也全在被改造中,作为一个平剧演员当然也没有例外。“改造”这个字眼,不独无任何“侮辱”意味,而且是表示着一个人追求进步的光荣标志。在解放区的平剧演员,为了要担当起为人民服务这伟大的任务,改造平剧的庄严而繁杂的工作,不独在技术上要追求着新的方向,更重要的首先还要在思想、意识以及生活态度、工作作风上,先要获得一个基本的新认识与新方向,否则不独在各项工作上要遇到种种困难,自己也一定要陷在苦闷的牛角里而钻不出来。或者就闷死也说不定。在解放区底演员们第一个自己应该先清楚,我们已经不再是封建帝王的奴隶或奴才,旧社会的“玩物”,以及仅仅为了一口衣食和一点金钱而出卖自己劳力的苦工。在今天,我们和众人一样是革命政权下堂堂正正的公民,有公民们所享有的一切权利和义务,保有着职业上与人格上的完全尊严,经济上合理的获得,生活上相当的安适与安定……。就是这样的初步获得，也不是那样容易到手的，这是费去了我们多少革命者底鲜血和脑袋才换到了这第一步的“翻身”！只要我们以自己的技术、劳力为人民诚心诚意服务，这是和其他部门为人民服务的工作者们，一样应该受到保护和尊敬，一样应该享有革命的果实和光荣。这里是不容许有任何歧视以及旧社会那种“残存观念”的产生的。

我们全是出身于旧社会，无疑地每个人的思想、意识、行为、习惯、习气……或多或少总要带着或深深浸润着那些有害的毒汁！更是作为过去的“万恶集萃”的一些游乐场所，它们被逼迫着，被奖励着……不得不“投其所好”，否则就不能生存。虽然在某种限度上有些人也可以“出淤泥而不染”，但这是不容易的啊！可是此时、此地我们有意或无意地再保有或“实”有这些东西，阻碍自己进步，阻碍革命工作开展，这不独是耻辱，也已成了罪过！

无论怎样好的剧本，如果没有演员来体现它，这怕就等于一篇剧本式的小说，或没声音的乐谱，是不能算为“戏剧”或“音乐”的。演员或乐器演奏者，他即使有一定的技术以至技巧，如果不能够在一种有价值的剧本或乐谱里被使用着，终其身也只是个“技术者”，决不会成为一个“艺术家”。如果用“人”作比方，剧本是灵魂，演员是肉身，技术就是声、目、四肢有节制的动作，而后别人才能懂得他在干什么，或者想要干什么。灵魂失了肉身当然不存在，肉身如果没有灵魂底控制，手脚乱动，说话，唱歌不知所云……这不是白痴，大约也是某种程度的神经病患者，这不独不能算为艺术的演员，也就不是健康的人。好的剧本遇到不高明的演员固然要减色不好，甚至被歪曲，倒置；但是好的演员如果遇到太坏的剧本，那他一定倒霉！不独不能够展其所长，创造新的表演技术，他们底声誉反要被堕落！在过去，仅就平剧的演员来说：具有高度的天禀，丰富与优秀的技术是很多的，但因大多数的剧本是“下流货”，于是演员和剧本在精神上就分了家，以致形成了后来的看“角”不看“戏”，听腔、听味、听板、听字……不听词的风气。至于剧本底思想内容，艺术上的美学价值，那是没人过问的。于是“技术至上”这坏传统就形成了旧剧的“正宗”。京派的梅兰芳虽然像是很要把平剧改动一番，但他除开多做了一些“行头”，使自己唱腔上多增加了一些花样，做法上更“女人化”，偶尔也添加一些西洋乐器以至话剧式的布景而外，好像翻了一个跟头又掉回来。恐怕他底“光荣时代”也就到此为止了。这就是他们表演的那些不三不四的剧本扼死了他艺术上的新生命！阻害他成为一个真正的——具有独特思想、感情、美学观、表演技术、特殊作风——艺术家。此外海派的周信芳，对于京剧垂灭的生命延续却尽过一笔大力！他为了适应上海那商业市场底需要，他敢于把京剧底“一套”僵了的墙拆一道缺口，塞进一些新的东西来，——比较地他能刻画人物心理、性格；体会剧情，使唱腔、用字平易近人，照顾多数观众等——能够使自己“存在”，这也是不容易的事。至少对于所谓京派为了投合封建余孽，官僚豪绅，无聊文人，以及奴化太深了的某些小市民等的趣味，那种以正统自居，保守的，“古已有之”不可动的“守旧党”一个耳光！不是么，在热骂冷嘲之余，所谓正统的京派出身的演员们不也由偷偷摸摸地到公开地演起了海派的脚本，穿起海派的服装，甚至于唱起海派的腔调来了么？在京派，我以为这应该不算丢“面子”，而正是表示一种进步，丢面子的却应该是那些“保守党”们。但是海派因为他们底基本观点——仍以封建主义思想为基底，加上一些资本主义的思想成分——和目的——讨好商业都市市民观众，卖钱第一——以及在艺术形式所采取的那种无中心的“集纳主义”、“噱头主义”、“胡闹主义”、无原则的“标新立异”主义，以及对真正艺术美学无理解等，这结果当然也还是翻一个筋斗落下来——仍然落到台板上。这也是他们的剧本——内容和形式——阻碍了他们的新生，扼死了他们艺术的生命！

在今天改造平剧运动过程中，我是主张剧本是一切根源，改造演员的思想意识是第一。其次是技术。对于一些“技术至上”、“技术独立”、“内容与形式可以对立”、“平剧一套不可触”、“古已有之，不可少；古而无之，不可添”等等的说法和论法，我是坚决反对的。一切应该以革命的人民需要为前提，一切应该以“拿来”主义和“推陈出新”的观点为观点、方法为方法。

剧本改造了，演员改造了，技术、音乐、道具……以至于剧场观客们用的椅子，它们也将要或多或少地被改造着了。

四、有望于张家口“平剧实验剧团”者

文章本打算写得精练一点，短一点，但又拖了这样长，好像还有些话要说的样子，但是今天——不说了。最后希望“平剧实验剧团”在张家口好好担负起这改造平剧的任务罢。因为我从看了《逼上梁山》演出中，使我愉快的是觉得所有的演员们大部分是青年，精神很旺盛，做戏也认真；另外一些老演员们也全富有舞台经验，如果大家——从领导者到每一个在这剧团、剧场工作的人——能够认真地以“为人民服务”的精神，“拿”和“推”

的方法，“苟日新，又日新，日日新”的魄力，不怕任何失败与挫折而“实验”下去，和其他剧团、剧院很好地以兄弟之谊互勉互助地共同来进行平剧改革的工作，不久它就会显出优异的成绩来罢！我是如此相信着，也如此切望着你们的。

一九四六年八月一日

选自《东北日报》，1946年10月29日

新“启蒙运动”在东北

——献给东北青年，人民，以及政治、文化诸部门工作同志

事实上，在这里已经开始了一种新启蒙运动。而且这一运动的内容，比起中国启蒙运动史上任何阶段，应该全是深入而宽广的。主要特点是表现它底广大群众性，实践性，以及文化运动和政治运动更密切的统一性。但是这一运动如今在东北也只能说是开始，这需要我们大家努力，来把它提高充实和推广起来。为了要使这一运动更好地发展下去，我有意见如下：

什么叫“启蒙运动”？从来源上讲，大概是出于法国十七，十八世纪之间，以卢梭，佛尔泰，狄德罗等为代表的一种反神权，崇科学，反专制，倡民主的运动。这一运动表现在中国的，就是“太平天国”，“戊戌政变”，“辛亥革命”，“五四运动”这一连串的历史高峰。但在这一串“高峰”以前，还要归“功”于一八四〇年“鸦片战争”英帝国主义者的大炮！它不独把清朝那自尊自大的厚纸外壳给戳了一个大窟窿，使那腐朽的尸体更赤裸地呈现在人民和帝国主义者底面前，同时也给了人民一个新的启示：使他们第一次知道了决定自己命运的，不能再靠满洲皇帝或将军，而是要靠自己了，于是就展开了这百十年反帝反封建的长期斗争。今天在关内，在东北，也还是继续这一任务。所不同

的，今天我们所反抗的是新式皇帝，新式军阀，新式卖国贼的蒋介石和新式帝国主义的美国法西斯蒂。——这里所说的“新”，是标明着这些丑类对于中国人民的压迫，残杀，剥削……更恶毒，更无耻，更无所不用其极！——另外不同的是从“五四”以后直到今天，领导全国人民执行这一反抗任务的，已经不再是少数的知识分子，和软弱的民族资产阶级，而是新兴的无产阶级。以这阶级为主干联结了广大农民，进步的小资产阶级……又形成了中国共产党。这个政党从它诞生那天起，和中国人民争取民族解放，争取民主自由平等诸运动，一直是血肉相联结着的。它做了这运动的先锋，也是参谋部。它不独掌有着辩证唯物论的哲学观点和科学方法，更可贵的是它已经有了二十几年的战斗经验和历史。因此，以“五四”为界说，以前的“启蒙运动”如果说是以小资产阶级和民族资产阶级为主导，叫做旧“启蒙运动”；这以后，就应该算是以无产阶级为主导的，新“启蒙运动”了。但过去这一运动，为了种种条件——政治，经济，文化——上的限制，它只能在较小的地区较上层和较少数人民里，做到某一方面的启蒙工作，而且常常只能限于理论方面。今天在东北，不独有了空前没有过的广大人民和土地，更重要的是一切政治，经济诸般条件，而且正在等待我们怎样发挥和使用它。因此不管在哪一方面，我们就必须使这一新启蒙运动，加强，加宽，加深，加速地扩展开去，主要的是：

一、怎样使青年和人民很好地懂得中国近百十年革命的斗争历史？

二、怎样使青年和人民很好地认识过去和现在生活的差别？

三、怎样使青年和人民很好地了解过去统治者底出卖民族、国家，压榨人民的史实和故事？

四、怎样把各种革命的战斗经验，科学地看问题和解决问题的方法，政治，经济，文化一般的知识，传授给人民，并耐心帮助他们从思想、习惯、行为上，剔除由封建社会敌伪制度遗留下来的一些恶德的残余？

五、怎样使青年和人民确定他们底人生观点和人生态度，以及怎样才算为一个“人”？一个人，一个中国人，一个“东北人”——他们当前的任务是什么？

如果是在农村，那就必要很好地使农民懂得田地的来源，地主们财富底增殖，“耕者有其田”这一具体的真理。

如果是在工厂，那就必须很好地使工人们懂得什么，和怎样叫做剥削关系，工人阶级为什么能够彻底完成历史的任务——实现共产主义社会理想。

不错，以上所举这全是“常识”。但是就东北青年和人民来说，这却是当前必要的知识。而且这知识必须要有计划，有步骤，切切实实，和他们底生活联结起来，而又要应用到生活里面去，结成血肉，成为她们自己所有……。这新启蒙运动第一步才算完成。所谓：广大群众性、实践性、文化运动和政治运动更密切的统一性这一特点，才能显露出来，告一段落。我又有几项办法如次：

一、作为一个革命的政治、文化以及其他部门的工作者，必须要拿出“苟日新，日日新，又日新”的革命精神和态度来。先把自己认为得意的“老一套”放在一边，一面工作，一面再好好做一番“调查研究”和“总结经验”的功夫，这样就能够“有所得”，才能够使花儿开得好，果儿结得甜！那树木也必能根深叶茂起来。

二、无论说话、工作、写文章，要学得能够运用多样方式，使用通俗的语言，利用各种具体生动的小故事，把“真理”传播给群众，使我们的宣传更好地为广大的群众所接受。

三、大量印发各门通俗小书，文画并用。利用一切可利用的民间艺术形式，改造旧艺人。

四、大量展开社会教育运动——义务日夜补习学校之类。

五、开展各部门社会讲学运动——如：星期学团，星期讲座各形式。

六、学校社会化，社会学校化，学生学做先生，先生学做学生……混元一体。

七、多设各门学术、思想、业务……研究机关和团体。发展公开学术、思想、业务等竞赛。对这竞赛公家、社会和个人应给以物质、精神上的帮助，鼓励和尊重。

八、使人放弃过去那种崇拜金钱和势位的风俗思想，而应养成一种尊重为人民服务的任何工作，崇拜于人民有利益的任何智慧和知识的风气和精神。以学习为最高的乐趣，以竞赛为最美的品德，以砥砺情操为人民服务做最高的道德标准，以保卫民主事业为最勇敢的表现，以追求，实践真理为终生的信念，并做使徒！——我甚愿与东北青年朋友和人民共勉！共行！

一九四六年十二月十六日于佳木斯

选自《文化报》，第1期

新“五四”在东北

“五四”——这是中国历史上最伟大的分水岭。在这以前，虽然也有过千百次改朝换代，千百次人民对于统治者的反抗斗争，例如太平天国、辛亥革命……。但它们无论成功或失败，都全没能够明确地引向一个新的阶级，彻底掘翻这几千年封建的坟坑。有的甚至将一爬出这坟坑的边沿，竟又自愿或不自愿地滚回那坟坑，甘心去和那些枯朽的骸骨们去并骨了。但这决不是说真正的历史在倒退了，这也只是一个表面上的回旋。而真正的历史河流本身，并没有一刻一秒停留过，它们是一直向前奔流着，冲洗着的。经过了“五四”这一分水岭，就由广大的农民阶层和新兴的工人阶级以及革命的知识分子，构成了这革命的主流，以中国共产党为首引向了今天。我们不独是明确地，而且要彻底地掘翻那古老的封建坟坑，而且要彻底斩断任何企图要扼死这伟大民族的魔手——各色帝国主义者们。

“五四”这是中国的知识分子第一次团结起来，为民族生存，为国家独立而战斗胜利的光辉界碑。虽然经过这界碑，有的也落荒了，有的消沉，有的没落了，也有丧尽廉耻，甚至甘心爬进反人民的队伍，去做奴才和走狗，但是另一面它奠下的知识分子和革命和人民相结合的光荣传统，一直传递到今天，而且正在扩大着。

今天的新“五四”运动，更是在东北，最大的特点，就是人民已经有了自己的政权，有了自己作战的参谋部——中国共产党，有了自己英雄的子弟兵——民主联军，有了十四年战斗的经验，这决不是旧“五四”时代那种无权无兵仅凭了口和笔赤手空拳用自己的血肉去碰敌人底枪弹刺刀的时代所能比的了！因此作为一个新时代的东北青年，作为一个决心为人民服务的知识分子，更是作为一个文艺工作者的我们，是应该毫不迟疑地承继起那“五四”时代以鲁迅先生为首的光荣的传统精神——科学的，战斗的，认清了时代的主流——民主的，和平的，勇敢，坚决，负起自己历史的使命，和广大劳动人民一道，和自己底军队一道来开辟创造自己的新生罢！否则只有灭亡！

一九四七年四月十五日于哈尔滨

选自《文化报》，第 1 期

◇ 甦　旅

目前文艺运动的我见

毛泽东同志在文艺座谈会的讲话里说:"我们要战胜敌人,首先要依靠手里拿枪的军队,但是仅仅有这种军队是不够的,我们还要有文化军队,这是团结自己,战胜敌人必不可少的一支军队。"

如果拿文化大军一面的文艺界来检查一下东北文艺工作,也是有过很多成绩的。但若从目前形势任务:彻底消灭封建,平分土地,及争取人民的革命战争胜利来看文艺界,还是和这任务有些距离的。

摆在东北文艺界面前的迫切任务,是毛泽东同志文座讲话具体在东北实现的问题。东北解放区是聚集了全国知名的作家,这些作家又大部分因为形势和工作的需要,而参加到实际工作中去了。这是事实,但作品写得太少了,作家深入,在实际生活里倒没有作品,这是什么道理?这是需要解决的问题。

最近关于《一个农民的真实故事》《夏红秋》两篇小说有了

争论，但还没有展开，这种争论是需要的，过去我们是缺少批评，更缺少理论指导。我们是需要在这些问题上好好展开讨论，对今后文艺界有更进一步的推动，作出更多的成绩来，使文艺更好地为广大的工农兵服务，使毛主席文座讲话在东北进一步具体实现。以一个爱好文艺的我，愿就文艺运动的需要，提出我个人的一些浅见来，就教于文艺界的同志们。

需要批评

作为“文艺界主要斗争方法之一，就是文艺批评”。因为正确的批评是可以提高我们的作品更好地为工农兵服务，是带有指导性的。

最近关于《一个农民的真实故事》《夏红秋》有很多批评。这是好的。从对前一篇的批评里，是讨论提出了内容与形式都值得考虑的问题，在对后一篇里则提出了写作对象，应不应该歌颂参加革命的小资产阶级知识分子的问题。有毛病，是应该批评，但有些批评是有偏向的，这也表现了我们过去是太缺少批评的缘故。

我觉得有些同志在批评的时候，只抓住了一点，如对“刘俊英”这人物只是指摘一通甚或完全否定便完事了，而忽略了全作品的主题底现实意义，也没有注意看看这作品在农民中的反映，就拿一般小资产阶级的看法，或由于不熟悉土改中群众斗争的真实生活，而加以“分段不清”“完全是一个作者虚构的人物”这样的批评否定全作品，是很少起到帮助一个作品的修正的。应该不是以否定态度，而去注重他的新形式，这是尝试，指出他的不够处，好再深一步地与群众打成一片，掌握群众斗争更正确，更全面些。被批评的也不该发火，因为一个批评的与被批评的，一个在乡下，一个坐在办公室里，目的都是为了人民，争得面红耳赤，这种态度好像我们忘了这全是为人民服务，而陷入了狭小的圈子里去，是值不得的。我们需要的是站在人民角度去批评去看全作品，再从里边指出不够的地方，不要把作者的热心和收获抹杀，而吓得谁也不敢写了。我觉得这是批评的态度问题。

应拿什么标准来看作品好坏呢？首先应以适合当前政治需要为准，其次才是艺术标准。因为光有政治内容没有一定的艺术水平也是起不了作用的。我们来看看《一个农民的真实故事》和《夏红秋》两篇，是不是合这个标准呢？而有些同志的批评却不在这方面看，单从"典型"上去谈，而不看真实，离开真实我们还谈得上什么典型呢？我觉得我们的批评是应从实际出发的，去看看作品的实际反映，夏红秋这样类型的青年知识分子，不正是在抗战期间中国三种社会的一个特殊思想反映吗？《夏红秋》在广大的东北中学生中引起了共鸣，并展开了"夏红秋运动"。我们的批评不从这现实上去看看，去从作品的效果检查一下动机，比如草明同志说歌颂夏红秋是错的，而忽略了作品的主题是完全符合现实这一重要意义——小资产阶级和知识分子丢弃盲目正统观念，参加革命，参军。不从实际反映看去批评作品，是陷入空谈了，这种批评对作者也是一个打击。另一方面对有些作品，《网和地和鱼》，《进步的故事》等，是批评得太不够了。

毛主席文座讲话发表后这几年，在文艺界立场、态度等问题是进一步地掌握了，很多解放区的作家又经过了实际生活的锻炼，立场、态度等问题基本上是解决了。今天更明显的斗争形势,加上明确的主题,作为文学斗争重要方式之一的文艺批评,便更重要了。正确的批评,是理论的指导,使文学能更好地为人民服务。

需要作家更进一步深入

“作家到哪里去了?”我们常常听到这样的呼声,这是向作家要作品。以东北作家的多来说,的确作品是见得太少了,大部分作家都深入到农村,部队,矿山里去了。是不是都在那等着写长篇呢?这就需要作家们更一步地深入了。就是要暂时放下大作品,写通讯,写报告文学或短诗,短篇,把每一个斗争的场面写出来,把每个小的问题报道出来。现在写兵和农的作品还不算太少,可是写工人的则太少了,以东北矿山铁路之多,无数十四年苦难翻了身的工人,他们对新工厂的热情,在生产中的突击支前,值得写的是太多了。但这类作品,少得几乎可以说看不见。其次关于小资产阶级和知识分子参加革命的事迹也很多,在城市里几乎天天可以看到,听到,可是写的是也太少了,除了一篇《夏红秋》便是只有散见在《东北日报》副刊和《知识》上的几篇。城市知识分子放下盲目“正统观念”,走向革命,这不也是当前政治任务——打垮蒋介石建立新民主主义的中国必需的部分吗?我觉得毛主席所说:文艺第一为工农兵,第二为小资产阶级。今天是更有他的伟大意义。东北急需的是启蒙,补上十四年这一课,粉碎盲目正统观念,把青年知识分子们从抽象的国家框框里挽救出来,教他们爱人民,爱人民的祖国和民族。这是一个不小的,不单是中学教员可以完成的任务。很明显地今天要求的是写工农兵,写这斗争中伟大的场面与人民,我觉得写革命者的工作同志,写小资产阶级的大批涌入革命队伍,也都是需要的。以文学作品来教育一切革命人民和革命同志，使文学作品更好地为人民政治服务——发挥“文艺是从属于政治的，但又反转来给伟大影响于政治”（毛泽东）。

需要普及与提高的统一

师田手同志在《新时期新问题》里提到新形式和批评自我批评等问题，谈到严文井写作上的“夹生饭”，和“有的甚至提出写给干部及知识分子看的老调，简直忘了工农兵群众，这是一种危险，保守的危险，开倒车的危险”，这些提法也不能说是不对。我觉得还应该说明得更清楚一下才好，我们看法是：写作上的夹生与土改的夹生饭是要分清界限的，写作上的夹生应该是说作者对实际的体验还不够，新形式的创造还有值得更提高一步的必要。比如《一个农民的真实故事》里的刘俊英与群众，是不是被作者写成诸葛亮与阿斗的问题，这最好还是看看群众的反应，需要调查研究一下，因为往往知识分子的眼光要比农民高一些，对作品艺术水准的要求也就高了，说不定群众倒是满意的呢，而知识分子看了，倒认为太啰唆，需要新形式，需要“人民大众喜闻乐见的形式”是早已提出了的，只是作家们写得不够，表现与创造得不够。写给干部看是不是“开倒车”，我觉得今天要强调写给干部看是没有必要的也是不对的，但若是写不出适合于工农兵看的文章而写了为干部看的文章也不能说是“开倒车”，这若看他的内容，只要是写符合于当前政治目的的内容，都还是必需的，比如刘白羽的《百战百胜》、西虹的《在零下四十度》等，这都只能叫干部和知识分子才能看懂，但就连这样的作品也只能说是写得不够，在东北自卫战争中，读者是在要求有《日日夜夜》那样的作品，把我们部队中更多的沙布洛夫写出来。所以我觉得今天需要为广大工农兵的通俗的，喜闻乐见的新形式，同时也需要为知识分子，为干部提高去认识这伟大的战争与群众翻身运动的作品，需要提高。这里便是提高与统一的问题，是需要在普及基础上的提高。

关于提高的问题，注意通俗读物，如《一个农民的真实故事》《笑面虎》等在群众中的反映。在这普及的基础上注意去提高，文艺工作团的秧歌多在乡村，部队去扭，《白毛女》多在乡下露天演出，美术工作者多画些年画宣传画，音乐家多作些地方曲谱，更深入一步——把面扩大。文学作品，要更进一步地注意已写的通俗作品在群众中的反映。另一方面去注意在这基础上的提高，还不应满足于现在的艺术水平。随着解放军的胜利推进，新解放区的扩大，新的读者也将要增加，这一个就要到来的任务，是不容忽视的。（十年内战中，革命的文化大军是在白色恐怖下，与红军没有联系中孤军奋战，而在二次国共合作开始了革命新形势前，预备和培养了力量和革命干部的。）在这任务下，将给文艺界以大的任务，他们要作品，要以伟大的人民爱国自卫战争的史绩诗页，伟大的翻身群众推翻封建制度的场面，教育他们。因为我们是有历史文化的国度。不能忽略了文学作品，是新民主主义文化的成分之一，我们要以军事胜利消息传播到全中国全世界每个有文化的角落里去。

需要普及与提高的统一，如《暴风骤雨》我觉得它的读者主要还是知识分子，广大的农民能读它的还是少数。柳青的《种谷记》还是描写首席解放区陕甘宁的人民生活的第一篇作品，但它也只能是知识分子，干部的读物。就是普及基础上的提高问题，比如平剧里的《红娘子》，《三打祝家庄》等也只能说是在

普及基础上的提高。因为在平剧本身，是早已提炼得最精细的城市市民的艺术，新内容也只是充实了它的旧形式，这在一个时期内下不了乡，也只能是普及基础上的提高。一面普及，一面提高，是并不矛盾的。

需要为广大工农兵的普及，也需要在这普及的基础上为干部、知识分子的提高。只有把普及与提高统一起来，才能做到更好的，真正的普及。

具体意见

以东北文艺界力量的雄厚，印刷和纸张条件的充实来说，现在东北所已产生的作品数量和出版物来看，是可怜的，太少了。唯一的文艺刊物《东北文艺》是经常脱期。东北书店的文艺书出得是极少极少，甚至连写老解放区的文艺作品，有些都在上海，香港出版，东北倒见不到，我觉得这是一个组织问题，东北文协首先应该重视和组织这一工作，我提出一些具体意见。

及时反映战争、土改、矿山铁路的热烈战斗生活，需要作家们及时以报告文学或通讯、短诗，把看到听到的写出来。

为青年们补上十四年这一课，《东北文艺》和东北书店都有计划地转载与出版抗战时期的敌后游击战争与人民生活的歌颂作品，和蒋管区黑暗的社会的暴露作品（如过去张天翼的《华威先生》和散见于《七月》，《抗战文艺》，《文艺生活》等巨型文艺刊物上的短篇）。

要扶植新军，由于东北文艺刊物太少，很多无名“作家”的作品，无处刊登，《东北文艺》和《知识》是否可以出一习作性质的不定期刊，把《知识》和《东文》落选的文章和过去旧有的一些东北作家文章刊出？

《人民戏剧》可以复刊,东北有十几个文工团,百多个宣传队,他们在工作上的交流,演出的介绍,通讯,创作,报导,是急需一个发表的"园地",有必要出一个刊物的。

要多翻译像《东北文艺》刊载过的苏联名著,并使《东北文艺》不要经常脱期。

《东北文艺》,《知识》,应特约一些作者,公布出他们的名字,并给特约一个责任。每期出刊可以在《东北日报》上刊登一篇编后介绍。

选自《文学战线》,1948 年第 1 卷第 2 期

◇舒　群

关于《夏红秋》的意见

——复作者的信

范政同志：

本月六日，你从双城寄来的信，我已收见。为了你“热烈的要求”，关于《夏红秋》，我写些个人的意见，一面供你参考，一面与大家商讨。

几天前，《东北日报》载关于新闻工作的问题，《晋绥日报》用“客里空”检查自己的工作。因此使我想到，如果我们的工作也作如是检查，在文学创作上有无“客里空”的问题，有无不忠于现实的问题呢？我想是有的。如果我们同样用来检查《夏红秋》，有无这个问题呢？把《夏红秋》读了三遍，我认为基本上没有这个问题（虽说也还有毛病）。由于同志们关心你这篇小说，主要地在这个问题上，发生一些不同的议论。所以我也只在这个问题上，提出自己的意见。

本月四日，《东北日报》的《尽量办好中学》社论，曾根据第一届教育会议作有以下的结语:“在东北青年学生中还有很大一部分没有摆脱敌伪的奴化教育和蒋党的愚民教育的影响,依然还是盲目正统观念,反人民思想在他们头脑中占统治地位。”我认为这正符合客观现实,也正符合《夏红秋》的内容。社论还说:“经过两年的实际教育,东北知识青年的思想是逐渐在发生变化。”而且,事实证明现在已有千万东北知识青年参加革命,在与工农兵结合和为工农兵服务。我认为这正是客观现实,也正是《夏红秋》的内容。因此,我认为《夏红秋》的内容,基本上忠实地反映了东北知识青年的主要现实问题,概括地反映了东北知识青年的主要现实问题。因此,夏红秋有典型性。

《夏红秋》开头就说:“为什么不早告诉我是中国人呢?我真恨我的父母。”不知道或不大知道自己是中国人的东北知识青年,不止夏红秋一个人,而是夏红秋们的实际情况。像她,自以为“满洲国最标准的小国民”,必然“努力念日文”。像她,“满洲国最标准的小国民”,“走到大和区,看到马路干净,日本人懂礼貌,文化程度又很高,大和女高出来的学生,一个个像蝴蝶似的洁白好看。而‘满系人’呢,无秩序,不团结,并且有不少要饭的,抽大烟打吗啡的,大部分目不识丁,更谈不上科学了”,必然想到“什么时候满洲国才能和日本一样地文明强盛呢?”因此她对“川畑老师”,“不知不觉的我被迷住了,我崇拜她甚至于崇拜天皇”,甚至快到八一五的时候,她还想“日本军队总是无敌的”。敌伪奴化教育影响的恶果,不止影响到夏红秋一个人,而是影响到夏红秋们。八一五以后,她的王老师“演说了”:“我们的国军,在我们伟大的领袖蒋委员长的领导下,就来拯救我们,让我们高呼一声蒋委员长万岁!”于是“同学们像爆发一样地欢呼"万岁。从此，她"最爱听人家讲蒋委员长的故事，言论和轶事"，同时想到"我简直崇拜他到了顶点，我认为他是中国的天皇，又是四大领袖之一，我，我甚至可以为他而死去"。奴化意识加盲目正统观念，糨糊上加糨糊，毒上加毒，等于更有毒更糊涂的思想，不止夏红秋一个人，而是夏红秋们的思想情况。结果，"中央军没来，倒来了一群穷八路"，"连电灯都没见过"，她觉得可笑，连对"阮同志"都表示，"恨不得咬"那女兵一口才痛快的样子；总之，从"黄大褂子"反对到"土地政策"，反对共产党。除去"中国，中国！我要为你长叹三声了"以外，也只好抱着"等待主义"。这种思想情感，不止夏红秋一个人，而是夏红秋们所共有的。由于她听到"北平广播"，"决定到沈阳去"。当她见到了"远远的淡黄色的电灯光底下站着两个穿灰军装的兵士，这一定是国军"的时候，她的"脚像竞走似的飞起来"，并且想着："到那边拿什么做见面礼呢？要按外国电影上的办法，该来一个拥抱！那可不行！应该握握手，啊！这是多么有意义的握手！一九四六年八月十二日的黄昏，是我生平永远不能忘记的一天。"好个知识青年的浪漫梦想，却碰到"金牙国军"给她"留下很不好的印象"。随着，她又"挨了重重的一个耳光"，又住了一夜"胡闹"的旅馆，又看见了"右脸上一块红痣"的"训育主任"；此时，她才承认"已经得到教训了"，并且感到"大楼上挂着的蒋主席大幅像，被黯黑的夜幕渐渐遮住，他的面孔上，往日浮着的伟人神气已经不见了"。所以她重返"分别了一个礼拜的安东"，也"发现她非常可爱了"。同时，她再通过"工农兵"所见所听所影响的结果，她转变了。最后，"看看自己这身黄大褂，回想起一年前，不由得失笑起来"。这种思想情感的转变，不止夏红秋一个人，而是夏红秋们的转变。

这种梗概的叙述，简单的分析，如果没有错，那么凡是“不止夏红秋一个人，而是夏红秋们”也就没有错；也就不但基本上忠实于现实，而且有典型性。东北知识青年正需要这种小说对照自己、反省自己、教育自己、提高自己。

下面再谈几点毛病：

第一，个别观点和个别措辞的矛盾和混乱。首先用“‘满洲姑娘’变为‘女八路’的故事”作为夏红秋的副题，使读者多少有些传奇之感。特别对“川畑老师”的描述：“同学们都恨她，偷偷地骂她：死日本婆子”；唯有夏红秋“和她有了感情，而同学们就渐渐和我疏远了”，这种个别与一般的对立，夏红秋与同学们的对立，即造成两种否定：一方面否定了夏红秋的典型性的，另一方面否定了同学们所受敌伪奴化教育的恶果。在这个问题上，或者作者企图强调夏红秋的特殊性，作为“满洲姑娘”与“女八路”的对比，以加强“变为”的力量。岂不知这恰是“力量”的削弱、现实性的削弱、典型性的削弱。再比如“同学们都恨”“死日本婆子”，当“我和她有了感情”以后，反而“同学们有的羡慕我”；既“羡慕”夏红秋，又“恨”她何来？既“都”，又“有的”何来？此等矛盾和混乱，难免使人发生不同的议论，而损害了这篇小说的效果。

第二，用工农兵影响教育知识青年，是必经的改造过程。但用农民的“老太太”，民主联军的“萧华将军”和“一个年老的工人”影响教育夏红秋，或者由于材料结合得不够密切，或者因为作者理解实际不深，使人感觉那影响教育的必然性不够，甚至流于某种程度的形式。因为从全篇看起来，显得“头重脚轻”。这一点要求得比较严格，不一定妥当。

第三，自述体使作者容易掌握，使读者容易感觉亲切逼真，但也容易流于肤浅而不够深入。《夏红秋》有些需要着重的地方，特别是前后几处转变的关键，像电光似的，一闪即逝；读起来感觉不过瘾。当然，用艺术创作发掘思想情感的问题深处，是最难能的，不宜一概要求。

天快亮了，不多写。最后总结一句告诉你，你这篇小说优点多于缺点。你来信说，你在做群众工作，希望将来读到你反映群众翻身的作品，更成功的作品。

此致

敬礼

舒群

九月十六日夜

选自《东北文艺》，1947 年第 2 卷第 4 期

评《无敌三勇士》

根据几个不十分完全的出版统计材料看来，东北两年多以来的文学，在数量上，“为兵的”大大地超过了“为工的”，却不少于“为农的”；在质量上，为兵的也像为工农的一样，不断地产生着出色的作品。例如《无敌三勇士》、《家》、《上当》、《杨勇立功》，等等都或多或少地引起人家的注意，得到好评。

在党的文工会议的文学组上，曾把《无敌三勇士》提出，经过大家的讨论。现在，我个人就讨论的结果，再加以整理和补充。

《无敌三勇士》是一个短篇小说，字数不过七千多，主要的人物不过四个（阎成福、老油条、赵小义、李占虎），叙述的不过一个简单的故事（从不团结到团结）；但是这个短篇小说的影响和意义，却不小，它标志着作者在创作上的一个明显的变化、一个明显的成果。

刘白羽同志在文学工作上，坚持岗位，努力不懈，已有十多年。这期间，他写的小说、报告、散文、传记和论文，估计已在百万字左右。就其数量，即可证明作家的一定的创作成绩；作为整个的创作过程来说，他必然以最大的辛劳历经了并突破了许多的难关。特别是延安文艺座谈曾对于从事文学工作较久的作家，的确是一大关，谁能走过来，谁就表现了创作的光彩。今天创作证明刘白羽同志是走过来的一个。他忠实地执行了毛主席所指示的文艺为工农兵服务的方向，长时间深入实际斗争，一面在学习改造自己，一面在体验生活搜集材料，历时数载，终于基本地结束了过去的小资产阶级的知识分子式创作，显著地跃进一步，把创作提到新的水准上来。这新的水准表现在《无敌三勇士》上，表现在部队的来信上："白羽同志的无敌三勇士，在全国模范连的战士中，受到极大的欢迎。"

从这篇小说上，首先从语言上感到了可喜的变化，字字句句，使人"通行无阻"。在这一点上，作者必然尽了极大的努力，克服了语言的夹生性。这种夹生性的语言，读起来，总带着涩性的外国味，不大合乎中国的胃口，因而不妨称之为"涩性的欧化语言"。比方"波浪朝太阳翻一下恶意的白色，便哗的抛掷过去了"（摘自《同志》，一九四一年作），"更可怕是有一股阴风在悄悄转，反动派又开始出来流老百姓的血了"（摘自《在四平的一间房子里》，一九四七年作），"天十分黑暗，潮湿而落雨"（摘自《百战百胜》，一九四八年作）等，这类的语言，不是表现得含混，就是使用上浪费。不管含混和浪费，结果只有一个，同样地都在减损或伤害内容的准确性或完整性。在《无敌三勇士》里，像这类的语言，几乎找不出来了。就是表现李占虎"一肚子热情换了一肚子苦恼"的复杂心情，最后只用了"哭哭不得，笑笑不成"一句，既相当简练生动，又十分通俗易懂。不止一句如此，从头到尾，整个一篇大致也都如此，因而也可以说，作者真正达到了正确使用语言表现的开始。同时，这个开始，并未带来什么偏向，既未单纯地展现歇后语，也未生硬地转播"语录"。

在组织结构上，《无敌三勇士》纠正了作者过去某些作品给我留下的散漫的印象。全文共分十一节，每节各有重点描写，节和节之间各有密切连接，这种章法，易于让人一读到底。即使从“这样双方正在十分高兴，谁料到突然之间插进一个战士来，他多了也没有，只讲了一句话，从此就闹开了不团结”，隔了第二节，一跳跳到第三节，才提到这“一句话”是“我瞧你那英雄牌是碰上的”，但这种倒插笔，也无损全文一贯的章法。所以说，在大体上，可谓真实自然（有别于书记式的记录）和紧凑严密（有别于人工式的造作）兼而有之。在表现方法上，作者正趋向有力集中的表现，尽可能地抛弃了过去的琐碎空洞的不十分必要的描写（以《涵壮的夜晚》为例，如“我一把抓着一根绳索似的说”，“我劈裂市帛地喊”，“这不是平静吗？美满吗？好像春天一切美丽的生命细流，在他身世上漫过一切沧桑琐细，历历风尘，到头汇成一个安静而美丽的湖潭了”）。

不管语言、组织结构、表现方法问题，差不多是我们同代文学工作者的共同问题，其根源所在，也差不多同是欧洲文学影响的结果。因此，我们一再提出作品的民族形式和中国化，也就是为了解决这个问题。但这个问题，不是一旦认识了就解决了的：解决的必要条件之一，必须通过一定创作实践的过程。刘白羽同志同样经过了如此过程，如以“孙彩花”（一九四四年作）作为明确的开始，就已经经过五个年头了，直到现在，在“无敌三勇士”上，才打下初步的基础，达到初步的收获。无论经过多长的时间，这些问题一经解决，在作者体验并掌握了实际生活而后所产生的作品上，将会更加光彩。

当然，作品更大的光彩，应该放在生活内容上、思想内容上，

《无敌三勇士》即其一例。在内容上,这个短篇比起作者早期的作品,固属大不相同,即以后期作品而论,也不大相似:作者投身实际斗争,丰富了创作内容的同时,也提高了自己创作的思想,特别是最近经过"政治委员"和"百战百胜"而后产生的《无敌三勇士》,更明显地表现了这一点。这篇小说的主题,简单地说,就是写"三勇士"的"无敌",也就是写东北解放军的无敌。不是单纯歌颂"无敌",而且说明了"无敌"的本质。不是概念地抽象地说明了"无敌"的本质,而且以创作手段比较形象地集中地表现了"无敌"的本质。从阎成福、老油条、赵小义三个战士闹不团结开始,使李占虎这个好班长在他们之间,"哭哭不得,笑笑不成"。在他拾得一块死人骨头以后提起:"我看这是穷人骨头,地主富农有钱人,死了有棺材有坟,怎么也不会乱丢在这里,穷人活着没饭吃,死了也没地方安葬,给风吹雨打,还不是东一块西一块,到处乱丢,穷人有谁管呢。"因而赵小义想到"我爹放猪,丢了猪,挨地主打,气死了,爹还没埋,我就给国民党抓兵抓来啦……他们皮鞭子蘸凉水,打得我死去活来……",阎成福想到"你给地主害死爹,我给地主害死娘……",老油条想到"人家是穷人,难道自己是富人吗"。他们意识到了同是受苦的人,同是阶段兄弟,有着共同的仇恨,所以表现了"火线上生死抱团结",最后成为无敌三勇士。这个内容的中心思想,在于告诉我们,虽属阶级弟兄,也必须经过一定的阶级教育,才能提高阶级觉悟,从思想上达到团结,而成为无敌的力量。作者要达到的目的是达到了。这篇小说不仅"在全面模范连的战士中,受到极大的欢迎",而且将成为教育战士的极好的读物。不过其中有些缺陷,重要的有两点。一点是党的领导问题。通过班长李占虎一般表现的党的领导，不够强。这“不团结”到“团结”的发展关键，在于阶级教育、阶级觉悟的提高，在于“一块穷人骨头”。但这一块穷人骨头，是怎么来的呢？却由于李占虎的“发现”。从党的领导上看，这“发现”带着一种无意识的偶然性。因此，在这一点上，难免降低了作品某些的现实性和指导作用。另一点是在第五节和第六节之间，从“第二天进入战斗，忙着准备战斗就过去了，至于团结，还是没一点进步”到“第三天打了一仗”之间，究竟发生了什么问题，作者一字未提。假如闹不团结，对于战斗无所影响，那“生死抱团结”的意义又何在呢？由于这个缺口，在“生死抱团结”的时候，就显得无力，或者力不强。假如这篇小说动人的力量不够强，其主要的原因就在这里。结果，也是难免降低了作品某些现实性和指导作用。

总之，《无敌三勇士》不论存在着哪些缺点，也不论是从作者创作发展的历程来看，或是从目前一般作品的水平来看，它都不失为一篇好作品。

现在，解放战争的形势，不断地开展，需要更多的文学工作者，深入部队，与战争结合，那里充满着时代的主要内容，等待我们创作更多更好的作品，这将成为文学工作者最大的光荣任务。

选自《文学战线》，1949 年第 2 卷第 2 期

◇ 蔡天心

对目前文艺工作诸问题的意见

最近参加几次有关文艺工作的会议，听了一些同志的发言，又读了几篇讨论目前文艺工作问题的文章，我也有些意见，现在把它写出来，和大家商量。

一 创作与批评

创作问题，我认为是目前文艺工作的中心问题。东北三年来虽然产生出一些较好的文艺作品，对于战争和土地改革运动起了很大的配合作用，但比起日益发展的形势，文艺还是落后于现实的。因此，怎样动员大家写作，却是我们今天文艺工作的首要任务，没有作品的文艺战线，就像没有武装的军队一样，不能冲锋陷阵，也不会战胜敌人。当然，创作需要文艺工作者主观的努力（这是很重要的问题，我们留在后面讨论），但，和创作有关的，还有些客观的问题：例如对文艺作品的要求——亦即文艺批评问题。在今天，老解放区里，一般地说，我们鉴赏文艺作品的能力是比以前提高了,特别是干部。有时谈起来,觉得能令大家都很满意的作品似乎很少。譬如刘白羽同志的《红旗》,有人很喜欢,认为真实地反映了人民解放战争中的新英雄主义;但有人却说把所有的英雄都写得"一死了之"这一点不甚好;也有人从语言提出意见,说他作品的语言,还不易为广大的工农兵群众所接受……再如剧作《王家大院》,是农民自己写的作品,有人认为:"有丰富的生活,虽然那些地主的压迫剥削是极平常的,很真实,很感动人,激起了群众对于地主的强烈憎恨。"但却有人认为这剧作没有表现出地主怎样经过土地关系去剥削农民。在创作方法上,也有人认为把讹诈和图财害命强调得太厉害,因此对于地主作为农村的统治阶级,如何通过土地,雇佣劳动与高利贷的剥削本质,就表现得不那么明确……议论纷纭,莫衷一是,因而在文艺问题的领域里就产生了一种非常矛盾的自流现象:一方面是文艺水准较高的人对作品的要求非常严格!这种要求使作家必须很谨慎地进行创作,因而作品减少;而另一方面,却又因为形势与任务的关系,要求作家大量地写作,这样,很多作品必定是显得很粗糙,让一些文艺水准较高的人看来不满意。根据今天我们中国文艺运动发展的现实情况,和今天我们的作家的一般思想艺术水平来看,这问题实在难于解决。但,我觉得我们必须正视这个矛盾的现象。就目前形势来说,随着革命战争的发展,地区扩大了,任务加重了,读者和观众也增多了,今天,对于广大的群众来说,还不是"锦上添花",而是"雪中送炭",还不是提高,而是普及,这就是为什么有很多戏剧我们看来有很多毛病,甚至觉得不能上演,而观众却能报之以掌声。这也就是提高与普及中间的距离。《两兄弟》的演出,正说明了这个问题。群众今天注意到它那些主要方面，因而鼓掌欢迎，我们少数干部同志和专门家就不只注意到它的主要方面，而且也注意到它的许多细节的正确与否以及它的演出作风，这就大大地超出了一般群众的水平。我觉得对作品要求得严格是对的，研究，批评也是必需的，不如此我们就不能前进，但我们的要求必须从实际情况——中国社会文化历史发展的情况，中国工农群众文化的情况，中国文艺运动发展的情况，中国文艺工作者一般的思想与技术条件——出发，来要求创作，不能抛开以上的许多实际情况，从主观出发来要求，那样就一定会落空的。目前我们的文艺工作者是在一种什么情况之下呢？有的过去写了，受了些正确与不正确的批评，没有弄清错误的原因，不愿再写，怕写了再错；有的感觉着没有出路，也不愿再写下去了；也有的干脆搁笔了，过去很久未写，现在也还不想写……这就造成我们文艺战线上似嫌冷落的情况。一个刊物出版了，不到几期，因为没有作品，不能不自动停刊。造成这种在文艺创作上不旺盛的现象，主要的当然要由文艺工作者——特别是写作的人——负责；但我觉得，没有建立起正确的文艺批评也有很大关系。就整个文艺问题的领域来看，很多旧的有毒素的作品，还在街巷间的旧书摊上，大摆特摆，拥有很多读者。另外也有很多宣传封建迷信的旧戏、洛子，在大中小城市的戏园子上演，而且场场座满，这实在是值得我们思考的问题。我觉得我们的文艺工作者，作家也好，批评家也好，我们必须从这里着眼。作家应当配合当前的实际运动，迅速地写些反映群众的生活斗争的作品，即使是粗糙些也是好的，因为它符合群众斗争的实际需要，而批评家也应从此出发，放宽尺度，新的作品，即或比较幼稚和粗糙，但总比旧的、反动的、有毒素的东西好（有些人与此相反，他们对于旧的东西的毒素倒是可以容忍，而对于新的、有些缺点的作品倒是不能容让）。我觉得我们应以群众的普遍的要求和群众的水平做标准，来衡量各种文艺作品，而不能完全用我们提高了的艺术水平，和专门家的意见做标准来权衡创作。我们必须坚持从现实情况出发，从群众出发来建立文艺批评的标准，反对“吹毛求疵”，“一笔抹杀”，“一概否定”，从主观要求出发，“泼冷水”式的批评，因为这种批评对于我们文艺工作，对于读者和作者都没有什么好处。我们的文艺批评是一种有力的教育的武器，它今天首要的任务还在于如何发现与表扬某些作品的优点，提供出来，教育读者，爱护与培养作家。一个文艺工作者，正像其他致力于人民解放事业的战士一样，从生活实践到创作实践，确实是费尽一番心血的，因此，无论其作品是否尽善尽美，他们这种努力确值得我们尊敬和感谢。中国有句老话说“看花容易绣花难”，这话的确是不假，那种“一笔抹杀”，“泼冷水”的批评则是最要不得的。因此对于创作我认为，有些作品，即或在形式上或在表现方法上不那么令人满意，只要它的内容还好，对人民还有利，客观上也不起坏作用，有总比没有好。今天我们的创作不是太多，而是太少，我们不要把标准严格到对今天所有的作品都感觉不满意，使大家不敢下笔，不敢写，不愿写，而要鼓励大家放手写，大量地写，多写，从整个文艺战线上看，需要大量地写。也只有大量地写，才能产生出好的作品或较好的作品，才能赶上形势需要；才能培养出大批的文艺工作干部。从一个作家来说，也只有不断地写，多写，写错了再来，从写作当中求得提高，求得进步。今天，我们需要在文艺工作上发动一个广泛的创作运动，一方面鼓舞起文艺工作者的写作热情，大量创作；另一方面树立艺术科学的批评标准，用来教育读者。我们的文艺批评不应只做一般的抽象的批评，而应从具体的作品的分析与研究出发来帮助作家。这样，才能使我们的文艺战线更加活跃起来，才能在不久的将来在经济建设当中开放出灿烂的花朵。

二　生活、学习与创作方法（就商于张庚同志）

从毛主席“文艺座谈会”以后，文艺工作者深入实际，与工农兵结合，参加他们各种各样斗争，体验他们的思想感情和生活，然后把它正确地反映到作品里，这在今天已经成为我们所有的文艺工作者的方针和法则了。我们遵循着这个方向，搞出好多成绩来。而有的也按照这个指示，却没有搞出成绩。例如张庚同志在《改进创作方法，克服公式主义》（载《人民戏剧》第二期）一文中则认为：“我们的绝大多数作者都下到部队中农村中去了，有的还待了相当长的时候，长到七八个月之久，有的甚至暂时地离开了他创作的岗位，去从事群众工作，直接参与和掌握一个斗争的局面……然而仍然不能解决问题。”对于学习问题，张庚同志也认为：“他们在创作之前，总是细心去研究了有关于他所想写的问题的政策法令，而且在创作过程中间，是十分小心于自己所写的东西是否合乎党的政策。有的时候，甚至于自己是过于小心翼翼的。虽然如此，却仍未能很好做到具体地、形象地体现了政策。”由此，张庚同志便认为今天存在于我们文艺工作者与创作中间的不是接触现实不够，也不是学习政策不够，而主要的是一个创作方法问题。我觉得张庚同志这样提法是欠妥当的。今天，我们文艺工作者在创作方法上有没有问题呢？毫无疑问是有的。需要不需要加以研究并加以克服呢？当然也很需要。但我们却不能轻重倒置。下到部队中农村中七八个月之久，是不是就算接触现实够了呢？很显然不能说够了，因为我们接触现实，与工农兵的结合，不应简单地从时间上来计算，而重要的还在于文艺工作者是否从思想感情上和工农兵建立起血肉关系。创作之前细心去研究了政策法令，是不是就学习够了，就算精通党的政策了呢？当然也不能就算够了。事实上，我们不能简单地从形式来看问题，认为文艺工作者在创作之前曾经细心地研究了政策，就认为学习好了；我们应该从他能否掌握政策去分析和认识现实问题来看，也就是说从作者政治思想水平、马列主义理论修养与无产阶级思想锻炼上，来看学习得够不够。张庚同志在这篇文章所归咎于创作方法的问题，实质上，不是说明文艺工作者深入实际斗争不够，就是说明对党的政策的学习不够。例如张庚同志认为先确定主题不好，或领导上指定主题让作者去写东西也不好。主题是否可以事先在上面确定呢？我想是可以的，这正如张庚同志在这篇文章的另一个地方所说："因为上面的意见无疑是现实动态中间的一部分，而且是相当重要的一部分，因为那都是从许多错综复杂的现实中总结归纳出来的东西，而不是凭空想象出来的东西，而且越是往上面，则所集中的就越广泛，越带全面性，所以也就是现实中的基本问题，也越重要。"但是主题确定了是不是就固定不变了呢？"党的领导同志常常号召我们，文艺工作者应当从实际运动中提出问题来，应当把我们的作品作为对运动进行批评和自我批评的武器。"从上而下，了解全面的一般的情况，配合了解下面的个别的具体情况好不好呢？联系领导，从全面出发来看问题，就不会产生片面，这应该是很好的方法，只可惜我们“单纯听取了从上而下各级领导同志的意见，没有能够真正钻到群众中间”。“……因为我们未能从群众中去考察政策的执行情形，未能从下面来发现问题。”这正说明了我们文艺工作者在与群众结合的问题上有毛病。这里不是请教于各级领导同志请教错了，而是我们的作者脱离了群众的生活斗争。即所谓“没有能够真正钻到群众中间去”。谈到后面，就连张庚同志自己也不能不承认“如果真的从群众的一面去看问题了，真掌握了群众的思想感情的话，某些现象到底错不错，作者也就敢于大胆肯定了”。由此可见，某些作品之所以有缺点，主要的不是什么创作方法上的问题，也不是领导上与各级领导同志意见的问题，而最主要的还是由于我们文艺工作脱离群众的生活斗争，产生出的结果。因此，今天在我们创作上存在的最大的问题，也还是深入实际的问题，我们的作家如果能够真正钻到群众中间去，从思想到感情和工农兵结合起来（不是形式的），那创作的题材将取之不尽，用之不竭，要写什么主题，就有什么材料，也一定能赶上运动和形势。我们的作家要长期地深入实际，长期地参加群众各种斗争生活，我们一定能写出很好的作品，不然，我们的创作就一定空虚无力，一定贫乏。谈到另一个缺点时，张庚同志又说：“我们在某省某个典型地区所感到并作为主题的问题，也可能就是一个出偏差的问题，当这偏差根据别处经验一经纠正之后，我们的作品就成为有毛病的，或是过时的了。”说得再清楚也没有了，这不是创作方法问题，这就叫做政策思想学习不够。马列主义理论，无产阶级思想修养差，因而一到现实斗争中间，就掌握不稳，不能正确地认识现实，也就不能正确地加以反映，看不出什么偏差，把偏差的问题当成主题，只能跟着偏差走。这正如张庚同志自己举例说明的一样："有同志说，在下面的时候，也曾感到运动中间的某些现象是不妥的，也很怀疑，可是在当时的具体情况下，自己也不能肯定到底哪是对的，哪是错的。"为什么不能肯定哪是对，哪是错呢？这就是政策学习与理论修养较差的缘故，不承认这点是不行的。因此，我们的文艺工作者必须老老实实，加紧党的政策与马列主义的学习，继续不断地，用党的政策思想——无产阶级思想克服我们残存着的非无产阶级思想，提高我们自己的思想水平与政治水平，只有这样，我们才能正确地认识现实，也才能写出正确反映群众斗争的作品来。

至于创作方法上存在着的问题，我认为最主要的则是如何克服经验主义。抗战开始，许多进步的文艺工作者到了根据地，有的就盲目地凭着自己过去那在旧中国的社会养成的狭隘的经验主义，写了一些带着自然主义倾向的反动作品。自从毛主席指出文艺为工农兵的方向，指出两个社会性质根本的区别以后，把文艺战线上的很多混乱思想澄清了，从根本上解决了文艺工作者与群众关系问题，使文艺运动在广大的解放区里普遍地发展起来，同时也克服了那种旧的创作方法。近几年以来，我们的文艺工作者在与工农兵结合的问题上，尽了很大的努力，也取得了很多成绩。但由于客观形势的发展，社会生活急剧的变化，我们从乡村进入城市，又进入大城市；从分散的游击战运动战到大兵团的正规战；从农业逐渐转到工业……在所有的工作都走向高度集中的今天，文艺创作必须密切地与领导思想结合起来的问题，就显得更加重要了。我们的文艺工作者过去几年虽然努力与群众结合，但应该承认，主要的创作活动还以作者个人的活动为多，而且所有的作家，经常还是依靠个人感受，观察和体验来接触生活。有一位作家，为了与群众结合，钻到连队里去体验生活。有一位作家，费了很长时间，摸索出一点点材料，觉得应该写，就费了很多精力写出来，可是拿到读者面前，却不怎样受欢迎，经过详细了解，原来这问题在别处没有发生过，没有普遍性，因而遭到冷遇。从此，我们可以得出经验，就是这位作家在创作上之所以失败，是由于那种经验主义的创作方法。这也就是说在一切工作都高度集中的今天，作家必须密切地与领导思想结合，领导的思想，是群众的思想、意志、要求的集中表现，它是一般的，又是全面的。因此与领导思想结合，也就是与更广泛的群众结合。脱离领导，就是脱离了全面，那就容易从个人感受出发，强调个人生活体验的片面，结果，就一定遭受像上面所举的那位作者同样的失败。特别在我们文艺工作者一般地缺乏对实际生活的真正深入与了解不够的今天，在我们文艺工作者马列主义理论修养不够，和政策思想学习不够的今天，加上革命形势与社会生活急剧发展，我觉得我们的文艺工作者必须改变我们的创作方法，克服狭隘的经验主义，密切地与领导思想结合，才能更好地接触现实，更好地进行创作。这种领导包括的范围是很广泛的，从政治、业务到技术上的领导，我们的作家必须认识我们文艺创作活动的社会性，那种单凭作家个人天才和智慧去接触现实的某一个狭小方面生活，来进行创作的时代已经差不多过去了。今天，我们的文艺工作者，有充分的条件（这是过去任何时代作家所没有的）克服我们个人思想和活动的局限性，我们的作家从领导思想里面——各级领导同志的意见里，了解现实生活里的一般和普遍的事实，从现实的最高点来观察运动的全貌,补上我们个人在下面,参加实际生活斗争体验之不足,了解哪个是本质的事物,哪个是首要的问题。更多地启发我们的思想,帮助我们分析、概括、总结,这就大大地扩展了我们作家的视野。今天,我们的文艺工作者必须突破过去那种老一套的方法,克服创作方法上的经验主义,密切地与领导思想结合起来——如很多文艺工作者所已经做的——我们才能赶上客观形势的需要,把文艺工作向前推进一步。

三　组织与领导

文艺工作的组织与领导在今天是个很重要的问题,有人认为搞文艺的人不好组织,不好领导,因为他们各搞一套,没有法组织,也没有法领导,因此就主张不组织,不领导。或者认为文艺工作有了工农兵的方向就够了,不用有什么组织领导,耽误时间,麻烦,耽误创作。也有人认为文艺工作只能进行思想领导,不能进行组织领导……这些意见对不对呢?很显然是不对的,特别在整个革命阵营都在加强反无政府无纪律的今天,我认为我们文艺战线也同样有加强组织领导的必要,不但要进行一般的组织与领导,而且要进行具体的组织领导工作。我们文艺工作需不需要有领导来进行呢?当然很需要,各文工团的文艺活动就是有组织有领导来进行的,在东北和各解放区里都收了很大成效。搞文艺工作的人是不是好组织好领导呢?是不是各搞一套,彼此完全无关呢?事实上我们很多在文工团里工作的同志都很努力,而且都很有成绩。虽然旧的封建社会里有句老话说"文人相轻",但在新社会里我们却也曾看见有很多革命作家彼此有着高度的友谊。文艺工作者是完全可以组织起来的,问题是在于我们如何进行领导。文艺工作是不是只能进行思想领导?经验证明,这些想法都是不正确的,文艺工作不但要有具体的组织领导,而且还必须进行组织工作和教育工作,有了为工农兵的方向,不等于实际的执行,这对于一个作者来说,都是这样的。而我们的具体组织领导工作,就是为了要彻底实现毛主席的方向。譬如今天我们鼓励作家大量写作,是不是就放手不管,只要大家写出作品来就成了呢?当然这样自流是不成的,我们的领导就必须指出今天写作的重点,引导作家在更重要的问题上,发挥自己的创作能力。我们文艺工作的领导机关,也可以有计划地组织某些作家,为实现当前具体的任务进行集体创作,组织一些有关文艺工作各方面的会议,提高作家的政治思想水平与创作热情,帮助作家总结创作经验。从各种各样的艺术作品中,根据群众的一般标准和要求,树立我们艺术科学的正确批评。另外,我们也应该扩大文艺阵地。在工厂和学校中建立文艺小组,帮助他们出版文艺墙报,成立文艺夜校或文艺学园,举办文艺讲座,使文艺刊物的编辑方针群众化。组织文艺青年写作,这样才能培养出大批文艺新军。我想:我们今天完全有条件这样做。

以上是偶然想到的一些意见,很不成熟,特别对张庚同志那篇文章,研究得还不十分深刻,谨就我所了解的提出来,希望得到大家的批评和纠正。

选自《东北日报》,1949年6月25日、26日

培养文艺新军　鼓励文艺创作

一

目前文艺组织工作的重点，应是如何设法培养新的创作上的人才。如果说十年树木，百年树人，是教育上的从长打算，我想文艺战线上也必须有这么远大的眼光。从今天文艺运动本身的发展来看，其声势之蓬勃，广泛，却是任何历史时期所未有，特别是群众的秧歌与戏剧活动。（如今年春节的文娱活动中，东北各大中城市工人群众也卷入秧歌戏剧热潮，而且非常活跃。）我们可以预期，这种发展一定会产生出真正反映人民斗争生活的优秀创作。如能把工人文艺活动很好组织起来，帮助他们进行集体创作，一定能产生出更多很好的剧本来。这是我们文艺运动的一个比较重要的环节。而在另一方面，我们必须加强培养爱好文艺的青年，帮助与鼓励他们写作，就现阶段革命形势来看，知识分子对革命事业的作用是很大的。在文艺战线上也还如此。

爱好文艺的青年，他们具备着相当水平的文化条件与一般的社会常识，而且一般地也具备一些写作能力，缺乏的是生活实践和革命理论上的修养，我们只要善于培养他们，引导他们走上

为工农兵服务的道路,他们可以在文艺上获得进步和发展,这无疑将大大加强文艺战线的力量。

二

经济建设是我们今天压倒一切的任务,描写工人如何进行生产建设与反映工厂复工情况等文艺创作,也应当成为我们文艺工作者写作的重点。这是必要而且是急需的,不组织一个力量去进行这一工作,我们即将落于时代后面。这是今天文艺创作主要的一方面;而另外,我们仍然需要一些描写农村土改,描写战争,描写知识分子改造等作品。从我们东北革命形势来说,没有三年革命战争,没有广大农村的土改运动,革命将不可能取得胜利。今天,大工业城市沈阳解放了,整个东北解放了,这是东北人民——大多数是农民——三年来在共产党领导下艰苦斗争的结果;是无数农民在乡村里进行反封建斗争的土改运动和无数参军农民在战场上牺牲奋斗的结果;同时也是其他首先解放的城市的工人与革命知识分子斗争的结果。我觉得对于新区的人民以及城市工人,必须使他们知道工业地区与工业城市的解放是非常不易的,连他们自身的获得解放在内,都是无数英雄的生命头颅和鲜血换来的,让他们认识共产党如何领导农民在广大的乡村里进行反封建的斗争与革命战争,如何由乡村转到城市,让他们了解这种翻身解放并不是轻而易举的,以破除在人民群众中流行最普遍的那种凭天由命,说沈阳城人都有福,命好,不该饿死等思想,有了这样正确的认识,就会进一步爱护胜利果实,从而在这胜利的基础上提高一步。以知识分子来说,我们城市知识分子的思想是相当复杂的,这样一些作品,无疑地,也将对他们起一定的作用，我们文艺工作应该面对着这样一个现实情况。今天东北是在土改与战争结束之后，正是这些作品大量产生的时机。另外，有计划地总结一下这一时期创作经验，与创作上所发生的一些问题，也是十分必要的，这将大大促进我们在经济建设中的文艺创作；不至于重复过去的缺点和错误。

选自《文学战线》，1949 年第 2 卷第 2 期

◇ 魏东明

读《阿Q正传》

一、阿Q精神是代表什么人的?

阿Q是旧中国普遍存在的典型人物。鲁迅称之为阿Q,据说是因为Q字拖着一个小辫子,那正是清朝时代人物的标记,是旧中国人的奴隶烙印。这一中国人的耻辱符号,是鲁迅所念念不忘的,他曾写过《头发的故事》,也曾说,辛亥革命最快意的是去掉了辫子,又说过:"假使都会上有一个拖着辫子的人,三十左右的壮年和二十上下的青年,看了恐怕只以为珍奇,或者竟觉得有趣,但我却仍然要憎恨,愤怒。"因此鲁迅在刻画这一典型人物时,赋给他Q字的形象,恐怕不是偶然的。

这一人物典型,是鲁迅长期观察中国"国民性"的结果。作为一个艺术形象,阿Q是早已在鲁迅的头脑中孕育成熟了。所以,鲁迅在《阿Q正传》序的第一句话就是:"我要给阿Q做正传,已经不止一两年了。"

鲁迅为什么要给阿Q作传呢？这在《呐喊》自序里写得很明白。那里他说明自己为什么由学医改为从事文学。那是他看了日俄战争影片，上面一群中国人围着看一个中国人被杀的场面之后：

……从那一回以后，我便觉得医学并非一件紧要的事了，凡是愚弱的国民，即使体格如何健全，如何茁壮，也只能做毫无意义的示众材料和看客，病死多少是不必以为不幸的。所以我们的第一要着，是在改变他们的精神，而善于改变精神的是，我那时以为当然要推文艺，于是想提倡文艺运动了……

鲁迅的老友许寿裳讲，鲁迅在那时是很注意国民性问题的。大概，《阿Q正传》就是鲁迅诊断出来的中国国民性，他要改变的精神，就是《阿Q正传》中所具体写出的"阿Q精神"。

阿Q不是单单代表那一阶级，而是以旧中国国民性的普遍典型而出现的。这因为鲁迅当时还是进化论者而非阶级论者，是接受了资产阶级的自然科学观点，还没接受无产阶级的社会科学观点。

"我们先前——比你阔得多啦，你算什么东西。"这种动辄以五千年历史来自慰的老大态度，是封建古国人物的通病。

阿Q本来也是正人，我们虽然不知道他曾蒙什么明师指授过，但他对于"男女之大防"却历来非常低，也很有排斥异端，——如小尼姑及假洋鬼子之类——的正气。他的学说是：凡尼姑，一定与和尚私通，一个女人在外面走，一定想引诱野男人。一男一女在那里讲话，一定要有勾当了。为惩治他们起见，所以他往往怒目而视，或者大声说几句"诛心"话，或者在冷僻处，便从后面掷一块小石头。

"你们可看见过杀头么？"阿Q说："咳，好看。杀革命党，唉，好看好看……"

阿Q的耳朵里，本来早听到过革命党这一句话，今年又亲眼见过杀革命党。但他有一种不知从哪里来的意见，以为革命党便是造反。造反便是与他为难，所以一向是"深恶而痛绝之"的。

阿Q……他那思想，其实是样样合于圣经贤传的……。

所以阿Q虽然是一个农民，但鲁迅所刻画的阿Q精神却不是农民所固有的，而是旧中国统治阶级的"本位文化"，是圣经贤传，正人君子，明师指授的一套，是他们所宣扬的冠于全球的"精神文明"，也是蒋介石之流所要发扬的"固有道德"的结晶。

马恩在《共产党宣言》里写道："任何时代统治的思想，永远只是统治阶级的思想。"

阿Q的头脑中占统治地位的思想，是中国历来的统治阶级的思想。例如"精神上的胜利法"，例如讳说自己的癞疮疤，"又仿佛在他的头上的是一种高尚的癞疮疤"，例如秀才和假洋鬼子打他时他毫不还手，见了小尼姑和小D却勇敢起来了，这和蒋介石的以不抵抗主义为爱好和平，以封建礼教为民族美德，

“见了虎狼时是绵羊,见了绵羊时是虎狼”,不是一脉相通的吗?所以阿Q精神,其实代表的是旧中国的没落的统治阶级的精神。

二、辛亥革命的真实写照

虽然在写《阿Q正传》时,鲁迅还不是一个有阶级观点的马克思主义者,然而由于鲁迅一贯是反对旧传统的战士,是冷对旧社会的思想家,是以亲身的体验,看穿了破落的中国封建社会的,是以认真的钻研,接受了世界的现实主义文艺传统的,所以鲁迅的作品,给我们留下了最真实的历史记录。我们从《阿Q正传》里,看到的是辛亥革命时代的真实写照。

在《阿Q正传》里展开了旧中国的书图。“未庄只有钱赵两姓是大屋,此外十之九都是浅闺。”“赵太爷的儿子进了秀才”,“钱太爷的大儿子,先前跑上城里去进洋学堂。不知怎么又跑到东洋去了”。两家大地主,赵氏父子,赵太爷和秀才,钱氏父子,钱太爷和假洋鬼子,就是未庄的统治人物。另一方面无家无业的阿Q,“只给人家做短工,割麦便割麦,舂米便舂米,撑船便撑船”,和又瘦又乏的小D,都是人们忙碌要人做工时才记起的贫雇农。他们的生活,除了劳动之外,就是被轻视、被取笑、挨打、挨骂、受骗、屈辱,要和阿Q开玩笑,就可以揪住他的黄辫子,就近碰五六个响头。“假使有钱,他便去押牌宝”,他一辈子打光棍,偶然闹了一次恋爱,给守寡的吴妈下跪,换来的是一顿板子,一笔罚款和失业的悲剧。

时代在变动。市上传说,皇帝已经停考了。茶房酒肆里都说革命党要进城,举人老爷要到乡下来逃难了。但结果是怎样呢？“据传来的消息，知道革命党虽然进了城，倒还没什么大异样。知县大老爷还是原官，不过改称了什么，而且举人老爷也做了什么——这些名目，未庄人都说不明白——官，带兵的也还是先前的老把总。”

未庄的情形是怎样呢？

“革命了……你知道？”阿Q说得很含糊。

“革命革命，革过一革的，……你们要革得我们怎么样呢？”老尼姑两眼通红地说。

“什么？……”阿Q诧异了。

“你不知道，他们已经来革过了！”

“谁？……”阿Q更其诧异了。

“那秀才和洋鬼子！”

阿Q很出意外，不由得一错愕，老尼姑见他失了锐气，便飞速地关了门，阿Q再推时，牢不可开，再打时，没有回答了。

那还是上午的事。赵秀才消息灵，一知道革命党已在夜间进城，便将辫子盘在顶上，一早去拜访那历来也不相能的钱洋鬼子。这是“咸与维新”的时候了，所以他们便谈得很投机，立刻成了情投意合的同志，也相约去革命。他们想而又想，才想出静修庵里有一块“皇帝万岁万万岁”的龙牌，是应该赶紧革掉的，于是又立刻同到庵里去革命。因为老尼姑来阻挡，说了三句话，他们便将伊当做“满政府”，在头上很给了不少的棍子和栗凿。尼姑待他们走后，定了神来检点，龙牌固然已经碎在地上了，而且又不见了观音娘娘座前的一个宣德炉。

秀才和洋鬼子听说革命党进城了，就联合起来打碎了皇帝、龙牌，同时也偷走了宣德炉，这就是未庄的辛亥革命。

阿Q在当时是没有阶级觉悟的雇农，但作者也写出了他的朴素的阶级仇恨与革命要求。

阿Q……本来……以为革命党便是造反，造反便是与他为难，所以一向是"深恶而痛绝之"的。殊不料这却使百里闻名的举人老爷有这样怕，于是他未免有些"神往"了，况且未庄的一群鸟男女的慌张的神情，也使阿Q更快意。

"革命也好罢，"阿Q想，"革这伙妈妈的命，太可恶！太可恨！……便是我，也要投降革命党了。"

这时候地主们对待阿Q的态度也变了。

赵府上的两位男人和两个真本家也站在大门口论革命。阿Q没有见，昂了头直唱过去。

"得得，……"

"老Q！"赵太爷怯怯地迎着低声地叫。

"锵锵，"阿Q料不到他的名字会和"老"字联结起来，以为是一句别的话，与已无干，只是唱。"得，锵，锵令锵，锵！"

"老Q。"

“悔不该……”

“阿 Q!”秀才只得直呼其名了。

阿 Q 这才站住,歪着头问道:“什么”?

“老 Q,……现在……”赵太爷却又没有话。“现在……发财么?”

可是后来假洋鬼子、秀才、赵司晨、赵白眼都成了革命党了。

阿 Q 当初很不快,后来便很不平。他近来很容易闹脾气了,其实他的生活,倒也并不比造反之前反艰难,人见他也客气,店铺也不说要现钱。而阿 Q 总觉得太失意;既然革了命,便不应该只是这样的。

后来假洋鬼子介绍秀才入了自由党,赵太爷“见了阿 Q 也就很有些不放在眼里了”。阿 Q 去找洋鬼子,洋先生不准他革命。这时候赵家遭了抢,阿 Q 被当做示众的材料,关进栅栏门里,和“一个说是举人老爷要追他祖父欠下来的陈租”的乡下人关在一起。结果是他被“做革命党还不上二十天”的把总老爷当做“惩一儆百”的材料,抬上了一辆没有篷的车。游了很久的街之后枪毙了。

也许这种写法,有人称之为讽刺。但什么是讽刺呢?鲁迅在回答文学社这一问题时写道:在真实地揭穿旧社会的黑暗时,有人为了维护旧社会,就称这种真实的揭穿为讽刺,用以减低这种文字的作用。

三、鲁迅同情者谁?

鲁迅对豪绅地主的赵太爷之流,有的只是无情的暴露。

阿Q在赵太爷家舂米,"倘在别家,吃过晚饭本可以回去,但赵府上晚饭早,虽说定例不准掌灯,一吃完便睡觉,然而偶然也有一些例外,……便是阿Q来做短工的时候,准其点灯舂米"。这时,赵家的唯一女仆和阿Q谈闲天:"太太两天没有吃饭哩,因为老爷要买一个小的……"当阿Q向吴妈求爱演了悲剧时,赵家却趁机敲诈了阿Q"吩咐"地保和阿Q订了五项条件,要他买一斤重的红烛和一封香,……而且不准再去索取工钱和布衫。

描写赵府的第二个精彩场面是他们议定要买阿Q的赃物的时候。这一段里我们看到了赵府的全眷,赵太爷、秀才大爷、赵太太、秀才娘子,像舞台人物一样的活现。鲁迅对未庄的另一个地主大院也有描写:

> 钱府的大门正开着,阿Q便怯怯地躄进去。他一到里面,很吃了惊,只见假洋鬼子正站在院子的中央,一身乌黑的大约是洋衣,身上也挂着一块银桃子,手里是阿Q曾经领教过的棍子,已经留到一尺多长的辫子都拆开了披在肩背上,蓬头散发的像一个刘海仙。对面挺直地站着赵白眼和三个闲人,正在毕恭毕敬地听说话。
>
> 阿Q轻轻地走进了,站在赵白眼背后,心里想招呼,却不知道怎样说才好:叫他假洋鬼子固然是不行了,洋人也不妥,革命党也不妥,或者就应该叫洋先生了罢。

洋先生却没有见他，因为白着眼睛讲得正起劲：

“我是性急的，所以我们见面，我总是说：洪哥，我们动手罢，他却总说道NO！——这是洋话，你们不懂的，否则早已成功了，然而这正是他做事小心的地方。他再三再四地请我上湖北，我还没有肯。谁愿意在这小县城里做事情。……”

这就是投革命之机，到静修庵偷了香炉的自由党员，他在那里招摇撞骗“唬洋情形”，用黎元洪来吓吓乡下人。鲁迅拿假洋鬼子作典型，把帝国主义和封建主义的混血儿的丑态，写给了我们。

但是，鲁迅对阿Q的态度就完全不同了。

阿Q是有双重人格的，一个是统治阶级指授给他的，就是鲁迅所揭露的“阿Q精神”，正如毛主席在文艺座谈会上的讲话中所提到的，“人民的缺点主要的是侵略者剥削者压迫者的统治他们的结果，我们革命的文艺家们只应该把它当做侵略者剥削者压迫者罪恶去暴露”，另一个是阿Q本人的阶级地位，被侵略被剥削被压迫的雇农阶级所固有的，如前文所引的阿Q对举人老爷的仇恨和对革命的向往。

鲁迅对阿Q本人所具有的农民的质朴纯真的灵魂，对他被统治阶级所拨弄捕杀的悲惨命运，就是在那样冷静客观的笔触之下，也抑止不了同情怜悯的深厚感情。例如当阿Q爽利地答道，“因为我想造反”之后，“于是一个长衫人物拿了一张纸，并一支笔送到阿Q的面前，要将笔塞在他手里。阿Q这时很吃惊，几乎‘魂飞魄散’了。因为他的手和笔相关，这回是初次。

他正不知怎样拿;那人却又指着一处地方教他画花押”。

“我……我……不认得字。”阿Q一把抓住了笔,惶恐而且惭愧地说。

“那么,便宜你,画一个圆圈!”

阿Q要画圆圈了,那手捏着笔却只是抖。于是那人替他将纸铺在地上,阿Q伏下去,使尽了平生的力画圆圈。他生怕被人笑话,立志要画得圆,但这可恶的笔不但很沉重,并且不听话,刚刚一抖一抖的几乎要合缝,却又向外一耸,画成瓜子模样了。

阿Q正羞愧自己画得不圆,那人却不计较,早已掣了纸笔去,许多人又将他第二次抓进栅栏门。

一生受尽了压迫、剥削、侮辱、损害的阿Q,临到拿起笔的时候,已是要糊里糊涂地死去了,但他也还是“生怕别人笑话,立志要画得圆”,认真地“使尽平生的力画圆圈”,“羞愧自己画得不圆”,这是何等使人悲愤的场面啊! 鲁迅在这里写出了阿Q的善良的灵魂。在最后一段,鲁迅更深地写到阿Q被推去枪毙时的内心活动。

这刹那中,他的思想又仿佛旋风似的在脑里一回旋了。四年之前,他会在山脚下遇见一只饿狼,永是不近不远地跟定他,要吃他的肉。他那时吓得几乎要死,幸而手里有一柄斫柴刀,才得仗这壮了胆,支持到未庄;可是永远记得那狼的眼睛,又凶又怯,闪闪的像两颗鬼火,似乎远远地来穿透了他的皮肉。而这回他又看见从

来没有见过的更可怕的眼睛了，又钝又锋利，不但已经咀嚼他的话，并且还要咀嚼他皮肉以外的东西！永是不远不近地跟他走。

这些眼睛们似乎连成一气，已经在那里咬他的灵魂。

鲁迅是同情而且悲悯阿Q的遭遇的。他不但写出了阿Q的自发的革命要求，而且刻画了阿Q的内心的善良灵魂。所以在鲁迅至上海《戏》周刊的信里，说到阿Q不是上海流氓瘪三一流人物，他是小市镇上的雇农，有农民的纯朴略略沾染了都市的流气。又回答怀疑阿Q曾参加革命的人说："中国不革命则已，如有革命，阿Q是一定参加的。"诚然，阿Q是旧社会的没有觉悟的农民典型，思想上缠绕了统治阶级的枷锁，精神上浸濡了封建主义的毒素，然而在新的革命时代，像阿Q这样命运的雇农，曾在无产阶级政党领导之下，启发阶级觉悟，抛弃糊涂思想，发扬革命本能，丢开阿Q精神，而成为新型的人物，新的农民不会做赵太爷，钱太爷，秀才大爷，假洋鬼子，白举人，老把总等人的牺牲品，也不会相信革命党"个个白盔白甲，穿着崇正皇帝的素"，而是把这些封建主义的代表人物推翻。

由赵秀才，白举人，老把总，洋鬼子来篡夺和包办革命的时代已经一去不复返了，正像农民已经没有了头上的小辫子一样，中国广大农民的阿Q时代也已经一去而永不复返了。

发表于一九四八年十月十九日

选自《文艺月报》，1948年创刊号

鲁迅笔下的美蒋面目

“九一八”事变后，上海、北平等地学生要求政府抗日，纷纷赴京请愿，当局不准学生乘车，学生日夜在车站守候，用绝食和卧轨争取到上了火车；到南京在国府请愿后，站在雨雪之中过夜，甚至有支持不住倒下来的。这次大公无私赤诚爱国的青年受到怎样的待遇呢？宪兵开枪射击他们，警察用刺刀皮鞭对付他们，卫戍司令部派军警押送他们出境，死掉的学生，中央社还造谣说是“自行失足落水”的，事后，当局还下令禁止学生进京请愿，通电诬赖他们“捣毁机关，阻断交通，殴伤中委，拦劫汽车，攒击路人及公务人员，私逮刑讯，社会秩序，悉被破坏”，并且说“友邦人士，莫名惊诧，长此以往，国将不国”了！

鲁迅当时写了一篇“‘友邦惊诧’论”，里面说道：“好个‘友邦人士’！日本帝国主义的兵队强占了辽吉，炮轰机关，他们不惊诧；阻断铁路，追炸客车，捕禁官吏，枪毙人民，他们不惊诧；中国国民党统治下的连年内战，空前水灾，卖儿救穷，砍头示众，秘密杀戮，电刑逼供，他们也不惊诧。学生的请愿中有一点纷扰，他们就惊诧了！好个国民党政府的友邦人士，是些什么东西！……‘友邦人士’一惊诧，我们的国府就怕了，‘长此以往，国将不国’了，好像失了东三省，党国倒愈像一个国，失了东三省谁也不响，党国倒愈像一个国，失了东三省只有几个学生上几篇'呈文'，党国倒愈像一个国，可以博得'友邦人士'的夸奖，永远'国'下去一样。几句电文，说得明白极了：怎样的党国，怎样的'友邦'。'友邦'要我们人民身受宰割，寂然无声，略有'越轨'，便加屠戮；党国是要我们遵从这'友邦人士'的希望，否则，他就要'通电各地军政当局'，'即予紧急处置，不得于事后借口无法劝阻，敷衍塞责'了！因为'友邦人士'是知道的；日兵'无法劝阻'，学生们怎会'无法劝阻'？每月一千八百万的军费，四百万的政费，做什么用的呀，'军政当局'呀？"

是的，当时的蒋介石（国民政府）和美帝国主义（"友邦"）就是这样的。

鲁迅在晚年写作的社会杂文里，常有揭穿美蒋面目的锋利文字，最近人民书店印行的活页文选里，选了三篇这样的短文。在题为"以夷制夷"的那篇末尾写得好：

> 至于中国（指蒋介石之流的统治者——笔者注）的所谓手段，有是也应该说有的，但决非"以夷制夷"，倒是想"以夷制华"。然而"夷"（指日美之类的外寇——笔者注）又哪有这么愚笨呢？却先来一套"以华制华"给你看。这例子常见于中国的历史上，后来的官吏为新朝作颂称此辈的行为曰："为王前驱"！

这真是写到蒋介石和美国反动派的骨头里去了，蒋介石是想利用美军压制中国的民主力量的，然而美帝国主义分子又哪有这么愚笨呢？他们是利用蒋介石来制服中国人民的，如果蒋介石得到了胜利，也不过是给美帝国主义做了清道夫，正是所谓“为王前驱”。

在“推”和“踢”这两篇短文里，更是异常生动地画出了美帝国主义分子的姿态：

> 我们在上海路上走，时常会遇见两种横冲直撞，对于对面或前面的行人，决不稍让的人物。一种是不用两手，却只将直直的长脚，如入无人之境似的踏过来，倘不让开，他就会踏在你的肚子或肩膀上。这是洋大人，都是“高等”的，没有华人那样上下的区别。……
>
> 有些慷慨家说，世界上只有水和空气给穷人。此说其实是不确的，穷人在实际上，哪里能够得到和大家一样的水和空气。即使在码头上乘乘凉，也会无端被“踢”，送掉性命的：落浦。要救朋友，或拉住凶手罢，“也被用手一推”：也落浦。如果大家来相帮，那就有“反帝”的嫌疑了，“反帝”原来是中国所禁止的，……时代在进步，轮船飞机，随处皆是，假使南宋末代皇帝而生在今日，是决不至于落海的了，他也可以跑到外国去，而老百姓以“落浦”代之。

的确，时代是进步的，十几年后的今天，洋大人已经坐上了第二次世界大战中才流行起来的吉普车，如入无人之境似的开过来，倘不让开，就要撞得血肉模糊，送掉性命的。这是对一般中国人的，至于漂亮的女郎，即连让都来不及，就会被拉上吉普车，替蒋介石之流招待国际友人，进行所谓“敦睦邦交”，“增进国际友谊”去了。

而现代中国的皇帝，也早已在美国存下款子，买好房屋，预备做美国的“老百姓”，同时又把中国的老百姓送给美帝国主义来炮制。

然而毕竟时代真是进步了，现在中国老百姓已经觉悟了，美国老百姓也快要觉悟了。蒋介石的如意算盘也命定要落空了。

选自《吉林人民日报》，1946 年 10 月 19 日

鲁迅和东北青年

中国革命在世界上的地位和贡献，只要举出代表人物就可以想见了。我们拥有人民领袖毛泽东，拥有伟大作家鲁迅，他们的著作，丰富了世界的文化，他们的存在，提高了中华民族的自尊和自信心。

敌人不能全然掩盖革命巨人的光辉时，就设法歪曲他，诬蔑他。在伪满报纸、杂志、教科书里，不得不提鲁迅时，只介绍他前期的，例如留日时期及敬重藤野先生等，选他的作品则只选《风筝》、《鸭的喜剧》，把鲁迅的革命部分都偷偷藏过，好使东北青年无从看到鲁迅的本来面目。

"九一八"事变前，东北青年还能看到鲁迅的前期原著，记得那时沈阳鼓楼北的北新分店里，还可买到《呐喊》和《彷徨》、《坟》、《热风》和《野草》、《华盖集》正续编等。那时鲁迅还是进化论者，以为青年胜于老人，外国胜于中国的。那时他虽然肩住黑暗的闸门，让我们走出来，但还未找到新的方向和力量，因此始而呐喊，继以彷徨，写了讨封建的檄文《狂人日记》、《阿Q正传》，也写了知识分子的苦闷，《伤逝》，《孤独者》。那时鲁迅是一面战斗，一面追求，他并不绝望，因为他以为"绝望之为虚妄，正与希望相同"。他引屈原的话："路漫漫其修远兮，吾将上下而求索。”

鲁迅的后期是在大革命时代以后，这时间他研究了马克思主义理论，成了共产主义者，领导了左翼作家联盟。那是在“九一八”前后，由于蒋党在关内、日寇在关外的两重封锁，再加上路途遥远的间隔，东北青年就很少看到鲁迅的著作了。但正是此时，鲁迅的著作是最辉煌灿烂的。这时鲁迅明确地站在劳苦大众的立场，操着马克思主义枪法，向帝国主义及国民党进行战斗，鲁迅的笔锋也由戳穿身边的小丑，转大到攻破人民的大敌。试翻一下《二心集》、《南腔北调集》、《伪自由书》、《准风月谈》、《花边文学》、《且介亭杂文》里，在一篇篇光芒万丈的短文里，蒋介石、汪精卫、帝国主义、“高等华人”、不抵抗、安内攘外，都原形毕露地摆在那里，而连在一串来看，那就是从“九一八”到“七七”的中国现代史，是国民党统治的总暴露。另一方面，从他的作品里也可看出，他对苏联和中共，对人民和青年则是无限热情地歌颂和爱护。正是因此，所以尽管国民党千方百计地查禁鲁迅作品，可是广大的读者，特别是学生、教师、工人、店员都竞相传诵鲁迅的文章。我记得一九三三年他用“何家干”的笔名在申报自由谈发表短文时，大家读时兴奋鼓舞，奔走相告，那真是黑暗中的火炬，教育了那一代青年，是他们痛恨蒋匪，向往革命。

可惜的是，东北青年十四年住在大牢狱里，没有这样的机会，因此大抵都不了解“九一八”后的国内情况。“八一五”后，鲁迅作品在东北解放区大量印行，曾有助青年的进步，使他们加速填补上十四年的空白，更多地了解祖国的过去和将来。两年前，延吉的一个中学生写了一篇《浇不熄的热情》，说到鲁迅的著作使她反抗一些泼冷水的混混主义者。最近我看了吉林联高的一个学生写的《‘友邦惊诧’论》读后感，开头就说：“当我读完这篇文章后，好似有一把明亮而尖锐的钢刀刺到我的心一样地疼痛，眼泪止不住泉水一般地涌出来。”我看到前年我军撤退后，吉林进步的学生还用鲁迅的名字办壁报，鼓舞着对黑暗社会的不妥协精神。

鲁迅先生逝世十二周年了，但他的作品将永远流传，成为中国（且也是世界）人民的珍贵遗产，使后代青年读起来还感到新鲜，从中汲取无数智慧和经验。现在《鲁迅全集》也将在东北印行了，我希望这会引起东北青年们读鲁迅的作品，并希望先进同志们多帮助青年们了解与接受鲁迅的文化遗产。

选自《吉林日报》，1948 年 10 月 19 日

鲁迅论辛亥革命

鲁迅在一九二五年写道:“我觉得仿佛久已没有所谓中华民国。我觉得革命(指辛亥革命)以前,我是做奴隶,革命以后不多久,就受了奴隶的骗,变成他们的奴隶了。我觉得有许多民国国民而是民国的敌人。我觉得有许多民国国民很像住在德法等国里的犹太人,他们的意中别有一个国度。我觉得许多烈士的血都被人们踏灭了,然而又不是故意的。我觉得什么都要从新做起。退一万步说罢,我希望有人好好地做一部民国的建国史给少年看,因为我觉得民国的来源,实在已经失传了,虽然还只有十四年。”

正是这样的。民国初立,我们就受了袁世凯的骗,直到现在,我们还有一部分人受着蒋介石的骗。蒋介石他们把财产存在外国,把中国让给外国。他们用烈士们的血浮起自己的宝座,又把烈士们的功绩抹杀,致使我们这一代还有很多人,不但不知道民国的来源,连这些民国敌人的骗局也看不透。

然而鲁迅是看透了这类人物的,我们从他的作品里可以看到这类人物的丑态。就以辛亥革命来讲,我们再也找不到像鲁迅在《阿Q正传》、《头发的故事》,以及《范爱农》中那样正确深刻,生动具体的反映了。

阿Q正传中第七八两章，“革命”与“不准革命”，就是写的辛亥革命的情景。城里的举人老爷恐慌了，把箱子运到乡下赵太爷家存起来，乡间的“革命”是怎样呢？

……赵秀才消息灵，一知道革命党已在夜间进城，便将辫子盘在头顶上，一早去拜访那历来也不相能的钱洋鬼子。这是“咸与维新”的时候了，所以他们便谈得很投机，立刻成了情投意合的同志，也相约去革命。他们想而又想，才想出静修庵里有一块“皇帝万岁万万岁”的龙牌，是应该赶紧革掉的，于是又立刻同到庵里去革命。因为老尼姑来阻挡，说了三句话，他们便把伊当做“满政府”，在头上很给了不少的棍子和栗凿。尼姑待他们走后，定了神来检点，龙牌固然已经碎在地上，而且又不见了观音娘娘座前的一个宣德炉。

随后是假洋鬼子进了城，赵秀才托他带信要求参加自由党，“假洋鬼子回来时，向秀才讨还了四块洋钱；秀才便一块银桃子挂在大襟上了”。雇农身份的阿Q去找假洋鬼子想参加革命，洋先生扬起哭丧棒（文明棍）说：“滚出去”，把他撵出来了。

乡下是这样子，城里是怎样的呢？鲁迅在回忆范爱农的文章中写道：

……武昌起义，接着是绍兴光复……我们便到街上去走了一通，满眼是白旗。然而貌虽如此，骨子里是依旧的，因为还是几个旧乡绅所组织的军政府，什么铁路

股东是行政司长，钱店掌柜是军械司长……这军政府也到底不长久，几个少年一嚷，王金发带兵从杭州进来了，但即使不嚷或者也会来。他进来以后，也就被许多闲汉和新进的革命党所包围，大做其王都督。在衙门里的人物，穿布衣来的，不上十天，也大概换上皮袍子了，天气还并不冷。

骨子里依旧未变的辛亥革命，究竟革掉了些什么呢？鲁迅在《头发的故事》里回答了这个问题，这篇文章是作者自述往事来纪念双十节的。他从头发的遭遇说明辛亥革命。清朝灭了明朝以后，强迫汉人剃头留辫子，凡是留全发的都砍头示众。清朝的暴虐专横引起了日益增高的民主反抗，然而甘做汉奸的封建势力却处处为敌人张目，就在剪小辫子这类小事上，他们也毫不放过。

在封建势力无孔不入的古老的中国里，正如鲁迅所说，即使是搬一搬桌子的地位也要流血，流了血还不能搬动，因此能取得剪辫子的一点点自由，已经是一件得意的事了。所以在头发的故事里讲道：

N忽然现出笑容，伸手在自己头上一摸，高声说："我最得意的是自从第一个双十节以后，我在路上走，不再被人笑骂了。"

然而，这一点自由支付了怎样的代价呢？

多少故人的脸，都浮在我的眼前。几个少年辛苦奔走了十多年，暗地里一颗弹丸要了他的性命；几个少年一击不中，在监牢里身受一个多月的苦刑；几个少年怀着远志，忽然踪影全无，连尸首也不知哪里去了。

中国的第一次的所谓“革命”，第一次的所谓“光复”，实际就是这样的。在三十五年以后的今天，鲁迅所写的“光复”的场面，在蒋介石接收的地区里不是还在扮演着吗？出卖党证，招收赵秀才与钱洋鬼子做党员，合伙把宣德炉“接收”了去……依然是旧乡绅组织政府，穿布衣来的很快就换上了皮袍子，这都似乎是讲着现在的事，所差的现在“暗地里一颗弹丸要了他的性命”的，已经不是几个少年，而是像闻一多、李公朴、杨潮那样的学者名流了。

然而今天的中国究竟不同于三十五年以前，不但在三分之一人口的地区，展开的是与此相反的场面，而且我们就在八一五光复纪念日的时候也并不止于庆祝，我们已经警惕起来，不肯再受民国敌人的骗，变成他们的奴隶了。

选自《吉林人民日报》，1946年10月10日

存　　目

丁洪

对新秧歌剧创作上的一点意见

艾耶

"旅顺口"读后

东川

改造旧剧的诸问题

叶兆麟

不是由于什么"心理"

——论《写喜剧呢还是写悲剧?》

冉欲达

反对"学生腔调"

师田手

新时期新问题

刘芝明

关于萧军及其《文化报》所犯错误的批评

将文艺提到人民建设时期的新水平

刘和民

文学是不能“超政治”的

——评萧军的文艺思想

关沫南

“没有共产党，就没有中国”一解

——从“七一”到“七七”本社写什么

搜集材料要注意的事

谈我们应该怎样表现

怎样搜集材料

江凝

新演剧的道路

安危

我们要有明确的是非

安波

论文艺上的发动群众与改造民间艺人

严文井

关于刘俊英

李大光

引起我的两点意见

李之华

翻身秧歌集·前言

李庐湘

读《钢铁是怎样炼成的》浅记

略论社会与文艺思潮

评《生活报》的社论

文学上主题的选择与表现

中国近代文学史略记

吴伯箫

文艺底阶级性

彤剑

关于诗

张庚

新歌剧

——从秧歌剧的基础上提高一步

陆地

别坐在窗口看风景

贾宝玉为什么去当和尚

茅盾

八年来文艺工作的成果及倾向

林铣

评《一个农民的真实故事》

金人

对什么人有利？

——略论萧军的反战与和平思想

苏联文学之路

周立波

萧军思想的分析

周扬

马克思主义与文艺

侯唯动

关于诗及语言与“学生腔调”

洪泛

《分歧在哪里？》读后

胥树人

就教于萧军先生

郭沫若

人民的文艺

萧军

再来一个“五四”运动

霍人

读生活报社论《团结与批评》后

戴夫

怎样研究时事

魏东明

受降

陶行知先生一生

杨靖宇和他的队伍

“一二·九”运动的回忆

一个电话生的上队

《文学战线》期刊社

论文艺批评

敬　　告

《1945—1949年东北解放区文学大系》为展现东北解放区文学的整体风貌而编辑出版。丛书选取此间最具代表性的作品,以纪录这段波澜壮阔的历史时期内东北解放区所发生的翻天覆地的变化。由于丛书所收录的作品众多,时代不一,加之编辑出版时间有限,至今尚有部分收录作品未能与原作者或继承人取得联系。为保护作者著作权益,我社真诚敬告:凡拥有丛书所选录作品著作权的,请与我们联系,我们将按照国家规定及时付酬。

感谢社会各界对我们的理解与支持。

黑龙江大学出版社